मुझे सुनाते रहे लोग वाक़िआ मेरा

(आपकी किताब आपके लिए - राहत)

मैं पत्थरों की तरह गूँगे सामईन में था
मुझे सुनाते रहे लोग वाक़िआ मेरा

भाग - एक

राहत साहब

मुझे सुनाते रहे लोग वाक़िआ मेरा

डॉ. दीपक रूहानी

REDGRAB books
redgrabbooks.com

रेडग्रैब बुक्स प्राइवेट लिमिटेड
942, मुठ्ठीगंज, प्रयागराज-3 उत्तर प्रदेश, भारत
वेबसाइट - www.redgrabbooks.com
ईमेल - contact@redgrabbooks.com

मूल्य : ₹ 299.00 (भारत में)

ISBN : 978-93-87390-78-2

पेपरबैक, प्रथम संस्करण
रेडग्रैब बुक्स प्राइवेट लिमिटेड द्वारा 2019 में प्रकाशित

कवर फोटो : तनवीर अहमद ख़ान
आवरण व टाइप सेटिंग : रेडग्रैब आर्ट्स
भारत में मुद्रित व जिल्दबंद

इंतसाब

फ़िराक़ साहब की जीवनी लिखनेवाले

स्व. रमेशचंद्र द्विवेदी जी

के नाम

ताकि सनद रहे और वक़्त पर काम आवे

आज हम एक ऐसे दौर में पहुँच गये हैं कि जहाँ अपनी हिफ़ाज़त के लिए आसपास बिखरी पड़ी चीज़ों में से किसी को भी हथियार बनाना पड़ सकता है। जब हमारी ख़ूबसूरती को बर्बाद करने के लिए कोई सामने आ जायेगा तो हम आईने को तोड़कर ख़ंजर बना लेंगे, न कि खड़े-खड़े आईना निहारेंगे; अगर सिर्फ़ जागने भर से ही रात में चोरी का ख़त्रा टल सकता है तो दिन में सोया जा सकता है; अगर मशाल जला लेने भर से आदमख़ोर भाग जायेंगे तो कई मशालें जला लेना चाहिए। राहत साहब ने भी अगर जम्हूरियत के इस दौर में आम आदमी के हक़ में ग़ज़ल जैसी नाज़ुक और शिगुफ़्ता-गुफ़्तार सिन्फ़े-सुख़न को चीख़ में तब्दील कर दिया तो उन्होंने वही काम किया जो हर ज़िंदा मख़्लूक़ अपने को ज़िंदा बनाये रखने के लिए करती है।

राहत साहब के पहले के या हमअस्त्र नक़्क़ादों और शायरों ने इनकी शायरी को चाहे जिस भी नज़रिये से देखा हो या कहो देखा ही न हो, लेकिन वक़्त ने सिद्ध कर दिया कि वो हमारी पीढ़ी को रास्ता दिखानेवाले शायर हैं। उन्होंने हमें खरा-खरा कहना सिखाया। उन्होंने शायरी की उस मशाल को जलाये रखने के लिए अपने ख़ून को ईंधन बनाया... जिसे जोश, साहिर, फ़ैज़, फ़राज़ और हबीब जालिब ने जलाया था। हमें फ़ख़्र है कि राहत साहब की सचबयानी ने शायरों की लाज बचाये रखा। हमें प्यार सिखानेवाले शायरों की भी ज़रूरत थी और आइंदा भी रहेगी, लेकिन हमें इस सियासी दौर में ज़िंदा रहने की भी ज़रूरत

है। राहत साहब ने हमें दमदारी के साथ प्यार करना सिखाया और सियासत से दो-दो हाथ करना भी सिखाया। जो लोग सियासत से दूर रहने की सलाह देते हैं वो दरअस्ल अपनी एक सियासत कर रहे होते हैं। किताबी शायर और किताबी शायरी की जितनी उम्र हो सकती है उससे कहीं ज़ियादा उम्र राहत साहब ने मुशायरों में गुज़ार दी है। आधी सदी तक दिलों की धड़कन बनकर जीना, क़ब्र की सैकड़ों बरस की ज़िंदगी से बेहतर है। ये बायोग्राफ़ी राहत साहब के प्रति हमारी पीढ़ी की मुहब्बत का इज़्हार है और उनकी हिमायत का दस्तावेज़ भी है।

हम किसी बड़े अदीब या शायर से ये उम्मीद नहीं कर सकते कि वो अपनी आत्मकथा (autobiography) लिखे; ये उसका ज़ाती मुआम्ला हो सकता है। आत्मकथा लिखने के अपने ख़तरे हैं, जो हर कोई नहीं उठाना चाहता। जीवनी (biography) का मुआम्ला ज़रा अलग है। जीवनी लिखने की ज़िम्मेदारी आनेवाली पीढ़ी की होती है कि वो अपने इतिहास को किस तरह दर्ज करता है। राहत साहब के बारे में लिखने की ज़िम्मेदारी हमारी पीढ़ी के किसी-न-किसी शख़्स को उठाना ही था। इसमें तनिक भी ख़ुदसिताई या आत्मप्रशंसा का पुट नहीं कि ये काम मुझे मिला। मैं न करता तो इसे कोई और करता कि आनेवाली पीढ़ी के प्रति हमारी जवाबदेही भी है। मैं इस काम को कहाँ तक बेह्तर कर पाया हूँ, पढ़नेवाले इसकी जाँच-पड़ताल ख़ुद ही करेंगे। राहत साहब की ज़िंदगी और उनकी शख़्सीयत ऐसी है कि एक-दो किताबें पर्याप्त नहीं होंगी। मैं राहत साहब की 'तिलिस्मी शख़्सीयत' के कुछ ही दरवाज़े खोल पाया हूँ। मैं 'तिलिस्मी' लफ़्ज़ का इस्तेमाल इसलिए कर रहा हूँ कि उनके बारे में जानने की कोशिश में कब, कहाँ, किसके बारे में कौन-सी बात पता चल जाये; गुफ़्तगू में कौन-सी मालूमात फ़राहम हो जायें, कुछ कहा नहीं जा सकता। पिछले डेढ़-दो बरस में जो कुछ हासिल हो सका वो आपके सामने है।

मेरे ख़याल में बायोग्राफी लिखने के दो तरीक़े हो सकते हैं। पहला तो ये कि लिखनेवाला जिस अदीब या शायर की बायोग्राफी लिखे, उसके साथ लम्बे वक़्त तक रहा हो– दोस्त, सहयात्री, शागिर्द, औलाद वग़ैरह। दूसरा तरीक़ा ये हो सकता है कि ज़िंदगीनामा लिखनेवाला ख़ुद उस रचनाकार से मिलकर उसके बारे में जानकारी इकट्ठा करे; घरवालों और रिश्तेदारों से मिलकर, दोस्तों से बात करके, कुछ पहले से लिखा गया हो तो उसका सहारा लेकर जो भी बन पड़े लिखे। यहाँ दूसरा तरीक़ा ही अख़्तियार किया गया है। राहत साहब के बारे में इस किताब में जो कुछ भी लिखा गया है, उसकी सच्चाई परखने के बाद ही

लिखा गया है।

ये किताब राहत साहब की जीवनी के बहाने थोड़ा-बहुत इंदौर की एक सैर है, थोड़ा देवास की भी सैर है, कुछ शोअरा के तब्सिरे हैं, मुशायरों का ज़िक्र है, कुछ इंदौरी लोगों से मिलना-जुलना है, कुछ बड़े-बुज़ुर्गों के साथ गुफ़्तगू है, कुछ राहत-प्रेमियों के साथ बैठकी है। ग़रज़ कि हर उस शख़्स तक पहुँचने की कोशिश है, जो राहत साहब से जुड़ा है और उनकी शख़्सीयत का हिस्सा है।

इस बायोग्राफी की ज़बान लगभग उसी तरह रखी गयी है, जिस तरह की ज़बान के हिमायती ख़ुद राहत साहब हैं। ये किताब नस्र (prose) के पाठकों को ध्यान में रखकर नहीं लिखी गयी है, बल्कि उन लोगों को ध्यान में रखकर लिखी गयी है जो राहत साहब की शायरी के पाठक और श्रोता हैं। इसी वज्ह से लफ़्ज़ों का इस्तेमाल और वाक्यों की बनावट बहुत आसान रखी गयी है; फिर भी कहीं-कहीं मुश्किल हो सकती है। कहीं-कहीं पढ़नेवालों को ये भी लग सकता है कि बात करते-करते लेखक कहीं-से-कहीं पहुँच जाता है, लेकिन वो सारे विचलन राहत साहब के हाले में ही तवाफ़ करते हैं। 'तुमको राहत की तबीअत का नहीं अंदाज़ा' वाले अध्याय में हमअस्र शायरों के तब्सिरों का अनुवाद नहीं किया गया है, ताकि सबकुछ अपने मूल रूप में रहे।

जब मैं हाईस्कूल में था तब मैंने सन् 1995 में पहली बार राहत साहब का नाम सुना था। तब मैं शायरी के बारे में कुछ भी नहीं जानता था। इंटर पास करके गाँव से शहर गया तो पहली बार मेरे दोस्त धीरेंद्र सिंह चौहान मुझे मुशायरा सुनाने लेकर गये। ज़मीन पर बैठकर रात भर हम लोगों ने मुशायरा सुना। मैंने तब जाना कि इस तरह से भी होता है सब। हमारे ज़िले के कवि 'हेम जी' वो मुशायरा कराते थे। उस मुशायरे में राहत साहब भी कई बार जा चुके हैं। उसी मुशायरे में राहत साहब को पहली बार देखा था, सुना था। कितना चमत्कारिक लगा था राहत साहब का व्यक्तित्व। धीरेंद्र ने पहले से ही राहत साहब के बारे में इतना कुछ बता-बताकर, शेर सुना-सुनाकर मुझे रोमांचित कर दिया था कि वैसा एहसास फिर कभी आज तक किसी शायर के बारे में सुनकर नहीं हुआ। उस ख़ुशी को याद कर रहा हूँ तो सच कहूँ वैसी ख़ुशी इस किताब को मुकम्मल करके भी नहीं हो रही है। उन मुशायरों में साथ रहनेवाले दयालपुर के संजय मिश्रा को

कैसे भूल सकता हूँ कि उसे राहत साहब के सैकड़ों शेर याद हैं और आज भी बात-बात पर राहत साहब के शेर सुनाता है। इन दोनों दोस्तों की संगत को याद करना तो राहत साहब को लेकर नॉस्टैल्जिक होने जैसा है।

इस किताब के तैयार होने में राहत साहब के बाद जिन लोगों ने मदद की, उसमें सबसे अहम फ़ैसल भाई हैं; ये न होते तो ये काम मुम्किन न हो पाता। इस किताब का आइडिया पराग भाई (पराग अग्रवाल) का था। पराग भाई अपने इंजीनियरिंग ग्रेजुएट के दौरान इंदौर रहने के वक़्त से ही राहत साहब के प्रति श्रद्धा का भाव रखते हैं। राहत साहब पर काम करना-कराना उनके लिए अपने घर के किसी बड़े-बुज़र्ग के प्रति रवादारी बरतने जैसा है। पराग भाई को शुक्रिया कि अपनी पीढ़ी में उन जैसा कोई दूसरा सुख़न-फ़रेफ़्ता मुझे अब तक न मिला। इस किताब को पढ़कर बेशक़ीमती मश्विरे देने के लिए वीनस केसरी भाई का बहुत-बहुत शुक्रिया कि वो अपने फ़न के उस्ताद हैं। मैं उन सबका एहसानमंद हूँ जिनके माध्यम से मुझे छोटी-से-छोटी कोई भी जानकारी मिली। उन सबके नाम आगे आयेंगे। इंदौर के ज़ीशान मीर भाई का शुक्रिया कि उन्होंने कभी किसी काम में मदद के लिए ना नहीं कहा। इंदौर में 'इमेज डिजिटल स्टूडियो' के मालिक तनवीर अहमद ख़ान साहब का बहुत-बहुत शुक्रिया कि उन्होंने राहत साहब की कई पुरानी तस्वीरों को न सिर्फ़ दस्तयाब कराया, बल्कि उन पर काम करके उन्हें इस किताब में छपने लायक़ भी बनाया। कवर पर छपी राहत साहब की फोटो भी उन्हीं की खींची हुई है।

मैं ज़ाती तौर पर एक और शख़्स का शुक्रिया अदा कर दूँ कि बिना वहीद रहमान अंसारी की मदद के मैं अपने घर-गृहस्थी की ज़िम्मेदारी किसके माथे छोड़कर लिखने-पढ़ने के काम से महीने-महीने भर घर के बाहर रह पाता।

आख़िर में इस किताब को पढ़नेवाले हर शख़्स से एक गुज़ारिश है कि अगर उसके पास राहत साहब से सम्बंधित कोई संस्मरण, कोई याद, कोई बात हो तो हमसे ज़रूर साझा करे, हम उसे भविष्य में कहीं-न-कहीं पब्लिश करेंगे।

15 अगस्त 2019

दीपक रूहानी
भदारी कला, लालगंज
प्रतापगढ़- 230132

फ़ेहरिस्त

ऐसे दरवेशों से मिलता है हमारा शजरा

चारों तरफ़ हरी-भरी पहाड़ियों और दूर-दूर तक फैले जंगलों के कारण सर्दियों में भी इंदौर का माहौल काफ़ी सर्द नहीं रहता है। इंदौर शह्र 'होल्कर रियासत' की राजधानी था। 'होल्कर रियासत' को ही 'इंदौर रियासत' भी कहा जाता था। जब मराठा पेशवा बाजीराव प्रथम ने मालवा पर अपना सम्पूर्ण नियंत्रण स्थापित कर लिया तो कर (tax) इत्यादि वसूलने और शासन-प्रशासन को दुरुस्त बनाये रखने के लिए अपने मराठा सेनापति मल्हार राव होल्कर को उस प्रांत का सूबेदार नियुक्त कर दिया (सन् 1733 ई.)। बाद में इसे एक रियासत का दर्जा मिला और ब्रिटिश हुकूमत के दौरान से आज़ादी तक इसमें बहुत उतार-चढ़ाव आते रहे।

सन् 1950 ई. की सर्दियों का मौसम इंदौर के लिए कुछ गर्मी भरा था। तत्कालीन उपप्रधानमंत्री और गृहमंत्री सरदार वल्लभ भाई पटेल और उनके सहयोगी वी. पी. मेनन आज़ादी के बाद लगभग 565 रियासतों का विलय भारतीय गणतंत्र में करने की जी-तोड़ कोशिश कर रहे थे। हालाँकि इंदौर रियासत (होल्कर रियासत) ने भी भारतीय गणतंत्र में शामिल होने का मन बना लिया था, लेकिन रियासत के अंतिम राजा यशवंत राव होल्कर द्वितीय और सरदार पटेल में संधि-पत्रों पर हस्ताक्षर करने को लेकर कुछ मतभेद थे। भोपाल रियासत के विलय का पूरा नाटक सबके सामने घटित

हो ही चुका था। यशवंत राव होल्कर द्वितीय दिल्ली पहुँचकर भी संधि-पत्रों पर हस्ताक्षर करने में कुछ शर्तें रख रहे थे। आख़िरकार इस रियासत ने भारतीय लोकतंत्र में आस्था दिखाते हुए, एक बेह्तर राष्ट्र के निर्माण में सहयोग देने के लिए अपनी राजशाही परम्परा को छोड़कर विलय के संधि-पत्रों पर दस्तख़त किये। ये 1 जनवरी 1950 का दिन था। इसी दिन राहत साहब का जन्म हुआ। दिन इतवार था। इस्मांली कैलेंडर के अनुसार ये 1369 हिजरी थी और तारीख़ 12 रबी उल अव्वल थी।

इन्हीं सब अस्थिर राजनीतिक और सामाजिक माहौल में राहत साहब का जन्म हुआ। ज़ाहिर है कि ये एक संक्रमण का दौर था। न राजे-महराजे रह गये थे और न ही अँग्रेज़। भारतीय लोकतंत्र का कोई व्यावहारिक स्वरूप भी नहीं स्पष्ट हो पाया था। ये आपाधापी का युग शंका, प्रलोभन, अवसरवादिता, कटुता और मतभेद के अनगिनत पहलू अपने में समेटे हुए था। अन्य समुदायों की अपेक्षा मुस्लिम समुदाय की स्थिति आज़ादी के बाद कुछ अधिक ही ख़राब थी। राहत साहब का परिवार भी इससे अछूता नहीं था।

इंदौर से नेमावर के रास्ते पर निकलिए तो एक जगह है क़ाज़ी पलासिया। राहत साहब के दादा के पिता जी जनाब ग़ुलाम मुहम्मद यहीं के रहनेवाले थे। बाद में वे वहीं से कुछ दूरी पर मौजूद सोनकछ (सोनकच्छ) के नज़दीक हाँसलपुर में जाकर बस गये। यहीं उनके दोनों बेटे पैदा हुए– हश्मत उल्लाह और अब्दुल हफ़ीज़। ग़ुलाम मुहम्मद आमतौर पर खेती-किसानी करते थे और साथ में मकान बनाने और ख़रीदने-बेचने का भी काम कर लेते थे। शायद इसीलिए बड़े बेटे हश्मत उल्लाह ने अपना ख़ानदानी कारोबार अपनाया और मकान के साथ-साथ दीगर तामीरी काम करने लगे।

हश्मत उल्लाह तामीर सम्बंधी कई तरह के काम करते थे, लेकिन उन्हें कुँए बनाने में ख़ास महारत थी। उस ज़माने में आजकल की तरह ईंटें नहीं हुआ करती थीं। लखौरी ईंटें थीं भी तो उनका इस्तेमाल और प्रचलन मैदानी इलाक़ों में अधिक था। पहाड़ी इलाक़ों में बेशतर तामीरी काम पत्थरों को

काटकर-तराशकर होता था। हश्मत साहब भी इन्हीं कामों के माहिर थे। नया-नया जब कोई कुँआ खोदा जाता था तो स्थायी मज़्बूती देने के लिए चारों तरफ़ की अंदरूनी दीवारों को पक्का करना पड़ता था। ये काम ईंट या पत्थर से ही होता था। कुँए के अंदर चारों तरफ़ नीचे से दीवार बनाते हुए ऊपर आना बहुत हिम्मत और ज़ोख़िम का काम रहा होगा। एक तरह से ये जान ज़ोख़िम में डालने जैसा काम था, साथ में दिमाग़ लगाना और शारीरिक श्रम अलग से। ज़िंदगी और परिवार के लिए आदमी को क्या-क्या नहीं करना पड़ता।

एक दिन हश्मत उल्लाह ने सोचा कि छोटे भाई अब्दुल हफ़ीज़ को भी काम पर ले चलें। दोनों लोग काम पर पहुँचे। हश्मत उल्लाह बीच-बीच में अब्दुल हफ़ीज़ से जब कोई सामान या पत्थर का टुकड़ा वग़ैरह मँगाते तो वे उसे लाकर रखने के बाद अपने कपड़े झाड़ते। ज़ाहिर है कि वे कम उम्र के थे और ईंट-पत्थर का टुकड़ा उठाते वक़्त अपने पेट और हाथों को सहारे के लिए चिपकाकर पकड़ते रहे होंगे और बार-बार धूल-मिट्टी उनके कपड़ों में लग जाती रही होगी। बार-बार छोटे भाई को इस तरह करते देखकर हश्मत उल्लाह ने कहा– "तू घर जा, कल से काम पर आने के बजाय स्कूल पढ़ने जाना।" हश्मत उल्लाह का अंदाज़ा ठीक निकला। अब्दुल हफ़ीज़ को पढ़ने-लिखने का शौक़ अधिक था। उन्होंने पढ़ाई की और आगे चलकर नामी-गिरामी वकील हुए। उनका पूरा परिवार, जो अब एक बड़ा ख़ानदान बन चुका है, वो अब भोपाल, देवास और इंदौर तक फैला हुआ है।

अब्दुल हफ़ीज़ साहब की चार शादियाँ हुईं। पहली बीवी से दो बेटियाँ हुईं, जिनका नाम महमूदन और मक़्सूदन है। दूसरी बीवी से कोई औलाद न हुई। तीसरी बीवी से तीन लड़कियाँ हुईं– हमीदा बी, रईसा बी और तस्लीम बी। एक बेटा भी हुआ– अब्दुल ख़ालिक़। बेटा चारों संतानों में तीसरे नम्बर पर था। चौथी बीवी से चार लड़के और तीन लड़कियाँ हुईं। सबसे बड़े अब्दुल रशीद क़ुरैशी, इनके बाद ज़ुबैदा बी, फिर अब्दुल वहीद, इनके बाद अब्दुल वारिस, फिर ज़हीन बी, इनसे छोटे अब्दुल ग़नी क़ुरैशी और सबसे छोटी ज़ाहिदा बानो। सबसे बड़े बेटे अब्दुल रशीद साहब से एक बार मेरी मुलाक़ात हुई और कई बार फोन पर भी बात हुई।

इन्होंने ख़ानदान की कुछ जानकारियाँ दीं। तीसरे नम्बर पर जो अब्दुल वहीद साहब हैं, इनकी शादी राहत साहब की बड़ी बहन तक़्रीबुन्निसाँ के साथ हुई, जो अब अपने पूरे परिवार के साथ देवास में रहते हैं; इनका ज़िक्र आगे भी आयेगा।

हश्मत उल्लाह की शादी कमलापुर में हुई। कमलापुर सोनकच्छ से 15-20 किमी. की दूरी पर है। इनकी पत्नी का नाम सकीना था। इंदौर से जब हम भोपाल की तरफ़ चलते हैं तो बीच में सोनकच्छ का इलाक़ा पड़ता है। सोनकच्छ और कमलापुर, दोनों ही देवास ज़िले की बागली तहसील के अंतर्गत हैं। हश्मत उल्लाह के एक बेटा और एक बेटी हुई। बेटी का नाम आमिना था, लेकिन सब प्यार से उन्हें काली आपा कहकर बुलाते थे। कभी-कभी बड़े-बुज़ुर्ग दुलार में नाम ख़राब कर देते हैं, तो कभी-कभी ये भी देखा जाता है कि घर की औरतें हँसी-मज़ाक़ में किसी का कोई नाम रख देती हैं और आगे चलकर वही नाम स्थायी हो जाता है। वैसे सोनकच्छ में काली नाम की एक नदी भी पड़ती है, हो सकता है उस नदी के नाम पर ही उन्हें सब काली या काली आपा कहते रहे हों। राहत साहब की मुबीन ख़ाला बताती हैं कि कुछ लोग उन्हें 'मैमूना आपा' भी कहते थे। ये शायद 'आमिना' को ही कुछ बिगाड़कर बनाया गया लफ़्ज़ है। इनकी शादी भौंरासा (भौंरासा या भँवरासा देवास ज़िले की एक जगह है) में हुई। जिनसे शादी हुई थी वो रिश्ते में राहत साहब की माँ के मामू लगते थे। उनका नाम मंज़ूर हुसैन था। रिश्ते में मामू भले ही लगते थे, लेकिन उनकी उम्र ज़ियादा न थी। इस तरह मंज़ूर हुसैन साहब मक़्बूल बी (राहत साहब की माँ) के मामू भी थे और बाद में ननदोई भी हो गये। दरअस्ल, ये मंज़ूर हुसैन साहब तमीज़ बरकत (राहत साहब की नानी) के बड़े अब्बा (वालिद के बड़े भाई) के बेटे थे। मक़्बूल बी के सगे कोई मामू नहीं थे। यही मंज़ूर हुसैन और हमीद साहब जो कि तमीज़ बरकत के बड़े अब्बू के बेटे थे, मामू की तरह थे। परिवार में बहुत एका होने के कारण कभी अपने-पराये का भेदभाव न था।

हश्मत उल्लाह के बेटे का जन्म हुआ सन् 1921 ई. में और नाम रखा गया– रिफ़अत उल्लाह। रिफ़अत पढ़ने-लिखने में बहुत रुचि रखते थे।

वालिद साहब भले ही पढ़ाई-लिखाई से दूर थे, लेकिन चचा हफ़ीज़ ने वकालत की पढ़ाई की और बाद में प्रैक्टिस भी शुरू की, जिसकी वज्ह से घर-परिवार में पढ़ने-लिखने का एक माहौल बना हुआ था। रिफ़्अत उल्लाह जल्द ही मद्रसे की कई कक्षाएँ पास करके एक मद्रसे में पढ़ाने भी लगे, लेकिन जल्द ही उन्हें ये एहसास हो गया कि मैं इस रास्ते पर चलकर ज़िन्दगी तो गुज़ार सकता हूँ, मगर कुछ क़ाबिले-ज़िक्र नहीं हासिल कर सकता। इसे उनकी महत्त्वाकांक्षा (ambition) कहें या उनकी प्रगतिशीलता (progressiveness) कहें कि वे सोनकच्छ छोड़कर शह्रे-इंदौर आ गये।

उनका गाँव छोड़कर शह्र की ओर पलायन करना कई बातों की तरफ़ इशारा करता है। हम ये भी कह सकते हैं कि ये उनकी महत्त्वाकांक्षा थी। सिर्फ़ 22-23 बरस की उम्र में शह्र की तरफ़ कूच करना, कम उम्री में उठाया गया एक जज़्बाती क़दम भी कहा जा सकता है। उस समय पूरे हिंदुस्तान में आज़ादी की लड़ाई अपने चरम पर थी। गाँधी जी के नेतृत्व में कांग्रेस पार्टी कई प्रकार के राष्ट्रीय आंदोलनों को अंजाम दे रही थी। अगर हम उनके इस क़दम को महत्त्वाकांक्षी क़दम कहें तो भी ये अपनी प्रतिभा, अपनी ताक़त, अपनी मेह्नत, अपनी क़ूवत पर यक़ीन करने की वज्ह से पैदा हुई थी। हम ये भी कह सकते हैं कि ये उनकी मज्बूरी थी कि उन्हें गाँव से शह्र की तरफ़ अपनी रोज़ी-रोटी चलाने के लिए पलायन करना पड़ा। इस पलायन से हमें ये भी पता चलता है कि किस तरह उस वक़्त हिन्दुस्तान का एक ग्रामीण रोज़गार के लिए नये-नये व्यापारिक-व्यावसायिक शह्रों की तरफ़ पलायन कर रहा था। ये राजे-रजवाड़ों और रियासतों-नवाबों के समाप्त होने और ब्रिटिश हुकूमत के कभी न डूबनेवाले सूरज के अस्त होने का युग था।

इन सबमें चाहे जो भी वज्ह रही हो, मगर इतना ज़रूर था कि रिफ़्अत साहब एक प्रगतिशील सोच के आदमी थे। उन्होंने गाँव छोड़ने में अपने माँ-बाप को नाराज़ भी नहीं किया था। बीवी मक़्बूल बी के साथ रिफ़्अत साहब माँ सकीना जी को भी इंदौर ले आये। ज़ाहिर सी बात है कि बेटा शह्र जा रहा था और वो भी नयी-नवेली दुल्हन लेकर, जिसके अभी कोई

औलाद भी न थी, तो देखभाल के लिए साथ में एक बुज़ुर्ग का शफ़क़त भरा हाथ तो रहना ही चाहिए।

सोनकच्छ देवास ज़िले की एक नगर पंचायत, विधानसभा, ब्लॉक, तहसील सभी कुछ है। जब राहत साहब के पिता रिफ़्अत उल्लाह सोनकच्छ छोड़कर इंदौर आये तो ये इलाक़ा इंदौर रियासत (होल्कर रियासत) का एक हिस्सा था, लेकिन बाद में ये देवास ज़िले में शामिल हो गया। सोनकच्छ इंदौर और उज्जैन से 70 किमी., देवास से 33 किमी. और भोपाल से 118 किमी. दूर स्थित है। यहीं कुछ दूर पर सोनकच्छ तहसील में ही गंधर्वपुरी है। कहते हैं यहाँ के राजकुमार गंधर्वसेन ने चार शादियाँ की थीं। उनकी चारों पत्नियाँ चारों वर्ण– ब्राह्मण, क्षत्रिय, वैश्य तथा शूद्र वर्ण से थीं। क्षत्रिय वर्ण की पत्नी से तीन पुत्र तथा अन्य से एक-एक पुत्र उत्पन्न हुए। क्षत्रिय वर्ण के तीन पुत्रों में से दो विक्रमादित्य और भर्तृहरि थे, जिनका क़िस्सा संसारविदित है। 'सोनकच्छ' शब्द भी अपने में कई अर्थ समेटे हुए लगता है। ये 'स्वर्ण-कक्ष' का तद्भव भी हो सकता है। 'स्वर्णाक्ष' से 'सोनाक्ष' फिर 'सोनकच्छ' हो सकता है। कहीं-कहीं 'सोनाक्षी' का तद्भव 'सोनाकासी' भी मिल जाता है। किसी भी तत्सम से बना यह तद्भव निश्चित रूप से 'स्वर्ण' तो समेटे ही हुए है।

देवास ज़िले से राहत साहब के कितने रिश्ते हैं इसे गिनना बहुत मुश्किल है। पूरे ख़ानदान के कई लोगों की शादी देवास में ही हुई हैं। कभी-कभी मुनव्वर राना इस पर चुटकी लेते हुए कहते भी हैं कि राहत भाई आप लोगों को देवास के अलावा किसी दूसरी जगह के लोग अपनी लड़की नहीं देते क्या?

प्राचीनकाल के जिस मालवा प्रांत का ज़िक्र आज मिलता है, उसका स्वरूप आज के कुछ ज़िलों को मिलाकर समझा जा सकता है। इंदौर, धार, ग्वालियर, भोपाल, देवास, गुना तथा सागर के जो इलाक़े हैं; लगभग यही सब मिलकर 'मालवा प्रांत' का निर्माण करते थे। पूरे मालवा का चप्पा-चप्पा राग-द्वेष, विश्वास-छल, षड्यंत्र-समर्पण, वीरता-कायरता, कला-युद्ध आदि विरोधी तत्त्वों के ऐतिहासिक और जनप्रचलित क़िस्सों से भरा

पड़ा है।

पहले भी ज़िक्र कर चुका हूँ कि राहत साहब के वालिद रिफ़अत उल्लाह सन् 1942 में इंदौर आये। इंदौर भी अपने आप में अनूठा शह्र है। ये शह्र जब से वजूद में आया तब से आज तक किसी-न-किसी कारण से सदैव महत्त्वपूर्ण बना रहा। ये शह्र 'इंदौर रियासत' का मुख्यालय था। यद्यपि कि मल्हार राव की पुत्र-वधू अहिल्याबाई होल्कर (1725-1795) ने रियासत की राजधानी को सन् 1767 में महेश्वर स्थानान्तरित (transfered) कर दिया था, परन्तु सन् 1818 में पुनः इंदौर को राजधानी कर दिया गया।

अँग्रेज़ों ने इंदौर का इस्तेमाल ब्रिटिश शासनकाल में मध्य-भारत के मुख्यालय के रूप में किया। यहाँ मध्य प्रदेश का स्टॉक एक्सचेंज भी हुआ करता था, जो कि इंडिया का तीसरा सबसे बड़ा स्टॉक एक्सचेंज था। सन् 1906 में ही इस शह्र में बिजली आपूर्ति होने लगी थी और 1909 में फ़ायर ब्रिगेड की भी व्यवस्था कर दी गयी थी। इस शह्र को अँग्रेज़ों ने व्यवस्थित ढंग से बसाने के लिए इसका एक मास्टर प्लान जाने-माने वास्तुकार पैट्रिक गेड्स से बनवाया था। सन् 1852 से 1886 तक शासन करनेवाले तुकोजी राव होल्कर द्वितीय ने इस शह्र के औद्योगिक विकास पर ध्यान दिया। सन् 1875 में इनके शासनकाल में रेलवे लाइन से इंदौर को जोड़ा गया, जिसका व्यावसायिक लाभ भविष्य में सभी शासकों और जनता को मिला। इसी शह्र में भविष्य की अनगिनत उम्मीदें-आशाएँ लेकर रिफ़अत उल्लाह अपनी शरीके-हयात मक़्बूल बी के साथ आ बसे।

मक़्बूल बी देवास में रहनेवाले मंज़ूर हुसैन की सबसे बड़ी बेटी थीं। मंज़ूर हुसैन साहब एक्साइज़ विभाग में इंस्पेक्टर थे और तबादलों में अक्सर उनका एक शह्र से दूसरे शह्र आना-जाना लगा रहता था। पहले जब अँग्रेज़ों का ज़माना था। तब ये मध्य भारत पुलिस में थे और बाद में अलग-अलग राज्य बनने पर उन्हें एक्साइज़ विभाग मिल गया। राहत साहब के नाना जब इनकी शायरी सुनते थे, इनके मुशायरों में जाने और

वहाँ कामयाब होने को सुनते थे तो बहुत ख़ुश होते थे। उनके चार बेटियाँ और दो बेटे थे। बेटियों में सबसे बड़ी मक़्बूल बी थीं, जो कि बाद में राहत साहब की माँ बनीं। इनसे छोटे मुबारिक शेख़, फिर अब्दुल हकीम हन्फ़ी थे। बाक़ी की तीनों बहनें नौशाद बी, मुबीन फ़ातिमा और शमीम बानो भाइयों से छोटी थीं और इनकी उम्र का क्रम भी वही है जिस क्रम में इनके नाम लिखे गये हैं।

यहाँ सभी बहनों के नाम में एक ख़ास बात देखी जा सकती है– मक़्बूल, नौशाद, मुबीन, शमीम– ये ऐसे नाम हैं जो मर्दों के नाम भी हो सकते हैं। ऐसा संयोगवश नहीं हुआ होगा। ज़रूर मंज़ूर हुसैन साहब (राहब साहब के नाना) ने अपने बेटों मुबारिक और हकीम के बराबर ही बेटियों को भी प्यार और इज़्ज़त देते हुए ये नाम रखे होंगे। राहत साहब की नानी का नाम तमीज़ बरकत था। राहत साहब के वालिद् जब कभी किसी बेटे पर या राहत साहब पर ग़ुस्साते तो नानी का नाम लेकर कहते– "तमीज़ का नवासा बदतमीज़।"

कुल मिलाकर इन छः भाई-बहनों में मुबारिक शेख़ यानी राहत साहब के सगे बड़े मामू ही ऐसे थे, जिन्हें बँटवारे का दंश झेलना पड़ा। वे अपने दोनों बेटों– महफ़ूज़ क़ुरैशी और मक़्सूद क़ुरैशी के साथ पाकिस्तान चले गये। साथ में उनकी बीवी अफ़्ज़ल साहिबा भी चली गयीं। उनकी बीवी के भाई 1947 में ही पाकिस्तान जा चुके थे, जिस वज्ह से उन्हें भी जाने का वसीला मिला और ये आज़ादी के तीन-चार साल बाद गये। उनके जाने का दुःख पिता मंज़ूर हुसैन को मरते दम तक रहा। इनके जाने का दुःख और बहनों की अपेक्षा मक़्बूल बी (राहत साहब की माँ) को बहुत अधिक था, क्योंकि वो इन्हें बहुत प्यार करते थे, बहुत ख़याल रखते थे। जब वो पाकिस्तान चले गये तो मक़्बूल बी को बहुत दिन तक यक़ीन ही नहीं हुआ कि वो हम सबसे हमेशा के लिए दूर चले गये हैं। वो गुमसुम रहा करती थीं; यहाँ तक कि मुबारिक शेख़ जी सनाए की पत्ती कभी-कभी पान के साथ खाया करते थे, तो मक़्बूल बी उनके जाने के बाद भी सनाए की पत्ती लाकर पानदान में रखती थीं। उस दर्द को हमारी पीढ़ी क्या समझ पायेगी।

मुबारिक शेख़ चूँकि हिंदुस्तान में इंजीनियर थे, इसलिए शायद उन्हें लगा हो कि नये बन रहे देश पाकिस्तान में नये इंजीनियरों की अधिक ज़रूरत पड़ेगी। उन्होंने वहाँ भी अपना ये काम जारी रखा। आज भी कराची में उनके बड़े साहबज़ादे महफ़ूज़ क़ुरैशी इंजीनियर हैं। राहत साहब शादी-विवाह और दीगर मौक़ों पर कराची जाते रहते हैं। जिन लोगों की जड़ें आज भी एक-दूसरे से जुड़ी हुई हैं, वे एक-दूसरे को हसरत भरी निगाहों से आज भी देखते रहते हैं। राहत साहब का एक शेर इस बात की ज़िंदा मिसाल है कि पाकिस्तान और हिंदुस्तान से हिजरत करनेवाली अवाम के दुःख एक जैसे हैं। हो सकता है उनके सुख, उनकी ख़ुशियों के वसीले अलग-अलग हों, लेकिन सन् 1947 में होनेवाले बँटवारे ने दोनों मुल्कों की जनता को एक यकजा ग़म अता किया है।

बात ज़रा दूसरी तरफ़ चली जायेगी, लेकिन अपनी बात की ताईद में यहीं बताना बेह्तर होगा कि राहत साहब एक बार कराची गये (1986) और वहाँ के नेशनल स्टेडियम में हज़ारों के मज्मे में एक शेर पढ़ा। सारे सामईन खड़े होकर पाँच मिनट तक ताली बजाते रहे। उसी शेर को दिल्ली के एक मुशायरे में (ग़ालिबन् लाल क़िले के किसी मुशायरे में) पढ़ने पर यहाँ भी उसी तरह की शोरअंगेज़ी हुई। किसी एक शेर पर दो मुल्कों के सामईन एक जैसी प्रतिक्रिया (reaction) दें, और मुल्क भी ऐसे जो आपस में एक-दूसरे के विरोधी कहे जाते हों, तो ये प्रतिक्रिया एक मुश्तरका ग़म की प्रतिक्रिया बन जाती है। ये शेर सिर्फ़ मुस्लिम समुदाय तक सीमित रह जानेवाला शेर नहीं है–

अब के जो फ़ैसला होगा वो यहीं पे होगा
हमसे अब दूसरी हिजरत नहीं होनेवाली

राहब साहब हिंदुस्तान की पूरी जनता के मुश्तरका ग़म को बयान करनेवाले शायर हैं। इनकी शायरी को किसी सम्प्रदाय और किसी समुदाय से जोड़कर देखना-समझना अपने को सतही दृष्टिवाला साबित करना होगा।

देवास अपने तमाम ऐतिहासिक और पुरातात्त्विक महत्त्वों के लिए दुनिया भर में जाना जाता है। मूलतः बेलगाम कर्नाटक के रहनेवाले शास्त्रीय गायक कुमार गंधर्व (1924-1992) सन् 1948 में 24 वर्ष की अवस्था में अपने क्षय रोग (टी. बी.) को ठीक करने के उद्देश्य से साफ़-शुद्ध वातावरण के लिए सपत्नीक देवास आये और यहीं के होकर रह गये। कुछ लोगों का मानना है कि मालवा क्षेत्र में कुमार गंधर्व का वही मान-सम्मान और महत्त्व है जो कभी महाकवि कालिदास का हुआ करता था। सन् 1977 में भारत सरकार ने इन्हें पद्मभूषण प्रदान किया और सन् 1990 में इन्हें पद्मविभूषण भी प्राप्त हुआ। इनकी जीवनी पढ़ने से पता चलता है कि इनकी गायकी में देवास का बड़ा योगदान है।

राहत साहब के छोटे मामू थे अब्दुल हकीम हन्फ़ी साहब, जो देवास में ही रह गये। बहनों में मक़्बूल बी (राहत साहब की माँ) से छोटी थीं नौशाद बी; इनकी शादी भोपाल में मुहम्मद यूनुस से हुई। मु. यूनुस साहब का इत्र का अच्छा कारोबार था। नौशाद बी से छोटी थीं मुबीन फ़ातिमा; इनकी शादी देवास में ही अब्दुल सत्तार साहब से हुई। ये अध्यापक थे और रिटायर होकर आजकल घर पर ही रहते हैं। भाई-बहनों में सबसे छोटी शमीम बानो की शादी इंदौर में मुहम्मद अली से हुई। वे एक उच्चकोटि के मैकेनिक थे।

देवास जाकर राहत साहब की ख़ाला मुबीन फ़ातिमा से मिलना एक अलग ही अनुभव से गुज़रना था। अब्दुल सत्तार साहब, जिनसे इनकी शादी हुई है वो भी दूर के रिश्तेदार हैं। ख़ुदा का शुक्र है कि जोड़ी अभी सलामत है। ख़ाला बूढ़ी हो चुकी हैं, लेकिन उनके भारी-भरकम क़दो-कामत और बुलंद आवाज़ से मालवा की संस्कृति झलकती है। उनकी उर्दू सुनकर, उनके बोलने का अंदाज़ देखकर सहज ही अनुमान लगाया जा सकता है कि मालवा की मिठास जब उर्दू के साथ घुलमिल जाती है तो सुननेवालों को कितना शीरीं एहसास होता है। इनके दो बच्चे हैं– बेटी सालेहा परवीन और बेटा डॉ. ज़ियाउर्रहमान। सालेहा परवीन की शादी राहत साहब के छोटे भाई आदिल क़ुरैशी से हुई। ज़िया भाई ने देवास में ही एक कॉलेज खोल रखा है, जिसका नाम है– 'हकीम अब्दुल हमीद यूनानी

मेडिकल कॉलेज'। यहाँ से बी. यू. एम. एस. और दीगर कोर्स होते हैं। मैंने वो कॉलेज भी जाकर देखा।

मैंने और फ़ैसल भाई ने बातचीत शुरू की तो मुबीन फ़ातिमा बेतकल्लुफ़ होकर तमाम बातें बताने लगीं। जैसे यादों का पूरा पिटारा खुल गया हो। ये वो प्यारे लोग हैं जिनका प्यार, जिनकी दुआएँ हरदम राहत साहब के साथ रहीं, शामिले-हाल रहीं। उम्र अधिक होने की वज्ह से साँस फूलने लगती है तो उन्हें रुक-रुककर बोलना पड़ता है। सबसे पहले उन्होंने यही कहा कि– "राहत तो मेरा बेटा है.... बस मैंने उसे पैदा नहीं किया था बाक़ी सब किया।" वो हँस-हँसकर ममतामयी शैली में घंटों बातें करती रहीं। ये राहत साहब की माँ से कई साल छोटी थीं, इसलिए जब भी मौक़ा मिलता उनके यहाँ इंदौर पहुँच जाती थीं। इसीलिए इन्हें राहत साहब के ख़ानदान के बारे में भी बहुत-कुछ जानकारी है। इन्होंने ख़ानदान से मुताल्लिक़ तमाम बातें बतायीं, जिनका इस्तेमाल इस किताब में जगह-जगह किया गया है। अपने बहनोई, यानी राहत साहब के वालिद मोहतरम के बारे में इन्होंने बहुत-कुछ बताया। उन्हें ये 'जीजा' कहकर सम्बोधित कर रही थीं, कभी-कभी 'दूल्हा भाई' भी कह रही थीं। इन्होंने उस संघर्ष को तफ़्सील से बयान किया, जो रिफ़अत उल्लाह साहब ने इंदौर आने के बाद किया था।

मुबीन ख़ाला (राहत साहब की ख़ाला) के मुताबिक़ राहत साहब का जन्म इंदौर में हुआ था। राहत साहब का ननिहाल इस वक़्त जिस मुहल्ले में लगता है उसका नाम है नयापुरा और यह रज्जब अली ख़ाँ मार्ग पर स्थित है। ये देवास के जाने-माने शास्त्रीय गायक रज्जब अली ख़ाँ (1874-1959) के नाम पर है। ये गायन के अलावा तबला, सितार, सारंगी और बीन इत्यादि वाद्ययंत्रों पर भी गहरी पकड़ रखते थे। इनके भतीजे अमान अली ख़ान (1888-1953) के शिष्य मन्ना डे और लता मंगेशकर जैसे कलाकार हुए।

देवास के अफ़ज़ल पेंटर की शोहरत माडर्न आर्ट में इंटरनेशनल लेवल पर है। बहुत कम उम्र से ही इन्होंने पेंटिंग बनाना शुरू कर दिया था। 'राम-दरबार' की बनायी इनकी पेंटिंग आज भी अपनी विधा की अनूठी कृति है। इनकी कई पेंटिंग देश-विदेश के संग्रहालयों में लगी हैं, जैसे– गैलरी ऑफ माडर्न आर्ट, नई दिल्ली; मध्य प्रदेश कला परिषद्, भोपाल; लाल बाग़ पैलेस, इंदौर; जे. एंड के. कल्चरल एकेडमी, श्रीनगर; हिंदू कांफ्रेंस हॉल, न्यूयार्क; कालिदास एकेडमी, उज्जैन; रूपंकर कलेक्शन, भारत भवन आदि।

मामा अब्दुल हकीम हन्फ़ी ने ही राहत साहब को पहली बार मुशायरे में ग़ज़ल पढ़ने का मौक़ा दिया। वे देश-दुनिया के प्रति बहुत जागरूक और आंदोलनकारी मिज़ाज के थे। उन्होंने जब तक नौकरी की बहुत ईमानदारी और असरकारी ढंग से की। वे रिटायर होने के बाद भी सरकारी कर्मचारियों के विभिन्न अधिकारों के लिए आजीवन लड़ते रहे। वे अपने ज़माने के ग्रेजुएट थे, नगरपालिका में नौकरी करते रहने के दौरान ही विभाग से अनुमति लेकर उन्होंने ग्रेजुएट किया। वे पेंशन से सम्बंधित तमाम सुधारों के लिए आजीवन धरना, प्रदर्शन और आंदोलन इत्यादि करते रहे। वे मध्य प्रदेश पेंशनर संघ के प्रांतीय उपाध्यक्ष भी रहे।

मैंने राहत साहब के ननिहाल का वो पत्थर का 'ओटला' भी देखा जिस पर वो और साबिर हुसैन बैठकर घंटों हर आने-जानेवाले की नक़्ल उतारते थे। ननिहाल का घर एकदम सड़क पर है। आस-पास पहले एकाध दुकानें भी थीं, जिन पर लोगों का आना-जाना लगा रहता था। नाना जी ने घर के अगले हिस्से की बाहरी दीवार में नीचे पत्थर के कई बड़े-चौकोर टुकड़े लगा रखे थे, जो सुब्ह-शाम यूँ ही किसी के भी बैठने के काम आते थे। राहत साहब तब कक्षा पाँच या छः में थे। साथ में पड़ोस के साबिर हुसैन भी पढ़ते थे। ये राहत साहब की मामी के छोटे भाई थे, इसलिए उनमें और राहत साहब में दोस्ती हो गयी थी। बाद में यही साबिर साहब राहत साहब के साले भी बन गये, जब उनकी बहन की शादी राहत साहब के साथ हो गयी। ख़ैर, स्कूल से छुट्टी के बाद दोनों लोग अक्सर उसी ओटले पर बैठ जाते और दुनिया भर की बातें होतीं और जैसा कि मैंने बताया हर आने-जानेवाले

की नक़्ल भी उतारी जाती। एक दिन हबीब मास्टर निकले तो उनकी भी नक़्ल उतारी गयी। उन्होंने कहा– ''तुम मक़्बूल (राहत साहब की माँ) के लड़के हो?'' राहत साहब बोले- ''हाँ''। वे बोले- ''मुझे उससे शिकायत करनी होगी। आने दो मक़्बूल को यहाँ। मैं कहूँगा उससे कि तुम्हारा लड़का मेरी नक़्ल कर रहा था।''

देवास शायद पूरे हिंदुस्तान की अकेली ऐसी रियासत थी जिसमें दो राजाओं का अधिकार रहता था। देवास रियासत सीनियर और देवास रियासत जूनियर। इसका इतिहास भी अपने आप में रोचक है। इसे ही 'बड़ी पाथी' और 'छोटी पाथी' कहते थे। 'पाथी' का मतलब है– 'हिस्सा', 'भाग' या 'खंड', ये सब इंतज़ाम आज़ादी के पहले का है। आज भी देवास में दो क़ाज़ी होते हैं– शह्र क़ाज़ी सीनियर और शह्र क़ाज़ी जूनियर। इसे यूँ भी कह सकते हैं कि एक बड़ी पाथी के क़ाज़ी हैं और दूसरे छोटी पाथी के क़ाज़ी हैं।

राहत साहब के मामा की चार संतानें हैं। सबसे बड़े बेटे हैं– मुशाहिद हुसैन हन्फ़ी, फिर बेटी रिज़वाना क़ौसर, इनसे छोटी हैं रुबीना तबस्सुम फिर इनके बाद दुर्राना गौहर। राहत साहब के ममेरे भाई मुशाहिद हुसैन उस ज़माने की तमाम बातें याद करके कई क़िस्से बताते हैं, जिनका ज़िक्र आगे आयेगा।

देवास और इंदौर की इसी बहुरंगी कलाभूमि पर राहत साहब का बचपन गुज़रा। यहाँ मानव सभ्यता से पैदा हुई कलाएँ तो बाद में आयीं, जबकि प्रकृति की बिखेरी हुई कला तो जाने कब से अपनी सहज सुंदरता से सबका मन मोह रही है।

मेरी बहार मेरे घर के फूलदान में है

राहत साहब का परिवार, ख़ानदान और तमाम रिश्तेदारियाँ इंदौर से देवास तक फैली हुई हैं। सबमें बहुत एकता और प्यार है। रिफ़अत उल्लाह साहब की शादी लगभग 1940-41 के आसपास देवास में हुई। जैसा कि पीछे ज़िक्र आया, शादी के कुछ ही दिनों बाद वो माँ और बीवी मक़्बूल बी के साथ इंदौर आ गये। इंदौर में बस जाने के बाद अपने पाँव जमाने के लिए इन्होंने तरह-तरह के काम किये। गाँव से आने के बाद सबसे पहले उन्हें कल्याणमल मिल ('द कल्याणमल मिल्स लि.' 1923) में काम मिला। पुराने लफ़्ज़ों में कहा जाय तो उन्हें 'मुंशी' का काम मिला, जबकि नये लफ़्ज़ में कहा जाय तो 'क्लर्क' की नौकरी मिली।

इन्दौर में कपड़ा मिलों का एक लम्बा इतिहास रहा है। जिसमें सबसे प्रसिद्ध हुकुमचंद मिल रही। ये वही हुकुमचंद मिल है जिसके स्थापना की अनुमति तो अक्टूबर 1912 में ही मिल गयी थी, मगर एक्साइज विभाग और नगरपालिका की कुछ रुकावटों के कारण 1914 में बनना शुरू हुई। इसका शिलान्यास 10 अप्रैल 1914 को इंदौर के महाराजा सर तुकोजीराव होल्कर ने किया और 25 मार्च 1916 को इसने काम करना शुरू कर दिया। पंद्रह लाख की पूँजी से शुरू होनेवाली इस मिल की पूँजी 1948 तक आते-आते साठ लाख पैंतालीस हज़ार पहुँच गयी। यही नहीं,

जब 1924 में सेठ जी ने अपने सुपुत्र राजकुमार के नाम से 'दि राजकुमार मिल्स लिमिटेड' की शुरूआत इक्कीस लाख की पूँजी से किया तो वे 'सेठ सरूपचंद हुकुमचंद' से 'सर सरूपचंद हुकुमचंद' हो चुके थे। उनकी ये बढ़ती प्रतिष्ठा इस बात का संकेत है कि किस प्रकार भारत से लेकर यूरोप तक भारतीय कपड़ों और धागों की धाक जमी हुई थी। ये मारवाड़ी थे और इन्हें 'प्रिंस ऑफ़ मर्चेंट्स' भी कहा जाता था।

इसके अलावा भी इंदौर में तमाम कपड़ा मिलें थीं– 'नंदलाल भंडारी मिल्स लि.' (1924), 'राय बहादुर कन्हैयालाल भंडारी मिल्स लि.' (ये होल्कर शासकों द्वारा 1866 में स्थापित-संचालित 'स्टेट मिल्स' थी, जो कई लोगों के हाथों बिकते हुए 1939 में राय बहादुर कन्हैयालाल भंडारी के स्वामित्व में आयी), 'स्वदेशी कॉटन एंड फ्लोर मिल्स लि.' (1919), 'इंदौर-मालवा युनाइटेड मिल्स लि.' (1909)। इन सब मिलों में कई हज़ार कर्मचारी काम करते थे। इंदौर-मालवा युनाइटेड मिल्स में एक साथ पाँच हज़ार से भी अधिक संख्या में कर्मचारी कार्य करते थे, जो उस ज़माने में एक बड़ी संख्या थी। ये सब इंदौर के व्यापारिक वैभव को बयान करती हैं। कॉटन और टैक्सटाइल मिलों के अलावा होज़री और सिल्क की भी कई बड़ी मिलें थीं। सिल्क पर 'आर्टवर्क' करने के कई कारख़ाने थे। दाल मिलें, बेकरी, शुगर और कॉन्फेक्शनरी की मिलें भी कम न थीं। इन मिलों का अधिकांश उत्पाद बम्बई के रास्ते यूरोप और पूरी दुनिया में जाता था। व्यापारिक दृष्टि से ये सब अद्भुत और महत्त्वपूर्ण था। 'नफ़ीस बेकरी' के बहुत-से उत्पाद तो आज भी इंदौर से पूरी दुनिया में जाते हैं, ख़ास तौर से गल्फ़ देशों में इसके कई उत्पादों की माँग है।

रिफ़अत साहब जिन दिनों इंदौर आये उन दिनों यूरोप की हालत ठीक नहीं थी। सन् 1939 से 1945 तक चलनेवाले द्वितीय विश्वयुद्ध ने ब्रिटेन के साथ-साथ पूरे यूरोप को दरहम-बरहम कर रखा था। मात्र हुकुमचंद मिल ही नहीं, बल्कि कपड़े और अन्य विभिन्न उत्पादों की दर्जनों मिलों के उत्पादों का निर्यात यूरोप में होता था। युद्ध का केंद्र बने यूरोप को जान के लाले पड़े थे तो सिल्क और हस्त-शिल्प की तमाम वस्तुएँ कोई क्या ख़रीदता। युद्ध के दौरान तो दवाओं और हथियारों का ही धंधा चलता

है। हिंदुस्तान तब ब्रिटिश शासन के अधीन था, इसलिए यहाँ से भी लगभग बीस लाख सैनिक मित्र-राष्ट्रों की ओर से लड़ने यूरोप गये। मेरे ननिहाल के एक बुज़ुर्ग भी हिटलर की सेना के ख़िलाफ़ अपनी जवानी में लड़े थे। जब किसी काम के नहीं रह गये तो दिन भर चारपाई पर बैठे-बैठे सबको डाँटा करते और तरह-तरह की योजनाएँ (plan) बनाते-बताते। उनके इस 'प्लान' बनाने से तंग आकर लोगों ने उनका नाम 'पलान बाबा' रख दिया था। बीस लाख सैनिकों के अलावा भारत के जितने भी राजे-रजवाड़े और छोटी-बड़ी रियासतें थी, सबने इस युद्ध में अँग्रेज़ी हुकूमत की हर सम्भव मदद की। एक प्रकार से कहा जा सकता है कि हिंदुस्तान भी द्वितीय विश्वयुद्ध में शामिल था, मगर ग़ुलाम बनकर। दूर देशों में हो रहे इन युद्धों के कारण हिंदुस्तान के दीगर शह्रों के साथ-साथ इंदौर भी प्रभावित था। बेरोज़गारी और व्यावसायिक मंदी का एक दौर इंदौर में भी चल रहा था।

इन्हीं सब कारणों से मिलवालों ने छँटनी भी शुरू कर दी। जो लोग छँटनी में बाहर नहीं किये गये उन्हें भी तनख़्वाह के लाले पड़े रहते थे। रिफ़अत साहब की छँटनी नहीं हुई, बल्कि उन्होंने तनख़्वाह की दिक़्क़तें देखकर ख़ुद ही मिल का काम छोड़ दिया। नौकरी छोड़ने के बाद रिफ़अत साहब ने 'अल्का' सिनेमा हॉल को कुछ दिनों तक किराये पर लिया। इसमें एक-दो फ़िल्में ख़रीदकर इन्होंने कुछ कमाई करने को सोचा, लेकिन फ़ायदा तो क्या किसी तरह ख़ुदा-ख़ुदा करके पूँजी लौट आयी बस।

इसी बीच नया पुरा के जिस मकान में वे रहते थे, उसका लम्बे समय तक किराया न दे पाने के कारण मालिके-मकान 'ज़ब्ती' का भी न्यायिक आदेश ले आये और राहत साहब के परिवार को एक बार बेघर-बार होना पड़ा। बहुत बुरे दिन क़िस्मत ने दिखाये। रिफ़अत उल्लाह साहब और मक़्बूल बी ने किराये के घरों से ऊबकर कई बार घर ख़रीदना भी चाहा। जब भी वे कोई मकान देखते और उसे ख़रीदने का इरादा करते तो मकान-मालिक को कुछ पेशगी बतौर बयाना दे आते, लेकिन संयोग नहीं लग पाता था। बाद में कोई-न-कोई काम आता ही रहता– कभी बच्चों की पढ़ाई

का ख़र्च, कभी शादी, कभी कुछ तो कभी कुछ। ग़ालिबन् राहत साहब के दिमाग़ में इस तरह के पुराने जद्दोजहद पड़े रहते हैं और कभी-कभी मौक़ा पाकर शेर में तब्दील हो जाते हैं–

अभी तो कोई तरक़्क़ी न कर सके हम लोग
वही किराये का टूटा हुआ मकाँ है मियाँ

रिफ़अत साहब के सभी बच्चों की पैदाइश इंदौर आने के बाद की है। सन् 1942 के आसपास रिफ़अत साहब इंदौर आये और दो साल बाद बेटी तहज़ीबुन्निसाँ (सन् 1945) पैदा हुईं। उनसे छोटी तक़रीबुन्निसाँ का जन्म सन् 1947 में हुआ। इनके दो साल बाद 1949 में आक़िल का जन्म हुआ, 1950 में कामिल का जन्म हुआ और 1957 में आदिल की पैदाइश हुई। बहुत कम लोगों को पता है कि राहत साहब के बचपन का नाम कामिल था। बाद में इनका नाम बदलकर राहत उल्लाह कर दिया गया– राहत उल्लाह क़ुरैशी। हालाँकि 'कामिल' वो आज भी हैं और ऐसे 'कामिल' जिससे 'राहत' मिले।

रिफ़अत उल्लाह साहब ताउम्र संघर्ष करते रहे। सिनेमा के काम के बाद उन्होंने ऑटो चलाया फिर कुछ दिनों बाद ऑटो ख़रीदा भी। मज्दे साहब ने बताया कि राहत साहब के पिताजी ने कुछ दिन राजन गौहर (बालकृष्ण गौहर के पिता जो कि सन् 1954-55 के आसपास इंदौर के मेयर भी रहे) का ऑटो चलाया था, उसके बाद ख़ुद का 'टेम्पो' (ऑटो नहीं) लिया। 'टेम्पो' की लम्बाई ऑटो से अधिक होती है। इसे वे ख़ुद ही चलाते भी थे। रिफ़अत साहब के मन में रहा होगा कि इसमें जितना अधिक मेहनत करूँगा उतनी ही कमाई बढ़ेगी। उस ज़माने में जबकि दूर-दूर तक मोटरगाड़ियाँ नहीं दिखती थीं, टेम्पो ख़रीदकर उसे चलाना अपने आप में तकनीक की ओर बढ़ा एक प्रगतिशील क़दम था। कुछ दिन उन्होंने एयरपोर्ट के पार्सल ढोने का काम किया। कुछ दिन ये काम करने के बाद उसी टेम्पो से डेयरी का दूध ढोने लगे। दूध लाने के लिए वो बड़वाह जाते थे, जो कि इंदौर से साठ किमी. थी। हर मौसम में सुब्ह चार बजे गाड़ी लेकर उन्हें निकल जाना पड़ता था। कितना मुश्किल रहा होगा रोज़ 120

किमी. का ये सफ़र। आरामवाली मिल की मुंशीगीरी छोड़कर, भागदौड़ से पैसा कमाने की कोशिश करना भी उनकी संघर्षशील और जुझारू प्रवृत्ति की तरफ़ इशारा करता है। इस काम को उन्होंने कुछ दिन किया, लेकिन उनका मन इसमें भी नहीं रमा। ये सब काम छोड़ने के बाद कुछ दिन उन्होंने साइकिल बेचने-बनाने की दुकान भी चलायी।

ऐसा नहीं था कि रिफ़अत उल्लाह ही कमाने में लगे थे, उनका बोझ हल्का करने के लिए घर में मक़्बूल बी भी सिलाई वग़ैरह के छोटे-मोटे काम कर लेती थीं, जिससे कुछ कमाई हो जाती थी। एक मोर्चा घर के अंदर भी खुला था। राहत साहब की माँ बहुत हुनरमंद थीं, एक-दो दिन में पूरा स्वेटर बना लेती थीं। हालाँकि आज के इस रेडीमेड के ज़माने में कोई हाथ से बने स्वेटर की क़द्र क्या जानेगा और हाथ से स्वेटर बनाने को तो कला बिल्कुल ही नहीं मानेगा। वे सुबह चार बजे उठकर स्वेटर बुनने लगती थीं और बहुत अच्छे-अच्छे स्वेटर बनाती थीं। राहत साहब की माँ मायके और ससुराल में एक 'आइडियल लेडी' थीं। खाना बनाना हो, कपड़े बनाने हों, रिश्ता बनाना हो, रिश्ता निभाना हो, पढ़ना-पढ़ाना हो, ख़रीदारी करना-कराना हो, वे हर मामले में सबका साथ देती थीं। अक्सर रिश्तेदारी की औरतें शादी-विवाह के मौक़ों पर ख़रीदारी के लिए इंदौर आती थीं। बरतन, कपड़े, गहने की ख़रीदारी के लिए वो सब बिना राहत साहब की माँ को लिए बाज़ार नहीं जाती थीं। कभी-कभी माँ को इसके लिए अपने पास से पैसा भी ख़र्च करना पड़ जाता, क्योंकि जैसे कोई न आ पाता और सामान मँगवा लेता तो ये ख़रीदकर भिजवा देती थीं। उनका जो सर्वप्रिय व्यक्तित्व था, उसी का संस्कार है, उसी का प्रभाव है कि आज राहत साहब भी सर्वप्रिय हैं।

मुबीन ख़ाला बताती हैं कि बचपन में सभी बच्चों को पढ़ाने के लिए घर पर मास्टर गनपत आते थे। राहत साहब के बड़े भाई रग़्बत मियाँ (बड़े भाई आक़िल क़ुरैशी को घर पर सब रग़्बत कहते थे) बहुत ज़िद्दी थे।

पढ़ने के बजाय वे अक्सर रोने लगते थे। फिर वे किसी-न-किसी की गोद में बैठकर पढ़ते। राहत साहब का मिज़ाज शुरू से ही दो ख़ास ख़ूबियोंवाला था– एक तो अपने से बड़ों का अदब-लिहाज़ और दूसरा सभी से प्यार-मुहब्बत भरे लहजे में बात करना। पहले वे बात भी बहुत कम ही किया करते थे। वे बताती हैं कि अब तो राहत मियाँ हम लोगों से देर तक बातें करने लगे हैं, वर्ना शुरूआती दिनों में बस काम भर की बातें होती थीं।

राहत साहब की माँ बहुत अच्छा खाना बनाती थीं और उन्हें बनाने-खिलाने का बहुत शौक़ भी था, इस कारण राहत साहब अक्सर अपने शायर दोस्तों की दावत अपने यहाँ करते रहते थे। दरअस्ल ये पहले से तयशुदा प्रोग्राम होता था। आज से 35-40 वर्ष पहले होटलों में रुकने-ठहरने और खाने-पीने को कवि और शायर बहुत वरीयता नहीं देते थे या यूँ कहें कि ये उनके लिए एक ख़र्चीला काम होता था। अगर किसी के घर पर ठहरने या खाने का इंतज़ाम हो जाता था तो उसे एक बेह्तर इंतज़ाम माना जाता था। इंदौर में मुशायरा हुआ या आसपास कहीं मुशायरा हुआ और पूरी टीम को फिर आगे कहीं मुशायरे के लिए निकलना है या एक दिन का वक़्त रुकने में ही ख़र्च कर देना है तो राहत साहब मेज़बानी के उन मौक़ों को हाथ से जाने नहीं देते थे। उनके घर पर रहने-खाने का इंतज़ाम हो जाता था। मलिकज़ादा मंज़ूर, अनवर जलालपुरी, मेराज फ़ैज़ाबादी, साग़र आज़मी, बशीर बद्र, कृष्ण बिहारी 'नूर', ख़ुमार बाराबंकवी और नासिर ख़्य्यामी ऐसे ही तमाम शोअरा एक साथ रुकते थे। सारे शायर तो एक कमरे में रह लेते थे, लेकिन सीमा जी (राहत साहब की पत्नी) बताती हैं कि मलिकज़ादा मंज़ूर साहब को एक अलग कमरे में अकेले ठहराया जाता था। वो इन सबसे सीनियर थे और सभी उनका बड़ा लिहाज़ करते थे।

राहत साहब के मुशायरों के शुरूआती दिनों में मुबीन ख़ाला जब इंदौर में रहती थीं तो राहत साहब के किसी शायर दोस्त के आने पर उसे डाँट-डपटकर भगा देती थीं। इन्हें लगता था कि यही शायर दोस्त ले जाकर राहत मियाँ को ख़राब कर रहे हैं, रात-रात भर लेकर न जाने कहाँ ग़ायब रहते हैं। इंदौर के कई शायरों में जिसे सबसे ज़ियादा मुबीन ख़ाला के ग़ुस्से का शिकार होना पड़ता था वो थे नूर इंदौरी साहब।

कक्षा पाँच-छः में पढ़ने के लिए जब राहत साहब देवास गये, तब तक मुबीन ख़ाला की शादी हो चुकी थी। देवास में ही उनका मायका भी था और ससुराल भी थी। राहत साहब अपने ननिहाल में रहते और अक्सर अपनी ख़ाला के यहाँ पहुँच जाते थे। पड़ोस में ही घर था। ख़ाला की शादी 15.05.1958 को हुई। संयोग से मुझे उनकी शादी का कार्ड भी देखने को मिला। ये कार्ड मुशाहिद भाई ने सँभालकर रखा है। इस कार्ड में दावत जिन दो लोगों की तरफ़ से दी गयी थी, वे थे राहत साहब के परनाना (नाना के पिता जी) शेख़ चाँद (शेख़ चाँद-भाई दफ़ेदार) और राहत साहब के नाना मंज़ूर हुसैन। दफ़ेदार कोई पद या ख़िताब रहा होगा। कार्ड देवनागरी में था। उसी कार्ड में मुबीन फ़ातिमा की शादी की भी दावत थी। इसी एक कार्ड पर ही राहत साहब के नाना मंज़ूर हुसैन की तरफ़ से दो दावतें दी गयी थीं– मुबीन फ़ातिमा की शादी के अगले ही दिन (16.05.1958) अब्दुल हकीम हन्फ़ी (राहत साहब के मामा) की शादी थी। दोनों लोगों की शादी देवास में ही हुई है। इस कार्ड के लफ़्ज़ उर्दू के हैं जबकि लिपि (script) देवनागरी की है, लेकिन जैसी ज़बान और तफ़्सील लिखी गयी है वैसी मैंने आज तक किसी उर्दू-कार्ड पर भी नहीं देखी। शादी रात में थी, जो कि 15 मई की भीषण गर्मी के लिहाज़ से मुनासिब ही थी। रात की शादी, देवनागरी में छपा कार्ड इस बात की जानकारी देता है कि मंज़ूर हुसैन साहब किस तरह की शख़्सीयत के मालिक थे।

राहत साहब के दादा जी के अदबी ज़ौक़ के कारण घर में पढ़ाई-लिखाई का अच्छा माहौल था। उनके इसी अदबी ज़ौक़ की बदौलत राहत साहब को इस तरह की तर्बिअत मिली थी कि रिसाले और किताबें उनके लिए घर-कमरे-अल्मारी और बिस्तर की चीज़ें थीं। उसी तरह पढ़ना भी उनके रोज़मर्रा का एक हिस्सा था। राहत साहब से बड़ी बहन तक़्रीबुन फ़ूफ़ी ने मुझे कई रिसालों के नाम बताये जो उस वक़्त उनके घर में आते थे– बचपन में 'खिलौना' और 'फुलवारी' जैसी बच्चों की पत्रिकाएँ आती

थीं। थोड़ा और बड़े होने पर 'शमा', 'पाकीज़ा' और 'बीसवीं सदी' जैसे रिसाले भी आने लगे।

राहत साहब की कक्षा पाँच तक की पढ़ाई नया पुरा के उर्दू स्कूल में हुई। ये सरकारी स्कूल हुआ करते थे जिनमें हर तरह के विषय पढ़ाये जाते थे। ये आजकल के प्राइमरी स्कूल की तरह होते थे। इन्हें मुस्लिम समाज में मद्रसा भी कहा जाता था। इन स्कूलों के कोई मख़्सूस नाम नहीं हुआ करते थे, बस सरकार की तरफ़ से एक नम्बर दे दिया जाता था। उस स्कूल के कुछ टीचर आज भी राहत साहब को याद हैं– निसार अहमद साहब गणित (Maths) पढ़ाते थे; राहत साहब कहते हैं कि लगभग साठ बरस हो गये, लेकिन आज भी कभी किसी सवाल में फँसता हूँ तो निसार साहब का चेहरा याद आता है। रऊफ़ साहब उर्दू पढ़ाते थे, अँग्रेज़ी ख़लील साहब पढ़ाते थे।

राहत साहब और उनके बड़े भाई आक़िल साहब के अलावा बड़ी बहन तक़्रीबुन्निसाँ भी देवास पढ़ने गयी थीं। ये राहत साहब से बड़ी हैं। इनकी शादी, जैसा कि मैं पीछे भी ज़िक्र कर चुका हूँ, अब्दुल वहीद से सन् 1969 में हुई। इन्होंने हमें बहुत सारी मालूमात दीं। अब्दुल वहीद साहब वन-मंडल (वन-विभाग) में कार्यरत थे और अब रिटायर हो चुके हैं। तक़्रीबुन जी ख़ुद भी इस्लामिया गर्ल्स हायर सेकेंड्री में पढ़ाती थीं। इनके दो बेटे हैं– बड़े संजीद क़ुरैशी, जिन्हें हम लोग प्यार से रज्जू भाई कहते हैं, और छोटे नावेद क़ुरैशी। नावेद भाई आजकल इंदौर में ही रहते हैं।

राहत साहब के सब भाई-बहनों में सबसे बड़ी तहज़ीबुन्निसाँ जी थीं। इनका इंतक़ाल सन् 2017 में हुआ। इनकी शादी धार ज़िले में अनवर उल्लाह ख़ान साहब से हुई थी। अनवर साहब स्वास्थ्य-विभाग में थे। इनके दो बेटे और चार बेटियाँ हुए– अज़हर उल्लाह ख़ान, अशफ़ाक़ उल्लाह ख़ान, शाइस्ता, शगुफ़्ता, रेशमा और मिस्बाह।

राहत साहब जब पाँचवीं या छठी क्लास में थे तो पढ़ने के लिए देवास

अपने ननिहाल भेजे गये। इसके पहले इनसे बड़े भाई आक़िल क़ुरैशी भी कुछ दिन देवास में रहकर पढ़ाई कर आये थे। ननिहाल में पढ़ने-लिखने का माहौल अच्छा था इसलिए वहाँ रहना ठीक था। तब वे बहुत छोटे थे; दस-बारह साल के। इनके पूरे ख़ानदान का ननिहाल में बड़ा सम्मान था। इनकी नानी ने जब जाना कि आज राहत साहब आ रहे हैं तो उन्होंने खाने-पीने की तैयारियाँ शुरू कर दीं। घर में चारों तरफ़ यही शोर उठा- 'राहत मियाँ आ रहे हैं, आज राहत मियाँ आ रहे हैं'। इनके ननिहाल के बड़े मकान के एक हिस्से में एक साहब किराये पर रहते थे। अहमद नाम था उनका और वो भी मास्टर थे। वो नाम के किरायेदार थे, बाक़ी उनका मान-सम्मान घर के आदमी जैसा था क्योंकि वे दूर के रिश्तेदार भी थे। वे भी तैयारी में जुट गये, कामों में हाथ बँटाने लगे। नानी समझ गयीं कि ये बेचारे कुछ और ही समझ रहे हैं। दरअस्ल वो नानी के मुँह से 'राहत मियाँ-राहत मियाँ' सुनकर सोचे कि राहत मियाँ कोई बहुत बुज़ुर्ग या पहुँचे हुए शख़्स हैं। नानी ने उनके मन की बात भाँप ली, लेकिन कुछ कहा नहीं। राहत साहब आये स्कूल का ड्रेस पहने हुए– ख़ाकी हॉफ पैंट और शर्ट। खाना-पीना हुआ, सब निपट गया और वे अपने स्कूल चले गये। वो जनाब बोले– "राहत मियाँ आये नहीं"; तो उनकी मासूमियत पर सब ख़ूब हँसे और उन्हें बताया कि वही तो थे राहत मियाँ, जो आये थे।

राहत साहब को पढ़ने का शौक़ बचपन से ही था। ये अपने आप में मसरूफ़ रहते थे। ननिहाल में पढ़ने-लिखने का माहौल इसलिए भी अच्छा था कि इनकी नानी तमीज़ बरकत ख़ुद बहुत ज़हीन और पढ़ी-लिखी थीं। नाना जी के सरकारी नौकरी में होने के कारण घर में पढ़ने-लिखने के नाम पर पैसों की कमी नहीं थी। यही वज्ह थी कि मक़्बूल बी (राहत साहब की माँ) जब शादी के बाद इंदौर आयीं तो घर में पढ़ाई-लिखाई का माहौल बनाये रखा। परिवार में अच्छे-बुरे दिन आते-जाते रहे, लेकिन उन्होंने कभी पैसे के कारण किसी की पढ़ाई नहीं रुकने दी। बच्चों की पढ़ाई के लिए उन्होंने सिलाई का काम भी घर पर शुरू कर दिया, लेकिन सभी बच्चों को अच्छी तालीम दी। ये भी हुआ कि राहत साहब बचपन से ही कमाने लगे थे, लेकिन उस स्थिति में भी उनकी पढ़ाई बंद करवाकर उन्हें कमाने के

लिए नहीं भेजा गया।

राहत साहब के बड़े भाई आक़िल क़ुरैशी की शादी शाहिदा बी से सन् 1977 में हुई। ये ज़िंदगी भर बैंक में अहम पदों पर रहे और अब रिटायर होकर घर पर रहते हैं। देखने में एकदम राहत साहब जैसे दिखते हैं और इस क़दर चेह्रा मिलता है कि जिसने सिर्फ़ राहत साहब की फोटो देखी हो उसे इनसे मिला दीजिए तो वो इन्हें राहत इंदौरी ही समझेगा। इन्हें शेरो-शायरी से कोई ख़ास रग़्बत नहीं। इन्हें ही घर के लोग रग़्बत या रग़्बत मियाँ कहकर बुलाते हैं। इनके तीन बेटे हैं– दानिश क़ुरैशी, अनीस परवेज़, शोएब क़ुरैशी। दानिश भाई के दो बेटियाँ हैं; रिताज और माइशा। अनीस भाई के एक बेटा है; उमर। शोएब की शादी हो गयी है और फ़िलहाल अभी उन्हें पिता बनने के लिए थोड़ा इंतज़ार करना है।

आदिल क़ुरैशी, राहत साहब से छः साल छोटे थे। इनकी शादी का ज़िक्र पहले भी आ चुका है कि सालेहा परवीन से सन् 1983 में हुई। इनके तीन बच्चे हुए– सबसे बड़ी बेटी ताबीर, उससे छोटा बेटा इद्राक और इससे छोटी बिटिया बीनिश है। आदिल क़ुरैशी का इंतक़ाल सन् 2017 में हो गया। ये भी इंदौर की चर्चित शख़्सीयतों में से एक थे। 'लम्हे-लम्हे' का ख़ुसूसी शुमारा जब राहत साहब पर आया तो आदिल साहब ने एक मज़्मून लिखा– 'छोटे भाई जान'। उम्र में आदिल, राहत साहब से छोटे थे, लेकिन बहनें और बड़े भाई आक़िल साहब, राहत साहब को छोटा कहते थे तो वो भी छोटे भाई जान ही कहते थे। बहैसियत एक सगे भाई उन्होंने उस मज़्मून में राहत साहब के मुताल्लिक़ अपने प्यार का इज़्हार भी किया है और साथ ही कई जानकारियाँ भी दी हैं। इस लेख के एक अंश में वे लिखते हैं–

"राहत भाई को मैं 'छोटे भाई जान' कहा करता था। घर की माली हालत बहुत ख़राब थी। राहत भाई ने बहुत कम उम्री ही में, जब वो स्कूल के तालिबे-इल्म थे, पैसा कमाने के लिए मुख़्तलिफ़ काम करने शुरू कर

दिये थे। मस्लन् उन्होंने साइनबोर्ड बनाने की दुकान पर काम किया। इन्हिमाक और तनदिही का ये आलम इब्तिदा ही में नज़र आया कि रमज़ान शरीफ़ में रोज़ा अफ़्तार का वक़्त मसूरूफ़ियत में गुज़र जाता था और अम्माँ छगन पेंटर की दुकान पर अफ़्तारी लेकर दौड़तीं। उस काम में तरक़्क़ी और महारत इससे भी ज़ाहिर होती है कि एक वक़्त आया जब इंदौर की एक बड़ी तिजारती बस्ती में राहत भाई के बनाये हुए बोर्ड सड़क की दोनों जानिब आवेज़ाँ नज़र आते थे। दुकानदारों को कई-कई दिन अपनी बारी का इंतज़ार मंज़ूर था, लेकिन अपना बोर्ड किसी और से बनवाना गवारा न था। किराये की साइकिल पर नम्बर लिखा करते। किराये की साइकिल पर बिठाकर 'मिल्की वे' और 'महाराजा' थियेटर में फ़िल्में दिखाने राहत भाई मुझे ले जाते थे। इन सिनेमा हॉल का टिकट सबसे कम पैसे में हुआ करता था। अब ये बंद हो चुके हैं।

राहत भाई को नये कपड़े सिलवाने का बहुत शौक़ था। ये दूसरी बात कि उन नयी पतलूनों या क़मीज़ों को पहले मैं पहनता था। ये सिल्सिला अभी कुछ साल पहले तक जारी था।

हम घरवालों को सन् 1969-70 में पहली बार मालूम हुआ कि राहत भाई शायरी भी करते हैं। पहला मुशायरा वालिदा साहिबा की सिफ़ारिश पर मामू साहब ने देवास में पढ़वाया था। मामू इंतिज़ामिया कमेटी के रुक्न थे। मुशायरे में जब राहत भाई ने अपना कलाम पेश किया तो कोई नोटिस नहीं लिया गया। हम 15-20 लोग जो इंदौर से साथ आये थे 'वंस मोर' का शोर करने लगे, जिस पर अवाम ने हमें डाँटकर चुप करा दिया। आज आलम ये है कि सारी दुनिया में राहत भाई का कलाम सुना, पढ़ा और गाया जाता है, ये हम सबके लिए फ़ख़्र की बात है। शोह्रत की इन बुलंदियों पर पहुँचने के बाद अक्सर लोग न सिर्फ़ अपने पुराने दोस्तों और ग़रीब रिश्तेदारों से कतराने लगते हैं, बल्कि अक्सर अपने घरवालों की वज्ह से शर्मिंदा होते नज़र आते हैं। ख़ुदा का शुक्र है कि शोह्रत के आस्मान पर पहुँचने के बावजूद ज़मीन से राहत भाई का रिश्ता उस्तुवार है।''

आमतौर से देखा जाता है कि जो बच्चे कई भाई-बहन होते हैं और उनका बचपन ग़रीबी में बीतता है, उनमें आपसी प्यार और एकता अमीर बच्चों की अपेक्षा अधिक होता है। ऐसा इसलिए भी होता होगा कि जब वे बच्चे आर्थिक और सामाजिक स्थिति पर अपने को कमज़ोर पाते हैं तो आपसी संगठन उन्हें इन आर्थिक और सामाजिक परेशानियों से लड़ने में मदद करता है। उन बच्चों पर होनेवाले व्यंग्य, उनके डर, उनकी एक जैसी ज़रूरतें, उनकी सामाजिक उपेक्षा वग़ैरह मुश्तरका हो जाती हैं। राहत साहब के परिवार में भी यही देखने को मिला। आपसी प्यार और चाहतें आज भी कम नहीं हैं। राहत साहब का ये शेर श्रीरामचरितमानस के कथानक में आये भ्रातृ-प्रेम को दो मिस्रों में ही बयान कर देता है–

मेरी ख़्वाहिश है कि आँगन में न दीवार उठे
मेरे भाई मेरे हिस्से की ज़मीं तू रख ले

मुबीन ख़ाला और मक़्बूल बी का बहुत साथ रहा। शादी के बाद भी मुबीन ख़ाला इंदौर आती-जाती रहती थीं। कभी नया पुरा, कभी रानी पुरा में वो कई दिन रहती थीं। जब राहत साहब के मुशायरों में जाने का दौर शुरू हुआ तो मक़्बूल बी बहुत दुःखी रहा करती थीं। ख़त आते तो बताती नहीं थीं, फाड़कर फेंक देती थीं। वे अपने इस ग़म को मुबीन ख़ाला से बयान करती थीं। रात-रात भर मुशायरों के चक्कर में राहत साहब के घर न आने की वज्ह से दोनों बहनें बहुत दुःखी रहा करती थीं। उड़ी-पड़ी अफ़वाहें राहत साहब के पीने की भी आ जाया करती थीं, जिस कारण माँ का दिल और भी दुःखी हो जाता था। ख़त फाड़कर फेंक दिये जाते थे तो बाद में फोन लगवाया गया, लेकिन अगर माँ फोन उठाती थीं तो बताती नहीं थीं कि मुशायरे की दावत आयी है। ख़तों के इसी घालमेल की वज्ह से ही राहत साहब ने पोस्ट बॉक्स ले लिया था– पो. बॉ. 555। इसको लेने का एक कारण ये भी था कि किराये के मकान में रहने के कारण पता अक्सर बदलता रहता था। अगर किसी रिसाले में पता छपा या किसी को ख़तो-

किताबत के लिए पता दिया गया और कुछ दिन बाद वो पता बदल गया तो दिक़्क़तें होती थीं। ये आजकल के एतबार से मोबाइल नम्बर बदल जाने जैसा था। वैसे ये पोस्ट बॉक्स आज भी बरक़रार है।

मुबीन ख़ाला राहत साहब की माँ की तरह हैं। इन्होंने शुरूआती दिनों में बहुत दुआएँ माँगी थीं कि– अल्लाह तआला कभी इसे ग़लत रास्ते पर मत ले जाना। जब राहत साहब पैदा हुए तो छोटी ख़ाला होने के कारण शौक़िया ही मुबीन ख़ाला इनको उठाये घूमा करती थीं। आज भी लड़कियाँ अपनी बड़ी बहन के बच्चों को बड़े लाड-प्यार से रखती हैं। सब कहते थे बच्चा बहुत काला है; जिसे देखो वही कहता कि– "मक़्बूल का बेटा बड़ा काला है।", तो मुबीन ख़ाला कहतीं– "ये काला नहीं है, ये मेरा काला गुलाब है"। उनकी इसी बात को राहत साहब ने आगे चलकर मत्ले में ढाल दिया –

हम ऐसे फूल कहाँ रोज़-रोज़ खिलते हैं
सियह गुलाब बड़ी मुश्किलों से मिलते हैं

इन सबकी दुआएँ राहत साहब के साथ आज भी हैं–

इस दुनिया में तेरे बाद मेरे सर पर
साया रिश्तेदारों का है मौला ख़ैर

मुबीन ख़ाला ने ही ये भी स्पष्ट किया कि राहत साहब की पैदाइश देवास के सरकारी अस्पताल में हुई। जब आदिल क़ुरैशी का जन्म देवास के ही अस्पताल में हुआ तो मक़्बूल बी का आप्रेशन भी हुआ था। ये आप्रेशन परिवार नियोजन के लिए था। जब राहत साहब की पैदाइश हुई तब मुबीन ख़ाला चौथी कक्षा में पढ़ती थीं। वो ये भी बताती हैं कि– "जब राहत मियाँ पैदा हुए तो बहुत तनदुरुस्त थे, मेरे से उठाये नहीं उठते थे।" बच्चों की देखभाल के लिए अपनी बहन की मदद में मुबीन ख़ाला इंदौर में कई साल रहीं। कक्षा छह की पढ़ाई भी इंदौर में रहकर की।

राहत साहब जब भी मुबीन ख़ाला से मिलते हैं, पुरानी बातें बहुत पूछते हैं। घंटों घर-परिवार के इतिहास और पुराने ज़माने की तहज़ीबों के बारे में बातें होती हैं। जब राहत साहब को मालवा मिलवाली दुकान खोलना हुआ तो वो इनके पास आये थे और कहा– "ख़ाला बी मुझे मालवा मिल पर दुकान खोलना है।" अपने ख़ालू से पैसे उधार लिये और जाकर दुकान किराये पर ले ली। तब राहत साहब पाटनीपुरा में रहते थे।

राहत साहब की शादी 28 मई 1977 को अहमद हुसैन साहब की बेटी सीमा जी से हुई। अहमद हुसैन कोतवाल थे; मैंने घोड़े पर सवार उनकी एक शानदार तस्वीर देखी। ये लोग भी देवास के रहनेवाले थे। राहत साहब की पत्नी छह बहनें थीं। क्रमशः बड़े से छोटे क्रम में– अनवरी बेगम, सरवरी बेगम, असग़री बेगम, कनीज़ फ़ातिमा, अक़ीला बानो, दिलबरी बेगम। छह बहनों में तीसरे नम्बर पर राहत साहब की मामी हैं, यानी असग़री बेगम और सबसे छोटी राहत साहब की पत्नी हैं, यानी दिलबरी बेगम। राहत साहब को ये दिलबरी बेगम नाम ज़रा कम पसंद आया तो उन्होंने ख़ुद बदलकर नाम रख दिया– सीमा। राहत साहब के 269, अनूप नगर के मकान का नाम 'सीमा' ही है। तीसरी बहन असग़री बेगम की शादी राहत साहब के मामा अब्दुल हकीम हन्फ़ी साहब से हुई थी। इनसे भी मेरी मुलाक़ात हुई और इन्होंने राहत साहब के बारे में बहुत सारी जानकारियाँ दीं।

सीमा जी के वालिद साहब चूँकि कोतवाल (इंस्पेक्टर) थे इसलिए उनका काफ़ी वक़्त तबादलों के कारण अलग-अलग जगहों पर बीतता था। सीमा जी के बचपन का काफ़ी हिस्सा आलोट में बीता, ये रतलाम ज़िले की एक जगह है। सीमा जी हायर सेकेंड्री (इंटरमीडिएट) पास हैं।

छह बहनों के बीच बस एक भाई– साबिर हुसैन क़ुरैशी। इन्हीं साबिर हुसैन की बेटी की शादी राहत साहब के बड़े साहबज़ादे फ़ैसल भाई से हुई है। यानी साबिर हुसैन फ़ैसल भाई के मामा भी हैं और ससुर (Father-in-law) भी हैं। साबिर हुसैन साहब बहनों-भाइयों में पाँचवें नम्बर पर हैं।

साबिर हुसैन साहब से मुलाक़ात हुई तो उन्होंने बहुत ख़ुलूस से बातें की। मेरे ये पूछने पर कि बचपन के राहत और आज के राहत साहब में आप क्या फ़र्क़ पाते हैं तो वे कहने लगे– ''जब हम लोग दस-पंद्रह साल के थे और हॉफ पैंट पहनकर टहलते थे, पतंगें उड़ाते थे और आज जब राहत साहब के लिए मज्मा इकट्ठा होता है और भीड़ को बग़ल हटाकर रास्ता बनाया जाता है; दोनों ही राहत में मेरे लिए कोई फ़र्क़ नहीं है। इनसे मेरे कई रिश्ते हैं– मेरी ख़ाला के बेटे हैं, मेरे बहनोई हैं, फ़ैसल मेरे दामाद हैं, लेकिन आज तक इनके स्वभाव में कोई परिवर्तन नहीं आया।'' उन्होंने ये भी कहा कि कुछ लोग थे जो पहले राहत साहब की बुराई करते थे और तरह-तरह की बातें करते थे, लेकिन आज साथ में फोटो खिंचवाने के लिए मरे जाते हैं।

साबिर हुसैन ने बताया कि हम लोग स्कूल के दिनों में एक साथ 'मलखम' में भाग लेते थे। (मलखम अखाड़े के अंतर्गत एक प्रकार का खेल है, जिसमें लकड़ी के खम्भे और कुछ अन्य काष्ठयंत्रों का प्रयोग होता है।) 15 अगस्त-26 जनवरी वग़ैरह पर साबिर हुसैन उस खेल-प्रदर्शन में भाग लेते थे। बाद में जब राहत साहब देवास पढ़ने गये तो इन्होंने साबिर हुसैन से कहा कि मैं भी इसे करूँगा। लकड़ी के खम्भे पर तेल लगा था और उस पर चढ़ते समय राहत साहब गिर पड़े। कंधे की कोई हड्डी खिसक गयी। डाँटे जाने और मारे जाने के डर से घरवालों को नहीं बताया। ख़ुद ही दोनों लोगों ने बाज़ार से कोई दवा या तेल वग़ैरह लाकर उस पर लगाया। वो पूरी तरह से ठीक नहीं हुआ और आज भी राहत साहब के खड़े होने पर कभी-कभी एक तरफ़ कंधा झुक जाता है। वो एक नुक़्श आज तक रह गया है। राहत साहब जब माइक पर खड़े होते हैं तो उनके झुके हुए कंधे को लोग स्टाइल समझते हैं (कुछ शायर तो उसकी नक़्ल भी करने लगे हैं), जबकि वो उसी 'मल्खम' की चोट है।

साबिर हुसैन याद कर-करके बताते हैं कि जब बचपन में हम लोग कोई फ़िल्म देखते थे, गाने सुनते थे तो राहत साहब उन गीतों में अपनी

तरफ़ से मिस्रे जोड़ते, कोई बंध जोड़कर हँसी-मज़ाक़ होता। उसके डॉयलाग पर चर्चा होती। गानों से मिलते-जुलते शेर लिखते। साहिर लुधियानवी के कई शेर याद थे, जिन्हें वे सुनाते थे। चंदू ग्यानी क़व्वाल को कभी-कभी राहत साहब किसी फ़िल्मी गाने की पैरोडी लिखकर दे दिया करते थे।

साबिर हुसैन के दो बेटे और दो बेटियाँ हैं। बड़ा बेटा अमीक़ अहमद यूनानी डॉक्टर है। छोटा बेटा अज़ीम अहमद सिविल इंजीनियर है बड़ी बेटी उनैजा और छोटी बेटी रुश्दा है। छोटी बेटी रुश्दा की ही शादी राहत साहब के बड़े साहबज़ादे फ़ैसल के साथ हुई है। ये चारों नाम भी राहत साहब के रखे हुए हैं।

राहत साहब जब बचपन में ननिहाल पढ़ने गये तो वहाँ साबिर हुसैन के साथ मिलकर बहुत शरारतें किया करते थे। गुल्ली-डंडा बहुत खेलते थे। पतंग उड़ाने और दीगर खेल खेलने के लिए 'टेकरी' पर चढ़ जाते थे। 'टेकरी' देवास में एक छोटी पहाड़ी है, जिस पर देवी जी का मंदिर है। यहाँ साल के बारहों महीने हज़ारों श्रद्धालु आते रहते हैं। नवरात्रि में लाखों लोग आते हैं। अब तो इस पर 'रोप-वे' भी लगा दिया गया है। नवरात्र में तो इंदौर से देवास तक सड़कों पर जो हुजूम होता है, वो देखने लायक़ होता है। ये पूरी पहाड़ी रात में भी दूर से अपनी आकर्षक लाइटिंग की वज्ह से बहुत ख़ूबसूरत लगती है।

ये 'टेकरी' राहत साहब के ननिहाल के सामने ही थोड़ी दूर पर है। ऊँचाई पर चढ़कर पतंग उड़ाना अच्छा रहता है, इसलिए राहत साहब अपने दोस्तों के साथ उस पर चढ़ जाते। ऊपर... और ऊपर। एक जगह पहलवानी सिखाये जाने का अखाड़ा था, वहाँ पहुँच जाते थे। लड़ते-भिड़ते पहलवानों को देखते और दाँवपेंच में दिमाग़ लगाते। उस वक़्त किसी को क्या अंदाज़ा हो सकता था कि यही दुबला-पतला साँवला-सा लड़का एक दिन उर्दू-शायरी के अखाड़े में अच्छे-अच्छों को अपने एक दाँव से धराशायी कर देगा।

साबिर हुसैन साहब ने ये भी बताया कि देवास में वो जिस बाज़ार में

अपनी दुकान चलाते थे वो बुधवार को बंद रहा करती थी। वे लगभग हर बुधवार मालवा मिलवाली दुकान पर राहत साहब के पास इंदौर आ जाते थे और दिन भर शेरो-शायरी, सिनेमा और दुनिया भर की बातें होती थीं। बॉम्बे बाज़ार में होनेवाली नशिस्तों में कभी-कभी वे भी शामिल हो जाते। उन नशिस्तों में काशिफ़ साहब और मुज़्तर साहब भी मौजूद रहते थे। साइकिल से दोनों लोग मालवा मिल से बम्बई बाज़ार जाते। राहत साहब चलाते और साबिर हुसैन बैठकर जाते। नशिस्त रात में ख़त्म होती तो दोनों लोग साइकिल से घर आते थे। बाद में राहत साहब के पास वेस्पा स्कूटर हुआ करती थी। मुशाहिद भाई की शादी के लिए लड़की देखने दोनों लोग जब उसी स्कूटर से साथ गये थे तो वो वाक़िआ भी बड़ा दिलचस्प है।

जिस वक़्त साबिर हुसैन और राहत साहब देवास के मिडिल स्कूल में पढ़ते थे, भाषा के स्तर पर हिंदी के साथ संस्कृत पढ़ायी जाती थी। मराठी और उर्दू भी पढ़ायी जाती थीं। इसके अलावा जो छात्र जिस भाषा को पढ़ना चाहे पढ़ सकता था, लेकिन दो भाषाएँ पढ़ना ज़रूरी था। साबिर हुसैन को हिंदी से लगाव था सो उन्होंने साथ में संस्कृत ले लिया था, जबकि राहत साहब ने उर्दू ले रखा था। अक्सर बच्चे मराठी और उर्दू एक साथ लेते थे। उर्दू मुबारिक हुसैन साहब पढ़ाते थे, जो बाद में भँवरासा (सोनकछ और देवास है बीच की एक जगह) के क़ाज़ी भी हो गये थे। वहाँ इनके अलावा कृपाशंकर शुक्ला जी, दुर्गाशंकर जी और पाठक जी भी अध्यापक थे।

साबिर साहब को राहत साहब के बहुत-से शेर याद हैं। वो एक बिजनेसमैन हैं और बिजनेस में उतार-चढ़ाव आता रहता है। एक बार ये काफ़ी परेशान थे। कारोबार में घाटा हो गया था और हालत बहुत ख़राब थी। एक रात लेटे-लेटे इन्हें राहत साहब का एक शेर याद आया। उस शेर ने इन्हें फिर से ज़िंदगी दी। फिर से खड़ा होकर कुछ करने की ताक़त दी। उन्होंने मन बना लिया कि मेरे पास जो भी साधन-संसाधन हैं मैं उन्हीं से एक नयी शुरूआत करूँगा। शेर था –

जुगनुओं को साथ लेकर रात रौशन कीजिए
रास्ता सूरज का देखा तो सहर हो जायेगी

मैंने राहत साहब की शरीके-हयात सीमा जी से कई सवाल पूछे। उन्होंने सभी सवालों का बहुत प्यार से और बहुत संजीदगी से जवाब दिया। उनके जवाब बनावटी नहीं थे। उनके जवाबों में एक प्रकार का आत्मविश्वास था, एक प्रकार की जागरूकता थी कि अगर उनके जवाबों को कहीं भी लिखित रूप से भी दर्ज कर दिया जाय तो उन्हें कोई हिचक और कोई पछतावा बिल्कुल नहीं होगा। ऐसा स्वभाव उसी का हो सकता है जो दिल का बहुत साफ़ हो। वे आज भी अपने मोहल्ले के कई घरों में नयी पीढ़ी के बच्चों को दीनी मालूमात फ़राहम कराती हैं और उन्हें एक बेह्तर इंसान बनने में मदद करती हैं।

वो बताती हैं हफ़्ते-दस दिन, पंद्रह दिन पर जब राहत साहब घर वापस आते हैं तो घर के खाने से उन्हें कितनी मुहब्बत है इसे देखा जा सकता है। सादा और घर का बना खाना उन्हें बहुत पसंद है। एक बार एक महीने अमेरिका रहकर लौटे तो सीधे रसोई में पहुँच गये और कहने लगे– "घर का खाना लाओ, इससे अच्छा खाना पूरी दुनिया में कहीं नहीं मिलता।" सीमा जी बताती हैं कि पहले राहत साहब ख़ुद ही रसोई में जाकर खाना निकाल लेते और खाने लगते। अब तबीअत ख़राब रहने की वज्ह से ऐसा नहीं कर पाते और दो बहुओं के आ जाने से ऐसा करने की ज़रूरत भी नहीं रह गयी है, क्योंकि सबकुछ वक़्त पर हाज़िर रहता है। दोनों बहुएँ सबका बड़ा ख़याल रखती हैं। राहत साहब की तबीअत सही न रहने के कारण उन्हें परहेज़दार खाना ही मयस्सर हो पाता है। सीमा जी ने बताया कि राहत साहब को कबाब बहुत पसंद है। इसके अलावा आलू-बैगन की सब्ज़ी, दाल-चावल और घर का कोई-सा भी सादा खाना उन्हें बहुत पसंद है।

एक मुश्किल ये भी है कि राहत साहब घर पर रहते हैं तो और भी बीमार हो जाते हैं। सीमा जी बताती हैं कि घर पर आठ-दस दिन तो ये सही रहते हैं, उसके बाद इनकी तबीअत घबराने लगती है कि कब चला जाऊँ,

कब चला जाऊँ। डॉ. ने भी कह दिया है कि इनको बहुत पकड़ो मत, अगर ये घर पर रहेंगे तो और भी बीमार हो जायेंगे। अपनी इस कैफ़ीयत को राहत साहब ने बहुत पहले भाँप लिया था –

फ़ुर्सतें चाट रही हैं मेरी हस्ती का लहू
मुंतज़िर हूँ कि कोई मुझको बुलाने आये

राहत साहब के तीन संतानें हैं– शिब्ली, फ़ैसल और सतलज। शिब्ली का जन्म 27 नवम्बर 1978 को हुआ। इन्हें घर में सब जूही कहते हैं। इनकी शादी 11 जून 2000 को देवास में मो. इरफ़ान ख़ान से हुई, जो कि बिल्डिंग कांस्ट्रक्शन का काम करते हैं। बेटा रावी बड़ा है और बिटिया वीरा छोटी है। ये नाम भी राहत साहब के ही रखे हुए हैं। 'रावी' के हर्फ़ों की तर्तीब बदलने पर 'वीरा' बन जाता है। रावी एक नदी का नाम है जो हिमाचल प्रदेश के कांगड़ा ज़िले से निकलकर पाकिस्तान के झांग ज़िले में जाकर चिनाब नदी में मिल जाती है। वैसे 'रावी' शब्द का अरबी भाषा में कुछ और भी अर्थ है– "किसी से कोई बात सुनकर ज्यों-की-त्यों दूसरे से कहनेवाला; इस्माली परिभाषा में हज़रत मुहम्मद साहब से सुने हुए प्रवचनों को उन्हीं के शब्दों में दूसरे से कहनेवाला"।

मैंने रावी से बात की। रावी के पास भी अपने नाना राहत साहब से मुताल्लिक़ अनगिनत क़िस्से हैं। दोनों भाई-बहनों के बीच बड़े होने के कारण ननिहाल में बड़ा प्यार और दुलार मिला। जब राहत साहब बाहर जाते, रावी की फ़रमाइश पर कुछ-न-कुछ खेलने-खाने की चीज़ ज़रूर लेकर आते। रावी बताते हैं कि नाना हर काम में परफ़ेक्शन चाहते हैं, वो जब किसी को कोई काम देते हैं तो चाहते हैं कि वो उसे बेह्तर-से-बेह्तर ढंग से करके दिखाये। इसके अलावा वो वक़्त के भी बहुत पाबंद हैं। आज भी रावी जब किसी नये दोस्त या नये शख़्स से बताते हैं कि राहत साहब उनके नाना हैं तो पहले उसे यक़ीन नहीं होता। बाद में फोटो दिखाने या बात कराने और मिलाने पर यक़ीन होता है। रावी को फ़ख़्र है कि राहत

साहब उनके नाना हैं।

शिब्ली दीदी इस वक़्त देवास में ज़िया भाई के मेडिकल कॉलेज में लाइब्रेरियन के पद पर कार्यरत हैं। इन्हें हिंदी, अँग्रेजी के अलावा उर्दू का अच्छा ज्ञान है। वैसे भी मेडिकल कॉलेज के लाइब्रेरियन का काम केवल लैंग्वेज से ही नहीं चल सकता, उसे सब्जेक्ट की भी जानकारी ज़रूरी है। इन्हें मेडिकल कॉलेज में पढ़ाये जानेवाले सब्जेक्ट और पाठ्यक्रम (syllabus) की भी अच्छी जानकारी है। मैंने उनके साथ बात करते-करते देवास में ज़िया भाई का पूरा कॉलेज देखा।

जैसा कि भूमिका में ही मैं अर्ज़ कर चुका हूँ कि इस किताब के तैयार होने में सबसे ज़ियादा मदद फ़ैसल भाई ने की। इनका जन्म 26 जून 1980 को हुआ। इनकी शादी 5 जनवरी 2008 को देवास में हुई, जिसका ज़िक्र पीछे भी आ चुका है। दो संतानों में बेटा कबीर बड़ा है और बिटिया मीरा छोटी है। कबीर और मीरा जैसे नाम भी राहत साहब की सोच का नतीजा हैं।

फ़ैसल भाई लम्बे समय तक थियेटर से जुड़े रहे। इनके द्वारा बतौर कलाकार मंच पर पेश किये गये नाटकों और नुक्कड़ नाटकों की संख्या जोड़ी जाय तो आँकड़ा एक हज़ार के आसपास पहुँचेगा। कुछ वक़्त बाद शायद इन्हें अलग-अलग किरदारों में जीना रास नहीं आया और अभिनय छोड़कर अपने ओरिजिनल किरदार में आ गये। फ़नकारी के नाम पर सिर्फ़ शेर कहने को अपना मश्ग़ला बनाया, बाक़ी घर-परिवार की ज़िम्मेदारियों को समझते हुए थोड़ा दुनियादार भी हो गये। एम. बी. ए. किया है और आजकल आई. डी. बी. आई. बैंक में अच्छे पद पर कार्यरत हैं। ड्युटी के बाद जितना वक़्त बचता है उसे घर और समाज को देते हैं। सतलज तो राहत साहब के साथ अक्सर सफ़र में रहते हैं इसलिए घरदारी के सारे काम यही निपटाते हैं। इसके अलावा राहत साहब ने इंदौर से लेकर देवास तक जो समाज बना रखा है, उसको भी फ़ैसल भाई ही निबाहते हैं। नातेदारों-रिश्तेदारों के अलावा हिंदू-मुस्लिम, जैन-बौद्ध-सिक्ख सबके यहाँ शादी-विवाह और दीगर मौक़ों पर पहुँचना इन्हीं के माथे है। कभी-कभी एक दिन

में कई जगह जाना पड़ जाता है। इन सबसे अगर वक़्त बचा तो मुशायरों में भी चले जाते हैं।

सतलज, राहत साहब की तीसरी संतान हैं। इनका जन्म 11 मार्च 1982 को हुआ। इनकी शादी 26 अक्टूबर 2013 को इश्रत से हुई और इनकी एक बिटिया है जिसका नाम अकीरा इश्रत है। सतलज ख़ुद भी एक अच्छे शायर हैं। पिछले कई बरसों से ई. टी. वी. (अब न्यूज-18) में हैं। माखनलाल चतुर्वेदी राष्ट्रीय पत्रकारिता एवं संचार विश्वविद्यालय, भोपाल से सन् 2002 में बी. जे. (बैचलर ऑफ जर्नलिज़्म) किया। इसके अलावा के. सी. कॉलेज, मुम्बई से जर्नलिज़्म में पोस्ट ग्रेजुएट डिप्लोमा भी किया है। राहत साहब जब मुम्बई में रहकर फ़िल्मों के लिए काम कर रहे थे, तो कुछ दिन उन्हीं के साथ रहकर सतलज भाई ने पोस्ट ग्रेजुएट डिप्लोमा किया था।

सतलज बचपन में बड़े शरारती थे। जब राहत साहब मुशायरों से लौटते– कभी हफ़्ते भर पर, कभी दस दिन पर, तो इनकी शिकायतों की लिस्ट उन्हें मिलती। राहत साहब ने कभी शरारतों और बदमाशियों के लिए इन्हें मारा-पीटा नहीं, बल्कि समझाने-बुझाने का ही रास्ता अख़्तियार किया। सतलज बताते हैं कि राहत साहब के साथ जब से वो मुशायरों में आने-जाने लगे तब से बहुत-कुछ सीखा– बड़ों का अदब करना, छोटों से प्यार करना, वक़्त की पाबंदी, अपने किये वादे को हर हाल में निभाने की कोशिश वग़ैरह ऐसे गुण हैं, जिनका सतलज भाई को पहले कम-कम ख़याल रहता था, लेकिन अब वो इन सबकी क़ीमत समझने लगे हैं। वे बताते हैं कि पिछले पाँच-छह बरसों से मैं जिन राहत इंदौरी के साथ हूँ, वो बहुत ही सादा जीवन जीनेवाले राहत इंदौरी हैं– न शराब, न सिगरेट, न ज़ियादा बातें करना। हर मुशायरे में वक़्त से थोड़ा पहले ही होटल के कमरे से तैयार होकर बाहर आ जाते हैं। सतलज ये भी बताते हैं कि मुझे राहत साहब अपनी कोई नयी ग़ज़ल या नये शेर कभी अलग से नहीं सुनाते; न सफ़र में, न होटल के कमरे पर। सतलज भी नये शेर सीधा मुशायरे में ही सुनने को पाते हैं।

फ़ैसल और सतलज के ज़माने का इंदौर बहुत बदल गया है। खाने-

पीने के मामले में आपको कुछ सोचना नहीं है। यहाँ आप वही चीज़ें खाइए जिनका आपने उत्तर भारत में कहीं नाम न सुना हो और न ही जल्दी दक्षिण भारत में सुना हो। कोई भी फास्ट-फूड या चायनीज़ आइटम मत खाइए; ये सब तो आपको हर जगह मिलेगा। यहाँ खाइए पोहे, ऊसल पोहे, गराडू, साबूदाना की खिचड़ी (सादी भी और दही डालकर भी), सेव-पूरी, साबूदाने का बड़ा, दाल-बाटी चूरमा, दर्जनों प्रकार की भेल, गरम-दूध और जलेबी मिक्स, सेव-टमाटर की सब्ज़ी और जाने क्या-क्या। ग़रज़ कि यहाँ वही खाइए जो इंदौर की अपनी ईजाद है। नमकीन और सेव की बढ़िया-से-बढ़िया और बड़ी-से-बड़ी इतनी दुकानें हैं कि देखकर लगता है 'नमकीन-सम्प्रदाय' के प्रवर्तक इंदौर में ही अवतरित हुए थे। एक ख़ास बात ये भी दिखायी दी कि इतने प्रकार के नये-नये, आधुनिक ढंग के अमेरिकन और चाइनीज़ फूड्स आने के बावजूद इंदौरवालों ने अपनी परम्परागत खाद्य-सामग्रियों को छोड़ा नहीं। मेरे ख़याल में ऐसा इसलिए भी हुआ है कि ये सब तमाम पुराने चलन के फूड्स नये आनेवाले फास्ट-फूड्स की तुलना में बिल्कुल भी नुक़्सानदेह नहीं हैं। पुरानी चीज़ें तेल और मसाले के दम पर नहीं बनायी जाती थीं, बल्कि उनमें 'कॉम्बिनेशन' महत्त्वपूर्ण था, यानी वस्तु और उसका आपस में उचित अनुपात और साथ ही सही समय तक सही आँच पर पकाना। उन सबमें 'फ़ास्ट' जैसा कुछ नहीं रहता था, सब 'स्लो मोड' पर होता था।

पोहा और अन्य प्रकार के परम्परागत स्नैक्स यहाँ कैसे विकसित हुए इस पर भी सोचा जा सकता है। हालाँकि पोहा तो और कई जगह है, लेकिन यहाँ इसके मज़्बूती से टिके रहने का राज़ क्या है? मेरा अनुमान है कि ये काफ़ी कुछ तो मारवाड़ी समुदाय की देन है, जिसको आप राजस्थानी खान-पान की शैली से जुड़ा हुआ भी कह सकते हैं। मैं जब महात्मा गाँधी अन्तरराष्ट्रीय हिंदी विश्वविद्यालय, वर्धा का छात्र था तो जाजूबाड़ी और सेवाग्राम के आसपास पोहा और ऊसल पोहा बिकते देखता था, ख़ूब खाता भी था। ये मेरे घर भर का बड़ा पसंदीदा नाश्ता है, लेकिन इंदौर आने के पहले मुझे तनिक भी अंदाज़ा नहीं था कि पोहे का इतने बड़े पैमाने पर सार्वजनिक प्रचलन हो सकता है। ये मेरे लिए हैरतअंगेज़ बात थी।

मारवाड़ी संस्कृति के अलावा यहाँ स्नैक्स और पोहे के प्रचलन का कारण यहाँ की व्यावसायिक गतिविधियाँ भी हो सकती हैं। सन् 1886 के आसपास से इंदौर में मिलों तथा अन्य कल-कारख़ानों की विधिवत शुरूआत हो चुकी थी। इन सब जगहों पर काम करने के लिए आसपास के इलाक़ों से मज़दूर और कर्मचारी सुब्ह घर से जल्दी निकलते रहे होंगे ताकि वक़्त से काम पर पहुँच सकें। ऐसी स्थिति में पता नहीं वे लोग कुछ खाकर निकलते थे या नहीं; और इतनी सुब्ह खा भी लेते थे तो दोपहर के लिए लंच-टिफिन लेकर निकलते थे कि नहीं? इन सबका अंदाज़ा लगाने पर यही लगता है कि सुब्ह, दोपहर, शाम तक लोग कुछ-न-कुछ खाने की चीज़ें तलाश करते ही रहते थे। पोहे में कई ख़ासियतें हैं– पहली ख़ासियत कि ये सबसे सस्ता है; दूसरी बात ये नुक़्सानदेह बिल्कुल नहीं है, पचने में आसानी। तीसरी बात ये एक ठोस नाश्ता है, जो कि हल्के-फुल्के भोजन जैसा एहसास देता है। पूरे इंदौर में आप कहीं भी, किसी भी दुकान पर सादे पोहे खा लें, आपको सब एक जैसे ही अच्छे लगेंगे। नमकीन और अन्य स्नैक्स का प्रचलन तो अँग्रेज़ों के ज़माने में ख़ूब रहा।

उसकी तस्वीर इसी तरह मुकम्मल होगी

चित्रकारिता (मुसव्विरी) और शायरी के एक साथ रहने के कुछ उदाहरण मैंने देखे हैं और कुछ को महसूस भी किया है। गुरुदेव रवींद्रनाथ टैगोर, जिन्हें साहित्य का नोबल पुरस्कार प्राप्त हुआ और जिनका लिखा राष्ट्रगान भी हम देश के प्रति निष्ठा और सम्मान प्रकट करने के क्रम में गाते हैं, वे भी कवि के साथ-साथ उत्कृष्ट चित्रकार थे। नोएडा के विज्ञान व्रत, अलीगढ़ के अशोक अंजुम, इलाहाबाद के अहमद नियाज़ रज़्ज़ाक़ी और मेरे गृह-जनपद प्रतापगढ़ के नागेंद्र अनुज ऐसे उदाहरण हैं, जो बेह्तरीन ग़ज़लकार होने के साथ-साथ बहुत अच्छे चित्रकार, रेखांकनकार और छायाकार हैं।

राहत साहब भी ब्रश और रंगों से चित्र बनाना छोड़कर अल्फ़ाज़ की मुसव्विरी करने लगे। हो सकता है वे शब्दों से चित्र बनाने के बजाय रंग और कूची से चित्र बनाते तो देखनेवाले उनके जज़्बात की तह तक न पहुँच पाते, लेकिन जब वे शब्दों के तीर छोड़ते हैं तो सुननेवाले के दिल और दिमाग़ आपस में गुत्थमगुत्था हो जाते हैं, क्योंकि अल्फ़ाज़ की बंदिश और तर्तीब में ये पता ही नहीं चलता कि तीर कब दिल से होकर दिमाग़ तक जा रहे हैं या दिमाग़ से होकर दिल तक जा रहे हैं। इसमें एक और ख़ास बात मुझे नज़र आती है– राहत साहब की शायरी पढ़ना लफ़्ज़ों की मुसव्विरी

देखना है, लेकिन राहत साहब को ख़ुद शेर पढ़ते हुए देखना-सुनना, किसी मुसव्विर को तस्वीर बनाते हुए देखना है। उनके हाथ, उनके पाँव इस अंदाज़ में हरकत करते हैं जैसे कोई कैनवस उनके सामने है और उस पर वो कोई कृति-आकृति उभार देना चाहते हैं। उनका पूरा शरीर शायरी पढ़ता है। मेरा ख़याल है कि राहत साहब के कई शेर ऐसे हैं जो अगर उनके मुँह से सुने जायें तभी उनके मानी खुलते हैं। उनके पढ़ने का अंदाज़ ही शेर की परतें खोलता है। उनकी आवाज़ का ज़ीरो-बम ही मिस्रों की तहें खोलता है। एक ही मिस्रे के अलग-अलग लफ़्ज़ों में से किस लफ़्ज़ पर कितना ज़ोर दिया जाय, किस लफ़्ज़ को उठाने पर अगला मिस्रा खुलेगा; पहले और दूसरे मिस्रे के बीच कितना ठहराव लिया जाय.... इन तमाम ख़ूबियों से राहत साहब वाक़िफ़ हैं और बेशतर ख़ूबियों के तो बानी भी वही हैं।

राहत साहब ने जहाँ से पेंटिंग सीखने की शुरूआत की वो था– ज्योति स्टूडियो (ज्योति आर्ट्स)। ये ज्योति आर्ट्स आदरणीय छगन उस्ताद जी चलाया करते थे। पूरा नाम छगनलाल मालवीय था, लेकिन सभी उन्हें छगन उस्ताद या छगन गुरु ही कहते थे। गाँधी रोड पर हाईकोर्ट के पास ये स्टूडियो था। यहाँ ज़ियादातर सिनेमा के बैनर्स और होर्डिंग्स का ही काम होता था। आज भी इस स्टूडियो को छगन साहब के बेटे और घर-परिवार के लोग सँभालते हैं। इस स्टूडियो के पास में सिख मुहल्ला भी था, जहाँ 28 सितम्बर 1929 को लता मंगेशकर जी की पैदाइश हुई थी। हालाँकि वो सात वर्ष की उम्र में ही अपने पिता पं. दीनानाथ मंगेशकर जी के साथ बम्बई चली गयीं, लेकिन इंदौर आज भी उनके नाम और उनके जन्म से जुड़ा हुआ है।

जब राहत साहब नौवीं क्लास में पढ़ते थे तो पेंटिंग का काम सीखने-करने लगे थे। नूतन हायर सेकेंड्री स्कूल में पढ़ते थे। एक बार वहाँ मुशायरा होना तय हुआ। राहत साहब और स्कूल के ही कई लड़कों को तरह-तरह के कामों के लिए तैनात किया गया। राहत साहब भी शायरों की ख़िद्मत में

लगे थे। जाँनिसार अख़्तर (जावेद अख़्तर के वालिद) भी आये हुए थे। राहत साहब अपने एक-दो साथियों के साथ उनके पास ऑटोग्राफ़ लेने पहुँचे।

राहत साहब ने उनसे कहा– "मै भी शेर कहना चाहता हूँ, इसके लिए मुझे क्या करना होगा?"

जाँनिसार बोले– "पहले कम-से-कम पाँच हज़ार शेर याद करो।"

राहत साहब बोले- "इतने तो मुझे अभी याद हैं।"

तो वे बोले– "तो फिर अगला शेर जो होगा वो तुम्हारा ख़ुद का होगा।"

इसके बाद वो ऑटोग्राफ़ देने लगे। जाँनिसार साहब ने अपनी ग़ज़ल का एक शेर लिखना शुरू किया– *'हमसे भागा न करो दूर, ग़ज़ालों की तरह'*..... ये पहला मिस्रा वो लिख ही रहे थे कि राहत साहब के मुँह से बेसाख़्ता दूसरा मिस्रा निकल गया– *'हमने चाहा है तुम्हें चाहनेवालों की तरह'* । जाँनिसार साहब ने सर उठाकर हैरत और ख़ुशी के मिले-जुले भाव से राहत साहब को देखा। उनकी मुस्कुराहट में राहत साहब के लिए दुआ थी। बाद में जब राहत साहब बाक़ायदा मुशायरों में जाने लगे तो जाँनिसार साहब से कभी-कभी मुलाक़ात भी हो जाती थी। राहत साहब उनका बहुत एहतराम करते थे।

परिवार की आर्थिक स्थिति सुधारने के लिए राहत साहब के पिता जनाब रिफ़अत उल्लाह साहब ज़ियादा-से-ज़ियादा मेह्नत करते थे। राहत साहब का तब बचपना था, लेकिन इन्हें जाने क्यूँ अपने वालिद साहब की ही तरह परिवार की आर्थिक चिंता लगी रहती थी। देवास से लौटकर आने के बाद जब इनका दाख़िला नूतन हाईस्कूल में हुआ तो इन्होंने काम सीखना शुरू कर दिया। जिस किराये के घर में वो रहते थे, वो स्कूल और स्टूडियो के बीच में था। तब ज्योति आर्ट्स जेल रोड पर था और नूतन

हाईस्कूल भी वहीं पास में था। घर के एक तरफ़ 200 गज पर स्कूल और घर के दूसरी तरफ़ लगभग इतनी ही दूरी पर स्टूडियो था। एक तरफ़ से स्कूल से आते, घर पर स्कूल का बस्ता रखते और दूसरी तरफ़ दुकान की ओर भागते। कभी कुछ खाया, कभी मन नहीं कहा तो नहीं खाया और पहुँच गये स्टूडियो पर। तब इनका काम यही हुआ करता था कि– 'प्लेट इधर ले आओ', 'रंग बना लो', 'बैनर फैला दो', 'स्केच बना दो'। उनके सीखने की ये प्रक्रिया उतनी आर्थिक नहीं थी जितनी कि कला की अभिव्यक्ति से जुड़ी थी। अगर सूत्रात्मक भाषा में कहें तो ये उनकी चेतना में उपस्थित अभिव्यक्ति की अदम्य कामना थी जो पेटिंग और ख़त्ताती के माध्यम से बाहर निकल रही थी या निकलना चाह रही थी।

राहत साहब को याद है कि पहली बार छगन गुरु ने उन्हें दो रूपया बतौर मेहनताना दिया था। राहत साहब ने इतने की भी उम्मीद नहीं की थी। उन्होंने जब तक ज्योति आर्ट्स पर काम किया, कभी छगन गुरु से कुछ माँगा नहीं, जो दे दिया सो ले लिया। पेंटिंग को कमाई का ज़रीआ तभी बनाया जब ख़ुद की दुकान खोली। इंदौर में एक ख़ास बात ये भी है कि यहाँ का कोई भी कलाकार अपनी कला को पैसा कमाने का ज़रीआ बनाने में हिचकता नहीं, लेकिन वो उस प्रोफ़ेशनल काम में भी कलात्मक छाप ज़रूर छोड़ देता है या वो छाप ख़ुद ही छूट जाती है। बेंद्रे, आर. डी. जरिया और चिंचालकर जी जैसे लोग भी प्रोफ़ेशनल काम करते थे। चिंचालकर जी ने अख़बारों के लिए बहुत-सारे इलस्ट्रेशन बनाये। इंदौर से बम्बई गये एम. एफ़. हुसैन भी अपने शुरूआती दिनों में मुम्बई में फ़िल्मों के पर्दे बनाने का काम करते थे। मेरा मानना है कि ऐसा करना मुनासिब भी है और ज़रूरी भी है। राहत साहब ने पेंटिंग और शायरी दोनों में ही ये काम किया। जहाँ उन्होंने ग्राहकों की माँग के मुताबिक़ चीज़ें बनायीं, वहीं कुछ ख़ास लोगों के इस्रार पर कई किताबों के कवर भी बनाये। उनको देखने पर राहत साहब के अंदर बैठे मॉडर्न आर्टिस्ट को देखा जा सकता है। तारिक़ शाहीन की किताब 'सूरज देश' का कवर देखकर मैं हैरत में पड़ गया, जब उन्होंने बताया कि इसे राहत साहब ने बनाया है।

यही हाल फ़िल्मी गीतों के साथ रहा। जिस दौर में राहत साहब ने

फ़िल्मों में गीत लिखे, उस दौर में बाज़ार की माँग वही थी; हालाँकि उस मायावी दुनिया में काफ़ी दिन गुज़ारने के बावजूद भी राहत साहब ने किसी तरह ख़ुद को बचाये रखा। प्रोफ़ेशन और आर्ट के बीच संतुलन बनाकर चलने से सम्बंधित इंदौर की एक ताज़ा मिसाल इस वक़्त याद आ रही है– ये हैं इंदौर के युवा कवि पुनीत शर्मा। जहाँ इन्होंने एक तरफ़ संजय दत्त की ज़िंदगी पर बनी बायोपिक फ़िल्म 'संजू' में 'मैं बढ़िया तू भी बढ़िया' जैसा हँसी-मज़ाक़वाला गाना लिखा है, जिसे यूट्यूब पर सात करोड़ से अधिक बार देखा गया है, तो दूसरी ओर इन्होंने 'अल्पसंख्यक' और 'मुझे मारने को वतन आयेगा' जैसी गम्भीर और विमर्श-जनित कविताएँ भी लिखी हैं। इंदौर के नये लोगों में स्वानंद किरकिरे, ज़ाकिर ख़ान, हुसैन हैदरी और अक्षत गुप्ता जैसे प्रतिभाशाली फ़नकारों ने बहुत जल्द ही सिनेमा और टेलीविज़न की दुनिया में अपना मक़ाम बना लिया है।

राहत साहब ने पेंटिंग की शुरूआत की थी तो उस ज़माने में सिनेमा हॉलों को विशेष प्रकार से सजाया जाता था। बाद में तो प्रिंटिंग प्रेस द्वारा छापे गये पोस्टरों के साथ-साथ कभी-कभी हाथ के बने बड़े-बड़े पर्दे भी देखने को मिल जाते थे। राहत साहब के ज़माने में काग़ज़ के काम नहीं थे। तब कपड़ों के लम्बे-लम्बे लैंडस्केप (landscape) पर्दों पर फ़िल्म के कई सीन बना दिये जाते थे। इन्हें बनाने में बहुत वक़्त और मेह्नत लगती थी। राहत साहब इसे बनवाने में अपने पेंटिंग उस्ताद का साथ देते थे। बाद में ख़ुद भी इस तरह के काम करने लगे। आज की पीढ़ी जल्दी ये सब चीज़ें देखने को नहीं पायेगी। कपड़ों के पर्दों पर होनेवाली सजावट का काम जब धीरे-धीरे ख़त्म हुआ तो बाद में सिनेमाघरों की लॉबियों और बरामदों में काग़ज़ के छोटे-छोटे पोस्टर लगाने का प्रचलन शुरू हुआ। बचपन में मैंने देखा था कि लोग जब शो शुरू होने से पहले सिनेमाघर पहुँच जाते तो टिकट लेकर उन्हीं छोटे-छोटे पोस्टरों को काफ़ी देर तक निहारते। ये पोस्टर लकड़ी और काँच से बने और दीवारों पर जड़े बॉक्स में लगे होते

थे। ये एक तरह से दर्शकों के इंतज़ार को मनोरंजक बनाने के लिए था और दर्शकों को लुभाने के लिए भी था। यही काम पहले कपड़े के पर्दे पर किया जाता था।

राहत साहब यूँ तो कई हीरो-हिरोइन की फ़िल्म देख लेते थे, लेकिन दिलीप कुमार इनके पसंदीदा अभिनेता थे। राहत साहब की ख़ुशक़िस्मती ये रही कि उनके बहुत अच्छे सम्बंध दिलीप कुमार से बने। एक हीरो के अलावा दिलीप कुमार अन्य किरदारों में भी फिट पड़ते हैं, इसलिए भी राहत साहब इन्हें पसंद करते हैं। रोमांटिक हीरो में इन्हें देवानंद पसंद थे। राहत साहब कहने लगे कि जैसे आजकल बचपन से ही हर बच्चा अपनी पसंद की चीज़ों के बारे में डिटेल से जानने लगता है, वैसा पहले भी था। फ़र्क़ इतना ही है कि पहले सबको एक ही तरह की घुट्टी पिला दी जाती थी और आजकल सब लोग अपनी-अपनी पसंद की जानकारी अपने स्तर से रखते हैं। राहत साहब बताते हैं कि– ''मेरा नाती, फ़ैसल का बेटा, अभी से जानता है कि सलमान ख़ान के दादा का नाम क्या था और वो किस स्कूल में पढ़ते थे। इसी तरह हम लोगों के ज़माने में भी प्रचलित था कि एक्टर तो तीन ही हैं– राजकपूर, दिलीप कुमार, देवानंद।'' राहत साहब ने बताया कि ये अपनी पसंद का मामला है। वे कहने लगे– ''मैं आज भी सलमान ख़ान और शाहरुख़ ख़ान से ज़ियादा तर्जीह आमिर ख़ान की एक्टिंग को देता हूँ, क्योंकि वहाँ एक आर्ट है।''

पेंटिंग का सारा काम वो 15-16 साल की उम्र से कर रहे थे। सिनेमाघरों की इस तरह सजावट का काम अकेले राहत साहब की ही टीम नहीं करती थी, बल्कि उस वक़्त इंदौर इस तरह के कामों का एक केंद्र था। शह्र के अन्य सिनेमाघरों तथा शह्र से बाहर भी अगर किसी दूसरे शह्र के लोगों को इस तरह का काम करवाना होता था तो वे इंदौर आते थे। इस तरह के काम करने का एक मशहूर और बड़ा स्टूडियो था– 'शो वेज़'(show ways)। आज भी इसी नाम से ये स्टूडियो मुम्बई में काम करता है। राहत

साहब ने 'फूल और पत्थर', 'पारस मणि', 'तीसरा कौन' और इन फ़िल्मों के आसपास रिलीज़ होनेवाली अन्य फ़िल्मों के पोस्टर और पर्दे बनाये। कलाकारों के वो चेहरे और वो डिज़ाइन आज तक राहत साहब को याद हैं। 'तीसरी क़सम' फ़िल्म ब्लैक एंड व्हाइट में आयी थी तो उसका पर्दा भी ब्लैक एंड व्हाइट बनाया गया था। बड़े भाई और छोटे भाई पढ़ाई करते थे और राहत साहब अपने पिताजी की मदद में कमाई करने लगे थे। जो कुछ भी पेंटिंग से मिलता-बचता उसे वो घर-ख़र्च के लिए अम्मी या अब्बू को देते।

पेंटिंग का काम जब राहत साहब बाक़ायदा सीख चुके तो अपना ख़ुद का काम शुरू किया। दो अलग-अलग जगहों पर दुकानें खोलीं। पहले जेल रोड पर 'कलार्थी' नाम से पेंटिंग स्टूडियो खोला। जेल रोड पर लाल गली एक जगह है। 'कलार्थी स्टूडियो' वहीं था। यहाँ 'कलार्थी' शब्द ख़ास तौर से ध्यान देने लायक़ है। कला की चाहत, कला के प्रति एक जिज्ञासा राहत साहब में शुरू से ही थी। उनके भीतर बैठे कलार्थी ने पेंटिंग की दुनिया में जगह बनाना छोड़ा तो शायरी में अपना मक़ाम पक्का कर लिया। इस स्टूडियो पर मोहन जी और कमल जी राहत साहब के सहयोगी की तरह काम करते थे।

'कलार्थी' बंद करने के बाद दूसरी पेंटिंग की दुकान राहत साहब ने भइया मार्केट के पीछे मालवा मिल चौराहे पर खोली थी, जिसका नाम था– 'राहत'। यहाँ राहत साहब के साथ कई सहायक हुआ करते थे। एक साथ आठ-दस लोग काम करते थे। इस स्टूडियो पर फ़िल्मों के प्रचार-पर्दे बनते थे और कई तरह के काम होते थे। ये वही मालवा मिल थी, जिसे हुकुमचंद मिल की तरह ही बंद कर दिया गया और इसके सभी कर्मचारी बेसरो-सामाँ हो गये।

मोहन पेंटर राहत साहब के बड़े क़रीबी शागिर्दों में से एक थे। आज मोहन पेंटर इस दुनिया में नहीं हैं, लेकिन राहत साहब की मित्र-मंडली में मोहन जी के क़िस्से आज भी अक्सर सुने-सुनाये जाते हैं। मोहन जी राहत साहब की पेंटिंग की दुनिया के साथी थे। शायरी की दुनिया में जाने पर

मोहन साहब का साथ तो छूट गया, लेकिन ज़ाती ज़िंदगी में इनकी जगह हमेशा बरक़रार रही। मोहन जी से मुताल्लिक़ दो क़िस्से पता चले। एक शब्बीर क़ुरैशी जी ने बताया और दूसरा दीपक असीम जी ने।

पहले शब्बीर क़ुरैशी साहब वाला सुनिए। जब राहत साहब को हार्टअटैक आया और वो 'लाइफ़लाइन' में भर्ती थे तो एक दिन मोहन जी उनसे मिलने पहुँचे। बेड के बग़ल शब्बीर जी भी बैठे थे। राहत साहब को ड्रिप लगी थी; बोतल टाँगकर दवा शरीर में डाली जा रही थी। मोहन ने पूछा– "उस्ताद ये बोतल कितनी देर में ख़त्म होगी?"

राहत साहब बोले– "तीन-चार घंटे में ख़त्म होगी मोहन, बहुत तक्लीफ़ हो रही है"।

मोहन जी बेसाख़्ता बोले– "वक़्त-वक़्त की बात है उस्ताद, हम लोग इतनी बड़ी बोतल दस मिनट में ख़त्म कर देते थे"। उनकी इस द्विअर्थी हाज़िर-जवाबी से वहाँ मौजूद सभी लोग हँसने लगे।

एक और वाक़िआ दीपक असीम जी ने बताया, लेकिन उस वाक़िअे को जानने से पहले एक छोटी-सी कहावत जानना ज़रूरी है। इंदौर की तरफ़ जब बहुत गर्मी पड़ने लगती है तो उसकी शिद्दत बताने के लिए कभी-कभी लोग कहते हैं– 'इतनी गर्मी है कि हिरन काले पड़ जायें'। सिल्सिला ये था कि कभी-कभी राहत साहब एक मुशायरे से दूसरे मुशायरे में जाते हुए इंदौर से गुज़रते। ट्रेन से गुज़र जाते और घर आने का मौक़ा न मिलता। इस तरह की स्थिति में मोहन जी स्टेशन पहुँचते; राहत साहब की डाक लेकर। डाक में नये मुशायरों के दावतनामे होते थे। ये दावतनामे पो. बॉ. (पोस्ट बॉक्स)- 555 में आये हुए होते थे। इस पो. बॉ. की कहानी पहले ही मैं बता चुका हूँ। इस डाक के साथ मोहन जी कभी-कभी खाने की चीज़ और गाड़ी ज़ियादा देर रुकनेवाली होती थी तो पीने की चीज़ भी लेकर पहुँच जाते थे। एक बार सर्दियों के दिन थे। राहत साहब और मोहन जी में पहले से तय था कि फ़लाँ दिन-फ़लाँ वक़्त पर ट्रेन आयेगी और मोहन जी डाक लेकर रेलवे स्टेशन इंदौर पहुँचकर वो सब राहत साहब को सौंप देंगे। ट्रेन आयी लेकिन मोहन जी नहीं आये। राहत साहब जब कई दिनों बाद

सफ़र ख़त्म करके इंदौर आये तो एक दिन मोहन जी मिले। राहत साहब ने कहा– “यार मोहन! तुम उस दिन आये नहीं”। मोहन जी ने जवाब दिया– “देखा नहीं राहत साहब आपने? इतनी ठंड थी कि हिरन सफ़ेद पड़ जायें”।

मोहन के अलावा कमल भी राहत साहब के शागिर्दों में थे। ये दोनों लोग ‘कलार्थी स्टूडियो’ पर राहत साहब के कामों में हाथ बँटाते। दोनों लोग ख़ुद बहुत उम्दा कलाकार थे। राहत साहब की तबीअत और तर्बीअत का अंदाज़ा कई छोटी-छोटी बातों से लगाया जा सकता है। ‘कलार्थी स्टूडियो’ पर दो त्यौहार बहुत ख़ुलूस के साथ मनाये जाते थे– दीपावली और गणेश-पूजा। दीपावली पर सारी तैयारियाँ मोहन और कमल करते थे, लेकिन लक्ष्मी जी की पूजा के लिए वेदी पर राहत साहब को ही बिठाते। इन्हें पूजा-पाठ तो आता नहीं था, लेकिन जो-जो मोहन और कमल बताते उसे ये करते जाते। इसी तरह गणेश-महोत्सव पर होता था। बाक़ायदे दस दिन तक गणेश जी की मूर्ति स्टूडियो के अंदर स्थापित की जाती थी।

इंदौर और देवास में एक से बढ़कर एक कला विभूतियाँ हुई हैं, जिनमें कुछ का ज़िक्र मैंने पहले किया भी है। ऐसी ही एक हस्ती थे 5 सितम्बर 1917 को देवास में जन्मे कलागुरु विष्णु चिंचालकर जी। शास्त्रीय गायक कुमार गंधर्व इनके मित्र थे। इन्हें अपनी विधा में विश्वस्तरीय कलाकार माना जाता है। जब ये 1934 में देवास से मैट्रिक पास करके ‘इंदौर स्कूल ऑफ़ आर्ट’ में आये तो इन्हें यहाँ डी. डी. देवलालीकर जैसे गुरुओं का संरक्षण मिला। इसी कॉलेज से एन. एस. बेंद्रे भी पास करके जा चुके थे। अहिल्याबाई विश्वविद्यालय ने जो डॉक्युमेंट्री चिंचालकर जी पर बनायी है उसे हर कला-प्रेमी को देखना चाहिए। ये अद्‌भुत दृष्टि-सम्पन्न कलाकार थे। ये मूलतः चित्रकार तो थे ही, साथ ही जिस भी चीज़ को छू लेते थे उसी में से कला फूट पड़ती थी। इन्होंने व्यावसायिक कला और शुद्ध कला के बीच के फ़र्क़ को मिटाते हुए सृजन किया। जो काम इन्होंने व्यावसायिक

उद्देश्यों के लिए किया है, उसमें भी कला का गहरा पुट दिखायी देता है।

आज के इंदौर में कला का अर्थ बदल गया है। फ़ैसल और सतलज के ज़माने का इंदौर राहत साहब के इंदौर से काफ़ी बदल चुका है। राहत साहब की जवानी का इंदौर जितना क्लासिकल था, आज का इंदौर उतना ही मॉडर्न है। आज का इंदौर जितना व्यावसायिक है उतना ही नफ़ासत-पसंद भी है। यहाँ के दुकानदारों का सौंदर्यबोध (Aesthetic sense) कितना आला है, इसका अंदाज़ा आप उनकी दुकान के साइनबोर्ड को देखकर लगा सकते हैं। आजकल फ्लैक्स बोर्डों के तेज़ी से प्रचलन के बावजूद इंदौर में कोई भी ख़ुद को प्रतिष्ठित समझनेवाला व्यवसायी इससे परहेज़ करता है। बोर्ड बनाने और डिज़ाइन करने का धंधा करनेवालों को इंदौर जाकर देखना चाहिए कि आधुनिकता में किस तरह कला पैदा की जा सकती है। एक से बढ़कर एक डिज़ाइन, लोगो, लाइटबोर्ड, ग्लोसाइन, लीथियम लाइट के बोर्ड, पी. वी. सी. साइन बोर्ड, वुड साइनबोर्ड, सी. एन. सी. कटिंग के बोर्ड, लेटर बोर्ड..... कमाल की कला यहाँ देखने को मिलती है। यही नहीं कि मात्र साइनबोर्ड ही ऐसे हों; आप दुकानों के अंदर जायें तो (इंटीरियर में) उत्कृष्ट कलाओं के नमूने देखने को मिलेंगे। फास्ट-फूड तक की दुकानों को इतना सजा-सँवार के साफ़-सुथरा रखते हैं जैसे यहाँ प्रवचन होना हो। साल 2019 में इंदौर को पूरे इंडिया का तीसरी बार सबसे स्वच्छ शहर घोषित किया गया– 'स्वच्छता का हैट्रिक'।

यहाँ का छोटे से छोटा दुकानदार या व्यवसायी अपनी व्यवस्था बहुत सलीक़े से, बहुत क़रीने से बनाता है। खाने-पीने की दुकानों पर साफ़-सफ़ाई का विशेष ख़याल रखा जाता है। हर जगह एक 'प्रोफेशनल एटीट्यूड' नज़र आता है। लोगों के पढ़े-लिखे होने के सुबूत आपको जगह-जगह पर मिल जायेंगे। हर आदमी सामान्य सामाजिक शिष्टाचारों का अनुकरण करता है। इस समय पूरे हिंदुस्तान में अकेला इंदौर ही ऐसा शह्र है जहाँ आई. आई. एम. (India Institute of Management) और आई. आई. टी. (Indian Institute of Technology) दोनों एक साथ स्थित हैं। इस कारण यहाँ हर साल स्टूडेंट पूरे हिंदुस्तान के अलग-अलग हिस्सों से आते हैं और यहाँ के खान-पान की तहज़ीब में घुलमिल जाते हैं।

सीमा जी बताती हैं कि जब मालवा मिलवाली पेंटिंग की दुकान पर राहत राहब किराये की साइकिल (और वो भी लेडीज़ साइकिल) से आते-जाते थे, तो भी मुझे उतने ही प्यार और उतने ही अच्छे ढंग से रखते थे जितने अच्छे ढंग से आज रखते हैं। राहत साहब ने कभी कोई कमी नहीं होने दी। तब वे छोटे-मोटे मुशायरों में ही जाया करते थे। वो बताती हैं कि मुझे शादी के बाद से लेकर आज तक कभी नहीं लगता कि राहत साहब कहाँ-से-कहाँ पहुँच चुके हैं। मेरे लिए तो वे हमेशा से एक जैसे हैं। उन्होंने हरदम मेरा ख़याल रखा। मेरे बोलने से पहले जो मुझे चाहिए वो हाज़िर कर देते हैं।

ये जो किराये की साइकिल का मामला था, उसमें भी एक समझौता था। जो लोग किराये पर साइकिल देने का काम करते हैं वो पहचान के लिए अपनी साइकिलों पर कोई नम्बर या निशान पेंट से बनवा देते हैं या ख़ुद ही बना लेते हैं। राहत साहब को इस शर्त पर बिना किराये के साइकिल मिल जाती थी कि जब ज़रूरत होगी वो बिना दाम लिये नम्बर वग़ैरह लिख दिया करेंगे। ये सब किफ़ायत भी घर-गृहस्थीवाले करते हैं।

अक्सर नूर इंदौरी, काशिफ़ इंदौरी और मुज़्तर इंदौरी जैसे इंदौर के नामचीन शायर भी दुकान पर आ जाते और घंटों तक बातें होतीं। क्या वक़्त था और क्या ही वो नसीबवाले लोग थे जिन्होंने राहत साहब को तब देखा था, तब मिले थे, तब बातें की थीं जब उनके पास फ़ुर्सत-ही-फ़ुर्सत थी। काम आ गया तो किया नहीं तो बैठे हैं, बाद में तो ऐसा भी हो गया था कि लोग इन्हीं से काम करवाने के लिए हफ़्ता-दस दिन इंतज़ार भी करने लगे। काम ज़ियादा भी रहता था तो कम-से-कम राहत साहब के मिलने की एक निश्चित जगह तो थी। मुशायरों ने तो इन्हें एकदम ख़ाना-ब-दोश ही बना दिया। उस वक़्त सोहबत ही तरीक़ा था किसी चीज़ को सीखने का। इन्हीं

लोगों ने राहत साहब को सलाह दी कि अगर बाक़ायदा शायरी करना है तो कोई उस्ताद कर लो। इन्हीं सलाहों पर राहत साहब ने क़ैसर इंदौरी को अपना उस्ताद बनाया था।

राहत साहब बी. ए. फर्स्ट इयर या सेकंड इयर में थे तभी देवास का पहला मुशायरा पढ़ा था। तब ये मालवा मिल चौराहे की दुकान 'राहत' बाक़ायदा चलने लगी थी। उस ज़माने में मैट्रिक (दसवीं) पास करने के बाद इंटरमीडिएट (10+2) नहीं हुआ करता था। मैट्रिक के बाद एक साल का हायर सेकेंड्री हुआ करता था, जिसे हम ग्यारवीं कह सकते हैं। उसके बाद तीन साल का ग्रेजुएट होता था। इस दुकान को चलाते हुए ही राहत साहब ने ग्रेजुएट (बी. ए.) की पढ़ाई पूरी की। इनका ग्रेजुएट गवर्नमेंट आर्ट्स एंड कॉमर्स कॉलेज, इंदौर से सन् 1973 में पूरा हुआ। ये अपने ज़माने का बहुत प्रसिद्ध और बहुत अच्छा कॉलेज था। 1973 के बाद 1983 तक राहत साहब ने सिर्फ़ मुशायरे पढ़े और कोई पढ़ाई नहीं की।

पेंटिंग की दुनिया में विश्वस्तरीय पहचान रखनेवाले एम. एफ़. हुसैन और राहत साहब में अच्छी दोस्ती थी। जब हुसैन साहब 'मीनाक्षी' फ़िल्म बनाने लगे तो उनके दिमाग़ में राहत साहब से गीत लिखवाने का विचार आया। ऐसा लगता है उनके इस फ़ैसले के पीछे कहीं-न-कहीं लफ़्ज़ों की मुसव्विरी कराने का ख़याल रहा होगा। हुसैन साहब को लगा होगा कि मैं गीत में अल्फ़ाज़ की जो पेंटिंग चाहता हूँ उसे राहत इंदौरी ही बना सकते हैं।

राहत साहब और एम. एफ़. हुसैन की पहली मुलाक़ात 'फ़नकार' संस्था के एक प्रोग्राम में हुई थी। ये प्रोग्राम इंदौर में इस संस्था ने हुसैन साहब के सम्मान में तब कराया था जब वो पचहत्तर बरस के पूरे हुए थे। इसे कराने में मरहूम शाहिद मिर्ज़ा की अहम भूमिका थी, जो कि उस वक़्त जाने-माने पत्रकार थे और इंदौर के अख़बार 'नई दुनिया' से जुड़े थे। शाहिद मिर्ज़ा को विभिन्न कलाओं की गहरी समझ थी और वे तमाम तरह से इन कलाओं के विकास और संरक्षण की कोशिश करते रहते थे। राहत साहब के छोटे भाई आदिल क़ुरैशी (जो कि ख़ुद भी पत्रकार थे), पूर्व विधायक अश्विन जोशी और शाहिद मिर्ज़ा होल्कर कॉलेज के दिनों के

साथी थे; ये सब भी उस प्रोग्राम को कराने में लगे थे। पूरा शह्र बंदनवार से सजाया गया था। उस प्रोग्राम को इंदौरवालों ने इस वज्ह से भी मुहब्बत के साथ मनाया था कि हुसैन साहब का बचपन इंदौर में ही गुज़रा था; वो भी इंदौर के ही माने जाते थे। हुसैन साहब ने तीन दिन तक चलनेवाले उस प्रोग्राम में लोगों के सामने 'लाइव पेंटिंग' भी बनायी थी, जो फ़नकार संस्था को सौंप दी गयी और शायद बाद में आदिल क़ुरैशी साहब के पास ही रही। लालबाग़ में अलग-अलग स्कूलों से आये लगभग दस हज़ार बच्चों ने ड्राइंग कम्पटीशन में हिस्सा लिया। वो इंदौर के लिए यादगार कार्यक्रम था। उसी कार्यक्रम में राहत साहब का परिचय हुसैन साहब से हुआ था। उसके बाद कई बरस तक मुलाक़ात या कोई बातचीत नहीं हुई। दुबारा मुलाक़ात कब और कैसे हुई इसका ज़िक्र आगे आयेगा। राहत साहब के साथ एम. एफ़. हुसैन की कई यादगार तस्वीरें हैं। कोई इंदौर की है, कोई दिल्ली और कोई तस्वीर मुम्बई की है।

राहत साहब की पेंटिग के दौर की कुछ जानकारियाँ और यादें आगे शब्बीर हुसैन और तारिक शाहीन के ज़िक्र में आयेंगी। यहाँ हम ये ज़रूर कह सकते हैं कि राहत साहब की 'पेंटिंग-लाइफ़' रोज़गार का वसीला होने के साथ-साथ उनके अंदरून का इज़्हार भी थी। ये एक फ़नकार के अंदर का वो इज़्हार था जिसे वो किसी-न-किसी माध्यम से बाहरी दुनिया के सामने ज़ाहिर कर देना चाहता था। काश! राहत साहब ने पेंटिंग करना न छोड़ा होता तो आज हम उनकी शायरी के एहतजाज और बाग़ियाना तेवर को पेंटिंग के वसीले से देख पाते।

मेरी ग़ज़ल से बना ज़ेहन में कोई तस्वीर

राहत साहब जब कक्षा पाँच से आगे पढ़ने के लिए देवास गये तो वहाँ इनका दाख़िला अंजुमन स्कूल में करवाया गया जहाँ इन्हें तरह-तरह के नये तज्रुबे हुए। उन्हीं तमाम तज्रुबों में से एक था शायरी का तज्रुबा। जिस स्कूल में ये पढ़ते थे उसके संचालक शेरो-शायरी के बड़े शौक़ीन थे। कभी-कभी वो स्कूल में नशिस्तें कराते थे, कुछ स्थानीय शायरों को बुलाकर। गाँव के लोग और बच्चे बतौर सामईन स्कूल की टाट-पट्टी पर बैठते और ग़ज़लें सुनते। पाँच-छः शोअरा हज़रात रहते थे जो एक या दो तख़्त (लकड़ी का तखत) पर बैठ जाते थे। छोटे-छोटे बच्चों को शेरो-शायरी क्या समझ में आती रही होगी, लेकिन उनमें अदबी महफ़िलों में उठने-बैठने का संस्कार ज़रूर पड़ता रहा होगा– किस तरह शायर शेर पढ़ते हैं, किस तरह सामईन दाद देते हैं, सामईन को फ़ालतू आपस में गुफ़्तगू नहीं करना चाहिए, शायरों की इज़्ज़त करना चाहिए वग़ैरह-वग़ैरह। इसी तरह की एक महफ़िल में एक दिन किसी कीड़े ने राहत साहब के पैर में काट लिया। स्कूल की टाट-पट्टी के नीचे कहीं छुपा था। कई दिन दर्द किया। आज भी उस घटना को याद करके राहत साहब कहते हैं कि वो 'शायरी का कीड़ा' था, जिसने मुझे काटा था। आज तक उस 'शायरी के कीड़े' के काटने का असर है। जब ये दो-तीन साल देवास में रहकर अपनी आगे की पढ़ाई पूरी करने

वापस इंदौर आये तो भी वो दर्द बरक़रार रहा, फ़र्क सिर्फ़ इतना आया था कि अब वो दर्द पैर में न होकर दिल में था।

देवास में नगरपालिका की तरफ़ से एक सालाना प्रदर्शनी लगती थी, जो कई दिन चलती थी। इसमें सरकारी योजनाओं के बारे में जानकारियाँ दी जाती थीं, परिवार नियोजन के बारे में जागरूक किया जाता था, जीवन बीमा के फ़ायदे बताये जाते थे, साक्षरता और शिक्षा का महत्त्व बताया जाता था। इसी तरह की तमाम चीज़ों के काउंटर जगह-जगह लगते थे। इन काउंटरों पर नाम, सूचनाएँ, स्लोगन वग़ैरह लिखे जाते थे, बैनर भी बनते थे। तब ये लोगों के लिए एकदम नयी चीज़ें थीं। राहत साहब के मामू जान नगरपालिका में थे और इस प्रदर्शनी का कई बरसों से सफल आयोजन वही कराते आ रहे थे। उस बार बैनर वग़ैरह लिखने-लिखाने का काम राहत साहब को मिल गया था। पेंटर ये अच्छे थे ही, साथ में ये सब काम करने लिए इनके पास लम्बी टीम भी थी। इसी प्रदर्शनी में अलग-अलग दिन अलग-अलग तरह के सांस्कृतिक कार्यक्रम होते थे। एक दिन मुशायरा भी होता था। माँ मक़्बूल बी जान गयी थीं कि उनका बेटा शेर कहने लगा है। माँ ने अपने छोटे भाई जनाब हकीम हन्‌फ़ी साहब से सिफ़ारिश की (क्योंकि वही मुशायरे के भी संयोजक रहा करते थे।) और राहत साहब को ज़िन्दगी का पहला मुशायरा, पहला स्टेज हासिल हुआ। राहत साहब आज मुशायरों के कामयाब शायर हैं, तो शायद इसीलिए कि माँ के द्वारा जिसकी सिफ़ारिश कर दी जाये वो ताउम्र कामयाबी की सीढ़ियाँ चढ़ता ही चला जायेगा–

गिरिजा में इक मोम की मरियम रक्खी थी
माँ की गोद में गुज़रा बचपन याद आया

पहले मिस्र्‌े में राहत साहब ने 'मोम की मरियम' से जो इशारा किया है, वो शेर को बलीग़ से बलीग़तर बना देता है। माँ का दिल, माँ का स्वभाव तो मोम से भी जल्दी पिघल जाता है। माँ की ममता और मोम के

थोड़ी ही आँच पर पिघल जाने की जो रिआयत यहाँ पैदा हुई है, वो ज़िक्र के क़ाबिल है।

देवास के उस मुशायरे में उस दौर के लगभग सभी बड़े शायर आया करते थे– कैफ़ी आज़मी, शमीम जयपुरी, ख़ुमार बाराबंकवी, कैफ़ भोपाली, वसीम बरेलवी वग़ैरह। राहत साहब ने उस मुशायरे में तरन्नुम से पढ़ा था और पूरी तरह फ़्लॉप रहे। उस फ़्लॉप होने का क़िस्सा आप पीछे छोटे भाई आदिल के मज़्मून में पढ़ ही चुके हैं। उस मुशायरे की निज़ामत काशिफ़ इंदौरी कर रहे थे।

राहत साहब ने शुरूआती दिनों में तीन-चार बरस तक तरन्नुम में पढ़ना जारी रखा और कभी-कभी कहीं तहत में भी एकाध ग़ज़ल पढ़ देते थे, लेकिन फिर एक मुशायरे में ऐसा वाक़िआ पेश आया कि उसके बाद उन्होंने बमुश्किल दो-चार मुशायरों में तरन्नुम से पढ़कर इसे पूरी तरह छोड़ दिया। राहत साहब ख़ुद कहते हैं कि– "मैं सुरीला तो नहीं था, लेकिन सुर जानता था। मिसाल के तौर पर अगर कोई शेर पढ़ रहा है और उसमें कहीं सकता है या कहीं बह्र में गड़बड़ी है तो मुझे फ़ौरन पता चल जाता था। कोई बेसुरा गाता था तो भी मेरी समझ में आ जाता था कि ये बेसुरा है।" इस सलाहियत की वज्ह से इन्हें अपने बारे में भी हमेशा ये बात महसूस होती थी कि मैं सुरीला नहीं हूँ। इस तरह मुशायरों का दौर चल रहा था। इसी दौरान एक मुशायरे में राहत साहब को भुसावल (महाराष्ट्र) बुलाया गया। राहत साहब की ख़ुशक़िस्मती ये रही कि शुरू से ही उस वक़्त के जितने बड़े और उम्दा शोअरा हज़रात थे, उनकी दुआएँ इन्हें मिलती रहीं। ख़ुमार बाराबंकवी, शमीम जयपुरी, कृष्णबिहारी नूर, फ़ना निज़ामी, कैफ़ भोपाली जैसे लोगों की मुहब्बतें इन्हें शुरू से ही मिलती रहीं। ऐसे पायेदार शायरों के साथ ही इनका सफ़र शुरू हुआ। भुसावल के उस मुशायरे में कृष्णबिहारी 'नूर', निहाल ताबाँ, ताबाँ झाँसवी, ख़ुमार साहब, कैफ़ भोपाली वग़ैरह शामिल थे। अपनी टूटी-फूटी तरन्नुम के साथ राहत साहब भी थे। तरन्नुम के शायर के रूप में थोड़ी-बहुत पहचान बन चुकी थी। उस मुशायरे के सफ़र के दौरान ही राहत साहब ने एक ग़ज़ल कही, लेकिन उसका कोई तरन्नुम नहीं था। 'तरन्नुम नहीं था' का मतलब है कि राहत साहब उस अल्हड़पन के

दौर में भी कभी ग़ज़ल गुनागुनाकर नहीं कहते थे। शेर के मिस्रे उनके ज़ेह्न में तहत में उतरते थे और बाद में वे उसका तरन्नुम निकालते थे।

. ग़ज़ल हो गयी और वक़्त कम होने के कारण तरन्नुम नहीं सेट हो पाया था। राहत साहब कृष्णबिहारी 'नूर' के पास पहुँचे और कहा– "सर मैंने एक ग़ज़ल कही है, उसके कुछ शेर आपको सुनाना चाहता हूँ।" नूर साहब सोचे कि अभी ये तरन्नुम में ही सुनायेगा। राहत साहब ने तहत में ही वो ग़ज़ल उन्हें सुनायी और उन्होंने बहुत दाद दी, बड़ी तारीफ़ की।

नूर साहब ने कहा– "राहत आज सुनाओ इसे मुशायरे में।"

राहत साहब बोले– "ज़रूर सुनाऊँगा, लेकिन अभी इसकी तरन्नुम नहीं सेट हो पायी है।"

नूर साहब बोले कि– "ये ग़ज़ल ऐसी है कि इसके लिए तरन्नुम की ज़रूरत नहीं है, तुम इसे तहत में ही सुनाओ। इस ग़ज़ल के शेर ऐसे हैं कि इसमें गाने की गुंजाइश ही नहीं हैं।" उस ग़ज़ल का एक शेर था–

जिन चराग़ों से तअस्सुब का धुआँ उठता है
उन चराग़ों को बुझा दो तो उजाले होंगे

राहत साहब मान गये और सोचने लगे कि अपने पास तरन्नुम की कई ग़ज़लें पहले से हैं ही, जहाँ काम बिगड़ता देखूँगा उनका इस्तेमाल कर लूँगा।

मुशायरा शुरू हुआ। मुशायरे में आलम फ़तेहपुरी भी मौजूद थे। आलम साहब के तहतुललफ़्ज़ में पढ़ने का अंदाज़ जादुई था। वे माइक पर खड़े होकर अपने ख़ास अंदाज़ से जिस तरफ हाथ कर देते थे, पूरा मुशायरा समझिए उधर घूम जाता था। वो नज़्मों के शायर थे। उन्होंने भी तारीफ़ की। राहत साहब की ये ग़ज़ल उस रात इतनी चली कि उस रात पूरा मुशायरा एक तरफ़ और ये ग़ज़ल एक तरफ़।

उस पहले मुशायरे में, जिसमें कि राहत साहब ने तहतुललफ़्ज में पढ़ा, उनका अंदाज़ और उनके हावभाव ऐसे नहीं थे, जैसे कि आज रहते हैं। तहत में शेर पढ़ने के अंदाज़ की भी अपनी विकास-प्रक्रिया होती है।

पढ़ते-सुनाते, रोज़ वही काम दुहराते-दुहराते ख़ुद को पता चलता रहता है कि कब, कहाँ मुझे कैसे करना है। शब्दों के उतार-चढ़ाव को कम-ज़ियादा करने की ज़रूरत ख़ुद शायर को पता चलती रहती है। उस रात की सफलता से नूर साहब इतने ख़ुश हुए कि दूसरे दिन राहत साहब को अपने साथ बम्बई ले गये। दरअस्ल कुछ दिनों बाद 12 नवम्बर 1976 को लखीमपुर खीरी में कृष्ण बिहारी 'नूर' पर केंद्रित एक जश्न था, मुशायरा था। उसी में दावत देने के लिए नूर साहब को बम्बई जाना था। उस जश्न में राहत साहब भी लखीमपुर खीरी आये। यू. पी. के मुशायरों में उनकी ये बाक़ायदा पहली एंट्री थी। इसके पहले भी वो यू. पी. में आये थे, लेकिन वो इतने बड़े मुशायरे नहीं थे, जितना कि ये जश्न का मुशायरा था।

लखीमपुर खीरी के उस मुशायरे में राहत साहब ने तरन्नुम से भी पढ़ा और तहत में भी पढ़ा। उनके तहत को लोगों ने बहुत पसंद किया; यहाँ तक कि मुशायरे के ठीक बाद कई आयोजकों (कन्वीनर्स) ने आकर उनसे मुलाक़ात की और अपने यहाँ मुशायरे में आने की दावत दी, किसी ने पोस्टल एड्रेस माँगा तो किसी ने फोन नम्बर माँगा। खीरी के उस मुशायरे के कन्वीनर लखनऊ के शायर रईस अंसारी थे।

राहत साहब की शायरी के शुरूआती दिनों के इनके उस्ताद थे– क़ैसर इंदौरी साहब। प्रो. अज़ीज़ इंदौरी ने इनसे मिलवाया था। क़ैसर साहब के उस्ताद थे माहिर कानपुरी, जिनसे वे अपने शुरूआती दौर में ख़तो-किताबत करके इस्लाह हासिल करते थे। क़ैसर साहब का शागिर्द बनने के बाद राहत साहब ने अपना नाम 'राहत क़ैसरी' लिखना शुरू कर दिया। यही नाम ग़ज़ल के पहले मज्मूअे 'धूप-धूप' के कवर पर भी है। बाद में इन्होंने 'क़ैसरी' लिखना छोड़ दिया। छोड़ने की कोई ख़ास वज्ह भी नहीं थी। मेरे पूछने पर राहत साहब बोले कि– "क़ैसरी लिखता था तो भी किसी ने ध्यान नहीं दिया था और जब छोड़ दिया तो भी किसी ने नहीं टोका।"

उर्दू शायरी में इस तरह की परम्पराएँ कहीं-कहीं देखने को मिलती हैं।

शागिर्द अपने उस्ताद के प्रति अपनी श्रद्धा, अपनी अक़ीदत प्रकट करने के लिए या कभी-कभी अन्य शायरों के बीच अपनी पहचान स्पष्ट करने के लिए उस्ताद के नाम का सहारा लेता है। कभी-कभी ऐसा नामकरण शायर के फ़ख़्र को भी ज़ाहिर करता था; मतलब शागिर्द शायर उस्ताद के नाम से जुड़कर अपने अन्दर गर्व का भाव महसूस करता था कि मैं फ़लाँ का शागिर्द हूँ। इंदौर में 'शादाँ' साहब के कुछ शागिर्द अपने नाम के आगे 'शादानी' लगाते हैं। यद्यपि 'शादानी' का अलग से भी अर्थ है, लेकिन यहाँ ख़ास तौर से अपने उस्ताद के प्रति अक़ीदत का इज़्हार किया जा रहा है। इसी तरह कहीं अगर उस्ताद का तख़ल्लुस 'नज़र' है तो शागिर्द लोग इसके हमक़ाफ़िया को ही अपना तख़ल्लुस बना लेते हैं– शजर, हुनर, असर, सहर वग़ैरह। उस्ताद का नाम अगर 'शादाब' हुआ तो उनके शागिर्द 'नायाब', 'माहताब' आदि लफ़्ज़ों का इस्तेमाल अपने तख़ल्लुस या नाम में कर लेते हैं। हालाँकि इस प्रकार का चलन शायरों में बहुत कम रहा, बल्कि ख़ानक़ाहों से जुड़े लोगों और क़व्वालों में अधिक मिलता है– बाबा फ़रीद को माननेवाले 'फ़रीदी' लिखते हैं। बाबा फ़रीद के शिष्य मख़्दूम अलाउद्दीन अहमद साबिर, जिन्हें 'साबिर कलियरी' (कलियर रुड़की के पास एक स्थान है) भी कहा जाता है, इनसे वाबस्ता लोग अपने नाम में 'साबिरी' जोड़ते हैं; हज़रत निज़ामुद्दीन औलिया से जुड़े लोग 'निज़ामी' लिखते हैं, हज़रत वारिस अली शाह (देवा शरीफ़, बाराबंकी) से जुड़े लोग 'वारसी' लिखते हैं। मुझे अपने नाम में से कोई रिवायत चुनने का मौक़ा दिया जाय तो मैं 'वारसी' लिखना अधिक पसंद करूँगा।

क़ैसर इंदौरी साहब का तरीक़ा-ए-इस्लाह अलग ही था। राहत साहब जो भी मिस्रे जोड़ते-गाँठते उनके सामने लेकर पहुँच जाते। काग़ज़ का पुर्ज़ा तह करके उस्ताद ले लेते और खोलकर देखते भी नहीं थे। उसे जेब में डाल लेते। इधर-उधर की बातें होतीं, तरह-तरह की गपशप होती फिर राहत साहब घर वापस चले जाते। जब दूसरे-तीसरे दिन फिर उस्ताद के पास जाते तो काग़ज़ का पुर्ज़ा वापस मिल जाता। अपनी तजस्सुस की लहरें थामें उसे खोलकर देखते तो पता चलता– कभी कोई एक मिस्रा कटा है और उस्ताद ने उसकी जगह दूसरा मिस्रा लगा दिया है, कहीं कोई तर्कीब

बदल दी गयी है या नयी तर्कीब लगा दी गयी है। कभी कोई नया शेर जोड़ दिया जाता, कभी कुछ-कभी कुछ। इस स्थिति में सहज ही अंदाज़ा लगाया जा सकता है कि शागिर्द बहुत-कुछ सीख नहीं सकता। उसे ग़ज़ल की दुनिया में चलने-टहलने के लिए बैसाखी भले मिल जाय, उसे दौड़ने के लिए पैर कभी नहीं मिल सकते थे। सीखने का ये तरीक़ा बहुत बेह्तर नहीं होता, इस बात को राहत साहब भी महसूस करते थे।

इतना ही नहीं, आगे सुनिए। क़ैसर साहब रानीपुरा में रहते थे। राहत साहब उनके यहाँ साइकिल से आते-जाते। रास्ते में महाराजा टॉकीज के पीछे प्राइमरी स्कूल था, उसी के बग़ल एक नाला बहता था। इस नाले का भी मामला ये था कि इंदौर में शायरों के जो धड़े (ग्रुप) सक्रिय थे उनको इसी नाले के आधार पर बाँटा गया था– नाले उस पार के शायर और नाले इस पार के शायर।

उस्तादे-मोहतरम बीच-बीच में पूछते रहते– ''कितनी ग़ज़लें हो गयीं राहत?''

''बीस-बाईस हो गयी होंगी उस्ताद।''

उस्ताद का फ़रमान जारी होता– ''रास्ते में जो नाला पड़ता है, ले जाकर उसमें सब ग़ज़लें फेंक देना''।

शागिर्द बेचारा फेंके न तो क्या करे। उस्ताद के सामने अगर कभी वो ग़ज़ल सुना दी या उस्ताद ने कहीं वो ग़ज़ल लिखी हुई देख ली तो वो नाफ़रमानी का सुबूत होती। सो राहत साहब उतनी ग़ज़लें नाले के हवाले कर देते। ऐसा कई बार हुआ। कई सालों तक इस तरह का सिल्सिला चला, जिसमें राहत साहब को ग़ज़लें तो बहुत नहीं बरामद हो पायीं, लेकिन मश्क़ (अभ्यास) बहुत ही पुख़्ता हो गया। इस प्रैक्टिस से राहत साहब किसी भी ज़मीन में, किसी भी बह्र में बेसाख़्ता ग़ज़ल कहने लगे। वे आज भी कहते हैं कि इल्मे-अरूज़ मुझे बिल्कुल नहीं आता, बस तबीअत मौज़ूँ है और इसी से मिस्रे बह्र में हो जाते हैं।

राहत साहब पर रिसर्च कर चुके अज़ीज़ इरफ़ान अपने शोधग्रंथ में लिखते हैं– ''स्कूल में राहत तन्हाईपसंद, ख़ामोश, मगर आगाह क़िस्म के

तालिबे-इल्म थे। ख़ामोश-तबई ही ने ग़ालिबन मुस्तक़्बिल का ख़ाका तैयार करने की मोह्लत फ़राहम की होगी। शख़्सीयत की तामीर की पहली ईंट लड़कपन ही में रखी जाती है। शायरी का चस्का अवाइल उम्री से था। निस्फ़ सदी उधर इंदौर में रानी पुरा और नया पुरा का माहौल शायरीज़दा रहा है। हर तरफ़ और हर वक़्त नशिस्तें, मुशायरे और मज़ाकिरे। यहाँ के मज़ाकिरे यूनिवर्सिटियों के सेमिनारों की शक्ल में नहीं, मुहल्ले की सड़कों, गलियों, फुटपाथों, होटलों और पान की दुकानों में दो-दो, चार-चार के मज्मों में शेर कहना और सुनना-सुनाना आम मश्ग़ला रहा है। हस्सास और बेदार ज़ेह्न के नौजवान के लिए इससे बच निकलना मुहाल था। सो राहत का शौक़ भी शेर सुनने महज़ तक महदूद न रह सका। वो तुकबंदी करने लगे। वो सराही गयी। नशिस्तों में दाद ने मज़ीद हौसला-अफ़्ज़ाई की और ये सिल्सिला राहत को मुशायरों के स्टेज तक ले आया।''

इंदौर के आसपास ख़ानक़ाहें बहुत हैं। धार, उज्जैन, भोपाल और नज़्दीकी ज़िलों में उर्स के मौक़ों पर क़व्वालियाँ हुआ करती हैं। इंदौर के आसपास क़व्वाली का इलाक़ा है– धार, सरदारपुर, रतलाम, राजगढ़ वग़ैरह। ये इलाक़े अपनी ख़ानक़ाहों और संगीत-परम्पराओं के साथ-साथ अच्छे शायरों के कारण क़व्वाली के गढ़ माने जाते हैं। धार के इज़्हार शादानी को शायद ही कोई उनके ज़िले में जानता हो, लेकिन पूरे देश के क़व्वाल उन्हें गाते थे। सरदारपुर के हयात हाशमी को बहुत से क़व्वालों ने गाया है।

इंदौर में भी क़व्वालियाँ बहुत होती थीं, कहीं-कहीं आज भी होती हैं। अक्सर ये क़व्वालियाँ गणेश-उत्सव के आसपास होती थीं। ऐसा यहाँ की मिलों के कारण था। ये मिल में काम करनेवाले कर्मचारियों के मनोरंजन के लिए एक तरह की 'सांस्कृतिक पहल' हुआ करती थी। मिलों के प्रबंधकीय नियमों में इस प्रकार की व्यवस्थाएँ की जाती हैं। क़व्वाली, मुशायरा, फ़िल्म-प्रदर्शन तथा आज के अन्य आधुनिक मनोरंजन के तौर-तरीक़ों के

प्रोग्राम समय-समय पर हर जगह होते रहते हैं। कपड़ा मिलों में होनेवाले मुशायरों में दिल्ली में डी. सी. एम. कपड़ा मिल का कवि-सम्मेलन और मुशायरा बहुत फ़ेमस है, जिसमें कई बार राहत साहब शिरकत कर चुके हैं।

इन तमाम मनोरंजन के साधनों में क़व्वाली कई प्रकार से महत्त्वपूर्ण है। क़व्वाली अदब के साथ-साथ संगीत को भी थामे रहती है, इसलिए ये मुशायरों से एक क़दम बढ़कर है। इंदौर की मिलों में (या कहीं की भी मिलों में) हिन्दू-मुसलमान सब एक साथ काम करते थे और क़व्वाली सभी समझते थे। दोनों धर्मों के श्रोता इस विधा से लुत्फ़ लेते रहे होंगे। हालाँकि प्रतीप कुमार लाहिरी ने अपनी किताब 'डिकोडिंग इनटॉलरेंस' में 1969 की हर मिल के आँकड़े दिये हैं (पेज 260)। उनके अनुसार तो हिंदू कर्मचारियों के अनुपात में बहुत कम मुस्लिम कर्मचारी ही मिलों में काम करते थे।

वैसे भी अधिकांश परम्परागत क़व्वाल मिला-जुला साहित्य गाते हैं। पहले का भारतीय समाज आज की अपेक्षा अधिक सौहार्दपूर्ण ढंग से मिश्रित था। बँटवारा और उसके बाद पैदा हुए हालात ने समाज को बाँटने का काम किया। इसमें कोई एक आदमी गुनाहगार नहीं कहा जा सकता। ये सब एक प्रकार से समाज के ढाँचे का टूटना था। हिन्दू और मुस्लिम समुदायों का अलग होते दिखना या अलग होना बहुत ठोस और स्थूल उदाहरण है, इसलिए ये सबको आसानी से दिख जाता है, वर्ना क्या एक ही धर्म के भीतर मतभेद कम हैं? सवर्ण और दलित के अलावा क्या सवर्णों में आपसी मतभेद कम हैं? या दलितों में भी अलग-अलग जातियों के आपसी द्वंद्व कम हैं? वस्तुतः भारतीय समाज में होनेवाले सभी विखंडन, सम्पूर्ण सामाजिक ढाँचे के चरमराने का संकेत हैं।

इस प्रकार इंदौर में क़व्वाली एक सामाजिक और सांस्कृतिक मनोरंजन का वसीला थी। इंदौर पिछले लगभग डेढ़ सौ सालों से एक व्यापारिक केंद्र रहा है। यहाँ हर धर्म, जाति, वर्ग और हर क्षेत्र के लोग सक्रिय रहे हैं। ज़ाहिर सी बात है कि मिलों में काम करनेवाले कर्मचारी और मज़दूर शास्त्रीय संगीत बहुत तो समझते नहीं रहे होंगे, चाहे वो जिस भी जाति-धर्म

के हों, लेकिन हल्की-फुल्की चीज़ें तो समझते ही रहे होंगे। इसी कारण क़व्वालियों का आयोजन ख़ूब होता था। ऐसा भी नहीं कि इंदौर में अथवा सम्पूर्ण मालवा क्षेत्र में शास्त्रीय संगीत न रहा हो। उस्ताद अमीर ख़ान इंदौर से ही बम्बई (मुम्बई) गये थे और कुमार गंधर्व भी देवास ही नहीं बल्कि पूरे मालवा क्षेत्र को कबीर के पदों से गुंजायमान कर रहे थे। बग़ल धार में भी फड़के साहब के आवास और उनकी मूर्तिशाला में गायन के एक से बढ़कर एक आयोजन होते रहते थे। फड़के साहब के आवास पर तत्कालीन शास्त्रीय संगीत के एक-से-एक दिग्गज आते थे। आप कभी धार शह्र जायें तो फड़के साहब का स्टूडियो ज़रूर देखने जायें। आपको लगेगा कि जिन मूर्तियों को आप बहुत दिन से देखते आ रहे थे, लेकिन मूर्तिकार को नहीं जानते थे, उसे यहाँ आकर जान लिया।

इंदौर में जब क़व्वालियों का दौर चलता तो महीनों क़व्वालियाँ ही होती रहती थीं। कभी इस चौराहे पर कभी उस चौराहे पर, कभी इस मिल के मोड़ पर कभी उस कारख़ाने के चौराहे पर। हफ़्तों-महीनों तक देश-दुनिया के क़व्वाल आ-जाकर होटलों में ठहरते थे। शायरी के शुरूआती दिनों में राहत साहब अपने कुछ शायर दोस्तों के साथ इन क़व्वालों की अनौपचारिक महफ़िलों में शामिल होते। रात में सभी क़व्वाल अपनी परफ़ार्मेंस देते और सुब्ह देर तक सोने के बाद दोपहर से लेकर शाम तक अलग-अलग 'इंदौरी' शायरों से ग़ज़लों, शेरों, नात वग़ैरह पाने के लिए इल्तिज़ा करते। ये इल्तिज़ा इन्हीं अनौपचारिक बैठकों में होती, जो होटल के बंद कमरों में होती थीं। उस ज़माने में जो क़व्वाल आते थे उनमें ख़ासतौर से अज़ीज़ नाज़ाँ, हबीब पेंटर, बाबू क़व्वाल, हनीफ़ आगरेवाला वग़ैरह थे।

हनीफ़ आगरेवाला ने राहत साहब की कई ग़ज़लें अपने अंदाज़ में गायी हैं; ख़ास तौर से– *'गुलाब, ख़्वाब, दवा, ज़ह्र, जाम क्या-क्या है'* ग़ज़ल को यू-ट्यूब पर सुना जा सकता है।

बाबू भाई क़व्वाल ने आगे चलकर बहुत नाम कमाया। इंदौर के बहुत मशहूर उस्ताद शायर शादाँ इंदौरी साहब की सैकड़ों ग़ज़लें बाबू भाई को ज़बानी याद थीं। बाबू भाई ने शादाँ साहब के अलावा और भी बहुत शोअरा के कलाम गाये हैं।

शादाँ इंदौरी (1912-1972) इंदौर के उस्ताद शायरों में थे। राहत साहब इनके बड़े मद्दाह (प्रशंसक) हैं। अफ़्सोस कि जब राहत साहब मंचों-मुशायरों में बाक़ायदा जाने लगे तो उसके बहुत पहले ही शादाँ साहब इस दुनिया को छोड़कर जा चुके थे। शादाँ साहब के कुछ कलाम किसी हवाले से पब्लिश होकर मंज़रे-आम पर आये तो राहत साहब ने उस पर अपनी तीखी प्रतिक्रिया दी थी। बाबू भाई क़व्वाल ने शादाँ साहब को कंठस्थ कर लिया था। बाबू भाई ख़ुद को शादाँ साहब का शागिर्द भी कहते थे। पहले की बेशतर ग़ज़लें तो बाबू भाई ने कम्पोज़ कर ही रखी थीं, जो नये कलाम शादाँ साहब कहते, वे भी बाबू भाई क़व्वाल की प्रस्तुतियों के माध्यम से ही सामने आते। राहत साहब ने शादाँ साहब के उन चुनिंदा कलामों को पढ़ते हुए प्रतिक्रिया दी कि– "इस पूरे मज्मूअे में शादाँ साहब से अधिक तो बाबू क़व्वाल नज़र आ रहे हैं। जो भी ग़ज़ल निकालो लगता है बाबू क़व्वाल सामने खड़े हैं।"

दरअस्ल ये राहत साहब की एक सकारात्मक टिप्पणी थी, क्योंकि वे जानते थे कि शादाँ साहब का मेआर क्या है और उनकी वुस्अत क्या है। उन्होंने बहुत आला दर्जे की शायरी की है, जिसका आना ज़रूरी है। हालाँकि बाद में जो काम शादाँ साहब के शागिर्द रशीद इंदौरी ने शादाँ साहब की कुल्लियात मुरत्तब करके किया, उसकी तारीफ़ भी राहत साहब ने की। राहत साहब ने कहा कि इस कुल्लियात में असली शादाँ इंदौरी दिखायी देते हैं।

जब राहत साहब का शुरूआती मश्क़े-सुख़न चल रहा था तो वे काशिफ़ इंदौरी और मुज़्तर इंदौरी के साथ इन क़व्वालों की बैठकों में जाते थे। काशिफ़ और मुज़्तर साहिबान का इन क़व्वालों से पहले का अच्छा मेलजोल था और सभी क़व्वाल इनका बहुत सम्मान करते थे। शायर का काम तो क़व्वाल के बिना भी चल सकता है, लेकिन क़व्वाल का काम बिना शायर के नहीं चल सकता। इन दोनों शोअरा हज़रात के साथ आते-जाते

राहत साहब का भी तआरुफ़ क़व्वालों से हो गया।

अक्सर क़व्वालों को 'जवाहर लॉज' में ठहराया जाता था। ख़ाली वक़्त में जब राहत साहब अन्य शायरों के साथ पहुँचते तो लॉज के किसी कमरे में ही महफ़िल जमायी जाती। हारमोनियम और तबला निकालकर साज़िंदे तरह-तरह की आज़माइशें करने लगते थे। किसी क़व्वाल को यदि कोई धुन या कोई मिस्रा मिल गया है तो वो चाहता था कि इसी धुन (बह्र) पर शोअरा कुछ कह दें तो उसका काम बन जाय। वे मिस्रा देकर दरख़्वास्त करते कि इस पर ग़ज़ल हो जाय तो उनकी भी रोज़ी-रोटी चलती रहे। जब उन लोगों ने जाना कि राहत साहब शायर हैं, तो इनसे भी तरह-तरह की फ़रमाइशें की जाने लगीं। कभी-कभी तो ऐसा भी हो जाता कि एक साथ दो-तीन क़व्वाल आ बैठते और सब अपने-अपने मुताबिक़ ग़ज़लें चाहते– किसी की छोटी बह्र है, कोई उससे बड़ी बह्र चाह रहा है, तो कोई उससे भी बड़ी। एक साथ अलग-अलग क़व्वालों को अलग-अलग बह्र के मिस्रे राहत साहब लिखवाते चलते थे। ये सब भी होता था। क़व्वाली को इतना नज़दीक से देखनेवाला ही लिख सकता है–

मस्जिद ख़ाली-ख़ाली है,
बस्ती में क़व्वाली है।

राहत साहब के तरन्नुम छोड़कर तहतुललफ़्ज़ (तहत) में शेर सुनाने का उनका फ़ैसला ज़ाती नहीं था, या यूँ कहें कि ज़ाती नहीं रह गया। उनके इस अमल का असर मुशायरों पर पड़ा। कई शायर जो तरन्नुम से पढ़ते थे, उन्होंने तरन्नुम छोड़कर तहत का रुख़ किया। इनमें सबसे पहला नाम मेराज फ़ैज़ाबादी का था। इनके अलावा अमीर क़ज़लबाश, शायर जमाली, शहज़ादा गुलरेज़ वग़ैरह ने तरन्नुम छोड़कर तहत का रुख़ किया। कई लोगों ने तो राहत साहब को फोन करके नाराज़गी का भी इज़्हार किया कि आप मुशायरों को दूसरी जानिब ले जा रहे हैं।

राहत साहब के तरन्नुम छोड़ने से और फिर उनकी देखा-देखी अन्य कई लोगों के ऐसा करने से मुशायरे का मंज़र बहुत तेज़ी से बदलने लगा। तरन्नुम में एक ग़ज़ल के सारे शेरों को एक ही अंदाज़ में अदा करना पड़ता है। अगर एक शेर इश्क़ पर, दूसरा सियासत पर और तीसरा मार्फ़त के हवाले से है, तो तरन्नुम के शायर को वे सारे शेर एक ही उतार-चढ़ाव की बंदिश में पेश करने होंगे। इसके अलावा तरन्नुम में काकुवक्रोक्ति की सम्भावना समाप्त हो जाती है।

तहत का शायर लफ़्ज़ों पर उच्चारण (pronounciation) के दबाव को कम या ज़ियादा करके उस लफ़्ज़ या पूरे मिस्रे के अर्थ को बदल देता है या उसके नये-नये अन्य अर्थों (दीगर मानी) की तरफ़ इशारा कर देता है। राहत साहब ने भी ऐसा ही किया। चूँकि उनके बेशतर शेर आशिक़ो-माशूक़ की ज़ाती बातों पर आधारित न होकर एक आक्रोश, एक विद्रोह और हालाते-हाज़रा पर आधारित थे, इसलिए उनमें एक कर्कशता थी, एक ऊबड़-खाबड़पन था, एक खुरदरापन था। शेरों का ये खुरदुरापन तरन्नुम में समाप्त हो जाता। अभी मैं इसे एक उदाहरण से स्पष्ट भी करूँगा। राहत साहब ने मुशायरे में ग़ज़ल की मिठास को कम कर दिया, या यूँ कहें कि चाय में चीनी उतनी ही थी, मगर अदरक कुछ ज़ियादा कर दी गयी। उनके इस अमल से, उनकी घनगरज आवाज़ से (बादलों के गड़गड़ाने जैसी आवाज़ से), उनके झल्लाहट भरे लहजे से, उनके बाग़ियाना तेवर से इश्क़ फ़रमानेवाले, तरन्नुम के नाम पर रीं-रीं और चीं-चीं करनेवाले, माशूक़ा-माशूक़ा और महबूबा-महबूबा करते रहने के कारण आवाज़ पतली कर लेनेवाले शायर डर गये या मंच की सबसे आख़िरी सफ़ में चले गये। तरन्नुम के कुछ सीनियर शोअरा भी थे, जो अपनी ज़िंदगी के अंतिम दिन गिन रहे थे। धीरे-धीरे तरन्नुम के शायर फ़िलहाल दोयम दर्जे पर पहुँच गये और इसका श्रेय राहत साहब को जाता है। यद्यपि कि कई ऐसे मंचीय शायर थे जो तहत और तरन्नुम दोनों से कारे-ग़ज़ल को अंजाम दे रहे थे। बशीर बद्र के अलावा वसीम बरेलवी भी तहत के साथ-साथ तरन्नुम से ग़ज़ल पढ़ते थे, लेकिन ये दोनों ही शायर तरन्नुम के मोहताज नहीं थे। जब सामईन इनसे फ़रमाइश करते या इस्रार करते तो ये लोग एक-दो ग़ज़ल या वसीम

साहब कभी-कभी ग़ज़ल के अलावा कोई गीत तरन्नुम से पढ़ देते। ऐसा आज भी है।

राहत साहब ने तरन्नुम के महत्त्व को कम करने और शेर को अपने मज़्मून के दम पर तारीफ़ दिलाने में मदद की। हालाँकि उनके पहले कई शायर थे जो मंचों पर तहत में ही पढ़ते थे और अपनी धाक जमा लेते थे। राहत साहब के हमउम्र कई शायर थे जो तहत में पढ़ते थे, लेकिन उनका अंदाज़ ऐसा था कि लगता था कि वे कहीं से याद करके आये हैं या काग़ज़ पर देख-देखकर पढ़ रहे हैं। तरन्नुम के शायरों को ही ध्यान में रखकर बशीर बद्र ने एक शेर कहा था–

अपना टेप बजाकर कौआ सुनता है
अपनी बोली सबको अच्छी लगती है

राहत साहब के साथ किसी मुशायरे में फ़िराक़ साहब भी थे, जब इन्होंने शेर पढ़े तो फ़िराक़ साहब बोले– "मियाँ, जब शेर ख़ुद ही अच्छा है तो चीख़ने की क्या ज़रूरत है।" फ़िराक़ साहब का इतना कह देना राहत साहब के लिए तारीफ़ जैसा था। राहत साहब, फ़िराक़ गोरखपुरी के ज़बरदस्त मद्दाह हैं, सैकड़ों शेर याद हैं।

ये चीख़ना भी एक आर्ट है। मुशायरा एक 'परफार्मिंग आर्ट' बन गया है। ऐसी स्थिति में आवाज़ का ख़ास रोल हो गया है। राहत साहब की आवाज़ की फ्रीक्वेंसी बहुत अधिक है। ये भी कह सकते हैं कि उनकी आवाज़ की 'रेंज' बहुत ज़ियादा हैं। इसे आप सुनकर तो महसूस कर ही सकते हैं, साथ ही कभी इसे कम्प्यूटर स्क्रीन पर मापने की कोशिश करें तो भी आप देखेंगे कि जब इनकी आवाज़ शुरू होती है तो ग्राफ़ बहुत हाई फ्रीक्वेंसी तक जाने लगते हैं। टेक्निकली उनकी आवाज़ का माइक्रोफोन के साथ बेह्तर तालमेल बिठाना उनकी शानदार पेशकश को और भी शानदार बनाता है। यही नहीं, वे माइक्रोफोन का सटीक इस्तेमाल करना भी जानते हैं। राहत साहब की एक ख़ास आदत है जिसे वो नेचुरल तौर पर करते हैं। करते क्या हैं, मेरे ख़याल से ऐसा आदतन हो जाता होगा। गायन की भाषा में कहें तो वे अपनी आवाज़ को माइक्रोफोन के सहारे 'फेड इन'

और 'फेड आउट' करते हैं। आजकल तो कम्प्यूटर और बहुत-सारे उपकरण आ गये हैं, जिनके सहारे गायन में 'फेड इन' या 'फेड आउट' कर दिया जाता है, लेकिन पहले के गायकों के सामने जब किसी मिस्रे में इस तरह के इफेक्ट लाने होते थे, तो वे अपने मुँह और माइक्रोफोन के बीच की दूरी को कम या ज़ियादा करते थे। गाते हुए दूर से धीरे-धीरे मुँह माइक तक लाकर 'फेड इन' करते और 'फेड आउट' की ज़रूरत पड़ने पर मुँह को माइक्रोफोन से दूर ले जाते थे।

राहत साहब भी प्रायः ऐसा करते हैं। उनकी आवाज़ का वॉल्यूम ज़रूरत के मुताबिक़ कम-ज़ियादा होता रहता है, लेकिन अक्सर वो अपनी आवाज का वॉल्यूम बराबर रखते हुए माइक से अपने मुँह की दूरी को संतुलित करते हैं। इस तरह वे अपने मिसरों को 'फेड आउट' या 'फेड इन' करते हैं। इससे एक ख़ास कैफ़ीयत पैदा होती हैं और सामईन पर एक ख़ास असर पड़ता है।

एक बात यहाँ और ग़ौरतलब है। आज के लगभग 40-50 साल पहले लखनऊ और दिल्ली में जो भी शायर थे, वे अपने को किसी ख़ास रिवायत से जोड़कर देखते थे। दिल्ली में शायद आज भी ऐसे बुज़ुर्ग शायर खोजे-ढूँढ़े मिल जायें जो ये कहकर आपको चौंका दें कि मेरे उस्ताद फ़लाँ साहब थे और उनके उस्ताद फलाँ साहब, जो कि दाग़ देहलवी के शागिर्द थे या कहो ग़ालिब तक पहुँच जायें। यही हाल लखनऊ में भी है। बस 'रिवर्स गियर' लगायेंगे और दो-तीन छलाँग में अमीर मीनाई तक पहुँच जायेंगे। राहत साहब के पास इंदौर में ऐसा कुछ नहीं था। इनकी ज़बान, इनकी अलामतें, तश्बीहात, अश्आर के मज़्मून, शेर बयान करने का अंदाज़.... सबकुछ नया था, सबकुछ मौलिक था और सबसे भिन्न था। राहत साहब की ज़ुबान और मज़ामीन इस लिहाज़ से भी अलग हैं कि इन पर किसी की छाप और मुहर नहीं लगी। इनकी शायरी में पुराने जमालियात या लफ़्ज़ियात का इस्तेमाल नहीं मिलता। इनके शेर, शायरी के लिहाज़ से कोई कलात्मक नमूना नहीं पेश करते। वे सीधे-सीधे एक कथन (statement) पेश करते हैं– सीधा और सपाट। इसलिए अधिकांश शेरों में किसी प्रकार का अर्थ-सम्बंधी उलझाव या नाक़िदाना पेचोख़म नहीं है।

मुशायरों में राहत साहब के सफ़ल होने में उनकी शायरी के इस ख़ास पहलू ने बहुत अहम रोल अदा किया। इन्होंने मुशायरे पर विजय प्राप्त की है तो अपने विचारों से, अपने वक्तव्यों से, अपने राजनीतिक और सामाजिक सरोकारों से; न कि ज़ूमानी शेरों से, नयी-नयी तर्कीबों से, दुर्लभ उपमाओं से, मुहाविरों की भरमार से या क्लिष्ट और गूढ़ प्रतीकों (अलामतों) से। आसान ज़बान में शेर कहना सबसे मुश्किल है। सपाटबयानी का मतलब ये नहीं होता कि शेरीयत ही ख़त्म हो जाये। सीधे-सीधे बात कह देना ख़ूबी है न कि ख़ामी। उन्होंने रिवायत को तोड़कर नया लिखने की कोशिश की–

फिर वही 'मीर' से अब तक की सदाओं का तिलिस्म
हैफ़ 'राहत' कि तुझे कुछ तो नया लिखना था

राहत साहब जब मुशायरों के मंच पर आये तो लखनऊ की नफ़ीस ज़बान और दिल्ली की टकसाली ज़बान में शायरी करनेवाले किनारे लग गये। अवाम को सच में एक ऐसा शायर मिल गया था जो उनकी ज़बान ही में नहीं बात कर रहा था, बल्कि उनके ख़यालात को भी बआवाज़े-बुलंद बयान कर रहा था। जिस तरह हिंदुस्तान आज़ाद हुआ था और मुल्क में लोकतंत्र स्थापित हुआ था, उसी तरह राहत साहब ने मुशायरे को आज़ादी दिलायी थी और उसे जम्हूरियत (लोकतंत्र) में इज़्हारे-ख़याल का एक वसीला (माध्यम) बनाया था। राहत साहब को लखनऊ और दिल्ली के शुरूआती मुशायरों में अपने 'इंदौरी' होने का ख़म्याज़ा भी भुगतना पड़ता था। गोशानशीन उस्तादों के नामनिहाद शागिर्द मुशायरों में आकर तरह-तरह के हुड़दंग करते थे, लेकिन राहत साहब तो इस इत्मीनान के शायर थे–

जो हँस रहा है मेरे शेरों पे वही इक दिन
कुतुबफ़रोश से मेरी किताब माँगेगा

और राहत साहब इस यक़ीन के भी शायर थे कि–

मैं नूर बनके ज़माने में फैल जाऊँगा
तुम आफ़ताब में कीड़े निकालते रहना

मुशायरों की परम्परा में बेशुमार पेचो-ख़म हैं। ग़ज़ल पर जितना काम

पिछले चार-पाँच सौ बरसों में हुआ है, उतना हिन्दी-उर्दू मिलाकर किसी अन्य विधा पर नहीं हुआ। ग़ज़ल पर हुए बेशुमार कामों ने इसमें इतनी चमक पैदा की है कि उर्दू की दीगर अस्नाफ़ (अन्य विधाएँ) इसके सामने फीकी पड़ जाती हैं। 'अदब' का एक मतलब 'लिहाज़' भी होता है। मुशायरों में 'अदब' की हिफ़ाज़त होती थी, यानी 'लिहाज़' की भी हिफ़ाज़त होती थी। एक मिसाल राहत साहब ने सुनायी– किसी शेरी महफ़िल में जिगर मुरादाबादी और अस्ग़र गोंडवी मौजूद थे। जिगर मुरादाबादी अस्ग़र साहब को अपना उस्ताद मानते थे। अस्ग़र साहब कोई ग़ज़ल पढ़ने लगे तो एक कीड़ा जिगर साहब की शेरवानी में घुस गया। उसने ज़ख़्म बनाना शुरू किया, लेकिन जिगर साहब टस-से-मस नहीं हुए। इसमें उस्ताद की बेहुर्मती थी। आख़िरकार जब अस्ग़र साहब ने मक्ता पढ़ा तब जिगर साहब उठकर दूर गये और किसी तरह उस कीड़े को निकाला। तब तक वो काफ़ी बड़ा ज़ख़्म बना चुका था। इसी तरह पहले के मुशायरों में नये शायरों को उस्तादों के कलाम पर दाद देने तक की इजाज़त नहीं रहती थी। उनसे ये उम्मीद की जाती थी कि पहले वो ठीक से सुनना सीखें, फिर उसे समझना सीखें तब दाद देने की कोशिश करें। पहले के मुशायरों में कोई नया शायर जिस तरह बैठ जाता था उसी तरह घंटों बैठा रहता था। बार-बार हाथ-पाँव इधर-उधर फैलाना-सिकोड़ना बेअदबी माना जाता था और कहा जाता था कि फ़लाँ साहब को तो महफ़िल में बैठने की भी तमीज़ नहीं, बार-बार पहलू बदलते रहते हैं। राहत साहब भी मुशायरों की हर रिवायत को जितना मुम्किन हो सका निभाते आये हैं। अपने से बड़े शायरों का उन्होंने हमेशा ख़याल रखा। अगर किसी मुशायरे में सामईन सीटी बजाने लगते तो राहत साहब फ़ौरन उन्हें टोक देते और तरह-तरह की नसीहतें देकर उन्हें क़ायल करते। अगर सामईन सीनियर शायरों को बिना सुने जाने लगते तो राहत साहब खड़े होकर अपील करते और सामईन को कुछ देर और रोक लेते थे। जब तक हालात ऐसे नहीं हुए कि इन्हें पहली सफ़ में आकर बैठना पड़े, तब तक बुज़ुर्गों के एहतराम में पिछली सफ़ों में बैठना ही मुनासिब समझा।

अभी ऊपर मैंने कहा कि मैं तरन्नुम और तहत के अंतर को एक शेर के उदाहरण से सामने रखूँगा। काग़ज़ पर वे बातें उजागर नहीं की जा सकतीं,

जिन्हें गले द्वारा किया जा सकता है। अभी ऊपर राहत साहब के एक शेर का ज़िक्र आया है–

जिन चराग़ों से तअस्सुब का धुआँ उठता है
उन चराग़ों को बुझा दो तो उजाले होंगे

इस शेर पर राहत साहब को इतनी ज़ियादा तारीफ़ क्यूँ मिली, इस बात पर ग़ौर करना ज़रूरी है। बज़ाहिर तो दूसरे मिस्रे में 'चराग़ों को बुझाने पर उजाला' होने की बात की जा रही है, जो कि फ़ित्री तौर पर बिल्कुल सही नहीं है। इस शेर की तहें इसके हवालों (संदर्भों) में हैं और उन हवालों की तरफ़ तरन्नुम से इशारा नहीं किया जा सकता। इस शेर का एक सियासी मानी (राजनीतिक अर्थ) भी है इसलिए उस अर्थ का गला, गलेबाज़ी करके नहीं घोटा जा सकता। मुझे इस शेर के इस्तेमाल की कहानी शब्बीर क़ुरैशी साहब ने बतायी, जो कि राहत साहब के क़रीबी दोस्त हैं। इनका तवील ज़िक्र आगे आयेगा।

जो लोग भारतीय जनता पार्टी का इतिहास जानते हैं, उन्हें पता है कि इसकी उत्पत्ति मूलतः 'भारतीय जनसंघ' (जिसे जनसंघ भी कहते हैं) से हुई। इस पार्टी की स्थापना (1951) श्यामाप्रसाद मुखर्जी ने की। 1952 के संसदीय चुनाव में इसे दो या तीन सीटें मिली थीं। 1975-1976 में कांग्रेस सरकार द्वारा लागू किये गये आपातकाल के बाद भारत के अन्य राजनैतिक दलों और इस जनसंघ को मिलाकर जनता पार्टी बनी।

जनसंघ अपनी स्थापना के दिनों से ही साम्प्रदायिक विचारोंवाली पार्टी थी और उन सब बातों का लम्बा इतिहास है, जिसकी यहाँ अभी ज़रूरत नहीं है। इसी जनसंघ पार्टी का चुनाव-चिह्न था 'जलता हुआ दीपक' या 'दिया'। चूँकि ये 'जलता हुआ दिया' था, इसलिए इसमें से धुआँ उठने की बात प्राकृतिक रूप से तर्कसंगत लगती है। इस पार्टी की साम्प्रदायिक मानसिकता को देखते हुए 'तअस्सुब' (धार्मिक पक्षपात, बेजा तरफ़दारी) लफ़्ज़ का इस्तेमाल भी एकदम सटीक ढंग से हुआ था। इन सब हालात के खुलकर सामने आने से अब दूसरे मिस्रे में चराग़ों को बुझाने पर उजाला होने की उलटबाँसी भी तर्कसंगत लग रही है। काँग्रेस पार्टी के लोग अपने

कार्यक्रमों में राहत साहब के इस शेर का बहुत ज़ोरदार ढंग से प्रयोग करने लगे; यहाँ तक कि इसी शेर से उनके कार्यक्रमों, चुनावी सभाओं और रैलियों की शुरूआत भी होने लगी। कांग्रेसवाले पहले भी जनसंघ के चुनाव-चिह्न को लेकर कई नारे लगाया करते थे– *'जनसंघ के दीप में तेल नहीं, सत्ता चलाना कोई खेल नहीं'* या *'इस दीपक में तेल नहीं, सरकार बनाना खेल नहीं'*

जहाँ इस तरह के घिसे-पिटे तुकबाज़ीवाले नारे लगाये जाते थे, वहाँ राहत साहब का शेर बहुत प्रतीकात्मक (symbolic) था। अब ज़रा सोचिए कि इस शेर को पढ़ने पर जनसंघ के विपक्षियों में किस प्रकार की शोरअंगेज़ी होती रही होगी। एक बात इस सिल्सिले में साफ़ करना और ज़रूरी है– राहत साहब ने जानबूझकर ये शेर जनसंघ पर नहीं कहा था, शेर की आमद हो गयी तो ख़याल इस तरफ़ भी गया।

राहत साहब ने मुशायरे को मुशायरा बनाया। इसे कई तरह से समझा जा सकता है। जैसे सबसे पहली बात तो ये कि इन्होंने समझ-बूझकर, जान-बूझकर मिस्रों में इज़ाफ़त के इस्तेमाल को कम किया; बल्कि कम क्या किया, एकदम ख़त्म ही कर दिया। ये सबसे पहला काम था जो अपनी ग़ज़ल की ज़बान को बरतने में राहत साहब ने किया; हालाँकि ऐसा इनसे पहले के कुछ और भी शायर करने लगे थे। दूसरा काम ये कि मुश्किल अल्फ़ाज़ का इस्तेमाल कम-से-कम करने लगे, क्योंकि कोई भी श्रोता (सामे) मुशायरे में लुग़त (dictionery) लेकर नहीं जाता। वहाँ अगर किसी शायर को तत्काल प्रतिक्रिया (reaction) चाहिए तो उसे ऐसे अल्फ़ाज़ का इस्तेमाल करना होगा, जिसका अर्थ तुरंत सबकी समझ में आ जाये। राहत साहब ने कभी कहा भी था–

हमने सीखी नहीं है क़िस्मत से
ऐसी उर्दू जो फ़ारसी भी लगे

अफ़्सोस कि आज भी जो लोग किताबें पढ़-पढ़कर शायर बने हैं, उन्हें वैसी ज़बान का इस्तेमाल करते देखा जा सकता है, जो आमतौर पर कोई न समझ सके। 'ग़ालिब' और 'ज़ौक़' के ज़माने में जिस ज़बान को आम आदमी समझ सकता था, उसी का प्रयोग शायर करते थे। 'मोमिन', 'ज़ौक़' आदि के यहाँ 'ग़ालिब' से थोड़ा आसान ज़बान देखी जा सकती है। 'ग़ालिब' अपने ज़माने में भी कठिन थे और आज भी कठिन हैं। वे किसी क़ीमत पर उर्दू-ज़बान का पैमाना (मानक) नहीं हो सकते। वो अपवाद होने के बावजूद भी सबको पसंद आते हैं। उन्होंने भी अपने जीवनकाल में ही ख़ुद को आसान करते हुए *'दिले-नादाँ तुझे...'* और *'ये न थी हमारी क़िस्मत...'* जैसी आसान ज़बान की ग़ज़लें लिखीं। आज की पाकिस्तानी ग़ज़लों में जिस ज़बान का इस्तेमाल होता है, वो वहाँ की जनता के अनुरूप है। इतना सब होने के बाद भी आजकल कुछ नये शायर 'ग़ालिब' और पाकिस्तान की उर्दू को ही ग़ज़ल की ज़बान मानकर शायरी कर रहे हैं। मानो वे अपने उर्दू-ज्ञान से श्रोताओं को प्रभावित नहीं करना चाहते, बल्कि आतंकित करना चाहते हैं। जब ये शोअरा मुशायरों में हूट हो जाते हैं या उम्मीद से कम दाद पाते हैं तो सामईन की नासमझी पर इल्ज़ाम लगाने के बजाय आसान ज़बान के शायरों पर इल्ज़ाम लगाते हैं।

यहाँ एक वाक़िआ देना बेह्तर होगा। ये वाक़िआ मुझे तुफ़ैल चतुर्वेदी जी ने सुनाया था। दिल्ली या नोएडा का कोई मुशायरा था। राहत साहब उसमें आमंत्रित थे। मुशायरे से पहले तुफ़ैल साहब से राहत साहब की मुलाक़ात हुई और काफ़ी देर तक बातचीत हुई। उस बातचीत में तुफ़ैल जी ने राहत साहब से पूछा कि आप मुशायरों में अपनी अदबी ग़ज़लें क्यों नहीं पढ़ते? राहत साहब ने कहा सामईन ऐसा नहीं चाहते। इस मुद्दे पर कुछ देर गुफ़्तगू हुई, फिर बात ख़त्म हो गयी। रात में ऑडिटोरियम में मुशायरा शुरू हुआ। तुफ़ैल साहब भी मुशायरा सुनने पहुँचे और ज़रा अँधेरा देखकर दूसरी या तीसरी लाइन में किनारे की सीट पर बैठ गये। मुशायरा चलते-चलते राहत साहब तक पहुँचा। राहत साहब खड़े हुए और उनकी तेज़ नज़र ने धुँधलके में बैठे तुफ़ैल जी को देख लिया। राहत साहब ने एक मत्ला पढ़ा, सामईन ख़ामोश। फिर एक शेर पढ़ा, सामईन ख़ामोश। राहत साहब

ने वहीं खड़े-खड़े कहा– "तुफ़ैल तुम पूछ रहे थे न कि मैं मुशायरों में अदब क्यों नहीं पढ़ता? देख लो अदब पढ़ने पर क्या हाल होता। अब देखो यहाँ से मुशायरा शुरू कर रहा हूँ।" इतना कहने के बाद राहत साहब ने अपना खेल शुरू किया और ऑडिटोरियम की छत सामईन के शोर से उड़ने लगी।

राहत साहब की उर्दू पर विचार करने से पहले या उनकी ज़बान पर कोई भी प्रतिक्रिया देने से पहले हमें ये भी समझना होगा कि वे किस इलाक़े की उर्दू की नुमाइंदगी करते हैं। इंदौर शुद्ध रूप से हिंदी या उर्दू-भाषी क्षेत्र नहीं है, यहाँ मराठी ज़बान का ख़ास तौर से असर है, मारवाड़ी ज़बान का भी अच्छा-ख़ासा असर है। इनके अलावा मालवा की स्थानीय भाषाओं का मिला-जुला रूप भी यहाँ बोला और बरता जाता है। इस लिहाज़ से राहत साहब की उर्दू में बहुत नफ़ासत या सलासत तलाश करना भी बेमानी है। वो एक ईमानदार शायर की तरह जिस युग में जी रहे हैं उस युग की भाषा को बरत रहे हैं। उनकी महबूबा कोई प्राचीन अरब की रहनेवाली नहीं है, जिससे वो मुख़ातिब हैं; वे तो सीधे-सीधे आम लोगों से मुख़ातिब हैं।

राहत साहब ज़बान की तमाम सच्चाइयों को शुरू से समझ रहे थे और ये भी समझ रहे थे कि उनके ऊपर उर्दू को किताबी ज़बान बनने से बचाने की भी ज़िम्मेदारी है। उन्होंने डिग्री कॉलेज में पढ़ाया भी। पढ़ाने के दौरान उन्होंने पूरे उर्दू-साहित्य को अपने सामने पाया होगा। चाहते तो ये भी भाषाई दाँव-पेंचवाली शायरी कर सकते थे, लेकिन इन्होंने ऐसा नहीं किया। ज़बान में तो ये आसान बने ही रहे, साथ ही इन्होंने पुरानी अलामतों (symbols) का भी इस्तेमाल नहीं किया। आसान ज़बान का इस्तेमाल तो कोई भी कर सकता है, लेकिन नये प्रतीकों (अलामतों) का प्रयोग करना एक प्रकार से रिस्क उठाने जैसा होता है, साथ ही मुशायरों में प्रतीकात्मक (symbolic) शायरी पेश करने पर नाकाम हो जाने का ख़तरा हमेशा बना रहता है, लेकिन राहत साहब ने ये ख़तरे भी ख़ूब उठाये हैं।

दूसरी बात जो अहम है, वो राहत साहब की शख़्सीयत का हिस्सा है। मुशायरों में सबसे बड़ी दिक़्क़त ये होती है कि वहाँ आये सामईन में कई

अंदरूनी विभाजन होते हैं; जैसे एक तो उम्र का फ़र्क़ होता है। पंद्रह-बीस साल के लड़कों से लेकर पैंसठ-सत्तर तक के लोग आते हैं। इन सबको एक साथ संतुष्ट कर पाना मेढक तौलने जैसा है। एक को उठाया तो दूसरा बाहर, दूसरे को साधा तो तीसरा ग़ायब। राहत साहब अपने बाकमाल हुनर से सबको एक-एक करके साध लेते थे। इनके पास बहुत-सी ग़ज़लें और अश्‌आर ऐसे हैं जो पंद्रह से लेकर पचीस-तीस साल के नौजवानों का हल्ला-गुल्ला शांत कराने के काम आती हैं। उसके बाद राहत साहब पैंतीस से पचास तक घर-गृहस्थी, दुनियादारी और सियासत में उलझे लोगों के लिए कुछ-न-कुछ अपनी झोली से निकालते हैं। फिर तीसरी रेंज पचास साल से ऊपरवालों के लिए है। इस तरह वे धीरे-धीरे पूरे मुशायरे को अपनी गिरफ़्त में ले लेते हैं। उम्र के अलावा अलग-अलग मानसिक स्तर के लोग भी मुशायरों में आते हैं। जींस-टी शर्ट वाले लड़कों से लेकर चौगोशा सर पर रखे हुए लोग आपको मुशायरों में दिख जायेंगे। इन अलग-अलग प्रकार की 'वैरायटी' में किसी शायर का मंच पर आधा घंटा भी जम पाना बड़ा कारनामा होता है, लेकिन राहत साहब काफ़ी देर तक अकेले माइक पर डटे रहते थे। सबको संतुष्ट कर पानेवाली 'रेंज' राहत साहब की शायरी के अलावा और कहीं भी बहुत कम है। इनकी शायरी सुनकर हर उम्र और हर वर्ग का शख़्स अपने लिए कोई-न-कोई शेर पा सकता है। यहाँ एक बात और भी साफ़ कर दूँ कि राहत साहब का आज तक जितना कलाम छपकर आया है, लगभग इतना ही इन्होंने रद्‌द भी किया है। मुशायरों के लिए, सिर्फ़ मुशायरों के लिए कही गयी जाने कितनी ही ग़ज़लों को इन्होंने काग़ज़ तक नहीं आने दिया। यहाँ ये भी ज़िक्र करना ज़रूरी है कि राहत साहब ने अपनी ज़बान से अपने हमअस्त्र (समकालीन) शायरों को बहुत मुतास्सिर किया। इनकी देखा-देखी बहुत-सारे शायरों ने आम और आसान ज़बान को अपनाया।

जिस वक़्त राहत साहब मुशायरों की दुनिया में आये, उस वक़्त 'मुशायरा' शब्द सुनते ही ज़ेह्‌न में दाढ़ियाँ, टोपियाँ, शेरवानी, मुँह में पान, पानदान वग़ैरह की तस्वीर उभरती थी (हालाँकि राहत साहब ने कभी शेरवानी नहीं पहनी)। ऐसे माहौल में राहत साहब की शायरी में जो

आक्रोश है, उसे उनका व्यक्तिगत आक्रोश (ज़ाती एहतेजाज) नहीं मानना चाहिए। ऐसा करना उनकी शायरी को हल्की समझदारी के साथ समझना होगा और साथ ही उस पूरे दौर को भी नकारना होगा जिसकी उपज वो हैं। दरअस्ल, आज़ादी के बाद हमें जो ख़्वाब कई बरसों तक दिखाये गये, वो हक़ीक़त में तब्दील होते नज़र नहीं आ रहे थे। बहुत-से ख़्वाब तो आज़ादी (सन् 1947) के भी पहले के थे। इन टूटते-बिखरते ख़्वाबों को लेकर पूरे समाज में एक एहतेजाज (आक्रोश, विरोध) की गहमागहमी थी। सिनेमा के पर्दे पर भी इसे देखा जा सकता है कि सन् 1965 से सन् 1980 तक किस तरह की फ़िल्में बनी थीं। अगर मुज़फ़्फ़र हन्फ़ी, राहत साहब को मुशायरों का 'एंग्री यंग मैन' कहते थे तो वो सही ही कहा करते थे। राहत साहब की शायरी में इनकी ज़ाती ज़िंदगी का संघर्ष तो शामिल है ही, साथ ही उस पूरे दौर का भी संघर्ष शामिल है।

राहत साहब जब मुशायरों की दुनिया में दाख़िल हुए तो इन्हें अपनी पहचान बनाने में ज़ियादा वक़्त नहीं लगा। सन् 1972 के आस-पास मुशायरों के अलावा सिर्फ़ किताबें और पत्रिकाएँ ही माध्यम थीं कि जिनसे शायर शायरी के चाहनेवालों तक पहुँच सकता था। केवल कुछ ही बरसों में राहत साहब देश की हर उस जगह से बुलाये जाने लगे जहाँ बड़े और अच्छे मुशायरे होते थे। इतनी जल्दी किसी शायर का देश भर में अपनी पहचान बना लेना उस ज़माने में किसी कमाल से कम न था।

इसकी कुछ वज्हें तो बहुत साफ़-साफ़ दिखायी देती हैं– पहली बात तो ये कि इनकी शायरी में एक विशेष प्रकार की आक्रामकता थी। पीछे जिसे 'एंग्री यंग मैन' कहा गया। जिस दौर में राहत साहब ने मुशायरों में उन ग़ज़लों को पढ़ना शुरू किया जो 'धूप-धूप' में दर्ज हैं, उस दौर में हिंदुस्तान-पाकिस्तान में मिलाकर उस तरह के शेर नहीं कहे जा रहे थे। इन सब बातों के प्रमाण उपलब्ध हैं, जिन्हें बहुत आसानी से देखा जा सकता है। जो एहतेजाज राहत साहब की शायरी में है वो हिंदुस्तान के अदबी माहौल में ही मुम्किन था; पाकिस्तान में तो शायरों पर प्रतिबंध लगने और जेल जाने में देर नहीं लगती थी। हर वर्ग, हर जाति, हर धर्म को राहत साहब की बातों में सच्चाई नज़र आयी।

दूसरी वज्ह ये भी थी कि उस समय राहत साहब की पूरी शायरी ताज़ा थी, मौलिक थी और अदबी समाज के लिए एकदम कोई नयी शै थी। इनके बाद तो मंचों, ग़ैर-मंचों पर उस तरह की शायरी का एक 'ट्रेंड' पैदा हो गया, जिसे मैं 'शायरी का इंदौर घराना' कहता हूँ। अगर ये कहें तो ग़लत न होगा कि अपने पचास साल के अदबी सफ़र में आज राहत साहब ख़ुद के लिए भी पुराने हो चुके हैं। इस बात को वे ख़ुद क़ुबूल करते हैं। ये जिस तरह के शेर सत्तर-अस्सी-नब्बे तक कहते थे, आज उनसे बहुत हटकर शेर कहते हैं। इस बदलाव में इतना ही अच्छा है कि इन्होंने अपने विचारों को तब्दील नहीं किया, आग ठंडी नहीं होने दी, चिंताओं का रुख़ नहीं बदला, आम आदमी का हाथ-साथ नहीं छोड़ा, सियासत के क़साइद नहीं पढ़े, 'लहजा बदलकर गर्वनर होने की कोशिश' नहीं की। राहत साहब आज के युवाओं को उतना ही अज़ीज़ हैं जितना सन् 1972-73 के युवाओं को थे।

तीसरी बात जो महत्त्वपूर्ण है, वो है राहत साहब का व्यक्तिगत स्वभाव। इनके नये दोस्तों से लेकर पुराने-से-पुराने दोस्तों में कोई ऐसा नहीं है जो इनके स्वभाव की तारीफ़ न करे। बड़े-छोटे शायरों से लेकर रिश्तेदारों तक, सभी राहत साहब की मिलनसारी और उदारता का ज़िक्र करते हैं। अपने इसी मुहब्बत भरे स्वभाव के कारण जो भी इनसे मिल लेता है वो इन्हें भूल नहीं पाता। बहुत-से लोग बिना राहत साहब से मिले ही इनके बारे में राय बना लेते हैं। उन्हीं लोगों को ध्यान में रखकर राहत साहब ने बहुत पहले कहा था–

ज़रूर वो मेरे बारे में राय दे लेकिन
ये पूछ लेना कभी मुझसे वो मिला भी है?

चौथी बात जो राहत साहब को सबसे अलहदा बनाती है, वो है इनके शेर पढ़ने का अंदाज़। इनके शेर पढ़ने के अंदाज़ में संगीत का सहारा बिल्कुल नहीं है। शायरी की आंतरिक लय ही राहत साहब की लय है। तरन्नुम छोड़कर राहत साहब ने अपनी शायरी को तरन्नुम के दायरों से उठाकर बहस-मुबाहिसा के दायरों में पहुँचा दिया। पढ़ने का अंदाज़ ही एक-एक शेर को सामईन के दिलो-दिमाग़ में पैवस्त कर देता है। जब से

राहत साहब मंचों पर हैं तब से जाने कितने शोअरा आये और चले गये। पिछले पचास सालों में राहत साहब की आँखों के सामने एक युग की शुरूआत हुई और वो युग ख़त्म भी हो गया, लेकिन वे आज भी उसी दमख़म के साथ मंचों पर डटे हुए हैं। उनके लिए अब पैसा भी बहुत मायने नहीं रखता। बच्चे ख़ुद सक्षम हैं कि वे अपना घर-परिवार चला सकें। पिछले कई सालों से राहत साहब ने शराब भी नहीं पी, लेकिन मुशायरों में बराबर जा रहे हैं। इससे ये भी सिद्ध होता है कि वे कभी शराब के मोहताज नहीं रहे। आज अगर राहत साहब मंचों पर डटे हैं, जमें हैं तो सिर्फ़ अपनी शायराना काविशों की बदौलत। शायरी ही सिर्फ़ एक ज़रीआ है, एक वसीला है जो उन्हें आज भी ख़राब तबीअत और ख़राब मौसम में इस मुशायरे से उस मुशायरे तक लेकर जा रही है। वे आजीवन शायरी को समर्पित शायर हैं। कभी उन्होंने दर-दर अपने इसी भटकने को लेकर कहा था–

तुम्हें पता ये चले घर की राहतें क्या हैं
अगर हमारी तरह चार दिन सफ़र में रहो

ऐसा नहीं है कि राहत साहब से पहले उर्दू-ग़ज़ल में एहतेजाज या विरोध का कोई पहलू नहीं था। परम्परागत उर्दू-शायरी में इंसान की आज़ादी के लिए जितनी काविशें-कोशिशें हैं उनको दरकिनार करके अगर हम जदीद दौर के सियासी एहतेजाज की बात करें तो भी ऐसे शायरों की कमी नहीं है जिनके यहाँ विरोध ओर विद्रोह की आवाज़ बुलंद है। जोश, साहिर, फ़ैज़, फ़राज़ वग़ैरह जैसे और भी कई शायर मौजूद हैं। राहत साहब की शायरी इन सबसे अलग है, या यूँ कहें कि राहत साहब की स्थिति इन सबसे अलग है। *'संसद-भवन में आग लगा देनी चाहिए'* जैसे मिस्रे अगर राहत साहब ने कहे तो इसे रिसालों और किताबों में छपवाने के लिए नहीं कहे। इसे जिस झुँझलाहट, जिस झल्लाहट में कहा गया था, उसी झुँझलाहट और झल्लाहट से मुशायरों में पढ़ा भी गया; आज भी पढ़ा

जाता है। मुशायरे इस बात का ज़िंदा सुबूत होते हैं कि शायर कितना ज़िंदा है। आज की शायरी में वो माहौल नहीं है कि शायर धर्म और मज़हब के कर्मकांडों का विरोध करे और लोग उसे हँस-हँसकर दाद दें। हमारे दौर में नासेह, वाइज़, शेख़, काबा, बुतख़ााना, काफ़िर, शराब वग़ैरह के हवाले से प्रतीकात्मक (symbolic) शायरी करने पर युवा पीढ़ी के सामईन शायद ही कुछ समझ पायें, लेकिन *'रिवायतों की सफ़ें तोड़कर बढ़ो वर्ना, जो तुमसे आगे हैं वो रास्ता नहीं देंगे'* जैसे मिस्र्रे सीधे-सीधे ज़ेह्न में उतर जाते हैं। राहत साहब का पूरा शब्दकोश (dictionary) ही अलग है।

राहत साहब को शुरूआती दिनों से ही ये अंदाज़ा लगाने में मुश्किल नहीं होती थी कि उन्हें कब, कहाँ, कितना और क्या पढ़ना है। वो बख़ूबी समझने लगे थे कि कहाँ मुशायरे की चीज़ें सुनाना है और कहाँ अदबी चीज़ें सुनाना है। मौक़ा देखकर कलाम पेश करने का सही सलीक़ा न होने के कारण हम देखते हैं कि कितने ही उम्दा कलाम मुशायरे में ज़ाया हो जाते हैं। तन्हाई में रदीफ़-क़ाफ़िये जोड़ लेना या मिस्र्रों को बह्र में कर लेना उस्तादी ज़रूर है, लेकिन हज़ारों-लाखों के मज्मे को अपने शेर, अपने मिस्र्रे के बस में कर लेना कमाल है। ये उस्ताद होना नहीं, बल्कि फ़ौलाद होना है।

लगभग दस बरस तक मुशायरों में धूमधाम करने के बाद अनवर जलालपुरी के बार-बार मश्विरा देने पर राहत साहब ने सन् 1985 में उर्दू से एम. ए. किया। जिस कॉलेज से एम. ए. किया उसका नाम है– बाबा बरुआदास पी. जी. कॉलेज, परुइया आश्रम, फ़ैज़ाबाद, उ. प्र.। परुइया आश्रम का इलाक़ा पहले फ़ैज़ाबाद ज़िले में आता था, लेकिन जब 1995 में मुख्यमंत्री मायावती ने बाबा साहब भीमराव अम्बेडकर की याद में फ़ैज़ाबाद के टांडा, अकबरपुर और जलालपुर के इलाक़ों को काटकर 'अम्बेडकर नगर' नाम से नया ज़िला बनाया तो ये इलाक़ा नये ज़िले में चला गया। अनवर साहब का जलालपुर भी फ़ैज़ाबाद से कटकर नये ज़िले

में चला गया, जिसका मलाल उन्हें ताउम्र रहा। जलालपुर नगर पंचायत है, ब्लॉक है, विधानसभा और तहसील भी है। जलालपुर से 15 किमी. के फ़ासले पर सुप्रसिद्ध सूफ़ी संत हज़रत मख़्दूम अशरफ़ जहाँगीर समनानी साहब की दरगाह किछौछा नाम के एक छोटे से क़स्बे में स्थित है और इसी दरगाह की वज्ह से किछौछा पूरी दुनिया में 'किछौछा शरीफ़' नाम से जाना जाता है। राहत साहब अनवर साहब के यहाँ अक्सर जाते रहते थे। कभी जब एक दो दिन रुकते तो उनके घर से कुछ दूर बहनेवाली टोंस नदी (जिसे तमसा नदी भी कहते हैं) में नहाने भी जाते। अनवर साहब के यहाँ रुककर ही राहत साहब ने एम. ए. के दोनों बरसों का इम्तिहान दिया था। राहत साहब को फ़ारसी नहीं आती थी और एम. ए. फ़ाइनल में एक पेपर फ़ारसी का भी था। अनवर साहब ने राहत साहब को काम भर की फ़ारसी भी पढ़ायी। एक मुशायरे से इम्तिहान देने राहत साहब वहाँ पहुँचते और फिर वहीं से निकलकर दूसरे मुशायरों में पहुँच जाते।

एम. ए. करने के बाद राहत साहब इस्लामिया करीमिया कॉलेज में पढ़ाने लगे। राहत साहब ने यहाँ पढ़ाने से पहले कुछ दिन किसी और पोस्ट पर भी काम किया। यहाँ प्रो. अज़ीज़ इंदौरी पहले से ही पढ़ाते थे जो कि रिटायर होनेवाले थे। उन्होंने राहत साहब की रहनुमाई की और उन्हें पीएच. डी. के लिए प्रेरित किया। उनके रिटायर होने के बाद ख़ाली होनेवाली जगह पर यदि राहत साहब पीएच. डी. रहते तो इन्हें मौक़ा मिल सकता था।

राहत साहब ने मुशायरों की रवायत पर पीएच. डी. की (दीगर जानकारियाँ परिशिष्ट- I में देखी जा सकती हैं)। ये पीएच.डी. का काम पूरा हुआ तो मूल्यांकन के लिए (जँचने के लिए) हैदराबाद की इस्लामिया यूनिवर्सिटी के प्रोफ़ेसर जनाब मुग़नी तबस्सुम के पास गया। वो राहत साहब को थोड़ा-बहुत जानते थे। पीएच. डी. जाँचकर उसकी रिपोर्ट तो उन्होंने भेज दी, लेकिन राहत साहब से व्यक्तिगत रूप से मिलने की इच्छा ज़ाहिर की। चूँकि राहत साहब के कई जान-पहचानवालों का मुग़नी तबस्सुम के साथ उठना-बैठना था, सो उन्हीं से ख़बर मिली। मुलाक़ात हुई तो मुग़नी साहब ने उस रिसर्च वर्क से मुताल्लिक़ कई बातें राहत साहब के साथ डिस्कस कीं। उसकी ख़ूबियों और ख़ामियों को गिनाया-बताया और सलाह

दी कि अभी इस रिसर्च वर्क को पब्लिश न कराया जाय, जब तक कि इसमें ज़रूरी तब्दीलियाँ न कर दी जायें।

अफ़्सोस कि आज तक ये पीएच. डी. किताबी शक्ल में नहीं आ पायी। शहरयार साहब ने कई बार इसे प्रकाशित कराने के लिए राहत साहब से कहा, लेकिन इन्हें मुशायरों से फ़ुर्सत कहाँ। बहुत कहने पर राहत साहब ने इसके कुछ अंश अलग-अलग पत्रिकाओं में छपने के लिए भेजे। शहरयार साहब से राहत साहब ने कहा कि अभी इसमें कई ग़ैर ज़रूरी चीज़ें हैं, जिन्हें निकाला जाना ज़रूरी है। इस पर शहरयार साहब ने सुझाव दिया कि इस सात सौ पेज की पीएच. डी. को तीन-साढ़े तीन सौ पेज की करने के लिए मैं किसी से बात कर लूँगा, बल्कि उन्होंने मख़्मूर सईदी का नाम भी सुझाया, जो उस वक़्त 'तहरीक' के सम्पादक हुआ करते थे। आख़िरकार इस जानिब अभी तक कुछ नहीं हो पाया है।

मुशायरों की ज़िंदगी के कारण राहत साहब को बहुत-सी उन चीज़ों से महरूम होना पड़ा, जिन्हें एक आम आदमी बड़ी आसानी से पा लेता है। लम्बे-लम्बे सफ़र, महीने में बीस दिन मुशायरे पढ़ना तो पिछले जाने कितने बरसों से हो रहा है। राहत साहब की ज़िंदगी में जाने कितने महीने ऐसे भी गुज़रे हैं, जिनमें वो घर लौटकर नहीं आ पाते थे। पहली तारीख़ को घर से निकले तो अगले महीने की पहली तारीख़ के बाद ही घर आना हो पाता था। एक मुशायरे से दूसरे में, दूसरे से तीसरे, तीसरे से चौथे में। ये सिल्सिला पता नहीं कितनी बार दरपेश हुआ है। कहीं सर्दियाँ होने के बावजूद खुले मैदान का मुशायरा, कभी गर्मी का मौसम होने के बावजूद बंद हॉल का मुशायरा, कहीं दिन का कार्यक्रम तो कहीं रात का। रात भर मुशायरा दिन भर सफ़र, रात भर शायरी का दौर और दिन भर सड़कों के किनारे लगे पेड़ों को भागते हुए देखना। ट्रेन और बसों के झटके खाते हुए, भीड़ के साथ धक्का-मुक्की करते हुए यहाँ से वहाँ भटकते रहना। रात-रात भर जागना, कभी रिज़र्वेशन कन्फ़र्म मिलता था, कभी नहीं मिलता था,

कभी चालू में सफ़र करना पड़ा तो कभी फर्स्ट क्लास ए. सी. में। ग़रज़ कि हम जिन राहत साहब को आज देखते हैं उनका निर्माण एक-दो दिन या दो-चार रातों में नहीं हुआ है। सन् 1972 से लेकर आज तक लगभग आधी सदी गुज़र चुकी है और राहत साहब मुशायरे की ज़मानत बने हुए हैं, मुशायरे का वक़ार बने हुए हैं। उन्होंने बहुत कुछ गँवाकर ये शोह्रत की बुलंदी हासिल की है। हमें उनके उस ख़सारे को भी नज़रअंदाज़ नहीं करना चाहिए जो उन्होंने मुशायरे के बाज़ार में बारहा उठाया है। जब मौक़ा मिल जाय तभी सो जाना, क्या सुब्ह, क्या दोपहर और क्या शाम, तभी तो राहत साहब कह उठते हैं–

हमसे नाराज़ है सूरज कि पड़े सोते हैं
जाग उठने का इरादा है यही काफ़ी है

राहत साहब बताते हैं कि जब मैंने मुशायरों की शुरूआत की थी तो कई शायर ऐसे थे जो पचीस-तीस बरस से घूम-फिरकर बस दो-चार ग़ज़लें पढ़ते चले आ रहे थे। मरते दम तक वही घिसी-घिसायी, रटी-रटायी ग़ज़लें पढ़ते रहे। आज मुशायरों की हालत दूसरी है। श्रोताओं में से कोई-न-कोई टोक देता है कि ये ग़ज़ल पुरानी है। नयी पीढ़ी यू-ट्यूब वग़ैरह पर मुशायरे के नये कलाम दूसरे दिन ही सुन लेती है, या कहो कि उसी दिन 'लाइव' ही सुन ले। इन सब वज्ह से मुशायरों के शायर की ज़िम्मेदारी बढ़ गयी है। पहले के शायर ज़िंदगी भर शायरी करने के बाद मरने से पहले किताब छपवा देते थे और सारा कलाम प्रकाशित करवाते थे और कभी-कभी तो ये संयोग भी नहीं लग पाता था। राहत साहब की पहली किताब 'धूप-धूप' उनके मुशायरों में आने के चार-पाँच बरस में ही मंज़रे-आम पर आ गयी थी।

राहत साहब अपने व्यवहार के कारण सबके प्रिय बन जाते थे। एक मिसाल यहाँ दे रहा हूँ जिससे राहत साहब के देसीपन का अंदाज़ा भी लगेगा, साथ ही इंदौर में खाने-पीने की जो चीज़ें मिलती हैं उनके ज़ायक़े का असर कितना होता है, ये भी पता चलेगा।

लखनऊ में एक शायरा हुआ करती थीं– अज़ीज बानो 'दाराब

वफ़ा'(1926-2005)। मुशायरों में कम ही जाती थीं। आकाशवाणी लखनऊ से इनके एक-दो प्रसारण मैंने भी सुने हैं। इनके कई शेर बहुत प्रसिद्ध हैं; दो शेर जो मुझे बहुत पसंद हैं–

मैंने ये सोच के बोये नहीं ख़्वाबों के दरख़्त
कौन जंगल में लगे पेड़ को पानी देगा

और

कुरेदता है बहुत राख मेरे माज़ी की
मैं चूक जाऊँ तो वो उँगलियाँ जला लेगा

एक बार राहत साहब के आग्रह पर इंदौर मुशायरे में आयीं। राहत साहब बताने लगे कि वो इतने अच्छे शेर कहती थीं कि उस दौर में उनके आगे कोई शायरा तो क्या, शायर भी फीके पड़ जाते थे।

राहत साहब उन्हें जिस होटल में खाना खिलाने लेकर गये वो था– 'बल्ले की होटल'। टीन के चद्दरों से बना-ढका हुआ होटल। वहाँ ज़मीन पर चटाई बिछाकर खाने का इंतज़ाम रहता था। वहाँ लोग गोश्त-बाफला खाने जाते थे। शायद मूल राजस्थानी व्यंजन दाल-बाफला का ही 'नॉन-वेज वर्ज़न' है गोश्त-बाफला। राहत साहब उन्हें जब होटल लेकर पहुँचे तो बल्ले भाई से बात करके उन्हें समझाया, फिर 'वफ़ा' जी से बात की और बताया कि ऐसे ज़मीन पर बैठकर खाने का इंतज़ाम है, क्या आप बैठकर खा पायेंगी?

'वफ़ा' जी एक गर्ल्स इंटर कॉलेज में अँग्रेज़ी की अध्यापिका थीं। राहत साहब से बहुत सीनियर भी थीं। उन्हें ज़रा अटपटा लगा। कहने लगीं– "अरे राहत!....।" राहत साहब बोल पड़े– "लेकिन मज़ा आ जायेगा, यक़ीन मानिए।" वो किसी तरह तैयार हो गयीं। बल्ले भाई की होटल में मग और जग का कोई इंतज़ाम नहीं रहता था और पानी के लिए मोबिल ऑयल के एक लीटर-आधा लीटर के ख़ाली डिब्बों को काटकर इस्तेमाल किया जाता था। राहत साहब के लाज-लिहाज़ में 'वफ़ा' जी ने ज़मीन पर बिछी चटाइयों पर बैठकर गोश्त-बाफला खाया। उसके बाद कई

बार मुशायरों में वो मिलतीं तो राहत साहब से कहतीं– "राहत तू एक बार और मुझे इंदौर बुला ले। सिर्फ़ बाफ़ला के लिए बुला ले। मैं मुशायरे के पैसे नहीं लूँगी सिर्फ़ बाफ़ला खिला देना।" उन्होंने सारी ज़िंदगी वो गोश्त-बाफला याद रखा। ऐसे ही किसी मौक़े पर राहत साहब ने कहा होगा–

बोरिये पर बैठिए, कुल्हड़ में पानी पीजिए
हम क़लंदर हैं, हमारी मेज़बानी और है

राहत साहब के मुशायरों में इतना कामयाब होने के पीछे एक बात ये भी है कि वे अपने कलाम को प्रासंगिक (relevent) करना जानते हैं। उनके पंद्रह-बीस साल पहले कहे गये शेर आज भी सुनने पर ताज़ा लगते हैं, या आज के किसी किरदार, किसी वाक़िअे पर सटीक उतरते हैं। उनकी किसी ग़ज़ल या किसी शेर को वक़्ती, या किसी मख़्सूस वाक़िअे पर मब्नी नहीं कह सकते। अगर सन् 1985 में कहे गये शेर आज भी प्रासंगिक हैं तो इसका मतलब यही है कि जो मज़्मून, जो बयान, जो मस्अला उन शेरों में है वो आज भी प्रासंगिक (मौज़ूँ) है। जैसे प्रेमचंद के उपन्यास आज भी प्रासंगिक हैं, क्योंकि भ्रष्टाचार, जाति-पाँति, धार्मिक भेदभाव, ग़रीबी, छुआछूत जैसी समस्याएँ अभी समाज में मौजूद हैं। अगर प्रेमचंद की रचनाओं की प्रासंगिकता ख़त्म करनी है तो हमें उन मस्अलों को ख़त्म करना होगा जो उनके उपन्यासों में मौजूद हैं। इसी तरह राहत साहब के शेर जिस दुर्व्यवस्था के ख़िलाफ़ थे, आज भी वो दुर्व्यवस्था नये-नये चेह्रों के साथ मौजूद है। साम्प्रदायिकता की समस्या पर कहे गये इनके शेर तब तक ज़िंदा रहेंगे जब तक समाज में ये समस्या ज़िंदा रहेगी।

किसी भी शायर की मानसिकता के निर्माण में या उसकी ज़ेह्नीयत-तर्बीयत के बनने-बदलने में कब कौन-सी घटना का कितना हाथ है, ये अंदाज़ा लगाना ज़रा मुश्किल है। इंदौर में एक-दो बार बड़े स्तर पर दंगे हुए हैं, जिनका असर राहत साहब के ज़ेह्न पर भी पड़ा, लेकिन इस असर ने जो प्रतिक्रियाएँ (reactions) दी हैं वो बहुत कलात्मक और प्रतीकात्मक

(symbolic) हैं।

जून 1969 में एक दंगा हुआ था। शब्बीर साहब ने बातों-बातों में इंदौर में हुए उस दंगे के बारे में बताया। उस दंगे की तफ़्सील ये है कि सन् 1969 में चंदगीराम ने एक दंगल का फ़ाइनल जीता। इन्हें उस वर्ष 'भारत केसरी' की उपाधि मिली थी। फ़ाइनल में उन्होंने मेहरदीन को हराया। पंजाब के रहनेवाले मेहरदीन भी कोई मामूली पहलवान नहीं थे। इन्होंने 1964 में ईरान में गोल्ड मेडल जीता था। इन्हें 'रुस्तमे-हिंद' की उपाधि प्राप्त थी। ये भी इंटरनेशनल चैम्पियन थे। इनके पास पहलवानी जीतने के सैकड़ों ख़िताब थे। दंगल और पहलवानी का माहौल उस वक़्त इंदौर में ज़ोरों पर था। सत्तर के दशक के नामी पहलवान चंदगीराम (1937-2010) ज़िला हिसार हरियाणा के रहनेवाले थे। ये कुछ समय भारतीय सेना की जाट रेजीमेंट में भी रहे। देश का कोई ऐसा पहलवानी का ख़िताब न था जो इन्हें न मिला रहा हो। बैंकाक के एशियाई खेलों में इन्होंने ईरान के अबुफ़ाज़ी को हराकर स्वर्ण-पदक जीता था। सन् 1969 में इन्हें भारत सरकार का 'अर्जुन पुरस्कार' प्राप्त हुआ था और 1971में पद्मश्री। इन्हें 'भारत केसरी', 'भारत भीम', 'रुस्तमे-हिन्द' आदि उपाधियाँ भी प्राप्त थीं।

12 मई 1969 को 'भारत-केसरी' ख़िताब के लिए मेहरदीन और चंदगीराम में फ़ाइनल मुक़ाबला हुआ। ये मुक़ाबला दिल्ली में हुआ था। मेहरदीन, चंदगीराम की अपेक्षा शारीरिक रूप से बहुत तगड़े और मज़बूत क़द-काठी के थे, लेकिन वे दस मिनट की कुश्ती को 7 मिनट 45 सेकेंड पर ही छोड़कर पीछे हट गये और अपनी हार स्वीकार कर ली। दारा सिंह इस फ़ाइनल मुक़ाबले के निर्णायक (रेफ़री) थे। इस जीत के बाद चंदगीराम का हिंदुस्तान के कई शह्रों में स्वागत एवं अभिनंदन आयोजनों के माध्यम से किया गया। इंदौर में दुग्ध-विक्रेता संघ ने ये आयोजन किया था।

यही स्वागत का क्रम जब इंदौर पहुँचा तो मामला कुछ-से-कुछ हो गया। शाम ढले चंदगीराम की ट्रेन इंदौर पहुँची तो एक बड़ा हुजूम उन्हें लेने स्टेशन पहुँचा। चंदगीराम शुद्ध शाकाहारी थे और मेहरदीन मांसाहारी थे, फ़ितूर का एक मुद्दा ये भी बना। दूसरा चंदगीराम को हिंदू का प्रतीक

मान लिया गया और मेहरदीन को मुस्लिम का प्रतीक माना गया। चंदगीराम के नाम के आगे अक्सर 'आर्य पहलवान चंदगीराम' भी लिखा जाता था। चंदगीराम का जुलूस 'बॉम्बे बाज़ार' इलाक़े से गुज़रा। ये मुस्लिम बाहुल्य इलाक़ा था और यहाँ कई अच्छे नामचीन पहलवान थे, जैसे करामत पहलवान वग़ैरह। जुलूसवालों ने नारा लगाया- 'दाल-रोटी जीत गयी, गोश्त-रोटी हार गयी'। पहलवानी में रुचि लेना सीधे-सीधे शारीरिक बल में रुचि लेना है। कुल मिलाकर दंगा भड़क गया। चंदगीराम जान बचाकर भागे। इसके बाद शह्र भर में दंगा फैल गया। दंगे को रोकने के लिए महू कैंट से सेना को बुलाना पड़ा था। राहत साहब की उम्र उस वक़्त उन्नीस बरस थी। इस घटना का इनके ऊपर गहरा असर पड़ा, जिसे हम कई शेरों में देख सकते हैं–

हम अपने शह्र में महफ़ूज़ भी हैं, ख़ुश भी हैं
ये सच नहीं है, मगर ऐतबार करना है

***

मुझे ख़बर नहीं मंदिर जले हैं या मस्जिद
मेरी निगाह के आगे तो सब धुआँ है मियाँ

***

महँगी क़ालीनें लेकर क्या कीजेगा
अपना घर भी इक दिन जलनेवाला है

वैसे अब इंदौर में इस तरह के दंगे नहीं होते। इंदौर की अपेक्षा उसका पड़ोसी धार ज़िला साम्प्रदायिक रूप से अधिक संवेदनशील है। 1969 के उस दंगे के बारे में अगर विस्तार से जानना हो तो प्रतीप कुमार लाहिरी की किताब 'डिकोडिंग इनटॉलरेंस' पढ़ी जा सकती है। उस वक़्त ये इंदौर के डी. एम. (District Magistrate) थे और दंगे को नियंत्रित करने में अहम भूमिका निभायी थी।

1969 के उस सांयोगिक दंगे के बाद एक दंगा 1989 में भी हुआ, जो कि 1969 वाले दंगे से काफ़ी कम था। सन् 1989 का दंगा 12

रबीउल अव्वल को निकलनेवाले जुलूस के दौरान हुआ था। उस वक़्त राहत साहब राजस्थान के किसी मुशायरे में गये हुए थे, कई दिनों बाद आने पर पता चला कि ये सब हुआ। शायद इसी दंगे को याद करते हुए आगे चलकर इन्होंने लिखा–

गुज़िश्ता साल के ज़ख़्मों हरे-भरे रहना
जुलूस अबके बरस भी यहीं से निकलेगा

किसी भी शेर या शायर के संदर्भों को समझे बिना हम उसकी पूरी समझ विकसित नहीं कर सकते। इस अध्याय में जिन बातों और वाक़िआत का ज़िक्र किया गया है, उनकी अलग से वज़ाहत ज़रूरी नहीं। जो लोग वाक़िआत से पूरी कहानी बना सकते हैं वो ख़ुद ही सब समझ सकते हैं।

ग़ज़ल फेरी लगा कर बेचता हूँ

राहत साहब की शायरी से गुज़रना किसी दीर्घवृत्त (ellipse) की परिधि पर चलने जैसा है। जिस तरह दीर्घवृत्त में दो नाभि (focus) होते हैं उसी तरह राहत साहब की शायरी में भी दो केंद्र हैं– एक तो वो जिसे हम ख़ालिस अदबी कह सकते हैं और दूसरा केंद्र वो है जिसे हम मुशायरों के फ़राइज़ अंजाम देनेवाला कह सकते हैं। पहले केंद्र के आसपास ज़ाती तौर पर अपनी हिस्सीयत से महसूस किये गये तज्रबे हैं तो दूसरे केंद्र के पास सियासत और मज़हब से पैदा हुए मसाइल हैं। हमें राहत साहब की शायरी को पूरी तरह से समझने के लिए कम-से-कम इसका एक पूरा तवाफ़ लाज़िमी है।

राहत साहब की शायरी से नाइत्तिफ़ाक़ रखनेवाले और खुले तौर पर इनका विरोध करनेवाले शुरू से ही कम नहीं थे। दरअस्ल राहत साहब की शायरी उर्दू-शायरी के तीन सौ बरसों के तमाम मिथकों को तोड़नेवाली शायरी है। इनकी ग़ज़लगोई ग़ज़ल के रिवायती और जदीद, दोनों ही ढाँचे को तोड़ती है। न इन्होंने इश्क़-माशूक, बुलबुल-सैयाद, गुल और चाँद के प्रतीकों (symbols) को अपनी शायरी में शामिल किया और न ही जदीद शायरी की तज्रीदियत (abstractness) ही इन्हें पसंद आयी। मुनासिबत और रिआयत की तर्तीब का बहुत ध्यान न रखकर इन्होंने सीधे-सीधे

'स्टेटमेंट' देने शुरू किये। इसे हिंदी आलोचना की शब्दावली में कहा जाये तो ये 'सपाटबयानी के कवि' के तौर पर सामने आये। ये भी कहा जा सकता है कि इन्होंने नस्र (prose) को मीटर-बह्र में करने का काम किया। इस लिहाज़ से ये कलावादियों को तो बिल्कुल ही नहीं पसंद आये। प्रतीकात्मक शैली (symbolic style) में शेर कहनेवाले शायर जहाँ एक ओर अपने श्रोताओं (सामईन) को बख़ूबी साध लेते हैं, वहीं दूसरी तरफ़ अपने आक़ाओं या अपने राजनीतिक सरपरस्तों को भी नाराज़ नहीं होने देते। इस तरह की दोहरी तीरंदाज़ी करनेवालों ने राहत साहब को कभी पसंद नहीं किया और न ही राहत साहब ने ऐसे लोगों को पसंद किया। राहत साहब अगर दिल्ली के आस-पास के रहनेवाले होते, या लखनऊ के होते, तो कभी इस तरह की शायरी न कर पाते जिस तरह की वो करने लगे या आज भी वे जिस तरह से सोचते हैं। उन्होंने सभी उस्ताद शायरों को पढ़ा भी और पढ़ाया भी; वली दकनी की ज़बान से लेकर जदीद शायरी की ज़बान से बख़ूबी वाक़िफ हुए। उर्दू-शायरी का symbolic system समझा, लेकिन उनके दिलो-दिमाग़ ने, या यूँ कहें कि उनकी शख़्सीयत में रची-बसी जिद्दततराज़ी ने उनके बयान पर किसी का असर नहीं आने दिया।

मैंने एक बार राहत साहब से उनके दूसरे मज्मूआ-ए-कलाम 'पाँचवाँ दरवेश' के उन्वान पर चर्चा की थी। मुझे मीर अम्मन के क़िस्सा 'चहार दरवेश' (चार दरवेश) के बारे में तो पता था, लेकिन मेरी जिज्ञासा पाँचवें दरवेश के बारे में जानने की थी। राहत साहब ने बहुत तफ़्सील से इस बारे में बात की, जिसका मुख़्तसर मतलब ये था कि जिस तरह उस क़िस्से में चारों दरवेश किसी हक़ीक़त की तलाश में दर-दर भटक रहे थे, उसी तरह एक शायर भी इस संसार की किसी वास्तविकता का पता लगाने के लिए निकला है कि शायद उसके हाथ कोई ज्ञान लग जाय और उसी ज्ञान से, उसी सच्चाई से उस शायर को भी मन-माँगी मुराद मिल जाय। ये एक नयी खोज का हौसला था, एक अन्जाने इल्म को पाने का जुनून था।

मुशायरे जैसे-जैसे बढ़ने लगे उसमें तरह-तरह के संघर्ष और परेशानियाँ भी आने लगीं। जैसे हर आदमी को क्या-क्या मुश्किलें नहीं उठानी पड़ती हैं उसी तरह एक शायर को भी क्या-क्या मुश्किलें उठानी पड़ सकती हैं इसका अंदाज़ा नहीं लगाया जा सकता। ऐसा ही एक वाक़िआ शुरूआती दिनों में हुआ। मुशायरों में आते-जाते चार-पाँच बरस हो रहे थे तो राजस्थान के एक मुशायरे में किसी ने इन्हें शराब के साथ कोई ऐसा केमिकल पिला दिया जिससे इन पर पैरालिसिस का अटैक आ गया। ऐसा किसने किया था ये पता नहीं चल पाया। नामनिहाद अदबी लोगों में भी हसद (ईर्ष्या) इस क़दर बढ़ जायेगी इसका अंदाज़ा नहीं किया जा सकता। हालाँकि उस वक़्त इनकी उम्र अधिक नहीं थी इसलिए उस केमिकल के दुष्प्रभाव से ये अपंग होते-होते बचे।

लगे हाथ एक बात यहाँ और जान लीजिए। उस वक़्त बेशतर मुशायरों में पीने का इंतज़ाम कन्वीनर की तरफ़ से किया जाता था। यूँ कह सकते हैं कि मुशायरा कमेटी की तरफ़ से इंतज़ाम होता था। कमेटी के किन्हीं एक-दो लोगों को ये सब फ़राइज़ अंजाम देने होते थे। जब मुशायरे का बजट बनता था तो इस सबका पैसा भी ख़र्चे में जोड़ लिया जाता था। जब बजट बनता तो ये देखा जाता कि बारह शायरों में दस तो पीनेवाले हैं, तो उस हिसाब से सारा ख़र्च और पेमेंट बनता था। इस ख़र्च की वज्ह से शायरों को मिलनेवाले पेमेंट में कुछ कटौती भी हो जाती थी। आज ऐसा नहीं है; आज इस तरह के शायर अपना इंतज़ाम ख़ुद ही करते हैं। वैसे भी अब शायरों के नाज़ उठानेवाले लोग कहाँ।

इसके अलावा एक बार सन् 2000 में झाँसी के एक मुशायरे में इन्हें हार्ट अटैक आ गया। किसी तरह झाँसी से भोपाल, फिर भोपाल से इंदौर तक टैक्सी की पिछली सीट पर कभी नींद, कभी बेहोशी में लेटकर आये। इंदौर के 'लाइफ़-लाइन' हॉस्पिटल में भर्ती कराया गया तो उस वक़्त के हृदय-रोग विशेषज्ञ डॉ. विद्युत जैन ने बताया कि इनकी हालत बहुत ख़राब है और मरकर ज़िंदा हुए हैं। ख़ुदा का शुक्र है कि राहत साहब का दिल फिर से पहले की तरह धड़कने लगा। मुशायरों में आज तक जाते रहना इनके लिए जान ज़ोख़िम में डालने जैसा है। शुक्र है सतलज साथ रहते हैं।

राहत साहब ने अपने दोस्त तारिक़ शाहीन जी के साथ उनकी पत्रिका 'शाख़ें' का सम्पादन-कार्य भी दो-तीन शुमारों (अंकों) तक सँभाला। तारिक़ साहब इसे पहले से निकालते थे। इसका विस्तार से ज़िक्र आगे आयेगा। मुशायरों की मसरूफ़ियत की वज्ह से कुछ महीनों बाद राहत साहब इस काम को न कर सके। राहत साहब बताते हैं कि इस काम में उन्हें कई नये-नये तज्रबे हुए। सम्पादकों की आपस में बड़ी बहसें होती थीं। एडीटर्स टीम का कोई कहता कि ये मज़्मून जाना ज़रूरी है तो कोई कहता कि इसमें कुछ ख़ास नहीं हैं। कोई कहता फ़लाँ शायर की कुछ ग़ज़लें छापना चाहिए तो कोई कहता कि ये कब से शायर हो गये। इसी तरह की तमाम नाइत्तिफ़ाक़ियाँ होती रहती थीं, जो अदबी ऐतबार से अपनी अहमीयत रखती हैं, लेकिन इन सबमें बहुत वक़्त ख़र्च होता था। राहत साहब के पास इसी एक चीज़ की कमी रहा करती थी। आज भी वो फ़ुर्सत में कम ही रह पाते हैं। आख़िरकार इन्होंने इस काम से भी तौबा कर लिया–

मैं सोचता हूँ कोई और कारोबार करूँ
किताब कौन ख़रीदेगा इस गिरानी में

हिंदुस्तान के लगभग हर बड़े शह्र में राहब साहब के ज़ाती ताल्लुक़ात हैं। जो भी इनके चाहनेवाले हैं अगर हिम्मत करके इन तक पहुँच जाते हैं तो इनकी मस्ताना तबीअत के कारण इनके ही होकर रह जाते हैं। लगभग सारे शह्रों में तो ये आयोजकों की ओर से रिज़र्व होटलों में ठहर जाते हैं, लेकिन लखनऊ में ये अपनी पसंद के होटल में ही ठहरते हैं। लखनऊ में राहब साहब 'होटल गुलमर्ग' में ही पिछले लगभग चालीस सालों से रुकते आ रहे हैं। अमीनाबाद का ये होटल जाने कितने ही शायरों की सोहबत का गवाह है– कैफ़ी आज़मी, अली सरदार जाफ़री, गोपीचंद नारंग, साहिर लुधियानवी और जाने कितने ही बैनुलअक़्वामी शोअरा। ये होटल जब

बिल्कुल नया-नया बना था तभी से राहत साहब और दीगर शोअरा इसमें रुकते-ठहरते आ रहे हैं। इसके मालिक नूरुद्दीन क़ुरैशी साहब हुआ करते थे। वे अदब के बड़े शौक़ीन और मद्दाह थे। 'होटल गुलमर्ग' शायरों की पसंदीदा जगह थी। मैंने पीछे की ओर बीच में जो एक दालान है उसे भी देखा, जहाँ शाम को अक्सर कबाब बनता था। सारे शायर और अदीब शाम को और देर रात तक वहाँ अपने-अपने कमरों से निकलकर इकट्ठा होते रहते थे। राहब साहब उन दिनों को याद करते हुए कहते हैं कि– "आज के इस चमक-दमकवाले ज़माने में बहुत सारी होटलें खुल गयी हैं। नये लोग जब मुशायरों में बुलाते हैं तो शानदार होटलों में ठहरने का इंतज़ाम करते हैं, लेकिन मुझे 'गुलमर्ग' के आगे सारी होटलें फीकी लगती हैं। स्टेशन पर उतरा तो मुझे कुछ और सूझता ही नहीं। रिक्शे-ऑटो रिक्शेवाले ने पूछा कि कहाँ चलेंगे तो मुँह से बेसाख़्ता निकल जाता है 'होटल गुलमर्ग'।" वे आगे हँसते हुए ये भी कहते हैं– "होटल और सिगरेट का ब्रांड बड़ी मुश्किल से छूटता है।"

'होटल गुलमर्ग' में राहत साहब से मिलने पर लखनऊ का ज़िक्र छिड़ जाना स्वाभाविक ही था। लखनऊ का ज़िक्र होने पर राहत साहब वाली आसी और उनकी दुकान 'मक्तबा दीनो-अदब' को याद करना नहीं भूलते। ये वही वाली आसी हैं जो मुनव्वर राना के उस्ताद थे। ये दुकान होटल 'गुलमर्ग' से सौ-दो सौ मीटर की दूरी पर थी। वाली आसी साहब के इंतक़ाल (14 अप्रैल 2002) के बाद उनके बेटे (जमाली भाई) ने कुछ बरसों चलाया फिर बंद कर दिया। ये मज़हबी, तालीमी, लिसानी और अदबी किताबों की दुकान थी।

सुब्ह से शाम तक वहाँ शायरों-कवियों के अलावा सहाफ़त और अदब से जुड़े तमाम लोगों का आना-जाना लगा रहता था। ये बहुत दिनों तक लखनऊ का ख़ास अदबी अड्डा था, शायरी का मक्तब था। अजब चहल-पहल और गहमा-गहमी का मरकज़ था वो। उस मक्तबे को आज भी राहत साहब जब याद करते हैं तो उनकी आँखों में माज़ी के जाने कितने मंज़र एक साथ उभर आते हैं। एकदम बग़ल ही एक पुरानी और बड़ी मस्जिद भी है जिसकी वज्ह से चहल-पहल बनी रहती है। जब बाहर के

शोअरा मुशायरे के सिल्सिले में लखनऊ आते और 'गुलमर्ग' में ठहरते या कहीं और भी ठहरते तो वे सब वाली आसी के पास ज़रूर जाते। कुछ शायर मस्जिद में नमाज़ पढ़ने जाते तो फ़ारिग़ होकर वहीं बैठते। कभी-कभी वाली आसी ख़ुद ही 'होटल गुलमर्ग' आ जाते थे। राहत साहब ने ये भी बताया कि उनकी दुकान का नाम 'ग़ीबतकदा' रख दिया गया था, क्योंकि वहाँ हरदम किसी-न-किसी की बुराई चलती ही रहती थी। यहाँ बुराई का मतलब साहित्यिक आलोचना (अदबी तन्क़ीद) से है न कि ज़ाती ज़िंदगी पर कोई टीका-टिप्पणी करने से। ये एक तरह से आलोचना की पत्रिका निकालने जैसा था, जिसमें सभी बारी-बारी अपना मौखिक बयान दर्ज कराते थे।

एक बार राहत साहब गुलमर्ग में ठहरे थे। किसी वक़्त पहुँच गये 'मक्तबा दीनो-अदब' पर। आठ-दस लोग बैठे थे और लग रहा था किसी गम्भीर मुद्दे पर बहस हो रही है। राहत साहब ने भी दुआ-सलाम करके एक किनारे जगह ली। फिर वाली आसी से पूछ बैठे– "वाली भाई! किसकी चल रही है?" (मतलब किसकी बुराई चल रही है।) वाली भाई बोले– "अरे राहत भाई! देखा उन्हें? फ़लाँ को, वो अपने-आपको मीर तक़ी 'मीर' समझने लगे हैं। कल रात उन्होंने ये कह दिया.... वो कह दिया।" राहब साहब भी बिना पूरा मामला समझे उस समीक्षा-बैठक में शामिल हो गये और हाँ में हाँ मिलाने लगे। दरअस्ल वहाँ का क़ानून ही यही था। जो भी आता या जिसे भी वहाँ कुछ देर बैठने की ग़रज़ होती; उसे हाँ में हाँ मिलाना ही पड़ता था।

राहत साहब फिर घंटे-दो-घंटे बाद पहुँचे तो फिर आठ-दस लोग बैठे मिले। इनमें से पिछली बैठक का कोई भी आदमी नहीं था। आपस में तन्क़ीद चल रही थी। फिर राहत साहब ने तजस्सुस ज़ाहिर करते हुए पूछा– "कौन साहब?" वाली आसी बोले– "अरे वो उस्मानी साहब, जाने अपने को क्या समझते हैं, डॉक्टर हैं.... ये.... वो.... फ़लाना-फ़लाना"। ऐसा क्रम दिन भर चलता रहता था। कभी अगर राहत साहब पहुँच गये और पूछ बैठे– "वाली भाई किसकी चल रही है?" और जवाब नहीं मिला तो वे ख़ुद ही कह उठते– "अच्छा मेरी ही चल रही है।"

लखनऊ राहत साहब का बहुत दिनों से आना-जाना है। देवा शरीफ़ के सालाना उर्स में होनेवाले मुशायरों में राहत साहब आते रहते हैं। देवा का मुशायरा बहुत तारीख़ी है। पैसा यद्यपि सरकार ख़र्च करती है, लेकिन किसी को उसका संयोजक नियुक्त कर दिया जाता है। इसका संयोजक होना भी प्रतिष्ठा का विषय समझा जाता है। पिछले कई बरसों से कुर्सी (एक जगह का नाम) के रहनेवाले चौधरी हबीब साहब इसके संयोजक बनते आ रहे हैं। अब वे बहुत बुज़ुर्ग हो गये हैं और उनके घर के तमाम लोग ये ज़िम्मेदारी उठाते हैं। हिंदुस्तान के लगभग सभी बड़े शायर पिछले सौ बरसों से इस ख़ानक़ाह पर अपनी हाज़िरी लगाते रहे हैं। इस आस्ताने में सबकी अक़ीदत है। इस आस्ताने से निस्बत रखनेवाले बहुतेरे लोग अपने नाम के साथ 'वारसी' लिखते हैं। मुझे एक बार वारिस किरमानी साहब ने बताया था कि कुछ दिन यहाँ सिराज औरंगाबादी आकर रहे थे। वो यहाँ के मुरीद थे।

दरअस्ल हर दौर की तरह आज के इस दौर में भी अपने आपको अदब में दर्ज करने-करवाने के लिए लोगों तक लिखित माध्यम से पहुँचना बहुत ज़रूरी है। एक कवि या शायर का अधिकांश जीवन ट्रेन में, बस में, फ़्लाइट में सफ़र करके कवि-सम्मेलन या मुशायरे तक पहुँचने में ख़र्च हो जाता है, साथ ही वह रात-रात भर मात्र इसलिए जागता है कि अपनी दो रचनाएँ लोगों तक पहुँचा सके। ऐसे में उसके पास लिखित-प्रकाशित माध्यम से पाठकों तक पहुँचने का वक़्त ही नहीं मिल पाता। वो कब में किसी नयी किताब का मुताला करे, कब किसी पर तब्सिरा करने का वक़्त निकाले, कब अपनी ग़ज़लों-रचनाओं को तर्तीब दे या कब किसी मुदीर के पास अपने कलाम भेजे। इतनी मसरूफ़ियत के बाद भी राहत साहब पढ़ने के लिए वक़्त निकाल लेते हैं। उनकी पर्सनल लाइब्रेरी में हज़ारों किताबें हैं। आज भी अक्सर नये लिखनेवाले लोग उन्हें अपनी किताबें भेज देते हैं या मिलने पर भेंट करते हैं तो राहत साहब उसकी वरक़गर्दानी ज़रूर करते हैं

और पढ़ने लायक़ है तो पढ़ते भी हैं। इसके अलावा वो अपनी पसंद से किताबें ख़रीदते भी हैं। जब मैं राहत साहब की लाइब्रेरी देखने घर के अंदरूनी हिस्से में उनके साथ जाने लगा तो उन्होंने निदा फ़ाज़ली का एक शेर सुनाया–

घर की तामीर चाहे जैसी हो
उसमें रोने की कुछ जगह रखना

फिर हँसते हुए, लाइब्रेरी में दाख़िल हुए और बोले– "ये मेरे रोने की जगह है।" उर्दू के साथ-साथ हिंदी की बहुत-सी फ़िक्शन-नॉन फिक्शन की किताबें उनकी लाइब्रेरी में हैं। किताबों के साथ-साथ लाइब्रेरी में एजाज़ और इनामों के मोमेंटो भी क़रीने से रखे हुए हैं, जिनकी तादाद चार-पाँच सौ से कम न होगी। पढ़ना आज भी उनके लिए एक ज़ेह्नी ख़ुराक है। आजकल कुछ दिनों से आँख में दिक़्क़त होने की वज्ह से पढ़ना कम हो पा रहा है। पढ़ने से ज़ियादा उन्हें आँख की दिक़्क़त के चलते लिख न पाने का अफ़्सोस रहता है।

राहत साहब की शायरी को समझने के लिए इंदौर के ऐतिहासिक विकास-क्रम और उसकी भौगोलिक स्थिति को भी समझना होगा। यहाँ फ़िलहाल इंदौर के इतिहास को बताने का मौक़ा नहीं है, लेकिन इतना ज़रूर कह सकता हूँ कि इंदौर का इतिहास दिल्ली और लखनऊ के इतिहास से बिल्कुल भिन्न है। इसकी भौगालिक स्थिति भी उत्तर भारत, ख़ासकर उत्तर प्रदेश के शहरों से भिन्न है, जिस कारण इसका वाणिज्यिक और आर्थिक महत्त्व भी अलग हो जाता है। यहाँ मैंने इतिहास और भूगोल का ज़िक्र ख़ास तौर पर इसलिए किया कि कोई भी शख़्स इन पूर्व-निर्धारित या प्रकृति-निर्धारित स्थितियों-परिस्थितियों में ख़ुद चाहकर भी कोई बदलाव नहीं कर सकता। उर्दू-शायरी में आलोचना के जो भी मानदंड हैं, वो ख़ासकर दिल्ली-स्कूल और लखनऊ-स्कूल की शायरी के लिहाज़ से बनाये गये हैं। शायरी की भाषा, ज़बान की बनावट, मुहाविरे वग़ैरह इन्हीं

दो मुख्य शायरी के केंद्रों पर आधारित हैं। इसके अलावा शायरी के जो रिवायती मज़्मून हैं– राजनीतिक सोच, सौंदर्य-बोध, सामाजिक चेतना, दार्शनिक-आध्यात्मिक दृष्टिकोण वग़ैरह भी परम्परागत मूल्यों पर ही आधारित हैं। राहत साहब की शायरी समझने के लिए हमें पुराने मानदंडों, पुराने पैमानों और पुराने 'टूल्स' को किनारे रखना होगा।

शायरी के क्षेत्र में आलोचना-स्तर पर परिवर्तन दो ही तरह से सम्भव है; या तो आलोचना, शायरी करने के नियम-क़ानून बना दे और उसी नियम-क़ानून से शायरी हो; जैसा कि तरक़्क़ीपसंद तहरीक में तय किया गया था। दूसरा तरीक़ा ये है कि किसी भी समाज में जिस तरह की शायरी हो रही हो उसी प्रकार के आलोचनात्मक पैमाने बनाकर उसका मूल्यांकन किया जाय। उर्दू शायरी को काफ़ी नुक़्सान उन लोगों ने पहुँचाया जिन्होंने 'अदब की शायरी' या 'किताबी शायरी' और 'मुशायरे की शायरी' जैसे विभाजन किये। 'ख़राब शायरी' और 'अच्छी शायरी' जैसा विभाजन तो किया जा सकता है, लेकिन मुशायरे के आधार पर किसी शायरी का मूल्यांकन करना अनुचित पक्षपात है। दरअस्ल उर्दू आलोचना में ये बीमारी केवल हिंदुस्तान में है। पाकिस्तान में आज भी (और पिछले 60 साल से) मुशायरों में और अदब में कोई फ़र्क़ नहीं है। राहत साहब को मुशायरे का शायर कहनेवालों से ये गुज़ारिश है कि वे राहत साहब की किताबें ख़रीदकर पढ़ें। वे पायेंगे कि मुशायरों की बेशतर ग़ज़लें किताबों में नहीं हैं और जो ग़ज़लें क़िताबों में हैं उन्हें राहत साहब मुशायरों में नहीं पढ़ते।

ये बीमारी केवल हिंदुस्तान में है, ऐसा मैंने इसलिए कहा कि यहाँ हिंदी आलोचना की सोहबत ने उर्दू शायरी के आलोचना-मानदंडों को प्रभावित किया है। हिंदी-आलोचना ने कविता को आम जनता से सैकड़ों नहीं, बल्कि हज़ारों किमी. दूर कर दिया है। शायरी में तो आज भी बहुत उदाहरण मिल जायेंगे जो मुशायरे और अदब में संतुलन बनाये हुए हैं, लेकिन हिन्दी-कविता में कवि-सम्मेलन के कवि 'हिन्दी-साहित्य' के मूर्धन्य कवियों का नाम तक नहीं जानते और ये मूर्धन्य कवि भी मंचों को निकृष्टता का चरमोत्कर्ष मानते हुए किसी का नाम तक याद नहीं रखते हैं। ये बहस लम्बी खिंच सकती है। यहाँ मेरे कहने का उद्देश्य सीधा-सा केवल यही है

कि कोई भी आलोचना (उर्दू या हिंदी) भीड़ को नज़रअंदाज़ नहीं कर सकती। दरअस्ल जो मुशायरे के शायरों को शायर नहीं मानते थे, वे आभिजात्य (Elite) मानसिकता के हैं, वे सामंती सोच के हैं। जब जनता के वोट से लोकतांत्रिक व्यवस्था में सरकारें बन सकती हैं तो जनता के समर्थन से कोई कवि बड़ा क्यों नहीं बन सकता। जो लोग जनता की पसंद-नापसंद का ध्यान नहीं देते वही 'अदबी शायरी' और 'मुशायरे की शायरी' में तिफ़र्क़ा लगाते हैं। मैं यहाँ ये भी स्पष्ट कर दूँ कि मुशायरों में सुनी जानेवाली शायरी में सब अच्छा हो, ऐसा भी नहीं; लेकिन जिनको 'अदब' कहकर रिसालों और किताबों में छापा जा रहा वो भी सबका सब अदबी नहीं है। शायरी का मूल्यांकन अन्य आधारों के साथ-साथ जनता की पसंद के आधार पर भी होना चाहिए। आज मुशायरों में जो हो रहा है उससे राहत साहब भी नाआश्ना नहीं हैं। आज ही नहीं, वे कभी भीड़ को सँभालनेवाली शायरी और ज़ाती तौर पर महसूस की जानेवाली शायरी के फ़र्क़ को नहीं भूले। वो तो कभी-कभी मंच से ललकारते हुए भी कह देते हैं कि यहाँ से मुशायरा शुरू हो रहा है, या यहाँ से अदब शुरू हो रहा है–

ग़ज़ल की क़ब्र पे आँसू बहा के लौट आया
मुशायरों में लतीफ़े सुना के लौट आया

भारतीय इतिहास में सन् 1991 और सन् 1992 अलग-अलग कारणों से बहुत महत्त्वपूर्ण हैं। 1991 जहाँ आर्थिक जगत में उदारीकरण के लिए जाना जाता है, वहीं 1992 बाबरी मस्जिद-विध्वंस जैसी शर्मनाक घटना के लिए जाना जाता है। ये भारतीय समाज के गंगा-जमुनी ताने-बाने को तार-तार करने के लिए जाना जाता है। उस वक़्त इस घटना का उतना महत्त्व नहीं समझा गया, लेकिन बाद के बरसों में इससे उत्पन्न होनेवाले दुष्प्रभावों के कारण इसका महत्त्व बढ़ता गया। शायरी और समाज पर इसके गहरे असर हुए। 12 दिसम्बर 1991 को हुकुमचंद मिल्स के प्रबंधन ने बिना किसी पूर्व सूचना के मिल को बंद कर दिया और 42.5

एकड़ ज़मीन पर फैली इस मिल के 5895 कर्मचारी बेरोज़गार हो गये। तब से आज तक इसके कर्मचारी संघर्ष करते आ रहे हैं। हाईकोर्ट के समय-समय पर दिये आदेशों का भी पूरी तरह पालन भी नहीं हो पाया है। आज तक आधे से अधिक कर्मचारी अपनी उम्मीद लिये, अपना आक्रोश लिये, अपना दावा लिये अपने ही देश की न्याय-व्यवस्था में फँसकर इस दुनिया को अलविदा कह चुके हैं। वैश्वीकरण और उदारीकरण की घोषणाओं के होते ही हुकुमचंद मिल्स और ऐसी ही जाने कितनी मिलें इतिहास के पन्नों में खो गयीं। आज़ादी के पहले की विश्वस्तरीय व्यापारिक प्रतिष्ठा के कपड़ों पर देशज राजनीति की धूल जम गयी।

बाबरी मस्जिद के बाद राहत साहब के ग़मे-रोज़गार में एक और इज़ाफ़ा हुआ। ये एक मस्जिद का टूटना नहीं था, बल्कि ये उस विश्वास का टूटना था जिसके कारण 1947 में करोड़ों मुसलमानों ने हिंदुस्तान नहीं छोड़ा था। ये अब्दुल कलाम आज़ाद के वंशजों के साथ धोखा था। राहत साहब भी इस तरह के हादसों से आहत हुए, क्योंकि वो एक सच्चे शायर हैं जो सच को बिना कोई चश्मा लगाकर देखता है। 6 दिसम्बर 1992 की उस घटना को इससे अच्छा शेरी इज़्हार क्या दिया जा सकता है–

टूट रही है हर दिन मुझमें इक मस्जिद
इस बस्ती में रोज़ दिसम्बर आता है

इन मिस्रों के बारे में क्या राय बनायी जा सकती है? कोई भी वाक़िआ जब हमारे सामने पेश आता है तो हमें सिर्फ़ उसका फ़ौरी असर ही नहीं होता, बल्कि वो वाक़िआ हमें जब-जब याद आता है हम तब-तब उसे महसूस करते हैं। अगर कभी कोई हमारी बेइज़्ज़ती कर देता है तो हमें जब-जब वो वाक़िआ याद आता है, हम तब-तब बेइज़्ज़त होते हैं।

यहाँ ये भी जान लीजिए कि राहत साहब ने किसी ख़ास कम्युनिटी की नुमाइंदगी करते हुए इस तरह के शेर नहीं कहे, बल्कि समाज के एक ज़िम्मेदार और जागरूक शायर के लिए ज़रूरी है कि वो हर उस वाक़िअे की निशानदेही करे जो समाज को तोड़ रहा हो। मस्जिद से राहत साहब का क्या लेना-देना हो सकता है कि वो तो बहुत पहले ही कह चुके थे–

दरे-मस्जिद पे कोई शै पड़ी है
दुआ-ए-बेअसर होगी हमारी

मुशायरों की जो हालते-हाल है उस पर राहत साहब से कई बार चर्चा हुई। राहत साहब ने मुशायरों का जो दौर देखा था उससे तुलना करने पर आज के मुशायरों की हालत तो बद से बदतर हो गयी है। कुछ कमियाँ तो पहले से ही थीं, जो अब और अधिक भयावह रूप में सामने आ रही हैं। पहले से चली आ रही कमियों का ज़िक्र चलने पर इंदौर के पड़ोसी ज़िले की एक शायरा का ज़िक्र भी बातों-बातों में आ निकला। अगरचे राहत साहब इस तरह की बातों का ज़िक्र कम ही करते हैं, लेकिन इस वक़्त मुशायरों की हालत देखकर उन्हें बड़ा अफ़्सोस होता है। उन्होंने मुशायरों के इस तनावर दरख़्त को अपने ख़ून-पसीने से सींच-सींचकर बड़ा किया है, खड़ा किया है। मुशायरा जैसे-जैसे लोकतांत्रिक होता गया या जैसे-जैसे लोकतांत्रिक व्यवस्था के मातहत होता गया वैसे-वैसे इसकी दुश्वारियाँ भी बढ़ती गयीं। जिन शायरा का ज़िक्र चला वो अपने उस्ताद से ग़ज़लें लिखवाकर मुशायरों में पढ़ती थीं। एक बार राहत साहब ने उनसे पूछा– "ये सब कहाँ से निकालकर लाती हो?" शायरा ने फ़राख़दिली से अपने उस्ताद का नाम बताया।

राहत साहब ने उन शायरा की मुशायरों में शोह्रत और होनेवाली कमाई के मद्दे-नज़र पूछा– "ये जो कलाम तुम लाती रहती हो क्या इसके एवज़ में उस्ताद को कुछ पैसे-वैसे भी देती हो?"

वो बोलीं– "पैसे तो मैं नहीं देती, अलबत्ता ईद पर हर साल एक जोड़ी कुर्ते-पाजामे का कपड़ा देती हूँ। इसके अलावा जब कभी-कभी वो मेरे घर पर ही आ जाते हैं और बैठकर ग़ज़लें लिखते हैं तो एक बंडल बीड़ी और एक माचिस उन्हें ज़रूर दे देती हूँ।" ऐसे ही लोगों के लिए राहत साहब कहते हैं–

मेरे कारोबार में सबने बड़ी इम्दाद की
दाद लोगों की, गला अपना, ग़ज़ल उस्ताद की

दूसरी जो समस्या आजकल के कई मुशायरों में सामने आ रही है वो एक नयी प्रवृत्ति है, जिसकी तरफ़ भी राहत साहब ने गम्भीरता से ध्यान दिलाया। आजकल कई मुशायरों में बहुत ही कम उम्र के बच्चों को मंच पर पेश कर दिया जाता है। वे दूसरे शायरों के कुछ कलाम याद करके, उसी के अंदाज़ में सुनाने की कोशिश करते हैं। लोग भी इसे मनोरंजक मानकर हँसते हैं और मज़ा लेते हैं। एक मुशायरे में एक सज्जन अपनी गोद में अपना बेटा लिये राहत साहब के पास पहुँच गये। मंच के बग़ल एक कमरे में राहत साहब और दीगर शोअरा मुशायरा शुरू होने से पहले बैठे थे। वो साहब पहुँचे और बताने लगे कि ये मेरा बेटा है और इसे आपकी पूरी शायरी याद है; सुनाता भी आपके अंदाज़ में है। उसने सुनाना भी शुरू कर दिया। इसके बाद उसने मंच पर माइक से भी कलाम सुनाया और ईनाम में पैसे वग़ैरह भी पाये। राहत साहब आज बच्चों को मुशायरों में इस तरह आते देखकर अत्यन्त क्षुब्ध और दुःखी होते हैं। वे कहते हैं कि इस तरह के माँ-बाप अपने बच्चों को क्या बनाना चाह रहे हैं। बच्चों को क़ुरआन हिफ़्ज़ कराना चाहिए, मीर और ग़ालिब को हिफ़्ज़ कराना चाहिए, इंसानियत को सिखाने की किताबें याद कराना चाहिए न कि इस तरह की शायरी–

अदब कहाँ का कि हर रोज़ देखता हूँ मैं
मुशायरे में तमाशे मदारियोंवाले

मैंने अभी कहा कि राहत साहब ने मुशायरों को अपने ख़ून-पसीने से सींच-सींचकर बड़ा किया है। इसकी ताईद भी हो जाय। एक बार राहत साहब बनारस जा रहे थे। लखनऊ से सुल्तानपुर-जौनपुर होते हुए बनारस निकलिए तो जैसे ही जौनपुर से निकलिए एक स्टेशन पड़ता है–ज़फ़राबाद जंक्शन। दूसरे दिन सुब्ह बनारस मुशायरा पढ़ना था। एक दिन पहले शाम को ही बनारस पहुँचना था। राहत साहब के कपड़े लगातार मुशायरों में रहने के कारण गंदे हो गये थे। अलग से कोई कपड़ा साथ नहीं था। जो बदन पर था वही सबकुछ था। बनारस पहुँचेंगे तो लांड्री या कोई

भी कपड़ा धुलने की व्यवस्था का रात हो जाने के कारण मिल पाना मुम्किन नहीं। इतना पैसा भी मुशायरों में नहीं मिलता था कि नया ख़रीद लिया जाय। मुश्किल से दो-तीन सौ रूपये उस वक़्त एक रात का पेमेंट होता था। सबसे बड़ा पेमेंट उस वक़्त ख़ुमार साहब का हुआ करता था– पाँच सौ रूपये।

राहत साहब ज़फ़राबाद स्टेशन पर उतर गये। लगभग दोपहर होनेवाली थी। एक पानी पीने का हैंडपम्प था। राहत साहब ने अपने कपड़े उतारे और उसी नल पर धोने का फ़ैसला किया। न कोई बाल्टी न कोई मग। ख़ुद उस हैंडपम्प का हत्था मारते फिर जाकर उसके मुहाने से गिरते पानी से पैंट-शर्ट साफ़ करते, फींचते-छाँटते। ज़रा आँखों के सामने तस्वीर बनाइए कि राहत इंदौरी एक छोटे-से स्टेशन के हैंडपम्प पर अंडरवियर और बनियान में ख़ुद हैण्डपम्प चला-चलाकर अपने कपड़े धो रहे हैं। जब आप अपने ज़ेह्न में एक इस तरह की तस्वीर बना लेंगे तो आपका मन राहत साहब के प्रति श्रद्धा से भर जायेगा। इस तरह की तमाम दुश्वारियों और क़िल्लतों का सामना करने के बाद ही मुशायरों को बचाया जा सकता है, ख़ुद को बचाया जा सकता है, ख़ुद की शायरी को बचाया जा सकता है। जब कपड़े सूख गये तब उन्हें राहत साहब ने पहना और मुशायरे के लिए गये, तब तक कई ट्रेनें इधर से उधर आती-जाती रहीं और ये बैठकर कपड़े सूखने का इंतज़ार करते रहे। राहत साहब की पहली किताब का एक शेर है–

इस वक़्त तो मैं घर से निकलने न पाऊँगा
बस इक क़मीज़ थी जो मेरा भाई ले गया

यहीं एक और वाक़िआ सुन लीजिए, जिससे ये पता चलेगा कि जब राहत साहब मुशायरों की दुनिया में आये तो नये लोगों पर इनका किस क़दर असर पड़ा। लखनऊ के एक युवा शायर– ख़ूबसूरत, लम्बे-चौड़े, गोरे-चिट्टे, देखो तो नज़र लगे। उनके ससुर (Father-in-law) भी जाने-माने शायर थे। जाने कहाँ से उस नौजवान को राहत इंदौरी बनने का चस्का लग गया। मुशायरों में उसी टाइप का कलाम लिखकर आने लगे और उसी

अंदाज़ में पढ़ने की भी कोशिश करने लगे। एक दिन एक मुशायरे में उन्हें फ़ना निज़ामी साहब ने बुलाया और पूछने लगे कि– "आप अच्छे-ख़ासे शायर बन सकते हैं तो आप इस तरह राहत इंदौरी बनने की कोशिश क्यों कर रहे हैं?" उन बेचारे को कोई जवाब न सूझा। फिर फ़ना साहब बोले– "शायद आपको पता नहीं राहत इंदौरी बनने के लिए मुँह भी काला कराना पड़ता है।" वहाँ मौजूद सभी लोग हँस पड़े। उनके गोरे रंग और राहत साहब के रंग का ऐसा मुतज़ाद इस जुम्ले में था कि वो शर्म से पानी-पानी हो गये और फिर कभी नक़्ल करने की कोशिश न की।

कभी ऐसा नहीं हुआ कि राहत साहब ने मुशायरों की तेज़ रफ़्तार ज़िंदगी में इंसानियत के तक़ाजे भुला दिये हों या मुशायरों की तहज़ीब को दरकिनार कर दिया हो। उनमें कभी ये बदगुमानी नहीं आयी कि लोग उन्हें सुनें और किसी को सुनें या न सुनें। उन्होंने अपने से सीनियर शायरों की न सिर्फ़ ख़ुद क़द्र की, बल्कि सामईन को भी किसी-न-किसी तरह बुज़ुर्ग शायरों से जोड़े रखने की ज़िम्मेदारी उठायी। मुशायरे में शोअरा एक-दूसरे का किस तरह सम्मान करें या एक-दूसरे को किस तरह प्यार करें, इसकी मिसालें भी राहत साहब ने पेश की हैं। यहाँ मैं दो मिसालें पेश कर रहा हूँ जिसमें एक राहत साहब के अख़्लाक़ को बयान करती है और दूसरी उनके ख़ुलूसो-मुहब्बत से भरे मिज़ाज को अयाँ करती हैं।

पहली, गाँधी हॉल, इंदौर में आलमी मुशायरा था। 18 दिसम्बर 2006 को। इस मुशायरे की निज़ामत (संचालन) मेराज फ़ैज़ाबादी कर रहे थे और सदारत पद्मश्री बेकल उत्साही कर रहे थे। आख़िर में मेराज साहब जैसे ही बेकल जी को बुलाने के लिए भूमिका बनाने लगे तो भीड़ में से कुछ लोग उठकर जाने लगे। मुशायरे के आख़िर तक ऐसे हालात अक्सर बन जाया करते हैं, क्योंकि तब तक सामईन (श्रोता) सुनते-सुनते थक चुके होते हैं। लोगों को उठकर जाता हुआ देखकर राहत साहब ख़ुद माइक पर आ गये और बोलने लगे– "देखो, मेरे अच्छे शहरियों! मैंने आज तक आपसे

कुछ नहीं माँगा है। मैं सारी दुनिया में आपके शह्र का चराग़ ले के घूम रहा हूँ। ख़ुदा के लिए ये मेरी क़ब्र, मेरी लाश से जा रहे हैं आप लोग। मैं आपको क़सम दे रहा हूँ सिर्फ़ पाँच मिनट के लिए रुक जाइए, ख़ुदा के लिए। ये मेरी बेइज़्ज़ती है, मेरे शह्र की बेइज़्ज़ती है और इतने अच्छे सामईन की बेइज़्ज़ती है। ये वो शायर हैं जिनकी जूतियाँ उठाकर हमने शायरी करना सीखी है। मैं हाथ जोड़कर आपसे दरख़्वास्त कर रहा हूँ कि ख़ुदा के लिए बैठ जाइए, सिर्फ़ पाँच मिनट ख़ुदा के लिए जहाँ हैं वहीं बैठ जाइए, ख़ुदा के लिए। मैं वादा करता हूँ कभी आपसे कुछ नहीं माँगूँगा। बराए-करम बैठ जायें। तश्रीफ़ रखें ख़ुदा के लिए।'' राहत साहब की इस जज़्बाती अपील से जो जहाँ था वहीं मुंजमिद हो गया और सबने बेकल साहब को मुहब्बत से सुना। इस मुशायरे में माजिद देवबंदी, साग़र ख़य्यामी, अज़्म शाकिरी, सुरेंद्र सिंह 'शजर' वग़ैरह मौजूद थे।

दूसरी, फ़हमीना महोत्सव 2013 का मुशायरा था, लखनऊ में। 31 मई 2013 को। अनवर साहब की निज़ामत थी। उस समय मेराज फ़ैज़ाबादी की तबीअत बहुत ख़राब चल रही थी। बड़ी मुश्किल से कुर्सी पर बैठकर शेर सुनाने को राज़ी हुए थे। मुशायरे तक उन्हें लाने के लिए नदीम भाई ने एम्बुलेंस का इंतज़ाम किया था। जब उन्होंने आख़िर में ये शेर पढ़ा–

मैं शाहज़ादा-ए-गुरबत, अमीरे-दस्ते-अना
ये लोग क्या मेरे नामो-नसब से माँगते हैं

तो राहत साहब अपनी जगह से उठे और अपनी शाल मेराज साहब को ओढ़ा दी, फिर प्यार से उनके गाल को चूमा। इतने दिन के मुशायरे के साथी और दोस्त के लिए इससे अच्छी दाद एक शायर क्या दे सकता है। मेराज साहब ने राहत साहब की इस चाहत का एहतराम किया और कहा भी कि– ''हम दोनों एक जान दो क़ालिब हैं।'' अफ़्सोस कि ये मेराज साहब का आख़िरी मुशायरा साबित हुआ। वो इस दुनिया से हम सबको छोड़कर चले गये। इन दोनों ही वाक़िआत को यू-ट्यूब पर देखा जा सकता है। ऐसे ही जाने कितने वाक़िआत हैं जिनका कोई रिकार्ड हमारे पास नहीं है। राहत साहब मुशायरों से ज़िन्दा रहनेवाले शायर नहीं है, बल्कि ये वो शायर हैं जिन्होंने मुशायरा ज़िंदा रखा। ऊपर की दोनों मिसालें राहत साहब के

मिज़ाज की भरपूर निशानदेही करती हैं।

इन दोनों मिसालों में संयोग से मेराज साहब का ज़िक्र आ गया है। मेराज साहब की दोस्ती राहत साहब से सिर्फ़ मुशायरों तक ही नहीं थी, बल्कि उससे कहीं बढ़कर थी। मैंने मेराज साहब के बेटे अहमद नदीम से मुलाक़ात की। उन्होंने अपनी ढेर सारी यादें मुझसे साझा की। मेराज साहब फिजिक्स से एम. एससी. थे और सन् 1960 के आसपास बाल-भवन दिल्ली में साइंस पढ़ाते थे। वहाँ किसी वज्ह से नौकरी छोड़ दिया और बसखारी (ज़िला अम्बेडकर नगर) के एक मिडिल स्कूल में कुछ दिनों तक पढ़ाया। शाहिद जमाल (फ़ैज़ाबाद) के वालिद मास्टर अब्दुल क़ुद्दूस साहब भी पढ़ाते थे। दोनों लोग कुछ दिन किराये पर साथ-साथ रहे भी। इस नौकरी को भी मेराज साहब ने जल्द ही छोड़ दिया। इसके बाद भी कई छोटी-बड़ी नौकरियों से होते हुए 1980 के आसपास वो वक़्फ़ बोर्ड लखनऊ पहुँचे।

नदीम भाई बताते हैं कि मेराज साहब मुशायरे को घर से बिल्कुल अलग रखते थे। बहुत ही कम शायर थे जो कभी-कभार घर आते थे। घर में उन्होंने कभी शायराना माहौल नहीं बनाया। राहत साहब उनके मख़्सूस दोस्तों में थे, उनके दिल के बहुत क़रीब थे। मेराज साहब राहत साहब को अपना छोटा भाई मानते थे। मेराज साहब के चार बेटों में नदीम भाई सबसे बड़े हैं। सबके नाम शायरों के नाम पर ही रखे गये हैं– अहमद नदीम, सैयद राशिद, अहमद फ़राज़, मु. रामिश। ये सब दोस्त भी थे मेराज साहब के।

लखनऊ आने पर राहत साहब कभी-कभी मेराज साहब के घर जाते। मेराज साहब के यहाँ आनेवालों में कृष्णबिहारी 'नूर' की हैसियत एक सरपरस्त की थी। ईद के दिन नूर साहब सबसे पहले मेराज साहब को ईदी देते थे। जब नूर साहब नहीं रहे और ईद आयी तो मेराज साहब बहुत रोये, बोले– "मुझे ईदी देनेवाला अब नहीं रहा।" कितने ही प्यारे लोग थे।

एक बात यहाँ और ग़ौरतलब है। राहत साहब पर अक्सर नक़्क़ाद (आलोचक) या किताबी शायर इल्ज़ाम लगाते हैं कि वे मुशायरों के शायर

हैं। उन्हें लगता है कि लोग मुशायरे में बहुत उम्दा ग़ज़ल सुनने जाते हैं और सुनाया उन्हें कुछ और जाता है। वे लोग ये भी सोचते हैं कि सामईन मुनासबत (या मुनासिबत) और रिआयते-लफ़्ज़ी के लिए मुशायरों में जाते हैं या मानी-अफ़्रीनी और सन्‌अते-लफ़्ज़ी की खोज में अपनी रात ख़र्च करने जाते हैं। ऐसे नक़्क़ाद और शोअरा बहुत बड़े भ्रम में हैं। सामईन ग़ज़ल और शेर सुनने के लिए मुशायरे में नहीं जाते, वे शायर को सुनने जाते हैं, वे राहत इंदौरी को सुनने जाते हैं, वे मुनव्वर राना को सुनने जाते हैं, वे वसीम बरेलवी को सुनने जाते हैं। आज मुशायरों में हज़ारों-लाखों की भीड़ इकट्ठा होती है तो इसमें जितना योगदान ग़ज़ल और शेरों का है उससे कहीं ज़ियादा योगदान उन शायरों का है जिन्होंने मुशायरे को बनाने में, बचाने में अपना ख़ून-पसीना बहाया है, अपनी रातों की नींदें हराम की हैं। एक हद के बाद न पैसा मायने रखता है और न शोहरत ही मायने रखती है। राहत साहब आज मंचों पर बने हुए हैं तो सिर्फ़ और सिर्फ़ शायरी के उस इज़्हार के लिए बने हैं जिसे वो चाहकर भी दबा नहीं पा रहे हैं। क़ूवते-इज़्हार का ज़ोर इतना है कि डायबिटीज और ब्लड-प्रेशर जैसी दुःसाध्य बीमारियों के बावजूद वो ख़ुद को मुशायरों में ख़र्च कर रहे हैं। ये मुशायरों की दुनिया उनकी ख़ुद की ईजाद और बुनियाद की हुई दुनिया है कि जिसका मालिक होने का उन्हीं को हक़ है–

जहाँ मैं था वहाँ दुनिया कहाँ थी
वहाँ मैं हूँ जहाँ ले आयी दुनिया

उनकी मुश्किलों की दास्तान में से एक क़िस्सा और सुन लीजिए। अगस्त 2018 में राहत साहब मोरारी बापू के साथ लंदन में थे। मोरारी बापू का कथा-क्रम वहाँ चल रहा था। जैसा कि सर्वविदित है– मोरारी बापू अपने दायरे में हर उस व्यक्ति को स्थान देते हैं जो समाज के लिए आवश्यक है। संगीत, शायरी, गीत के अलावा वैश्विक स्तर के लोक-कलाकारों को भी मोरारी बापू अपना वाचिक समर्थन ही नहीं देते, बल्कि उन्हें चाक्षुष सहयोग और समर्थन के साथ स्नेह देते हैं। वे धार्मिक ही नहीं, बल्कि एक सांस्कृतिक कथाकार भी हैं।

एक होटल में राहत साहब के अलावा कुछ शायर और अन्य लोग भी

रुके थे। खाने की व्यवस्था जिस रेस्टोरेंट में थी वो ठहरने की जगह से थोड़ी दूरी पर था। कमरे से नीचे उतरकर वहाँ तक खाने के वक़्त जाना पड़ता था। राहत साहब आने-जाने के झंझट के कारण कमरे पर ही अक्सर कुछ खा लेते और किसी वक़्त मूड होने पर रेस्टोरेंट भी चले जाते। कमरे पर भी कुछ खाने की चीज़ें थीं, जो मोरारी बापू ने ख़ास तौर से राहत साहब का ख़याल रखते हुए भिजवा दी थीं– गुजराती स्नैक्स, नमकीन, बिस्कुट, पापड़, ढेर सारा ड्राई फ्रूट वग़ैरह।

इसी बीच एक दिन भोपाल के एक सज्जन (जो कि लंदन में ही रहते थे) ने फोन किया और राहत साहब से कहा– "राहत भाई आप होटल में हों तो मैं आपसे मिलना चाहता हूँ, आ जाऊँ?" इन्होंने कहा– "आ जाइए।" होटल के और लोग खाने के लिए रेस्टोरेंट जाने लगे और राहत साहब को भी साथ चलने को कहा। ये जाने से बचने के लिए बहाना कर उठे कि मेरा खाने का मन नहीं है। इन्होंने एक-दो बिस्किट खाया, पानी पिया और थोड़ी देर बाद भोपालवाले साहब आ गये। उनसे दो-तीन घंटे बातचीत में निकल गया। इस बीच राहत साहब ने कुछ भी खाया-पिया नहीं। देर तक पेट ख़ाली रह गया, जो कि डायबिटीज में नहीं होना चाहिए। खाने का वक़्त भी निकल गया। चार-साढ़े चार बजे सबको हिंदुस्तान के लिए निकलना था। सभी लोग धीरे-धीरे रिसेप्शन पर इकट्ठा होने लगे। राहत साहब का इंतज़ार हो रहा था। फोन भी नहीं उठ रहा था। खोजबीन की गयी। दरवाजा पीटा गया। डुप्लीकेट चाभी से दरवाज़ा खोला गया तो सबने देखा कि राहत साहब बेहोश पड़े हैं। ब्लड-प्रेशर एकदम नीचे था। ऐसा उनकी डायबिटीज़ के कारण हुआ। जब होश आया तो उन्होंने देखा कि लगभग आठ-दस डॉक्टरों की एक टीम उन्हें घेरे हुए है। एक तरह से कह सकते हैं कि उस टीम ने राहत साहब को फिर से ज़िंदा किया। तनिक भी देर हुई होती तो क्या-से-क्या हो जाता।

एक दिन राहत साहब से बहुत लम्बी बातचीत करने के दौरान बात चलते-चलते मुशायरों और कवि-सम्मेलनों की तुलना पर आ गयी। मैंने कहा– "मेरी नज़र में कवि-सम्मेलन जिस हद तक फूहड़ और अश्लील हुए हैं, मुशायरे अभी उतना नहीं गिरे हैं। हास्य-व्यंग्य के नाम पर आजकल

कवि-सम्मेलनों में द्विअर्थी पंक्तियों का जो चलन हुआ है वो निहायत घटिया है।''

राहत साहब बोले– ''पिछले पचास साल से मैं मुशायरों को देख रहा हूँ और लगभग इतने ही वक़्त से मुशायरों में पढ़ भी रहा हूँ। मुशायरा क्या था और आज क्या हो गया। 'मुशायरा क्या था' अगर आप उसे सामने रखेंगे तो कवि-सम्मेलन से दस गुना ज़ियादा भड़ैंती मुशायरों में आ चुकी है। मुशायरा एक तहज़ीबी इदारा कहलाता था। इस वक़्त अगर किसी मुशायरे में बीस शायरों का नाम है तो उसमें अठारह 'अलिफ़' भी नहीं जानते होंगे।'' मैंने लुक़मा दिया– ''देवनागरी में ग़ज़लें लिखकर लाते हैं।'' तो राहत साहब फिर बोले- ''वो तो छोड़ो, उनका कलाम ही नहीं है, वो शायर ही नहीं हैं। हिंदी में कवि जो कुछ भी पढ़ रहा है, भले ही वो बहुत ख़राब पढ़ रहा हो, लेकिन वो है उसका। कवि के पहले जुम्ले से ही पता चल जाता है कि हाँ ये इसी का लिखा हुआ है। हमारे यहाँ बुरा-से-बुरा कलाम भी उस शायर का नहीं है और अच्छे-से-अच्छा कलाम भी उसका नहीं है। हालत बहुत ख़राब है।''

राहत साहब इधर बीच मुशायरों और कवि-सम्मेलनों की स्थिति पर बहुत दुःखी भी रहते हैं। उन्हें इस बात का दुःख है कि पिछले पंद्रह-बीस बरसों में कवि-सम्मेलन 'हिंदू' हो गये हैं और मुशायरे 'मुसलमान' हो गये हैं। कवि-सम्मेलनों में पाकिस्तान को निशाना बनाकर जिस प्रकार की कविताएँ की जाती हैं उनका कोई साहित्यिक मूल्य नहीं है। कवि-सम्मेलनों में 'ग़द्दारों को देश से बाहर करो' जैसे नारे लगाये जाते हैं। मुशायरों में जब कोई किसी शायर से ये फ़रमाइश करे कि साहब ज़रा 'हालाते-हाज़रा' पर कुछ सुना दीजिए, तो इसका सीधा मतलब है कि वो कह रहा है हिंदुओं को कुछ गाली दे दीजिए। घुमा-फिराकर दोनों मंचों पर अदब ग़ायब होता जा रहा है। मुशायरे धीरे-धीरे किसी मज़हबी जल्से में तब्दील होते जा रहे हैं। ये अदब के लिए ख़त्रा नहीं है, लेकिन ये मुशायरों के अपने वजूद के लिए ज़रूर ख़त्रा है।

पुराने ज़माने के मुशायरों में जो सदारती तक़रीरें होती थीं वो पूरी तरह

अदबी होती थीं। 'शायर' पत्रिका (मुम्बई) ने कई लेख इस तसल्सुल के प्रकाशित किये हैं कि सीमाब अकबराबादी ने किस मुशायरे में बतौर सद्र क्या कहा था। कुछ विश्वविद्यालयों में इस पर शोध-कार्य भी हुआ है। कानपुर के एक मुशायरे में मालेगाँव के किसी शायर ने माइक पर कोई गिरा हुआ जुम्ला या लफ़्ज़ कहा, तो सदारत कर रहे राहत साहब ने अपनी जगह बैठे-बैठे उसे बहुत तेज़ डाँटा। फिर उसने वहीं से माफ़ी भी माँगी। मुशायरे और कवि-सम्मेलन की तुलना करना कहाँ तक वाजिब है इसे भी समझना आवश्यक है। मुशायरों की तुलना में कवि-सम्मेलनों की उम्र बहुत छोटी है। मुशायरे की उम्र लगभग चार सौ बरस की है जबकि कवि-सम्मेलनों की उम्र अभी ठीक से सौ बरस भी नहीं होगी। एक समय था जब महादेवी वर्मा कवि-सम्मेलन का संचालन किया करती थीं। मुशायरों के बरअक्स कवि-सम्मेलन को खड़ा करने में हरिवंश राय 'बच्चन', रामधारी सिंह 'दिनकर', शिवमंगल सिंह 'सुमन' और गोपालदास 'नीरज' के योगदान को कौन भुला सकता है। आजकल की हालत देखकर तो यही कहा जा सकता है कि कवि-सम्मेलन, मुशायरे की अपेक्षा जल्दी पतित हो गये।

राहत साहब की हाज़िर-जवाबी का भी जवाब नहीं है। एक बार लखनऊ की एक बैठक में राहत साहब से मैं कुछ सवाल-जवाब में मसरूफ़ था कि माहाना 'लारेब' के एडीटर जनाब रशीद क़ुरैशी साहब आ गये। रशीद साहब को मैंने ही इत्तिला दी थी कि राहत साहब आये हैं, अगर आप मिलना चाहें तो आ जाइएगा। उसी बैठक में मुझे राहत साहब से ये भी पता चला कि 'लम्हे-लम्हे' के राहत-विशेषांक की काफ़ी सामग्री रशीद साहब ने ही जुटायी थी। हर महीने वो 'लारेब' में राहत इंदौरी पर ख़ुसूसी शुमारे का ऐलान करते और मज़्मून की दरख़्वास्त करते। ये सिल्सिला साल-दो साल चलता रहा। नतीजतन् बहुत सारे मज़्मून रशीद साहब के पास जमा हो गये जो बाद में काम आये।

हाज़िर-जवाबी वाली बात रह ही गयी। दरअस्ल इधर बीच रशीद साहब के कुछ दाँत गिर गये हैं, जिसकी वज्ह से जब वो बोलते है तो ज़बान लड़खड़ा जाती है और अक्सर लफ़्ज़ समझ में नहीं आते।। बातचीत के दौरान राहत साहब ने कहा– "रशीद साहब ये आपकी आवाज़ को क्या हो गया है?"

रशीद साहब बोले– "दाँत गिर गये हैं इस वज्ह से कुछ दिक़्क़त है।"

राहत साहब फ़ौरन बोले- "आज तक तो मैं समझता था कि ज़बान (जीभ से) बोला जाता है। पहली बार सुन रहा हूँ कि आप दाँत से बात करते हैं।" जितने लोग मौजूद थे सब बेखाख़्ता बहुत तेज़ हँस पड़े।

आज मुशायरों में किसी भी शायर का चल पाना, जम पाना बहुत ही मुश्किल हो गया है। मैंने पीछे भी कहा है कि हर शायर की नयी-से-नयी ग़ज़ल यूट्यूब के ज़रीअे सब तक पहुँच चुकी होती है, इसलिए आपको सब ग़ौर से सुनें इसके लिए ज़रूरी है कि आप अक्सर नये कलाम पढ़ें। ये बहुत मुश्किल काम नहीं है। शायर थोड़ी-सी मेह्नत करके नयी ग़ज़ल या नयी नज़्म कह लेता है। दूसरी मुश्किल जो आजकल मुशायरों में नज़र आती है वो है नये सामईन की आमद। अक्सर मुशायरों में स्टेज के पास, सबसे आगे आकर वो लड़के बैठ जाते हैं जिनकी तर्बीअत टी. वी. ने बनायी है। टेलीविजन के कॉमेडी शो देखकर जब वो मुशायरा सुनने आते हैं तो उन्हें लगता है वही शेर सबसे अच्छा है जिस पर सबसे अधिक हँसी आये। उन्हें नहीं पता कि अच्छा शेर वो होता है जिस पर बोलती बंद हो जाये, मुँह से 'वाह' तक न निकले। नौजवान तब्क़ा मुशायरे के नाम पर सिर्फ़ मनोरंजन चाहता है। मीर, ग़ालिब को पढ़ने की बात कौन करे, आजकल नब्बे फ़ीसद सामईन को उर्दू तक नहीं आती।

राहत साहब से मैंने पूछा कि आपका पसंदीदा शह्र कौन-सा है, जहाँ आप शेर सुनाना पसंद करते हैं? वो कौन सामईन हैं जिनके बीच जाकर शेर सुनाना आपको अच्छा लगता है? राहत साहब ने कहा– "शायरी का

कोई ऐसा ख़ास इलाक़ा नहीं जो मुझे पसंद हो। शेर सुननेवाले हर जगह मिल जाते हैं। वे धार में भी हो सकते हैं और वाशिंगटन में भी हो सकते हैं। मेरे ख़याल में शायरी सुनने का मामला दिल से ज़ियादा है, समझ से कम है। इसके अलावा किसी शेर को मिलनेवाली दाद से उस शेर का मेआर तय नहीं करना चाहिए। हो सकता है कोई शेर हैदराबाद में बहुत हिट हो जाय, लेकिन लखनऊ में उसे तनिक भी तवज्जो न मिले।''

शुरूआती दौर में तो नहीं, लेकिन पिछले पंद्रह-बीस बरसों से मुशायरों में राहत साहब को अक्सर सदारत (अध्यक्षता) की ज़िम्मेदारी भी उठानी पड़ती है। रात नौ या दस बजे से लेकर सुबह चार-पाँच बजे तक दर्जनों शायरों को बैठे-बैठे सुनना भी अपने-आप में कम कष्टकारी नहीं है। शायर, नाशायर, मुतशायर, शायरा, नाशायरा वग़ैरह का ग़लत-सही कलाम सुनना भी किसी सज़ा से कम नहीं। ऐसा भी नहीं कि अब मुशायरों में अच्छे शेर नहीं आते। राहत साहब एक दिन बताने लगे कि आजकल बिहार के मुशायरों में छोटे-छोटे, कम शोहरतयाफ़्ता शायरों के बहुत अच्छे कलाम सुनने को मिल जाते हैं। वे पटना के किसी मुशायरे का ज़िक्र करने लगे और एक शेर सुनाकर बोले कि अगर इस तरह के शेर मुशायरों में सुनने को मिल रहे हैं तो हमारा मुशायरा 'रिच' हुआ है–

किसी दिन देखना इन मस्जिदों से
ख़ुदा की मौत का ऐलान होगा

ये शेर सिर्फ़ मस्जिदों के लिए नहीं है। आजकल के धार्मिक उन्माद या मज़हबी जुनून को देखते हुए ये शेर हर एक इबादतगाह पर, हर एक पूजा-गृह पर लागू होता है। वे कहते हैं आज के मुशायरों में जब इस तरह की 'नयी आवाज़ें' सुनने को मिलती हैं, नये शेर सुनने की मिलते हैं तो मुशायरों के लिए एक उम्मीद बँधती है कि अभी मुशायरा ज़िंदा है। उन्हें एकदम नयी पीढ़ी के कई शायरों से बहुत उम्मीदें हैं।

एक बड़ा मज़ेदार वाक़िआ आज़मगढ़ के एक मुशायरे का है। आज़मगढ़, मऊ और पूर्वी उ. प्र. के कई ज़िलों में मुशायरों का माहौल क़ाबिले-ज़िक्र है। राहत साहब बताते हैं कि सन् 1985-90 के बरसों में

जब वो आज़मगढ़ और मऊ की तरफ़ मुशायरों में जाते थे तो तमाम तरह की रहने-खाने की दिक़्क़तें होती थीं। बस्तियों से दूर किसी मैदान में मुशायरे होते थे। शायरों के ठहरने के लिए उसी मैदान के आसपास के प्राइमरी स्कूल या पंचायत भवन को मुनासिब क़यामगाह समझा जाता था। पानी की सुविधा के लिए सरकारी नल या कुआँ होता था। शायर, मुशायरे के दिन सुब्ह या दोपहर तक उस जगह पहुँचते। दूर-दूर तक सन्नाटा रहता था। रास्तों पर गाँववालों या बस्तीवालों की थोड़ा-बहुत आवाजाही रहती थी। इनके अलावा मुशायरा कमेटी के मेम्बर भी आते-जाते रहते। न कोई ख़ास टेंट, न कोई ख़ास मंच और न ही बहुत कुर्सियाँ ही दिखायी देतीं। शाम होते ही चारों तरफ़ से, जाने कहाँ-कहाँ से लोग आना शुरू होते। बैलगाड़ी, ताँगा, इक्का, बग्घी पर लद-लदकर एक हुजूम इकट्ठा होने लगता। हिंदू-मुस्लिम सब मुशायरे की इस अज़ीम रिवायत के गवाह बनते, उर्दू-ज़बान के ज़िंदा होने का सुबूत पेश करते। रात भर हंगामा, गहमागहमी और शायरी का माहौल तारी रहता। सुब्ह होते-होते फिर वही सन्नाटा पसरने लगता, शायरों के सामने फिर एक नया सफ़र और थकान का एक लाथकान सिल्सिला शुरू हो जाता। शायद ऐसे ही किसी मौसम से उकताकर राहत साहब ने कहा होगा—

फिर उसके बाद वही बासी मंज़रों के जुलूस
बहार चंद ही लम्हे बहार रहती है

इसी तरह के एक मुशायरे का वाक़िआ मुझे इरशाद भाई (इरशाद ख़ान 'सिकंदर') ने बताया, जिसकी तस्दीक़ भी मैंने राहत साहब से की। हुआ यूँ कि एक बुज़ुर्ग, जिनकी नज़र कमज़ोर हो गयी थी, राहत साहब से मिलने आये। सभी शायर शाम ढले आसपास ही अलग-अलग चारपाइयों पर बैठे मुशायरे के पहले गुफ़्तगू कर रहे थे। कुछ लोग मुशायरे के लिए तैयार हो रहे थे। एक बुज़ुर्ग एक हाथ में लालटेन लिये, एक हाथ में लाठी पकड़े, काफ़ी हद तक झुके हुए, शायरों के पास आये और अपनी लालटेन को ज़रा ऊपर उठाते हुए चेह्रों के पास ले जाकर एक-दो चेह्रों को ग़ौर से देखा। किसी ने पूछा– "किससे मिलना है चचा?"

वो बोले– राहत इंदौरी कौन है?

जवाब शायर जमाली ने दिया– "वो देखिए सामने जो नल है, उसी पर नहा रहे हैं। बुज़ुर्ग ने नल की तरफ़ देखा और बोले– "वहाँ तो कोई नहीं दिख रहा।"

अब शायर जमाली ने वो जवाब दिया जिसके लिए मैं ये क़िस्सा बयान कर रहा हूँ।

वे बोले– "अभी साबुन लगायेंगे तो दिखायी देंगे।"

सारे लोग हँस-हँसकर दुहरे हो उठे।

इधर बीच राहत साहब की आँख में कुछ दिक़्क़त है। इलाज चल रहा है। इंदौर के कुछ डॉक्टरों से इलाज कराया गया था, लेकिन कुछ ख़ास फ़ायदा नहीं हुआ। आजकल ग्वालियर के जाने-माने नेत्र-विशेषज्ञ डॉ. अरविंद दुबे जी इलाज कर रहे हैं। राहत साहब और अरविंद जी में गहरी और पुरानी दोस्ती है। हालाँकि इंदौर से ग्वालियर आने-जाने में परेशानी भी होती है, लेकिन वहाँ डॉक्टर और मरीज़ से बढ़कर दोस्ती का रिश्ता है, जिसमें प्यार और विश्वास भी शामिल है। निगाह कमज़ोर होने से राहत साहब को लिखने-पढ़ने में दिक़्क़त होती है। मैंने हैरत से पूछा कि आप अभी लिखने का वक़्त निकाल पाते हैं, तो वे बोले– "नये शेर बिना लिखे दिमाग़ से निकल जाते हैं। जब कोई नयी चीज़ लिखना शुरू कीजिए और ख़याल रात में, नींद में, आया और उसे लिखा नहीं तो भूल जाता है। 'ग़ालिब' तो कमरबंद में गाँठ लगा लिया करते थे, लेकिन अब तो कमरबंद का तसव्वुर ही नहीं।" इतना कहकर हँसने लगे। बात आगे बढ़ाते हुए कहा कि– "कभी-कभी पूरी ग़ज़ल ही भूल जाती है। अगर दो शेर भी आपने लिख लिया तो बाक़ी शेर याद आ जाते हैं या फ़िक्र से दूसरा, तीसरा और चौथा भी आ जाता है।"

मैंने उनके ग़ज़ल लिखने की प्रक्रिया के बारे में भी तफ़्सील से बात

की। उन्होंने कहा– ‘‘मैं शुरू से ही ये कहता रहा हूँ, ख़ास तौर से उर्दूवालों के लिए; ग़ज़ल कहनेवाले जितना अच्छा लिखना चाहते हैं उतना अच्छा पढ़ना पहली शर्त होती है। हमारे कांसस-सबकांसस में हज़ारों मज़ामीन (सब्जेक्ट) पहले से मौजूद हैं। ये आते-जाते रहते हैं। उसमें से ही कोई स्पार्क कर जाता है, एक नया ख़याल बनके। लफ़्ज़ आपके मिल जाते हैं, फ्रेम आपका मिल जाता है, अंदाज़ आपका मिल जाता है, लहजा आपका मिल जाता है। शेर तो वही है जो सैकड़ों साल से चला आ रहा है।’’

मुशायरों की भागमभाग ने राहत साहब की ज़िंदगी को बहुत मस्रूफ़ कर रखा है, लेकिन आज भी नातेदारी-रिश्तेदारी में राहत साहब को एक सरपरस्त और बुज़ुर्ग की हैसियत से याद किया जाता है। राहत साहब भी अपनी तमामतर मस्रूफ़ियात के बावजूद वक़्त निकालकर शादी-विवाह में जाते हैं। कभी अगर कोई मुशायरा आड़े आता है तो वो उसे छोड़कर ननिहाल, ससुराल और ख़ाला जान के यहाँ कार्यक्रमों में शिरकत करते हैं। देवास के एक प्रोग्राम में मैं भी राहत साहब के साथ रहा हूँ। राहत साहब की तबीअत को देखते हुए सभी रिश्तेदार इनके लिए सादे खाने की व्यवस्था अलग से करते हैं। सभी इन्हें प्यार भी करते हैं और इज़्ज़त भी देते हैं।

मुशायरों के कारण खाने-पीने, सोने-जागने का शेड्यूल इतना बिगड़ गया कि राहत साहब डायबिटीज के मरीज़ हो गये हैं। पिछले पाँच-छह बरसों से सतलज (राहत साहब के छोटे बेटे) लगातर हर मुशायरे में राहत साहब के साथ रहते हैं। इनके रहने की वज्ह से ही आज तक राहत साहब मुशायरों में मौजूद हैं। क्या खाना है और क्या नहीं खाना, वक़्त-वक़्त पर दवाएँ देना, बज़्मे-रिंदाँ से दूर रखना.... ये सब ज़िम्मेदारी सतलज की ही होती है। राहत साहब इस वक़्त इंसुलिन पर चल रहे हैं।

इस अध्याय को ख़त्म करने से पहले एक वाक़िअे का ज़िक्र करना भी ज़रूरी है, जिसके गवाह पराग भाई हैं। जामिआ दिल्ली में एक मुशायरा था। पराग भाई उसे सुनने गये थे, क्योंकि उनके दो पसंदीदा शायर– मुहम्मद अल्वी और राहत इंदौरी उस मुशायरे में शिरकत कर रहे थे। मुशायरा अपने आख़िरी दौर में पहुँचा तो नाज़िम (संचालक) ने राहत

साहब से पहले अल्वी साहब को आवाज़ दी। ये सुनकर राहत साहब खड़े हो गये और माइक पर आकर कहा कि अल्वी साहब मुझसे बड़े हैं और अपने से बड़ों की क़द्र करना हमारा फ़र्ज़ है, साथ ही हमारे मुशायरों की तहज़ीब भी यही है। मुख़्तसर-सी तक़रीर के बाद उन्होंने ग़जलें सुनायीं और उनके बाद अल्वी साहब ने कलाम सुनाये। मुशायरा ख़त्म होने के बाद अल्वी साहब ने पराग जी से कहा– "राहत शेर तो अच्छा कहता है। न जाने क्यूँ शायर बिरादरी के लोग उसे भला-बुरा कहते हैं। ग़ालिबन लोग उससे हसद रखते हैं। राहत मज़्बूत शेर कहता है।"

राहते-इंदौर : राहत-इंदौरी

मैंने रिश्तेदारों या दोस्तों से मिलने के क्रम में सबसे पहले देवास के रिश्तेदारों से मिलना शुरू किया, जिसमें एक-दो शुरूआती लोगों से राहत साहब के स्वभाव के बारे में पूछा और ये भी पूछा कि पहले और अब के राहत साहब में आपने क्या फ़र्क़ महसूस किया। इस सिल्सिले में मुझे जब सभी के जवाब लफ़्ज़ों के हेर-फेर से लगभग एक जैसे ही मिलने लगे तो मैंने ये सवाल आगे आनेवाले लोगों से करना बंद कर दिया। सभी राहत साहब के मुख़्लिसाना मिज़ाज को बढ़-चढ़कर बयान करते और ये ज़रूर कहते कि आज तक उनके स्वभाव में कोई बदलाव नहीं आया। उनके अंदर शोह्रत का ग़ुरूर या दौलत का घमंड कभी नहीं आया। हालाँकि मेरे इन सवालों के न करने पर भी इनके जो जवाब हैं, वो हर रिश्तेदार और दोस्तों की छोटी-से-छोटी गुफ़्तगू में मिल जाते थे। लोग ख़ुद ही कह उठते थे कि आज तक राहत साहब के स्वभाव और उनकी चाहत में कोई फ़र्क़ नहीं आया है; वो आज भी सबके लिए उसी तरह हैं जैसे शायर बनने के पहले थे।

राहत साहब बचपन से ही बड़े यारबाश थे। दोस्तों-यारों के साथ मिलकर तरह-तरह की तफ़्रीह, शरारतें, लड़ाई-झगड़े करना, नये-नये खेल खेलना वग़ैरह उनके लिए रोज़मर्रा का हिस्सा था। कुछ दोस्त अभी

ज़िंदा हैं जो तरह-तरह के क़िस्से सुना-सुनाकर राहत साहब के एक नये, एक अछूते और एक रूमानी पहलू से रू-ब-रू कराते हैं। राहत साहब के हमउम्र जितने भी क़रीबी दोस्त हैं, उनमें से कोई भी इनका स्कूलवाला साथी नहीं है। राहत साहब ख़ुद तो पेंटिंग करते थे, लेकिन इनकी दोस्ती इंजीनियरिंग की पढ़ाई करनेवाले बच्चों से रहती थी और दोस्ती भी हल्की-फुल्कीवाली नहीं, बल्कि हर तौर से साथ देनेवाली दोस्ती। एक-दूसरे के इश्क़िया क़िस्सों के हमराज़ बननेवाली दोस्ती, एक-दूसरे के लिए जाकर किसी से मारपीट करनेवाली दोस्ती या ख़ुद ही पिटकर चले आनेवाली दोस्ती। कुछ लोग ऐसे भी हैं जो राहत साहब से उम्र में छोटे हैं, लेकिन उनके साथ राहत साहब दोस्ताना व्यवहार रखते हैं। राहत साहब के कुछ ख़ास गिने-चुने दोस्त हैं– वसंत मज्दे, राजन गौहर, जगदीश राय, शब्बीर क़ुरैशी और तारिक़ शाहीन। राजन गौहर का सही नाम राजेंद्र गौहर था, लेकिन दोस्त-यार आपस में 'राज' ही कहते थे। इसी तरह वसंत साहब का नाम राहत साहब 'वसन' ही बुलाते थे, 'यार वसन'; 'बसन' नहीं, 'वसन'। 2009 में राजन गौहर जी ये दुनिया छोड़ गये और 2015 में जगदीश राय (एड्वोकेट) जी भी इस सराये-फ़ानी से कूच कर गये। एक नाम और मुझे पता चला, दीपक असीम जी का। ये राहत साहब से उम्र में बहुत छोटे हैं, लेकिन इनसे राहत साहब का हमेशा दोस्ताना रवैया ही रहता है।

वसंत मज्दे और शब्बीर क़ुरैशी से मिलना राहत साहब के अंदर बैठे एक नये किरदार से मिलने जैसा है। इन लोगों के पास बेशुमार क़िस्से और तमाम दिलगीर यादें हैं जो राहत साहब को शायरी के दायरों से बाहर निकालकर उन्हें समझने का रास्ता हमवार करती हैं। वसंत मज्दे साहब आज भी राहत साहब के साथ बिताये हुए अपने बचपन को याद करके उसी दौर में पहुँच जाते हैं। राहत साहब के बचपन का एक बड़ा हिस्सा नया पुरा में बीता। ऊषा फाटक, नया पुरा नं. 2। इसी मुहल्ले में मज्दे और राहत साहब का कुछ बचपन, कुछ बचपन और जवानी के बीच का हिस्सा एक साथ गुज़रा। मज्दे साहब बताते हैं– "नया पुरा में जिस प्राइमरी सरकारी स्कूल के पास राहत साहब का परिवार रहता था, उसी स्कूल की सीढ़ियों पर बैठकर हम लोग घंटों देश-दुनिया की बातें किया करते थे; कभी फ़िल्मों

पर, कभी पहलवानों और दंगलों पर, कभी शेरो-शायरी पर और कभी अपने प्यार के अधूरे क़िस्सों पर। स्कूल एक ही कमरे का था, उसी में पारी-पारी सारे अध्यापक आकर पढ़ाते थे। उसका गेट कुछ ऊँचाई पर था, तीन-चार सीढ़ी ऊपर। जब स्कूल की छुट्टी हो जाती तो हम लोग घंटों उसकी सीढ़ियों पर बैठकर बातें करते रहते। हम लोग इस स्कूल में कभी पढ़े नहीं। स्कूल के पीछे की कुछ जगह में एक अखाड़ा बना दिया गया था, जहाँ मैं और राहत अक्सर जाते थे और पहलवानी के दाँव-पेच देखते और समझते थे।''

सन् 1975 में इंजीनियरिंग की पढ़ाई इंदौर के मशहूर कॉलेज SGSITS (Shri Govindram Seksaria Institute of Technology and Science) से पूरी करने के बाद वसंत मज्दे इंडियन ऑयल के सेल्स डिपार्टमेंट में काम करने लगे। पहली पोस्टिंग बम्बई हुई, लेकिन इंदौर बराबर आना-जाना लगा रहता था। मज्दे साहब को राहत साहब के अलावा सभी यारों, जैसे– जगदीश राय (एडवोकेट), रक़ीब मुहम्मद ख़ान (जिन्हें सब प्यार से रक्कू कहा करते थे, केला साहिर (जो परदेशी पुरा में रहते थे) और राजन गौहर की मुहब्बत इंदौर ले आती रहती थी।

यहाँ मैं एक बात और बताता चलूँ। मज्दे साहब मूलतः मराठी हैं, इसलिए उनकी बोलने की 'टोन' ज़रा अलग है। मराठी शैली में हिंदी बोलने से एक अलग ही मिठास झलक रही थी। बार-बार जब वो 'राहत' कहते तो मुझे 'रहात' सुनायी देता। कुछ तो वो खींचकर कहते भी और कुछ ज़बान के बर्ताव से वो 'रहात' ही निकलता। जो उनके मुँह से सुनकर अच्छा लग रहा था।

वसंत मज्दे राहत साहब से एक साल छोटे थे और इन लोगों का मेलजोल छह-सात साल की उम्र से हो गया था। ज़ाहिर है कि इनकी दोस्ती का कारण शायरी बिल्कुल नहीं थी.... बस मुहल्ले के बच्चे जिस तरह खेलने-कूदने के लिए जाति-पाँति और धर्म आदि के बंधनों से अंजान.... हर बच्चे को बस अपने खेल का साथी समझते हैं, उसी भाव से इनकी दोस्ती थी। यही वज्ह है कि पढ़ाई-लिखाई और रोज़ी-रोज़गार जैसी अहम

बातों के बहुत अलग होने के बावजूद दोनों लोगों की दोस्ती आज भी सलामत है। इनकी छः-सात साल की उम्र से जो दोस्ती हुई थी, उसमें बीच में 'ब्रेक' भी आया। राहत साहब कक्षा छह की पढ़ाई करने के लिए अपने ननिहाल देवास चले गये, जिसका ज़िक्र पीछे आ चुका है; जब दो-तीन बरस के बाद वे लौटकर आये तो फिर से दोस्ताना क़ायम हुआ।

बचपन की बातों को मज्दे साहब याद करते हैं तो उन यादों से उनके चेह्रे पर एहसास की एक चमक आ जाती है। उन्हें लगता है जैसे ये सब अभी-अभी गुज़रा हो। अक्सर शाम को ये लोग किसी पार्क या किसी गार्डेन में घूमने जाया करते थे और वहाँ भी कभी-कभी 'वर्चस्व की लड़ाई' दरपेश हो जाती थी। दूसरे हमउम्र लड़कों का ग्रुप भी घूमने आया करता था, तो उनसे कभी-कभी मुठभेड़ हो जाती। इंदौर में होनेवाले कुश्ती-आयोजनों का प्रभाव बच्चों पर भी देखा जा सकता था। उस दौर के मश्हूर पहलवान जैसे दारा सिंह वग़ैरह इन कुश्ती-आयोजनों (दंगल) में आते रहते थे।

कुश्ती देखने, पार्क घूमने, पंतग उड़ाने और तरह-तरह के देशी खेल जैसे गुल्ली-डंडा वग़ैरह के साथ-साथ मज्दे साहब को फुटबाल में भी रुचि थी, लेकिन राहत साहब को फुटबॉल में कभी रुचि नहीं रही। खेलने के अलावा अगर कभी इन सबके नसीब से टिकट मिल जाता तो मज्दे साहब और राहत साहब फ़िल्में भी देख आते थे। 'नसीब से टिकट मिलने' का मामला ये था कि सिनेमा के टिकट उन दिनों एडवांस में महीनों पहले ही बुक हो जाते थे और सामान्य लोगों को मुश्किल होती थी।

जब राहत साहब ने शेर कहना शुरू किया तो वे उसे अपने यार-दोस्तों को सुनाते थे। मज्दे साहब की समझ में कुछ ख़ास नहीं आता था; वे ठहरे साइंस के स्टूडेंट। उस समय उसी मुहल्ले में एक चंदू क़व्वाल हुआ करते थे, उनको जाकर राहत साहब अपना लिखा कुछ सुनाते थे। साथ में वसंत मज्दे रहते थे। जब राहत साहब कहते देख वसन मैंने ये लिखा है; तो मज्दे साहब कहते– अपने को तो समझ में आता नहीं, चल चंदू क़व्वाल को सुनाते हैं; और इस तरह दोनों लोग वहाँ पहुँच जाते। चंदू क़व्वाल सुनकर

बहुत तारीफ़ करते थे।

मज्दे साहब उन दिनों को महज़ याद करके ही ख़ुश हो जाते हैं। ईद के दिन, बकरीद के दिन वे राहत साहब के यहाँ पहुँच जाते और जो भी मन करता, जितना भी मन करता डटकर खाते। इसी तरह दिवाली और अन्य किसी भी हिंदू पर्व-त्यौहार पर राहत साहब मज्दे जी के यहाँ आ जाते।

सन् 1969 के आसपास राहत साहब का परिवार नया पुरा से पाटनी पुरा मुहल्ले में जाकर किराये पर रहने लगा। उसके बाद जब परिवार ने जगह बदली तो श्रीनगर कॉलोनी में गये। परिवार की इस मकान अदला-बदली में भी दोस्ती अपनी जगह बरक़रार थी। राजन गौहर का मकान नया पुरा में था (उसी मकान के क़रीब राहत साहब का परिवार किराये पर रहता था।)। राजन गौहर इन दोनों के दोस्त थे। राजन गौहर के पिता बालकृष्ण गौहर साहब 1954-55 के आसपास इंदौर के मेयर हुआ करते थे। राजन गौहर के बड़े मकान के एक हिस्से में इन दोस्तों-यारों का जमावड़ा अक्सर होता रहता था।

मज्दे साहब के पिता जी पहले अँग्रेज़ अफ़सरों के ख़ानसामा (बटलर) थे और उन्हीं के साथ सपरिवार रहते-घूमते थे– मेरठ, फ़ैज़ाबाद, लखनऊ, इलाहाबाद और जाने कहाँ-कहाँ। बाद में उन्होंने ये काम छोड़ दिया और बाबा साहब भीमराव अम्बेडकर के साथ स्वतंत्रता-संग्राम और दलित आंदोलन से जुड़ गये। अम्बेडकर जी के साथ उनकी कई यादगार तस्वीरें मैंने देखीं। आंदोलनों में सक्रिय रूप से जुड़ने के कारण मज्दे और उनके भाई-बहनों के सामने कई प्रकार की आर्थिक दिक़्क़तें आती रहती थीं, लेकिन वो सब दौर भी गुज़र गया।

सन् 1981 में वसंत मज्दे की शादी पुणे (पूना) में कुसुम जी से हुई। कुसुम जी टेलीफोन विभाग में काम करती थीं और अब रिटायर हो गयी हैं। बड़ा बेटा स्वप्निल सिंगापुर में पत्नी के साथ रहता है और छोटा बेटा सिद्धार्थ भी बीवी के साथ आजकल न्यू जर्सी (अमेरिका) में है। मज्दे साहब ने भी पूरा हिंदुस्तान नौकरी के दौरान घूम लिया और अंत में पुणे के स्थायी निवासी हो गये हैं। जब मैं पुणे में उनके फ़्लैट पर पहुँचा तो ख़ुद ही उन्होंने

मेरे लिए नाश्ता लगाया फिर बाद में खाना भी ख़ुद ही परोसा, क्योंकि उनकी धर्मपत्नी कुसुम जी बीमार थीं और चलने-फिरने से माज़ूर थीं। काम करनेवालियाँ सुब्ह चली जाती थीं। दिन भर पति-पत्नी घर में अकेले रहते हैं। मज्दे साहब ने मॉर्निंग वॉक और योग करके ख़ुद को फिट रखा है। कहने लगे मैंने राहत को भी कई बार कहा कि योगा किया करो तो वो बोला छोड़ो यार ये सब।

जब इन लोगों की उम्र कुछ बढ़ी तो शाम को ये लोग तफ़रीहन घूमने भी निकल जाते थे। एम. जी. रोड पर एक चरखी (या चक्की) बाग़ीचा था जहाँ ये लोग कभी-कभी घूमने जाते थे। नये-नये जवानी के दिन थे; आती-जाती लड़कियों पर आपस में चर्चा होती– ये कैसी है, वो कैसी है वग़ैरह। कभी-कभी रक़ीबों से भी मुठभेड़ हो जाती थी, हाथापाई हो जाती थी। इन मुठभेड़ों में 'कहीं मारे वीर तो कहीं भागे वीर' के सिद्धांत से काम लिया जाता था। मज्दे साहब उन यादों को ख़ूब हँस-हँसकर और मज़े ले-लेकर बताते हैं। कभी किसी पेड़ से आम झटक लिया, कभी किसी और पेड़ से और फल झटक लिया।

नया पुरा से पाटनी पुरा शिफ़्ट होते-होते इन लोगों के पास साइकिलें आ गयी थीं। दूरी बढ़ी तो साधन आ गया। इसी से सब कॉलेज आते-जाते और मेयर साहब के मकान पर भी मिलते। साइकिल से जेल रोड जाते, कभी नीलम चौराहे पर जाकर खड़े हो जाते। (इसे नीलम चौराहा इसलिए कहते थे कि यहाँ नीलम होटल हुआ करता था। इसे ही अब पाटनी पुरा चौराहा कहते हैं। ये जेल रोड पर है।) मज्दे साहब के 'मारवरज च्वाइजर' स्कूल और राहत साहब के नूतन स्कूल के बीच में एक मैदान था, जहाँ सब खेलने के लिए इकट्ठा हो जाते थे।

मज्दे साहब ने कई बार कहा कि हम लँगोटिया यार थे। वो बताने लगे कि– "बहुत-सी ऐसी बातें है जो 'पेन डाउन' करने के लिए नहीं हैं। राहत के पहले इश्क़ का.... वो क्या बोलते हैं उर्दू में .... क़ासिद.... वो मैं था। जो पत्र लेकर जाता है।" उस पूरे प्रकरण को हँस-हँसकर मज्दे साहब बताते रहे। मज्दे साहब जब कभी कहते–"राहत कुछ खिलाओ", तो राहत साहब

कहते– "खिलाऊँगा, लेकिन उसी के घर के सामनेवाले होटल में।" सब लोग वहीं जाते और जो भी खाते-पीते, सारा बिल राहब साहब भरते। इस बीच दीदारे-यार हो भी जाता था या कभी नहीं भी होता था। दोनों तरफ़ से देखा-देखी हो जाती थी। वो पहला प्यार था। वो भी मुस्लिम थी। आजकल वो डॉक्टर है। मज्दे जी मुझे ये सब वाक़िआत एक के बाद एक ऐसे बयान कर रहे थे जैसे उनकी आँखों के सामने फ्लैश बैक चल रहा हो।

एक बार राहत साहब, जगदीश राय और मज्दे साहब की, स्कूल से लौटते वक़्त हम्माल (जो बैलगाड़ी से सवारी और सामान वग़ैरह ढोते हैं) लोगों से भिड़ंत हो गयी। वो भी एक मज़ेदार क़िस्सा है, जिसमें अच्छी-ख़ासी मारपीट भी हो गयी थी।

एक बार का क़िस्सा और सुनें। नीलम चौराहे पर ये दोनों खड़े थे। एक नौजवान गुज़र रहा था जिसके बाल बहुत घुँघराले थे। अच्छे लग रहे थे। राहत साहब उसके पास गये, उसे रोका और उसके बाल खींचने लगे। वो चिल्लाया कि– "क्या कर रहे हो!" तो राहत साहब बोले– "देख रहा था असली हैं कि नक़्ली।"

मज्दे साहब राहत साहब के माता-पिता को याद करके बहुत-सारी बातें बताते हैं। राहत साहब की माता जी मज्दे जी को मिठाई खाने के लिए ज़रूर देती थीं, क्योंकि इन्हें मीठा खाना बहुत पसंद था। पिता जी (रिफ़अत उल्लाह) की आवाज़ बहुत कड़क थी, वे उसी कड़क आवाज़ में पूछते– 'और वसंत, कैसे हो?' माँ भी बहुत स्नेह देती थीं।

राहत साहब शुरू में बाल बड़े-बड़े रखते थे। अपनी स्टाइल में रहते थे। बड़े-बड़े बाल और बनाव-सिंगार करके रहनेवाले एक-दो इंदौर के शायरों से प्रभावित भी रहते थे और उन्हीं की तरह होना चाहते थे। जिसके बाल बड़े थे वो शायद मुज़्तर इंदौरी थे।

मज्दे साहब से बात करने के दौरान मुझे 'शोले' फ़िल्म का वो सीन याद आया जिसमें जय, बसंती की मौसी के पास वीरू का रिश्ता लेकर जाता है। मज्दे साहब मुझसे राहत साहब की कई-कई मज़ेदार और पर्सनल बातें बताते और साथ में कहते जाते कि 'ये लिखनेवाली बात नहीं है' या

‘देखो इस बात को लिख मत देना’। मुझे तब और अधिक हँसी आती जब वो धीरे-धीरे फ़ुसफ़ुसाकर बोलते और कहते कहीं मेरी वाइफ़ ये बातें न सुन ले। मज्दे साहब एक ज़िंदादिल आदमी हैं। उन्हें हक़ है राहत साहब के दोस्त होने का।

सुभाष मार्ग पर फोटोग्राफर डी. वासुदेव राव के स्टूडियो का क़िस्सा भी काफ़ी शरारत-भरा और हँसी-मज़ाक से भरा है। सारे लोग एक साथ फोटो खिंचवाने पहुँच गये– राहत साहब, जगदीश राय, वसंत मज्दे, कैलाश अहीर, रक़ीब अहमद ख़ान, राजन गौहर। वहाँ इन लोगों ने फोटोग्राफर को काफ़ी तंग किया।

किशोरावस्था में जब कोई भी किसी नयी चीज़ के बारे में कुछ सुनता है, समझता है, जानता है, तो उसके पास कोई अनुभव नहीं होता। इस उम्र में कब, कहाँ, क्या, कैसे करना चाहिए; इसका आइडिया ज़रा कम ही रहता है। पहली बार शराब पीने का क़िस्सा भी मज़ेदार था। चारों लोग– राहत साहब, जगदीश राय, वसंत मज्दे और राजन गौहर में कोई भी नहीं जानता था कि इसका स्वाद कैसा होता है या उसके साथ क्या खाना चाहिए या उसे एक आदमी को कितना पीना चाहिए। बहरकैफ़, चारों ने रेलवे यार्ड के पुराने खड़े डिब्बे में बिना पानी का इस्तेमाल किये, राजन गौहर की विशेष सलाह पर कि ‘सुना है प्याज खाने से गंध नहीं आती’ का पालन करते हुए ये शुरूआत भी की।

इसके बाद एक बार इंदौर से 25-30 किमी. दूर यशवंत सागर एक पिकनिक स्पॉट है। वहाँ एक बड़ा तालाब था, जिसके पानी की सप्लाई इंदौर भी आती थी। वहाँ तालाब के चारों ओर बाँध जैसा बना है। जगदीश राय के पास फुग्गे (ग़ुब्बारे) फोड़नेवाली (निशाना लगानेवाली) एक बंदूक़ थी। वो भी साथ थी। वहाँ बोतल पर निशाना लगाकर फोड़ने की शर्त लगी और जीतनेवाले को जाम से नवाज़े जाने की बात तय हुई। आख़िर में जीत-हार से ऊपर उठकर सबने नोश फ़रमाया। ग़लती ये हो गयी कि शर्त जिस चीज़ की लगी वो वहाँ आसपास नदारद थी, लिहाज़ा इन लोगों ने देशी से काम चलाया, जश्न मनाया। देशी के असर का अंदाज़ा किसी को नहीं था,

जिस कारण जगदीश राय और वसंत मज्दे की हालत बहुत ख़राब हो गयी। किसी तरह राहत साहब और राजन इन लोगों को लेकर इंदौर वापस आये। घर जाते तो पकड़े जाते, सो ये लोग जाकर मज्दे जी के हॉस्टल में रुके। सुब्ह एक डॉक्टर ने आकर कुछ दवा और सुई वग़ैरह दिया तो सब सामान्य हुए।

जुलाई के महीने में एक बार इन लोगों को मछली मारने (पकड़ने) की सनक सवार हुई। सारा सामान लेकर गौतम पुरा के पास चम्बल नदी के किनारे पहुँचे। कटिया डाले आधे दिन से ज़ियादा बैठे रहे। नदी के तेज़ बहाववाले किनारों पर मछली कहाँ मिलनेवाली थी। आसमान में कभी बादल आ जाते, कभी धूप हो जाती। ऊबकर ये लोग लौटने लगे। चारों लोग चले आ रहे थे..... राहत साहब मनोज कुमार की किसी फ़िल्म का गाना जो महेंद्र कपूर ने गाया था, उसे गा रहे थे। रास्ते में एक कुँआ दिखा, सबने कहा बहुत गर्मी लग रही है। राहत साहब ने अपने सब कपड़े उतारे और कुँए में कूद गये। कूदने के बाद पता चला कि उसमें बहुत कम पानी था। दो-तीन फिट तक बस। जब वो किसी तरह बाहर निकले तो सबने उनको मुहब्बत और शुभचिंता की पराकाष्ठा में गालियों से नवाज़ा– सर फट जाता, मर सकते थे, पुलिस केस हो जाता, हम लोग फँस जाते, वग़ैरह-वग़ैरह। कुँए से बाहर निकलनेवाली सीढ़ियों से जब वे ऊपर निकल आये तो सबने देखा कि पानी में एक साँप भी चक्कर लगा रहा था। फिर दो-चार गालियों का उच्चारण हुआ। ये सन् 1970-71 की बात है।

मज्दे साहब बताते हैं कि राहत साहब के अंदर कभी हिंदू-मुस्लिम में फ़र्क़ करने का भाव नहीं रहा। बचपन से लेकर आज तक उनकी किसी बात या उनके किसी काम से ऐसा नहीं लगा कि वो किसी प्रकार की साम्प्रदायिक मानसिकता रखते हों। यही नहीं, मज्दे साहब को उनके घर जाने पर भी कभी किसी प्रकार का तिफ़र्क़ा नहीं महसूस हुआ। मज्दे साहब से कई विषयों पर घंटों बातचीत हुई– बुद्ध, बौद्ध धर्म, बाबा साहब अम्बेडकर, प्रकृति, योग और आधुनिक समाज। वे बहुत प्रोग्रेसिव विचारक हैं।

चलते-चलते मज्दे साहब ने एक और घटना का ज़िक्र किया, जो कि राहत साहब की बेनियाज़ तबीअत को बयान करती है। हुआ यूँ कि उन दिनों मज्दे साहब मुम्बई के एअरपोर्ट पर इंडियन ऑयल की तरफ़ से फ़्युल सप्लाई के लिए तैनात किये गये थे। मस्कट में राहत साहब का मुशायरा था। दोनों लोग एअरपोर्ट पर मिले। मज्दे साहब ने कहा 'चेक इन' के लिए टिकट लेकर लाइन में लग जाओ। राहत साहब लाइन में लग गये। मज्दे जी भी पास में ही थे। जब राहत साहब काउंटर पर पहुँचे तो चेक इन ऑफ़िसर ने बताया कि ये तो 'महाराजा क्लास टिकट' है (शायद उसे ही एलीट-क्लास या रॉयल-क्लास कहते हैं)। मज्दे जी ने मामला समझा और राहत साहब को बताया कि ये महाराजा क्लास टिकट है, इसके 'चेक इन' का काउंटर अलग होता है और 'चेक इन' करने से लेकर विमान की सीट तक पहुँचाने के लिए एक एअर होस्टेस साथ में रहती है। राहत साहब बोले– "मैं तो ऐसे ही हरदम आता-जाता रहता हूँ, मुझे कुछ पता नहीं। मज्दे तू ये बता कि इस महाराजा क्लास में बैठने पर अंदर 'विल्स' सिगरेट मिलेगी कि नहीं? मज्दे जी बोले– "यहाँ 555 के अलावा कुछ नहीं मिलेगा।" फिर राहत साहब की ज़िद पर मज्दे साहब बाहर गये और दो पैकेट 'विल्स' लाके दी, तब 'विल्स' एक पैकेट दो रूपये में मिलती थी। दरअस्ल पहले 'एअर इंडिया' और 'इंडियन एअरलाइंस', मात्र दो ही विमान सेवाएँ थीं। जम्बो जेट 747 चलता था, डबल डेकर; नार्मल क्लास से ऊपर बिजनेस क्लास और उससे ऊपर 'रॉयल क्लास' होता था।

इस पूरी घटना से अंदाज़ा लगा जा सकता है कि राहत साहब ने कभी अपने ठाट-बाट का बहुत ध्यान नहीं रखा। एक साधारण आदमी बनकर रहना उनके लिए सर्वप्राथमिक था। दोस्तों-यारों से उनका आज भी वही सुलूक रहता है जैसे कॉलेज के दिनों में था या जैसा जवानी के दिनों में था। वसंत मज्दे जैसे उनके क़रीबी दोस्त, जिनका आज तक शायरी से कुछ ख़ास लेना-देना नहीं, आज भी उनके साथ उसी मुहब्बत और ख़ुलूस से जुड़े हैं जैसे 1955-56 में जुड़े थे।

राहत साहब की जब किशोरावस्था थी तो इन्हें एक और ख़ास दोस्त मिले– शब्बीर हुसैन क़ुरैशी साहब। आजकल देवास में रहते हैं, मैंने देवास जाकर उनसे भी मुलाक़ात की। सन् 1970 में इन्होंने इंजीनियरिंग की पढ़ाई के लिए SGSITS (Shri Govindram Seksaria Institute of Technology and Science) में एडमीशन लिया। इनकी एक बड़ी बहन मालवा मिल के पास रहती थीं, जहाँ इनका अक्सर आना-जाना रहता था। उन्हीं के घर के सामने एक लांड्री की दुकान थी– भगीरथ पहलवान की। एक बार ये वहाँ गये तो राहत साहब कोई बोर्ड बना रहे थे, लिख रहे थे। मालवा मिल चौराहे से जब आप पाटनी पुरा की तरफ़ जायें तो शायद आज भी आपको कोई ऐसा बोर्ड मिल जाय जिसमें कोने छोटा-सा, सुन्दर-सा लिखा हो– 'राहत'।

इन्हीं भगीरथ पहलवान की लांड्री पर शब्बीर साहब की पहली मुलाक़ात राहत साहब से हुई। परिचय हुआ तो शब्बीर साहब बोले– "मेरा नाम शब्बीर क़ुरैशी है", तो राहत साहब बोले– 'मैं भी क़ुरैशी हूँ' और हँसने लगे। तब से इन दोनों लोगों का परिचय हो गया। राहत साहब अलग-अलग शायरों के बहुत सारे शेर शब्बीर साहब को सुनाते। राहत साहब की याददाश्त आज भी बहुत अच्छी है। उन्हें हज़ारों ग़ज़लें और शेर याद हैं। शब्बीर साहब उर्दू से अच्छी तरह वाक़िफ़ नहीं थे। इंजीनियरिंग की पढ़ाई में अँग्रेज़ी से काम चलाते और आमतौर से साधारण उर्दू-हिंदी बोलते, लेकिन 'बी. बी. सी.-उर्दू' सुनने की आदत ने उन्हें उर्दू लफ़्ज़ों से काफ़ी वाक़िफ़ कर दिया था। राहत साहब जब किसी शायर का कोई शेर सुनाते तो अक्सर उसकी तश्रीह (explanation) भी करते। इस वज्ह से शब्बीर साहब को धीरे-धीरे ये शऊर भी आया कि अच्छा शेर कौन-सा है और ख़राब शेर कैसा होता है। पुराने उस्ताद शायरों के शेर सुनाकर उसका मफ़्हूम भी समझाते। ये सब शब्बीर साहब को बहुत अच्छा लगता और वे राहत साहब के घनिष्ठ मित्र हो गये।

दोनों का साथ हो गया तो अक्सर हर मौक़े पर ये लोग एक-दूसरे को याद करते। मालवा मिल के पास ही चित्तौड़गढ़ के एक बुज़ुर्ग शायर रहा

करते थे– बेताब इंदौरी। जब वो कोई शेर सुनाते या कोई मिस्रा सुनाते तो राहत साहब उसपे एक मिस्रा लगा देते, बतौर गिरह। जो मिस्रा लगाते वो मज़ाहिया होता। ऐसा कभी-कभी होता था। इसमें इन लोगों को बड़ा मज़ा आता। दोनों लोग कभी-कभी फ़िल्म देखने भी जाते। सत्यजीत रे की 'पाथेर पांचाली' वग़ैरह इन्होंने साथ में ही देखी। इसके अलावा बहुत-सी बंगाली फ़िल्में इंदौर में लगती थीं। वो बंगाली में रहती थीं, लेकिन उनके मानी अँग्रेजी में नीचे लिखकर आते रहते थे। 'कैप्शन' या 'सब्टाइटल' से ही काम चलाना पड़ता था। आज इंदौर में जहाँ यशवंत प्लाजा है, पहले वहीं यशवंत टॉकीज़ हुआ करती थी। इसी के निचले हिस्से में 'बॉम्बीनो' नाम से फ़िल्मी थियेटर हुआ करता था, जिसमें मुश्किल से पचास-साठ आदमियों के बैठने की जगह होती थी। एलीट क्लास के लोग वहाँ इकट्ठा होकर फ़िल्में देखते थे– मजिस्ट्रेट, जज, बड़े वकील। यहाँ अँग्रेज़ी फ़िल्में चलती थीं और हिंदी की क्लासिकल फ़िल्में भी चलती थीं। ये लोग वहाँ भी जाते थे।

मालवा मिलवाली दुकान पर राहत साहब दिन भर तरह-तरह के काम करते रहते। किसी का बैनर, किसी का बोर्ड, किसी का कुछ-किसी का कुछ। कोई स्वागतम् का बैनर लिखाने चला आ रहा है तो कोई अपनी साइकिल पर अपना मालिकाना हक़ जताने के लिए 'मडगार्ड' या 'चेनकवर' पर अपना नाम ही लिखाने आ गया है। अलग-अलग लोग अलग-अलग तरह की फ़रमाइशें लेकर आते रहते थे। ये सब करने के लिए कई असिस्टेंट रहते थे। कोई बड़ा और ज़रूरी काम आ जाने पर उसे राहत साहब ख़ुद देखते-करते। ज़ियादातर काम बड़े पैमाने का होता था, जिसमें राहत साहब के साथ दस-बारह आर्टिस्ट मिलकर फ़िल्मों के पर्दे तैयार करते थे। इस बीच राहत साहब और शब्बीर साहब की अदबी गुफ़्तगू भी होती रहती थी। हसरत मोहानी के लफ़्ज़ों में कहे तो– 'मश्क़े-सुख़न के साथ-साथ चक्की की मशक़्क़त भी चलती रहती थी'।

शब्बीर क़ुरैशी मूलतः शामगढ़ ज़िला- मंदसौर (म. प्र.) के रहनेवाले हैं। ये वही मंदसौर है जिसे हम आधुनिक भारत के इतिहास को पढ़ते वक़्त 'मंदसौर-संधि' (Treaty of Mandsaur) में पढ़ते हैं। ये संधि मल्हार राव

द्वितीय और ब्रिटिश हुकूमत के बीच 1818 में हुई थी। पढ़ाई पूरी करके शब्बीर साहब मैकेनिकल इंजीनियर हो गये। ये हिंदुस्तान के अलावा अबूधाबी, दुबई जैसी जगहों पर भी रह चुके हैं। राहत साहब दुबई या अन्य जगहों पर मुशायरे में जाते तो वहाँ शब्बीर साहब से मुलाक़ात होती थी। इस सिल्सिले में एक मज़ेदार वाक़िआ शब्बीर साहब ने सुनाया। ये जब दुबई में रहा करते थे तो इनके साथ अलग-अलग देशों के लोग भी काम करते थे। कई पाकिस्तानी और बँगलादेशी भी थे। जब ये बताते कि राहत साहब मेरे क़रीबी दोस्त हैं; शायर बनने से पहले के दोस्त हैं, तो वे सब इनका यक़ीन नहीं करते थे और कभी-कभी तो मज़ाक़ भी उड़ाते थे। शब्बीर साहब करते भी क्या। एक बार दुबई में मुशायरा हुआ। राहत साहब गये। टिकट का प्रोग्राम था। शब्बीर साहब आठ-दस लोगों को लेकर पहुँचे। राहत साहब के पास ख़बर पहुँचायी तो वे ख़ुद बाहर सबको लेने आये और सब बिना टिकट ही अंदर गये। मुशायरा सुना और सबने साथ में फोटो खिंचवायी। तब जाकर सबको यक़ीन हुआ कि इतना बड़ा और शोह्रतयाफ़्ता शख़्स शब्बीर क़ुरैशी का दोस्त भी हो सकता है। मेरे ख़याल में राहत साहब की सफलता में एक ख़ास तआवुन उनके उस ख़ुलूस का भी है जो शायर होने के पहले से लेकर आज तक उनके साथ है। ये ख़ुलूस और जज़्बा उनके अंदर का संस्कार है न कि डेल कारनेगी की किताब पढ़कर सीखा गया कोई फ़न है।

शब्बीर साहब की दोस्ती एक बार जो राहत साहब से हो गयी तो आज तक चल रही है। शब्बीर साहब की शायराना दुनिया राहत साहब के ही इर्द-गिर्द रहती थी। इन्हें सुनने के अलावा शब्बीर साहब को मुशायरों और शायरों से कुछ भी लेना-देना नहीं था, लेकिन कभी-कभी राहत साहब के प्यार में मेज़बानी के फ़राइज़ अंजाम देने पड़ जाते थे। वो बताते हैं कि आजकल की तरह पहले शराब पीकर मुशायरे में ग़ज़ल सुनाने का प्रचलन नहीं था। शायर लोग मुशायरे के बाद कहीं माक़ूल इंतज़ाम देखकर महफ़िल जमा लेते थे। राहत साहब ने जब बाक़ायदा मुशायरों में जाना शुरू नहीं किया था तो भी बहुत-से शोअरा उनके सम्पर्क में आ गये थे। इंदौर में, उस ज़माने में अधिकांश मुशायरे रवींद्र नाट्य गृह में हुआ करते थे। कई

मुशायरों के बाद कुछ शायरों को लेकर राहत साहब इनके हॉस्टल में आ जाते, फिर वहीं सुब्ह तक शब्बीर साहब को मेज़बानी करनी पड़ती। उन्होंने कई शायरों के नाम भी बताये जो इनके 'हॉस्टल-बार' में तश्रीफ़ लाते थे।

शब्बीर साहब ने जब बातचीत के दौरान जाना कि मैं प्रतापगढ़ का हूँ तो उन्होंने नाज़िश साहब का नाम लिया– नाज़िश प्रतापगढ़ी। नाज़िश साहब इंदौर के मुशायरों में भी जाते थे। मुझे बेहद ख़ुशी हुई कि प्रतापगढ़ को नाज़िश साहब के हवाले से जाननेवाले लोग अभी ज़िंदा हैं। वैसे शब्बीर साहब के बेटे की शादी प्रतापगढ़ के पड़ोसी ज़िले सुल्तानपुर में हुई है।

शब्बीर साहब की धर्मपत्नी सुरैया जी ज़िला योजना अधिकारी थीं और म. प्र. के कई ज़िलों में काम कर चुकी हैं। 2014 में रिटायर्ड हो गयीं। ये मूलतः देवास की ही रहनेवाली थीं। प्रशासनिक अधिकारी बनने से पहले ये स्थानीय गर्ल्स स्कूल में टीचर थीं। यहीं राहत साहब की बड़ी बहन तक़्रीबुन्निसाँ भी पढ़ाती थीं। इसी स्कूल में सुरैया जी ने राहत साहब की धर्मपत्नी सीमा जी को भी उर्दू पढ़ाया था। सुरैया जी शायरा भी थीं और कुछ मुशायरे राहत साहब के साथ भी पढ़े थे। जब मैं दिसम्बर 2018 के अंतिम सप्ताह में शब्बीर साहब के पास गया तो सुरैया जी बहुत बीमार थीं। बाद में पता चला कि जनवरी में ही उनका इंतक़ाल हो गया। राहत साहब अंतिम संस्कार में देवास गये थे।

एक बार राहत साहब, शब्बीर साहब को ख़ासतौर से किसी से मिलवाने ले गये। राहत साहब हॉस्टल आ गये और शब्बीर जी से कहा चलिए आपको किसी से मिलवाता हूँ। दोनों लोग होटल पहुँचे। हुआ यूँ कि इंदौर में एक मुशायरा था और गोपालदास 'नीरज' जी आये हुए थे। रामपुरा बिल्डिंग में रुके थे। पहले रामपुरा बिल्डिग में एक होटल भी थी– होटल सेंट्रल।

नीरज जी ने देखते ही कहा– "आओ-आओ राहत बैठो। कैसे हो?"

फिर कुछ देर में नीरज जी बोले– "राहत वो क्या शेर है तुम्हारा; मुझे वो शेर इतना अच्छा लगता है कि क्या बताऊँ। मैं कल से तुम्हारा इंतज़ार

कर रहा था।''

राहत साहब ख़ुद भी चौंके– ''कौन-सा?''

नीरज जी बोले– ''अरे वो... कबूतर कहाँ गये...; बहुत अच्छा शेर है, क्या शेर कहा तुमने राहत।'' राहत साहब ने शेर दुहराया–

पिछले पहर की आँधी में गुम्बद तो गिर गया
अल्लाह जाने सारे कबूतर कहाँ गये

नीरज जी ने इस शेर की कलात्मकता और इसके मफ़्हूम को ध्यान में रखकर ही इसकी तारीफ़ की थी। राहत साहब ने इस शेर में 'गुम्बद' लफ़्ज़ का इस्तेमाल बहुत सटीक ढंग से किया है। गुम्बद मंदिर में भी होता है और मस्जिद में भी होता है। अधिकतर देखा गया है कि कबूतर मंदिर और मस्जिद के कोटरों में रहते हैं। कबूतर शांति का प्रतीक हैं। अगर गुम्बद गिर जाये तो कबूतर कहाँ जायेंगे। अगर देश में, समाज में, उन्माद, घृणा, नफ़रत और साम्प्रदायिकता के कारण मंदिर और मस्जिद गिरा दिये जायें तो शांति के प्रतीकों का क्या होगा। ज़ाहिर है शांति के लिए किये जानेवाले सारे प्रयास ध्वस्त और नष्ट हो जायेंगे। ये एक प्रतीकात्मक शेर है।

इसी तरह निदा फ़ाज़ली, बशीर बद्र और बहुत-सारे शायरों से राहत साहब ने शब्बीर क़ुरैशी को मिलवाया था। शब्बीर साहब बताते हैं कि अपने शुरूआती दिनों से ही राहत साहब ने बहुत-से वरिष्ठ और उस्ताद शायरों के ज़ेह्नो-दिल में जगह बना ली थी। कई लोग राहत साहब में मुशायरों का मुस्तक़्बिल देखने लगे थे और हुआ भी आख़िरकार वही।

शब्बीर साहब ने एक बड़ी ख़ास बात बतायी। हालाँकि उन्होंने ये भी स्पष्ट किया कि ऐसा उनका मानना है; हो सकता है सब इस बात से इत्तिफ़ाक़ न रखें। इनका मानना है कि राहत साहब के मंच पर शेर पढ़ने का अंदाज़, तहत में शेर सुनाने का अंदाज़ उनकी बादानोशी से जुड़ा हुआ है। पहले मुशायरों में शेर पढ़ने का उनका अंदाज़ उतना आक्रामक नहीं था, जितना बाद में हो गया। मह्वीयत की हालत में मंच पर होनेवाली एक ख़ास क़िस्म की झिझक मिट जाती है और एक कॉन्फ़िडेंस आता है। हो सकता है भीड़ अधिक होने का डर भी कम हो जाता रहा हो। इस तरह

इनका जो मुशायरेवाला तेवर था वो किसी की नक़्ल न होने के कारण लोगों को पसंद आ रहा था। राहत साहब के इन कारनामों की ख़बर घर पहुँचती थी तो वालिदा बहुत नाराज़ होती थीं। दुःखी भी होती थीं। शब्बीर साहब ने आख़िर में ये जुम्ला भी जोड़ा कि– But it was the part of profession.

शब्बीर साहब ने ये भी बताया कि एक बार इनके शराब छोड़ने के उपलक्ष्य में बनारस में लोगों ने 'जश्ने-राहत' मनाया था। बाक़ायदा एक प्रशस्ति-पत्र भी प्रदान किया गया। इनके एक शेर का मिस्रा भी है कि– *'मैं भी मश्हूर हूँ बनारस के मुसलमानों में'*। बनारस में राहत साहब के बहुत चाहनेवाले हैं। 'गंगा', 'गंगा मइया' से वाबस्ता जितने भी शेर राहत साहब के हैं वो बनारस-प्रेम का ही परिणाम हैं। 'बनारस वाले' रदीफ़ में एक ग़ज़ल भी है।

'मैं भी मश्हूर हूँ बनारस के मुसलमानों में' की ताईद में वाक़िआ सुन लीजिए। एक बार शब्बीर साहब बनारस गये। बेटे का इंटरव्यू था, एन. डी. ए. का। आठ दिन तक इंटरव्यू चलता। कैंट ने बेटे को आठ दिन के लिए अपने साथ रख लिया तो शब्बीर साहब दिन भर ख़ाली रहते थे। एक दिन सोचा चलें शहनाई-उस्ताद बिस्मिल्लाह ख़ाँ साहब से मुलाक़ात करें। पूछते-पूछते उनके मुहल्ले में पहुँच गये। घर पहुँचे तो बिस्मिल्लाह ख़ाँ साहब लुंगी-बनियान में बकरियों को चारा वग़ैरह दे रहे थे। इन्होंने बताया कि मैं इंदौर से आया हूँ तो वो बेसाख़्ता बोले– "ओहो! राहत के शह्र से आये हैं, आइए बैठिए मियाँ, तशरीफ़ रखिए"।

शब्बीर साहब ने राहत साहब की हाज़िर-जवाबी के कई क़िस्से सुनाये। एक बार क्या हुआ, ये लोग खड़े थे रानी पुरा में। एक ठेलावाला कई तरह का सामान लिये और उसी पर अपना एक तीन-चार साल का बच्चा बैठाये, फेरी लगाता चला आ रहा था– 'हर माल दो रूपये, हर माल दो रूपये'। राहत साहब ने उसे रोका और पूछा– "हर माल दो रुपये?" उसने कहा– "हाँ"। राहत साहब ने उसे दो रूपया दिया और उस बच्चे को गोद में उठा लिया। कुछ देर हँसी-मज़ाक़ के बाद उसे बच्चा वापस किया।

अदब के लिहाज़ से राहत साहब के इंदौर में कई दोस्त-यार हैं। ये लोग राहत साहब की शायराना ज़िंदगी के कई पहलुओं से वाक़िफ़ हैं और कई पहलुओं से बराहे-रास्त जुड़े भी हैं। तारिक़ शाहीन भी उन्हीं दोस्तों में से एक हैं। ये विशुद्ध रूप से लिखने-पढ़नेवाले आदमी हैं। ये राहत साहब से काफ़ी सीनियर हैं, लेकिन उन्हें 'राहत भाई' कहकर ही सम्बोधित करते हैं।

तारिक़ शाहीन का मुख़्तसर तआरुफ़ ये है कि इनके दादा उ. प्र. के कन्नौज ज़िले के थे और बहुत पहले से ही यहाँ (इंदौर में) इत्र का व्यापार करने लगे थे। कन्नौज का इत्र पूरे हिंदुस्तान में ही नहीं, बल्कि विदेशों तक प्रसिद्ध है। इसी व्यवसाय को शुरू करने के कारण तारिक़ शाहीन के पिता और परिवार के अन्य सदस्य भी इंदौर आकर रहने लगे। पिता जी हाउसिंग डिपार्टमेंट में इंजीनियर थे। तारिक़ साहब सन् 1953 में इंदौर आये। सन् 1962 से 'अदबी शाख़ें' नाम की उर्दू-पत्रिका निकालना शुरू किया। बीच में कुछ वर्षों के लिए ये बंद भी हुई और दुबारा 1972 में शुरू हुई तो राहत साहब भी कुछ अंकों (शुमारों) तक इसकी सम्पादकीय टीम से जुड़े रहे। फिर मुशायरों की मसरूफ़ियत की वज्ह से इस ज़िम्मेदारी को छोड़ दिया, लेकिन तारिक़ साहब से लगाव जस-का-तस बना रहा। ख़ुद तारिक़ साहब स्टीम ब्वायलर चेक करनेवाले इंस्पेक्टर थे, जिससे सन् 2004 में रिटायर हुए। लखनऊ और उसके आसपास इनकी बहुत रिश्तेदारियाँ हैं, जहाँ इनका आना-जाना लगा रहता है।

तारिक़ साहब ने 'अदबी शाख़ें' रिसाला निकालने से पहले 'तख़य्युल' के कुछ अंक भी निकाले थे और साथ ही इंदौर से निकलनेवाली उर्दू पत्रिका 'दुश्वार' में भी काम किया था। रोज़नामा 'सफ़ीरे-मालवा' से भी जुड़े रहे। हिंदी अख़बार 'नवभारत' में पाँच साल उर्दू-अदब से सम्बंधित पेज का सम्पादन किया। बीच में कई वर्षों तक फ़िल्म सेंसर बोर्ड के सदस्य भी रहे। उर्दू-जगत् की लगभग सभी अहम

पत्रिकाओं में इनके मज़्मून और ग़ज़लें छपती रहती हैं। मुशायरों, यहाँ तक कि नशिस्तों से भी बहुत बचते हैं। इनके इकलौते साहबज़ादे साक़िब शेख़ रिलायंस टेलीकॉम में काम करते हैं। तीन बेटियाँ भी हैं।

तारिक़ शाहीन इंदौर आये तो इनका परिवार ग़फ़ूर ख़ाँ की बजरिया (बड़वाली चौकी) में रहता था। इनका ऑफ़िस बख़्शी बाग़ में था। आते-जाते इनकी मुलाक़ात 'सत्तार संस' (रानी पुरा) में राहत साहब से हो जाती। पहली बार यहीं दोनों लोगों की मुलाक़ात हुई थी। 'सत्तार संस' लाइट डेकोरेशन का काम करते थे। तरह-तरह के लाइट बोर्ड पर पेंट से डिज़ाइन और नाम वग़ैरह लिखने का काम राहत साहब करते थे, बाद में उन्हीं डिज़ाइनों या नामों पर छोटी-छोटी बल्ब लगाकर लाइटिंग की जाती– स्वागतम्, शुभ-विवाह, फूल वग़ैरह। वहाँ तारिक़ साहब के साथ बैठक होती। इसके अलावा और जगहों पर भी मुलाक़ातें होती थीं। शेरो-शायरी और मुशायरे से लेकर देश-दुनिया की तमाम बातें होतीं। तारिक़ साहब रिसालों-किताबों में अक़ीदत रखनेवाले शायर हैं और राहत साहब को ज़िन्दगी भर मुशायरों से फ़ुर्सत नहीं मिली। इन दोनों की गाढ़ी दोस्ती में कहीं-न-कहीं ये राज़ ज़रूर छुपा है कि राहत साहब सदैव मुशायरे की हंगामाख़ेज़ शायरी और किताबों में दर्ज होनेवाली तहदार शायरी के बीच संतुलन बनाकर चलते रहे।

तारिक़ साहब राहत साहब के बारे में कहते हैं– "राहत इंदौरी की शेरी कायनात की तामीर-ओ-तज़ईन में कायनात के तमाम अनासिर, तम्सीलात और मज़ाहिरे-क़ुदरत की शमोलियत हुई है, जिससे वो अपने शेरी बातिन तक रसाई हासिल करने में कामयाब हुए हैं। ये उनकी शऊरी बेदारी की दलील है। राहत की शायरी मज्मूई हैसियत से ताज़ाकारी; शेरीअत और तग़ज़्ज़ुल से मम्लू होने के अलावा असरी रूहानी तिश्नगी और जमालियाती हज़ की तस्कीन में रिफ़ातर मक़ाम रखती है। इन्हीं ख़ूबियों से वो बैनुलअक़्वामी शोहरत के मालिक बने हैं।" ('लम्हे-लम्हे', पेज 256)

मुझे तारीक़ शाहीन साहब ने राहत साहब की शायरी के मुताल्लिक़

बहुत-सारे पहलू बताये, बहुत-से शेर सुनाये; कुछ ऐसे भी शेर सुनाये जो राहत साहब के किसी मज्मूए में भी नहीं हैं। शायरी से जुड़े तारिक़ साहब के तन्क़ीदी ख़यालात (आलोचनात्मक विचार) का ज़िक्र मैं यहाँ नहीं कर रहा हूँ।

तारिक़ शाहीन आजकल इंदौर के खजराना मुहल्ले में रहते हैं। पहले ये इंदौर से बाहर का एक गाँव हुआ करता था, लेकिन अब ये शह्र का ही एक हिस्सा बन चुका है। राहत साहब के बारे में बातें करते-करते शाहीन साहब कहने लगे– "बुलंदी पर पहुँच जानेवाले शख़्स को ऊँचाई से नीचे देखने पर हर आदमी छोटा नज़र आता है, लेकिन राहत में वो बात नहीं; वो जैसे पहले थे वैसे ही आज भी हैं।" तारिक़ साहब ने ये राज़ भी फ़ाश किया कि राहत साहब का ज़ियादातर सुना गया, पढ़ा गया कलाम तो बाकमाल है ही, इसके अलावा उनका नातिआ कलाम इससे भी बेह्तर और उम्दा है। उनकी इस बात की ताईद यूट्यूब पर नातिआ मुशायरों के वीडियोज़ देखकर की जा सकती है।

तारिक़ साहब बताते हैं कि राहत भाई लोगों का लिहाज़ बहुत करते हैं। छोटे-बड़े का उन्हें हर तरह से ख़याल रखना आता है। अपने से छोटों में भी जो जिस लायक़ है, उसे उस तरह इज़्ज़त देना और मुहब्बत करना उनकी शख़्सीयत का हिस्सा है। यही कारण है कि वो हर उम्र के लोगों में बराबर मक़्बूलियत रखते हैं। तारिक़ साहब से जब मैंने पूछा कि एक शायर के रूप में राहत साहब को आप किस तरह देखते हैं तो उन्होंने बेसाख़्ता कहा– "अल्लाह की देन है यार! हमारे लिए फ़ख़्र की बात है कि हमारे बीच में अल्लाह ने ये देन दी है। हमारा सीना फ़ख़्र से फूल जाता है कि राहत हमारा दोस्त है। राहत के बग़ैर उर्दू-शायरी, उर्दू मुशायरे बेकार हैं। रूहे-रवाँ है वो मुशायरों का। ऐसा नहीं कि सिर्फ़ मुशायरेबाज़ी है उसके पास; फ़न है, शायरी है। शायरी में जितनी वुसूअत होनी चाहिए, जितनी गहराई होनी चाहिए, जितनी बुलंदी होनी चाहिए ख़यालात की, वो सारी चीज़ें कूट-कूटकर अल्लाह तआला ने (....फिर कुछ रुककर) मेरा ख़याल ये है कि भइया इसकी तख़्लीक़ में टोटल रॉ मैटेरियल ही ख़र्च हो गया तो वो सिंगल पीस बना है।"

बहुत-बहुत बातें तारिक़ साहब से हुईं। आजकल ज़रा अस्वस्थ रहते हैं। इधर बीच एक्सीडेंट हो गया और पैर में फ्रैक्चर हो गया था, तो ज़ियादा वक़्त बिस्तर पर ही बीतता है। ख़ास बात ये है कि आप रात के किसी भी वक़्त फोन करके उनसे बात कर सकते हैं, वो जागते हुए मिल जायेंगे। 'अदबी शाख़ें' का प्रकाशन-सम्पादन वो हर महीने लगातार करते आ रहे हैं।

राहत साहब की शायराना शख़्सीयत में जिन लोगों का ख़ास तौर से योगदान रहा है, उनमें तारिक़ साहब अहम हैं। इन्हें राहत साहब से जितना दोस्ताना लगाव है उतनी ही शायरी की गहरी समझ भी है। अपनी किताब (शेरी मज्मूआ) 'सूरज देश' दिखाते हुए बताया कि देखो इसके कवर पर जो पेंटिंग है ये राहत भाई की बनायी हुई है। साथ में ये भी बताया कि मैंने और अज़ीज़ इरफ़ान ने मिलकर जो 'लम्हे-लम्हे' के ख़ुससी शुमारे (राहत इंदौरी नम्बर) का सम्पादन किया था तो उसकी कवर पर जो पेंटिंग है वो एम. एफ. हुसैन की है। 'सूरज देश' तारिक़ साहब की ग़ज़लों का पहला मज्मूआ है और 'धूप-धूप' राहत साहब की ग़ज़लों का पहला मज्मूआ है। इन दोनों का विमोचन (रस्मे-इजरा) एक साथ हुआ था। विमोचन करने के लिए सुप्रसिद्ध फ़िल्मी संगीतकार नौशाद साहब आये थे। उसी प्रोग्राम में पहली बार मुनव्वर राना इंदौर आये थे। वाली आसी, अनवर जलालपुरी, मलिकज़ादा मंजूर अहमद जैसे लोग रस्मे-इजरा में आये थे। ये प्रोग्राम रवींद्र नाट्य गृह ऑडिटोरियम में हुआ था। पहली बार इंदौरवालों को ये एहसास हुआ था कि रवींद्र नाट्य गृह ऑडिटोरियम भी किसी अदबी प्रोग्राम के लिए छोटा पड़ सकता है।

मेरी मुलाक़ात जिस दिन तारिक़ साहब से हुई थी उसके एक-दो दिन पहले ही 'तीन तलाक़ बिल' संसद में पेश हुआ था। उसका भी ज़िक्र तारिक़ साहब से होने लगा, क्योंकि सदन में इस बिल पर बहस करते हुए भाजपा नेता मुख़्तार अब्बास नक़्वी ने राहत साहब का एक मत्ला पढ़ा था और उसके बाद एक मत्ला अमीर आग़ा क़ज़लबाश का पढ़ा था। राहत साहब का मत्ला था–

न हमसफ़र न किसी हमनशीं से निकलेगा
हमारे पाँव का काँटा हमीं से निकलेगा

राहत साहब के कई शेर संसद में लोगों ने अपनी स्पीच में इस्तेमाल किये हैं। अँग्रेज़ी अख़बार 'बिज़नेस स्टैंडर्ड' (ऑनलाइन एडीशन में 12 जुलाई को और प्रिंट एडीशन में 13 जुलाई 2019 को) में मानवी कपूर की एक रिपोर्ट छपी थी– Poet of the people सिर्फ़ ये लेख लिखने के लिए राहत साहब से बात करने मानवी जी दिल्ली से इंदौर आयीं और दिन भर बात करके वापस चली गयीं। राहत साहब अब तक संसद में सर्वाधिक उद्धृत किये जानेवाले गिने-चुने शायरों में से एक हैं।

तारिक़ साहब से मिलके, उनसे बात करके ये एहसास हुआ कि राहत साहब की कुशादा हस्सास तबीअत और शख़्सीयत में कहीं-न-कहीं तारिक़ शाहीन का भी एक टुकड़ा शामिल है। राहत साहब की बैठकी में ऐसे मतीन और अदब को गहराई से समझनेवाले लोग भी हैं। इन जैसे लोगों की दाद पाने के लिए भी राहत साहब ने बहुत-कुछ लिखा है, जिसे वो कभी मंज़रे-आम पर या मुशायरे में नहीं सुनाते। तारिक़ साहब ने अपनी ज़िंदगी के इस पड़ाव और उम्र के इस मोड़ को ध्यान में रखते हुए राहत साहब के चार मिस्र्रे सुनाये, सुन के जी से आह निकल पड़ी–

जिस्म में क़ैद हैं घरों की तरह
अपनी हस्ती है मक़बरों की तरह

और दो-चार दिन हयात के हैं
ये भी कट जायेंगे सरों की तरह

पहले भी मैंने कई बार ज़िक्र किया है कि राहत साहब उम्र में अपने से बड़े लोगों की बहुत क़द्र और इज़्ज़त करते हैं। यही नहीं, अपने से छोटे और हमउम्र-हमअस्र लोगों का भी राहत साहब बड़ा ख़याल रखते हैं। शादाँ इंदौरी के शागिर्द और इंदौर के बुज़ुर्ग शायर रशीद शादानी ने मुझे

बताया कि 18 अगस्त 2018 को ख़ुद अपनी तबीअत ख़राब होने के बावजूद राहत साहब ने मेरे सम्मान में और मेरी सेहत और तनदुरुस्ती की दुआ के लिए एक कार्यक्रम का आयोजन किया। इस कार्यक्रम में तारिक़ शाहीन, अज़ीज़ इरफ़ान, इश्हाक़ असर, नसीर अंसारी, फ़रियाद बहादुर, साबिर सहबा, अहमद निसार वग़ैरह मौजूद रहे।

रशीद साहब से उनके घर पर ही राहत साहब की शायरी और ज़िंदगी पर बहुत देर तक गुफ़्तगू हुई। चलते वक़्त रशीद साहब ने अपने उस्ताद शादाँ इंदौरी की कुल्लियात मुझे भेंट की, जिसे उन्होंने ही मुरत्तब किया है।

इंदौर में राहत साहब के क़रीबी लोगों की चर्चा के इस क्रम में आख़िरी नाम है दीपक असीम जी का। फेसबुक पर सार्थक और उद्देश्यपूर्ण ढंग से सक्रिय जितने लोगों को मैं जानता हूँ, उनमें दीपक असीम जी बहुत अहम हैं। इंदौर के ख़जराना में रहते हैं और स्वतंत्र रूप से पत्रकारिता के क्षेत्र में सक्रिय हैं। दो-तीन घंटे की मुलाक़ात में ही इन्होंने मुझे बहुत-कुछ बताया। दीपक असीम जी अपने विचारों में जितने प्रखर, मुखर और नखर हैं, स्वभाव में उतने ही नम्र और नर्म हैं। राहत साहब की कुशादादिली के कुछ क़िस्से दीपक असीम जी ने भी सुनाये।

दीपक जी ने राहत साहब के साथ कई शामें गुज़ारी हैं। ख़ास बात ये भी है कि न सिर्फ़ इन्होंने शामें साथ गुज़ारी हैं, बल्कि ये राहत साहब के 'शाम के साथी' भी रहे हैं। दीपक जी बड़े प्यार से याद करते हुए कहते हैं कि– "मुझे ये सरफ़ हासिल है कि मैं राहत साहब के साथ हमपियाला रहा हूँ।" उस दौरान की तमाम खट्टी-मीठी बातें हैं जिन्हें दीपक जी ने याद किया। वे बताते हैं कि उनकी उम्र कोई 12-13 साल की रही होगी, तब उन्हें पता भी नहीं था कि मुशायरा क्या चीज़ होता है। ज़ीरो रोड (इंदौर) पर एक मुशायरा था। पहली बार दीपक जी मुशायरा सुनने गये। राहत साहब ने शुरूआती दिनों में जेल रोड के मुशायरे ख़ूब पढ़े। राहत साहब के दोस्त हुआ करते थे छोटे शुक्ला, जिनकी देखरेख में कई मुशायरे होते थे। वो

राहत साहब को बहुत चाहते थे। माइक पर सभी शायर और कवि आ रहे थे, सुना-सुनाकर जा रहे थे। इसी बीच ये हुआ कि राहत साहब माइक पर आ गये। तब इन्हें ये भी ठीक से नहीं पता था कि राहत साहब कौन हैं। राहत साहब का जो ख़ास अंदाज़ है, उसी में उन्होंने शेर पढ़ने शुरू किये। राहत साहब जब अपने ख़ास अंदाज़ में सर दाहिनी तरफ़ आस्मान और ऊँची बिल्डिगों की तरफ़ उठाते तो पूरा मज्मा उधर ऊपर देखने लगता और जब अगले मिस्रे पर सर बाँयी तरफ़ ऊपर उठाते तो सारे सामईन उधर ताकने लगते कि उधर क्या है। हालाँकि ज़रा-सी देर में ही सबको समझ में आ गया कि न इधर कुछ है और न उधर ही कुछ है, बल्कि यही उनकी स्टाइल है। इस तरह उनके ज़ेहन पर राहत साहब की एक छाप बनी। इसके बाद उन्होंने राहत साहब को कई बरस तक नहीं देखा।

बहुत कम उम्र में ही दीपक जी ने हिंदी-कविताएँ लिखना शुरू कर दिया था। कविता लिखना शुरू कर देने के कारण इन्हें समझ आ गयी थी कि शायरी क्या है, कविता क्या है, दोनों में फ़र्क़ क्या है, मंच पर प्रस्तुति कैसे होती है वग़ैरह-वग़ैरह। इनकी समझदारी कुछ बढ़ गयी थी तो इन्होंने दुबारा राहत साहब को मालवा मिल मुशायरे में देखा। उस मुशायरे में किसी कवयित्री ने कविता-पाठ किया। कवयित्री मंच पर ख़ूब जम गयी थीं, सुपरहिट रहीं। उनके ठीक बाद संचालक ने राहत साहब को आवाज़ दी। दीपक जी ने सोचा कि इस कवयित्री के इतना हिट होने के बाद राहत साहब अब माइक पर क्या करेंगे, यानी वे अपने को जमाने के लिए क्या रास्ता निकालेंगे, क्यूँकि दीपक जी को इतनी समझ आ चुकी थी कि मंच पर जब कोई कवि-शायर (या कवयित्री-शायरा) अपना रंग जमा लेता है तो उसके ठीक बाद माइक पर आनेवाले को ख़ासी परेशानी होती है। राहत साहब माइक पर आये और बोले– "अभी तक आपने ज़नाना शेर सुने, अब आप कुछ मर्दाना शेर सुनिए।" इतना कहते ही पूरा मुशायरा राहत साहब की गिरफ़्त में आ गया। अभी तक दीपक जी की सीधी मुलाक़ात राहत साहब से नहीं हुई थी।

फिर हुआ यूँ कि दीपक जी को कविताएँ लिखने के साथ-साथ शायरी की धुन भी सवार हुई। उस वक़्त इंदौर में शायरी का माहौल कविता की

अपेक्षा कुछ बेह्तर था। दीपक जी ने शायरी में जिनको अपना उस्ताद बनाया, वे संयोग से राहत साहब के विरोधी ख़ेमे के थे। आमतौर से हर शह्र का यही हाल होता है कि जिस ज़िले या शह्र का कोई शायर-कवि शोह्रत और कामयाबी पाने लगता है, वहाँ के कुछ लोग उसके ख़िलाफ़ ख़ेमाबंदी करने लगते हैं, सो दीपक जी भी 'राहत-विरोधी' हो गये। जो भी विरोधी या विरोधी-ग्रुप के लोग होते हैं वे अपनी ईर्ष्या के लिए कोई सैद्धांतिक तर्क तलाश लेते हैं। दीपक जी जिस विरोधी ख़ेमे के सदस्य थे, उसका मानना था कि राहत साहब साम्प्रदायिक शायरी करते हैं, सो दीपक जी भी मानने लगे कि राहत साहब साम्प्रदायिक शायर हैं। इस दौरान ये भी हुआ कि राहत साहब ने अप्रत्यक्ष रूप से दीपक असीम जी को जान लिया था कि एक नया लड़का है, शायरी करता है और मेरे विपक्षियों में उठना-बैठना है।

इस बीच दीपक जी पत्रकारिता के मैदान में आ गये और मुशायरों की भी रिपोर्टिंग वग़ैरह करने लगे। यद्यपि इनकी रिपोर्टिंग में राहत साहब के लिए कोई सकारात्मक रवैया नहीं रहता था। दीपक जी को ये बातें भी पता चलती रहती थीं कि राहत साहब को मेरी रिपोर्टिंग पसंद नहीं आती। दीपक जी ने बताया कि– "इतना सब होने के बावजूद ये राहत साहब का बड़प्पन था कि उन्होंने मुझे अपना लिया, अपना शफ़क़त भरा हाथ मेरे सर पर रख दिया। किसी प्रोग्राम में राहत साहब का इतना पूछ भर लेना कि– "और दीपक कैसे हो?" मुझे निहाल कर जाता, क्योंकि राहत साहब किसी नये शख़्स को, किसी नौजवान को जल्दी अपने मुँह लगायें या आसपास फटकने दें, ये मुम्किन नहीं था।" दीपक जी लाख विरोधी थे, लेकिन राहत साहब के प्यार ने उन्हें अपना बना लिया–

मैंने मुल्कों की तरह लोगों के दिल जीते हैं
ये हुकूमत किसी तलवार की मोहताज नहीं

राहत साहब की बैठक अक्सर सैयद वाहिद अली (जो कि टेलरिंग का काम करते थे) के यहाँ होती थी। दीपक असीम भी वहाँ अक्सर आते थे। वहीं मुलाक़ातें होने लगीं। दोनों लोगों ने एक-दूसरे को समझा। राहत

साहब के सम्मान और उनके प्रभावशाली व्यक्तित्व के कारण उन बैठकों में अन्य लोग बहुत कम ही बोलते थे। बस, जो भी राहत साहब बोलते, उसी को सब सुनते। दीपक जी ऐसे नहीं थे। इनके मन में जो भी सवाल आते उसे ये राहत साहब से पूछ बैठते। इनकी इन्हीं जिज्ञासाओं के कारण भी राहत साहब इन्हें प्यार करते थे कि बिना जिज्ञासा के ज्ञान कैसे सम्भव होगा। इस सम्बंध में प्यार, सम्मान, शायरी, राजनीतिक चर्चाएँ, साहित्यिक चर्चाएँ सभी कुछ शामिल था। राहत साहब 'विल्स' पीते थे। एक दिन दीपक जी को सबके सामने ऑफ़र किया। सभी जानते थे कि दीपक जी भी पीते हैं, सो सभी इस असमंजस की स्थिति में सोचने लगे कि क्या होगा। हालाँकि दीपक जी ने सिगरेट ले लिया और पिया। उसके बाद राहत साहब की शाम और देर शाम की बैठकों में भी दीपक जी साथ रहने लगे, अगरचे इसका संयोग कभी-कभी ही लग पाता था। कभी कहीं बैठकी हुई, कभी कहीं हुई। अपने से पंद्रह साल छोटे दीपक जी को राहत साहब अपने समकक्ष लोगों जैसा सम्मान और प्यार देते हैं।

पत्रकारिता के हवाले से दीपक जी ने राहत साहब पर बहुत-कुछ लिखा है। उन सबको अगर इकट्ठा किया जाय तो एक अच्छी-ख़ासी किताब बन जाये। इन लेखों में राहत साहब की ग़ज़लों की तारीफ़ें भी हैं और कई बार उनसे नाइत्तफ़ाक़ी भी हैं। दीपक जी व्यक्तिगत रूप से भले ही राहत साहब के क़रीब थे, लेकिन उनकी शायरी के बारे में निष्पक्ष होकर लिखते थे। जहाँ कोई बात उन्हें खटकती, न सिर्फ़ उसे लिखते थे, बल्कि राहत साहब से उस पर बहस भी करते थे। पहले इन्हें लगता था कि अक्सर राहत साहब साम्प्रदायिक शायरी करते हैं; लेकिन धीरे-धीरे समझ बढ़ने पर इन्हें लगने लगा कि राहत साहब के यहाँ जिसे साम्प्रदायिकता का रंग समझा जाता है, वो दरअस्ल एक दबे-कुचले और अन्याय के शिकार पिछड़े मुसलमान का दर्द है जो शायराना लबो-लहजे में बयान किया जाता है। उनकी शायरी में दर्द भी है, आक्रोश भी है और बग़ावत भी है। राहत साहब जिस मुस्लिम समाज का दर्द बयान करते हैं वो सिर्फ़ हिंदुस्तान तक ही सीमित नहीं हैं, बल्कि उसका फैलाव पाकिस्तान, बाँग्लादेश और दुनिया के हर मुल्क तक है।

एक ख़ास वाक़िए का ज़िक्र करते हुए दीपक जी बताते हैं कि एक दिन हम लोग महफ़िल सजाये बैठे थे। दौर पे दौर चल रहा था। अचानक राहत साहब कहने लगे– "दीपक! मैंने ये मंचों पर कैसी आग लगा दी है; मैं उर्दू-मुशायरों को किस तरफ़ लेकर चला गया, मैं इसका अपराधी हूँ।" दीपक जी ने कहा– "राहत साहब ऐसा नहीं है। आपने जो किया वो आपके लिए सहज था, प्राकृतिक था, लेकिन आपके बाद जिन लोगों ने वैसा किया उन सबने नक़्ल की। आपका चीख़ना, आवाज़ में उतार-चढ़ाव पैदा करना, ये सब तो आपकी शख़्सीयत का हिस्सा है, लेकिन जब कोई जानबूझकर इसकी नक़्ल करने की कोशिश करता है तो फूहड़पन और भोंडापन आ जाता है।"

दीपक जी ये भी बताते हैं कि मैंने बहुत-से लोगों को वाक़िआ सुनाते हुए देखा है, लतीफ़ा सुनाते हुए देखा है, लेकिन आज तक राहत साहब से बढ़कर मज़ेदार ढंग से लतीफ़ा और कोई भी घटना बयान करनेवाला मैंने नहीं सुना। वे घंटों बड़ी दिलचस्पी से देश-दुनिया, माज़ी-हाल, अदब-सियासत की बातें करते रहते हैं। किसी भी टॉपिक पर उन्हें सुनकर आप ऊब नहीं सकते, क्योंकि उन बातों में रस मिलने के साथ-साथ आपके ज्ञान में भी इज़ाफ़ा होता है।

एक और ख़ास बात दीपक जी ने बतायी। ये बात राहत साहब की मेहमान नवाज़ी के मुताल्लिक़ है। जब इन लोगों की महफ़िलें सजती थीं, जिसमें चार-छह लोग रहते थे, तो राहत साहब सबका बराबर ध्यान रखते थे। जब इस तरह की महफ़िलें सजती थीं तो राहत साहब किसी को भी एक पैसा ख़र्च नहीं करने देते थे, सब ख़ुद करते थे। सब दोस्त-यार रहते थे। राहत साहब दो-तीन पैग शुरूआत में बहुत तेज़ी से पीते थे। आप एक-दो सिप लिये रहेंगे और वो पूरा गिलास ख़ाली कर देंगे। सामनेवाले का एक पैग भी ख़त्म नहीं हुआ रहता था कि राहत साहब दो-तीन पहुँच जाते थे। वे चाहते थे कि उन्हें जल्दी नशा हो जाय फिर वो बैठकर धीरे-धीरे लेते हुए घंटों बातें करते थे। आप चाहें तो पूरी रात भर बात हो। इतना पीने के बाद भी उन्हें ये ख़याल रहता था कि किसका गिलास ख़ाली हो गया या किसे खाने में क्या पसंद है। अगर किसी का चखना ख़त्म हो गया या गिलास

ख़ाली हो गया है और वो संकोच कर रहा है, तो तुरंत उससे मुख़ातिब होते और वे चीज़ें उसे मुहैया कराते। पूरे वक़्त वो अच्छी-अच्छी बातें करते रहते, सबकी बातें सुनते रहते, लेकिन उनकी एक आँख इसी टोह में रहती कि किसका क्या ख़त्म हो गया है। इन सबके बाद जब महफ़िल ख़त्म हो जाती तो सारे-के-सारे लोगों से एक-एक करके पूछते कि अब आप घर कैसे जायेंगे? उन आठ-दस लोगों में तरह-तरह के लोग हुआ करते थे– किसी के पास साइकिल होती थी, कोई काम से पैदल ही लौटा रहता था, कोई ऑटो से आया रहता था। बीच में दीपक जी से भी पूछ लेते– "भई, तुम कैसे जाओगे?"

ये बोलते– "मेरे पास स्कूटर है"।

"अच्छा तुम्हारे पास स्कूटर है और तुम खजराना जाओगे तो ऐसा करो इनको लेते जाओ, इन्हें घर छोड़ते हुए ख़ज़राना जाना।"

एक-दूसरे की सेटिंग वहीं खड़े-खड़े बनाते। जो पैदल रहता था उसके लिए रिक्शा बुलाते, रिक्शेवाले को किराया देते, तब जाकर उन्हें चैन मिलता। ऐसा दर्जनों बार हुआ है।

राहत साहब की यारबाशी और उनकी ज़िंदादिली, मदद करने की आदत के कई क़िस्से दीपक असीम जी के पास हैं, जिनमें से कुछ उन्होंने सुनाये भी। एक छोटा-सा मज़ेदार वाक़िआ ये हुआ कि पहली-पहली बार राहत साहब को मद्रास के एक मुशायरे में बुलाया गया। अब राहत साहब ख़ुश तो बहुत हुए मगर सोचने लगे कि लोगों को पता कैसे चले कि उन्हें मद्रास मुशायरे में बुलाया गया है। उस वक़्त इंदौर में मद्रासी पान प्रचलन में था, जिसे बहुत अच्छा नहीं माना जाता था। इंदौर में उसे दोयम-सोयम दर्जे का पान माना जाता था।

ये एक उस्ताद शायर (या शायद अपने ही उस्ताद) के पास उत्साहित होकर पहुँचे और बोले– "उस्ताद! मद्रास जा रहा हूँ मुशायरे में, कुछ लाना हो तो बताइए।"

उस्ताद बोले- "पान लेते आना।" और राहत साहब का सारा जोश ठंढा पड़ गया। इस तरह की तमाम बातें ख़ुद राहत साहब बड़े मज़े ले-

लेकर सुनाते हैं।

दीपक जी ने मुशायरों पर बातचीत के दौरान कहा कि राहत साहब मुशायरों के पहले 'सुपर स्टार' हैं। इनसे पहले भी बहुत-सारे शायर हुए हैं। एक से बढ़कर एक 'स्टार' शोअरा मुशायरों के मंच पर आते रहे हैं, मगर 'सुपर स्टार' का ख़िताब अगर पहले-पहल किसी को दिया जा सकता है तो वो राहत साहब ही हैं। दीपक असीम जी का मानना है कि आज़ादी के बाद मुशायरों के इतिहास को 'राहत-पूर्व' और 'राहत-पश्चात्' में विभाजित करके देखना चाहिए। राहत साहब पर इनका एक लेख है– 'वो चीख़ा और वक़्त दो हिस्सों में बँट गया।' उसमें इन्होंने इस बात का विस्तार से ज़िक्र किया है कि राहत साहब ने ही मुशायरों को 'परफ़ार्मिंग आर्ट' के स्तर तक पहुँचाया। पहले भी मुशायरे होते थे, लेकिन मंच पर शायर किस ढंग से ग़ज़लें पेश करे या किस अंदाज़ से शेरों की अदायगी करे, इस पर विचार नहीं किया जाता था। राहत साहब ने मुशायरों में एक नये आग़ाज और नये अंदाज़ का दाख़िला कराया। इन्होंने मुशायरे और अदब के बीच एक विभाजक रेखा खींची। इन्होंने ही सिखाया कि मुशायरे में सफल होने के लिए आपके पास मात्र अच्छी शायरी का होना ही ज़रूरी नहीं, बल्कि उसे पेश करने का सलीक़ा भी ज़रूरी है।

इन सब लोगों के अलावा भी इंदौर में तमाम लोग हैं जो राहत साहब के दोस्त हैं, प्रशंसक हैं, मिलने-जुलनेवालों में हैं। इसके अलावा आम लोगों में भी राहत साहब को चाहनेवालों की कमी नहीं है। मैंने इंदौर में कहीं आने-जाने के लिए जब भी कोई ऑटो बुक किया तो सफ़र करते-करते ड्राइवर से राहत साहब के बारे में ज़रूर पूछा। मुझे याद है कि पंद्रह-बीस ड्राइवरों में से दो-तीन को छोड़, जो कि बाहर के रहनेवाले थे, सभी राहत साहब को जानते थे। एक ड्राइवर तो बोला हम लोग सिर्फ़ 'शायर इंदौरी' कहने भर से जान जाते हैं। मानवी कपूर ने अपने अँग्रेज़ी लेख में राहत साहब के ऐसे ही एक मद्दाह ड्राइवर का ज़िक्र किया है। राहत साहब दिलों पर हुकूमत करनेवाले शायर हैं।

ये कोई और ही किरदार है तुम्हारी तरह

भारतीय संदर्भों में, फ़िल्म और साहित्य का तालमेल ठीक से बैठ पाया है या नहीं, इस बारे में कुछ साफ़ नहीं कहा जा सकता। इसकी वज्हों पर भी चर्चा की जा सकती है। हालाँकि फ़िल्मी दुनिया में ख़ुद गीतकारों की स्थिति साहिर लुधियानवी के आने से पहले बहुत ठीक नहीं थी। फ़िल्म-निर्माण में जिन लोगों का अलग-अलग कामों में सहयोग होता है, उसकी एक लिस्ट शुरू में दिखायी जाती है (आजकल कुछ फ़िल्मों में फ़िल्म ख़त्म होने पर दिखायी जाती है); इस लिस्ट में पहले गीतकारों का नाम तक नहीं दिया जाता था; कॉपीराइट को लेकर भी स्थिति ठीक नहीं थी, जिस कारण रॉयल्टी वग़ैरह ढंग से नहीं मिल पाती थी। इसी प्रकार के तमाम मुद्दों पर क्रांतिकारी चेतना से युक्त साहिर लुधियानवी ने संगठनात्मक रूप से संघर्ष किया।

उर्दू शायरी से जुड़े कई लोग हैं, जिनके फ़िल्मी क़द को अदबी हैसियत नहीं माना जाता। उदाहरण के लिए शकील बदायुँनी को एक फ़िल्मी गीतकार के रूप में ही शोहरत मिली, अदब में इन्हें कमतर ही समझा गया। शैलेंद्र की स्थिति देखिए, साहिर और ख़ुमार बाराबंकवी बराबर ढंग से संतुलन में रहे। 'प्रोग्रेसिव राइटर्स एसोसिएशन' (तरक़्क़ीपसंद उर्दू तहरीक) से जुड़े होने के बावजूद मज्रूह सुल्तानपुरी को

कोई अदबी हैसियत नहीं प्राप्त हुई, बल्कि कम्युनिस्ट पार्टी से जुड़े होने की वज्ह से कैफ़ी आज़मी फ़िल्मों के साथ-साथ अदबी हल्क़ों में भी जाने-माने जाते रहे। गोपालदास 'नीरज' का मामला तो बिल्कुल अलग ही था। गुलज़ार की कई किताबों और रचनाओं का प्रकाशन भी इधर एक-दो दशकों में हुआ और उन्हें अदबी हैसियत देने की कोशिशें की जा रही हैं, जबकि गुलज़ार का क़द किसी भी अदबी कथाकार, संवाद-लेखक, गीतकार, शायर से बढ़कर है। गुलज़ार एक संस्था हैं। जावेद अख़्तर के भी दो-तीन शेरी मज्मूए आ चुके हैं। नये फ़िल्मी गीतकारों में शकील आज़मी और इरशाद कामिल की किताबें भी आ चुकी हैं।

इसमें कोई संदेह नहीं किया जा सकता कि फ़िल्मी गीतकारों में बहुतेरे ऐसे थे, जिनके सामने तथाकथित साहित्यिक कवि और अदबी मेआर के शायर कुछ भी नहीं थे। ऐसा आभास होता है कि साहित्यिक आलोचकों और कवि-शायरों ने किसी अघोषित आरक्षण के चलते फ़िल्मी गीतकारों को जितना सम्भव हो सका बाहर ढकेलने की ही कोशिश की। कुछ शायर और कवि तो फ़िल्मों में अपने कलाम लिये जाने पर भड़क भी जाते थे, जैसे मैंने फ़िराक़ साहब के निजी साहित्यिक सचिव रमेशचंद्र द्विवेदी जी से एक बार सुना था कि किसी निर्माता या निर्देशक ने बिना फ़िराक़ साहब को बताये उनकी एक ग़ज़ल किसी फ़िल्म में ले ली। बाद में फ़िराक़ साहब को पता चला तो वे उस पर बहुत भड़के। इसलिए नहीं कि बिना पूछे क्यों ले लिया, बल्कि इस बात पर भड़के कि फ़िल्म में क्यों ले लिया।

इन सब तमाम इतिहासों से आज की स्थिति बिल्कुल अलग है। गोपालदास 'नीरज', निदा फ़ाज़ली, संतोष आनंद, जावेद अख़्तर, प्रसून जोशी आदि ने मुशायरों से ही नहीं, बल्कि अन्य माध्यमों से भी फ़िल्मी गीतकारों का एक ग्लैमर समाज में पेश किया है। साहित्य और सिनेमा की इस आवाजाही के अध्ययन से एक बात ज़रूर समझ में आती है कि जो साहित्य या अदब में स्थापित होकर सिनेमा की तरफ़ गया, उसे सिनेमा और साहित्य दोनों ने ही स्वीकार किया, लेकिन जिसने सिनेमा में स्थापित होने के बाद अदब में अपनी पैठ बनाना चाहा, उसे अदब ने स्वीकार नहीं किया और उसे घुसपैठ की संज्ञा दी।

1972 में मुशायरा पढ़ने की शुरूआत करने के बाद दो दशक में 'राहत इंदौरी' नाम अदबी दुनिया में स्थापित हो चुका था, तब इस नाम को सिनेमा के पर्दे पर लिखा गया। राहत साहब की जो शख़्सीयत मुशायरों से पूरी दुनिया में जानी-पहचानी जाती थी, वो सिने-जगत् की मोहताज नहीं थी।

इंदौर से मुम्बई का रिश्ता बहुत पुराना है। इंदौर पुराना शह्र ज़रूर है, लेकिन ये पारम्परिक बिल्कुल नहीं है। इसकी स्थापना से लेकर आज तक जिस युग में आधुनिकता का जो भी पैमाना रहा है वो इंदौर में उपस्थित रहा है। मराठों से लेकर अँग्रेजों तक और आज़ादी के बाद से आज तक– इंदौर कभी पिछड़ा नहीं। तीन बार 'क्लीनेस्ट सिटी ऑफ इंडिया' का ख़िताब पाना किसी नेता और अधिकारी की बदौलत नहीं, बल्कि एक-एक इंदौर निवासी की बदौलत है। यहाँ हर शख़्स अपने स्तर से कोशिश करता है। यही वज्ह है कि तमाम प्रतिभाशाली लोग समय-समय पर इंदौर से निकलकर मुम्बई ही नहीं, बल्कि विभिन्न क्षेत्रों में जाते रहे और अपना नाम रौशन करते रहे, अपने शह्र का नाम रौशन करते रहे।

इंदौर में जन्मी या वहाँ पढ़ी-लिखी या वहाँ पली-बढ़ी प्रतिभाओं की लिस्ट बहुत लम्बी है। इंदौर के सिख मुहल्ले में लता जी का जन्म हुआ। इंदौर के बग़ल खंडवा में किशोर कुमार का जन्म हुआ और उन्होंने इंदौर के क्रिश्चन कॉलेज में पढ़ाई की। इसी कॉलेज में मध्य प्रदेश के पूर्व मुख्यमंत्री दिग्विजय सिंह ने भी पढ़ाई की है और बाद में यहीं के SGSIT कॉलेज से इंजीनियरिंग किया। फ़िल्म कलाकार किरन कुमार ने भी यहीं से शिक्षा प्राप्त की है। एम. एफ़. हुसैन का बचपन इंदौर में बीता, बॉलीवुड के मशहूर स्टोरी-राइटर सलीम ख़ान (सलीम-जावेद जोड़ी के सलीम और सलमान ख़ान के पिता) इंदौर के हैं, हास्य अभिनेता जॉनी वाकर के पिता इंदौर में मिल-वर्कर थे और मिलों की हालत ख़राब होने पर बम्बई चले गये थे। क्रिकेटरों का भी नाता यहाँ से रहा– राहुल द्रविड़ का जन्म इंदौर में हुआ और बाद में इनका परिवार बंगलौर चला गया, संध्या अग्रवाल यहीं की हैं जिन्होंने भारतीय महिला टीम की तरफ़ से कई बरसों तक खेला और कुछ बरसों तक कप्तान भी रहीं, गोरखपुर के रहनेवाले नरेंद्र हिरवानी ने इंदौर में

काफ़ी दिन रहकर संजय जगडाले से क्रिकेट के गुर सीखे। बीसवें एअर चीफ़ मार्शल शशीन्द्र पाल त्यागी इंदौर के ही थे, छत्तीसगढ़ के पहले मुख्यमंत्री अजीत जोगी ने यहीं से पढ़ाई पूरी की। नये लोगों में भी कई लोग फ़िल्मों और टी. वी. सीरियलों में अपना और इंदौर का सिक्का जमाये हुए हैं।

राहत साहब के नाम के साथ तो 'इंदौर' शब्द ऐसा चिपक गया कि दोनों एक-दूसरे के पूरक बन गये हैं। ऊपर गिनाये गये लोगों के इंदौर से रिश्ते को आप तब जान पायेंगे जब आपको बताया जायेगा, लेकिन 'राहत इंदौरी' का नाम सुननेवाला हर शख़्स ये बात तुरंत जान जायेगा कि ये इंदौर के हैं।

फ़िल्मी दुनिया में राहत साहब के जाने का मौक़ा भी संयोग से बना। अख़्तर आज़ाद बम्बई के जाने-माने क़व्वाल हैं और राहत साहब के दोस्त भी हैं। इनके गुलशन कुमार से अच्छे ताल्लुक़ात थे। ये अक्सर गुलशन कुमार को राहत साहब के शेर सुनाते रहते थे। उन शेरों से प्रभावित होकर गुलशन कुमार ने राहत साहब को खोजना शुरू किया। (इन्हीं अख़्तर आज़ाद के बेटे हैं परवेज़ अख़्तर, जिन्होंने बाद में अपना नाम तौसीफ़ अख़्तर रख लिया। ये ग़ज़ल-गायक जगजीत सिंह के शिष्य हैं और राहत साहब की भी कई ग़ज़लें गा चुके हैं। अधिक जानकारी के लिए देखें परिशिष्ट- III)

एन. एम. ग़ोरी, जो कि फ़िल्मी दुनिया के जाने-माने निर्माता हैं, ने राहत साहब के फ़िल्मी जीवन को याद करते हुए एक लम्बा संस्मरण लिखा है, जिसके मूलरूप को उर्दू से लिप्यंतरित करके यहाँ प्रस्तुत कर रहा हूँ–

('लम्हे-लम्हे' राहत इंदौरी विशेषांक / 2002 / राहत भाई और फ़िल्म/ पेज 413 से 425)

> "मैं जिन दिनों 'दिलबर' बना रहा था, ख़बरें मिलती रहती थीं कि राहत भाई भी बम्बई आते रहते हैं और गुलशन कुमार और अनु मलिक के साथ काम करते हैं। तब तक वो मुकम्मल बम्बइया नहीं हुए थे । इंदौर के एक कॉलेज में प्रोफ़ेसर थे। कभी-कभार वक़्त निकालकर बम्बई आते थे और थोड़ा-बहुत

काम करके वापस चले जाया करते थे। मेरी उनकी मुलाक़ात बचपन से थी। हम एक ही मुहल्ले में रहते थे। इंदौर में उनसे मुलाक़ात हुई तो उन्होंने बताया कि बम्बई में रिहाइश का बड़ा मस्‌अला है। अनु मलिक के काम के लिए वो जब भी बम्बई जाते हैं तो उन्हें बांद्रा के एक बड़े होटल Royal Inn में ठहराते हैं, जिसका चार दिन का बिल हज़ारों रूपये का हो जाता है, लेकिन राहत भाई की शराफ़त-नफ़स पर ये अख़्राज़ात बेजा बार गुज़रते हैं। सो मैंने उन्हें अपने साथ रहने का मश्विरा दिया।

उन दिनों मैं जुहू में दो कमरों का एक छोटा-सा मकान लेकर रहता था, जो मेरा ऑफिस भी था और घर भी। राहत भाई और मैं साथ रहने लगे। मैंने उनकी शोह्रत और उनके नाम का फ़ायदा उठाने का मौक़ा हाथों से जाने नहीं दिया। अपनी फ़िल्म 'दिलबर' में उनके लिए मख़्सूस रोल निकलवाया। फ़िल्म चली-न-चली ये अलग बात है, लेकिन ये हकीक़त है कि जिस वक़्त राहत भाई को पर्दे पर एक जेल में शेर पढ़ते दिखाया जाता तो सारा हॉल तालियों से गूँज जाता। मैंने जैसा कहा कि जुहूवाला मकान ही मेरा ऑफ़िस भी था। सुब्ह से देर रात तक यूनिट के लोगों का आना-जाना लगा रहता था। राहत भाई का काम लिखने-पढ़ने का था। वो माहौल इन्हें रास नहीं आ रहा था। हमने जुहू का मकान छोड़कर मिल्लत नगर, अँधेरी में एक तीन कमरों का बड़ा मकान ले लिया।

मैं राहत भाई के बारे में जो कुछ लिख रहा हूँ, वो या तो बाहमी गुफ़्तगू का हिस्सा है या मुख़्तलिफ़ फ़िल्मी रिसाइल और अख़बारात मे छपे उनके इंटरव्यूज़ पढ़कर मुझे मालूम हुआ है। इंडस्ट्री में नये क़लमकारों को बहुत-कुछ समझौता करना पड़ता है। ख़ास तौर पर उसके लिए बड़ी दुश्वारी होती है जो सच्चा और अच्छा शायर है। यहाँ उन लोगों के लिए लिखना होता है जो शायरी के 'शीन' से भी वाक़िफ़ नहीं होते। राहत

भाई को इन हालात से दो-चार होना पड़ा। कई मर्तबा तो उन्होंने ये भी फ़ैसला कर लिया कि वो फ़िल्मों के लिए नहीं लिखेंगे, लेकिन मैंने उन्हें समझाया कि आप अपने इंदौरवाले 'राहत इंदौरी' जो एक संजीदा शायर है, इंदौर भिजवा दें और फ़िल्मी गीतकार को बम्बईवालों के हवाले कर दें। ख़ुदा का शुक्र है कि वो अब यहाँ के आवभाव से वाक़िफ़ हो गये हैं, फिर भी उन्होंने फ़िल्म से 'खटिया सरकाने' वाला समझौता नहीं किया है। उनके गीतों में शायरी की महक अलग से महसूस होती है।

मुझे ये मालूम है कि उन्होंने कई बड़ी फ़िल्मों के गीत जो निहायत फूहड़ क़िस्म के थे, लिखने से इन्कार कर दिया। ख़ुशामदपसंदों की इस कारोबारी दुनिया में भी राहत भाई ने कोई समझौता मुश्किल ही से किया है। मेरी फ़िल्म 'सबसे बड़ा बाज़ीगर' जिसकी मूसीक़ी तर्तीब दे रहे थे मरहूम लक्ष्मीकांत (लक्ष्मीकांत-प्यारेलाल) और गीतकार की हैसियत से राहत भाई का नाम था। पहले गाने की नशिस्त में जब वो मेरे साथ लक्ष्मी जी के घर गये और दो-तीन मुखड़े सुनाये तो उन्होंने कोई तास्सुर नहीं दिया। कुछ देर बाद यही कहा कि 'मज़ा नहीं आया'। वापसी में राहत भाई ने मुझसे कहा कि– "ये फ़िल्म आनंद बख्शी से लिखवा लें। शायद लक्ष्मीकांत साहब मेरे साथ काम करना नहीं चाहते।" मैंने कहा कि ऐसा नहीं है। आप कुछ और लिखें। तब राहत भाई ने मुझसे पूछा– "आप म्यूज़िक डायरेक्टर को एक गाने का कितना पैसा देते हैं।" चूँकि लक्ष्मी जी का बेटा मेरी फ़िल्म में हीरो था, इस वज्ह से मुझे उन्होंने काफ़ी रिआयत दी थी। सिर्फ़ रिकार्डिंग का ख़र्च लेते थे। आनंद बख्शी का पेमेंट, स्टूडियो का किराया, गुलूकारों और म्यूज़िशियन वग़ैरह के अख़्राज़ात। कुल मिलाकर सवा लाख-डेढ़ लाख में एक गाना तैयार हो जाता था। मैं फिर भी एज़ाज़िया (सम्मान स्वरूप) के तौर पर

ग्यारह हज़ार रूपये का लिफ़ाफ़ा लक्ष्मीकांत जी और ग्यारह हज़ार रूपये का लिफ़ाफ़ा प्यारेलाल जी को हर गाने पर देता था। राहत भाई से मैंने दरख़्वास्त की थी कि वो मेरे लिए एक गाना दस हज़ार रूपये में लिखें। दो-चार रोज़ बाद जब हम फिर से लक्ष्मीकांत जी के घर जाने लगे तो राहत भाई ने कहा कि– "देखिए ग़ोरी साहब! आज अगर उन्हें मेरा लिखा हुआ गाना पसंद नहीं आया तो मैं उनसे और आपकी फ़िल्म से अपने को अलग कर लूँगा। अगर वो म्यूज़िक डायरेक्टर हैं तो मैं भी शायर हूँ। उनमें और मुझमें सिर्फ़ एक हज़ार रूपये का फ़र्क़ है।" मालिक का करम हुआ कि गाना पसंद कर लिया गया। कुमार शानू और अलका याज्ञनिक ने अपनी आवाज़ दी थी। अफ़्सोस कि ये फ़िल्म मुकम्मल न हो सकी वर्ना उसके नग़्मे बहुत मक़्बूल होते।

राहत भाई को फ़िल्मों की वज्ह से शोहरत नहीं मिली, बल्कि यूँ कहा जाये तो ग़लत न होगा कि फ़िल्मवालों ने उनकी शोह्रत का फ़ायदा उठाया। मरहूम गुलशन कुमार ने पहली मर्तबा उन्हें बम्बई आने की दावत दी। ये वाक़िआ भी दिलचस्पी से ख़ाली नहीं। इंदौर के किसी ट्रांसपोर्टर ने उन्हें कॉलेज में जाकर गुलशन कुमार का फोन नम्बर दिया और कहा कि वो फ़ौरन उनसे बात कर लें, लेकिन राहत भाई को फ़िल्मों से कोई दिलचस्पी नहीं थी। इस वज्ह से उन्होंने बात नहीं की। दो-चार रोज़ बाद दोबारा फोन आया; तब ये सोचकर कि बात करने में क्या हर्ज है, उन्होंने बम्बई बात की। गुलशन कुमार ने कहा आप पहली फ्लाइट से यहाँ आ जायें। आपसे एक गाना लिखवाना है। राहत भाई ने जवाब दिया– "मुझे पंजाब के एक मुशायरे में जाना है। गुलशन जी ने कहा– "मुशायरा छोड़ दें। जितना भी नुक़्सान होगा देने को तैयार हूँ।" लिहाज़ा राहत भाई बम्बई के सफ़र के लिए तैयार हुए। ये पहला सफ़र था जो फ़िल्मी दुनिया के लिए राहत भाई

ने किया। गुलशन जी ने उनका शानदार इस्तक़्बाल किया। उस ज़माने में वो एक फ़िल्म बना रहे थे, जिसका नाम 'जानम' था। उस फ़िल्म की एक सिचुएशन पर राहत भाई की ये ग़ज़ल शामिल की गयी–

झील अच्छा है, कँवल अच्छा है, जाम अच्छा है
तेरी आँखों के लिए कौन-सा नाम अच्छा है

उन दिनों 'टी-सीरीज़' में मश्हूर क़व्वाल अख़्तर आज़ाद भी काम करते थे जो राहत भाई के पुराने दोस्तों में हैं। उन्हीं की ईमा पर उन्हें गुलशन कुमार ने बम्बई बुलवाया था। पहली ही मुलाक़ात में वो राहत भाई से बेहद मुतास्सिर हुए और एक एल्बम के लिए भी कुछ गाने लिखवाये, जिन्हें अनुराधा पौडवाल और दूसरे गुलूकारों ने आवाज़ दी। उस एल्बम की मूसीक़ी तौसीफ़ अख़्तर ने तर्तीब दी थी। ये बहुत मक़्बूल हुआ। बम्बई से आते-आते कुछ गाने 'टी-सीरीज़' के दफ़्तर में छोड़ दिये थे। जिन्हें अनु मलिक ने सुना तो महेश भट्ट की फ़िल्म 'सर' के लिए एक गाना मुंतख़ब कर लिया। उस फ़िल्म के तमाम गीत मश्हूर शायर क़तील शिफ़ाई ने लिखे थे, लेकिन राहत भाई का गाना सबसे ज़ियादा हिट हुआ– *'ख़ुद भी पागल हो गये उसको भी पागल कर दिया'*। उन दिनों टेलीविज़न के इतने चैनल और काउंट-डाउन शो नहीं होते थे। फ़िल्मी गीतों का सबसे मश्हूर-मक़्बूल प्रोग्राम अमीन सयानी का 'बिनाका गीतमाला' हुआ करता था। 'सर' फ़िल्म का गाना पहले नम्बर पर पहुँचा। तअज्जुब की बात ये थी कि ये गाना क़तील शिफ़ाई के नाम से मंसूब किया गया। राहत साहब की बेनियाज़ी ये कि उन्होंने इस तरफ़ तवज्जो नहीं दी, लेकिन जब दोस्तों ने इस्रार किया तब उन्होंने 'वीनस' (Venus) कम्पनीवालों से कहा और उन्होंने ये भूल-सुधार की और कैसेट और फ़िल्म के टाइटल में उनका नाम दिया गया। उस गाने की मक़्बूलियत के बाद अनु मलिक ने राहत भाई को

मनोज देसाई की फ़िल्म 'राम' के गाने लिखने के लिए कहा, जिसे नौजवान डायरेक्टर सुहैल ख़ान डायरेक्ट कर रहे थे। सलमान ख़ान फ़िल्म के हीरो थे। महबूब स्टूडियो में उस फ़िल्म का पहला गाना रिकार्ड हुआ, लेकिन न जाने किस वज्ह से ये फ़िल्म रुक गयी। बाद में ये गाना अनु मलिक ने संजय गुप्ता की फ़िल्म 'रामशस्त्र' में दिया। विनोद राठौर की आवाज़ में ये गाना भी ख़ूब चला। उसके बाद अनु मलिक और राहत भाई की जोड़ी बन गयी और वो लगातार एक साथ काम करने लगे– 'टक्कर', 'गुंडाराज', 'प्रेमशक्ति' वग़ैरह के गीत लिखने के बाद 'वीनस' कम्पनी की फ़िल्म 'मैं खिलाड़ी तू अनाड़ी' में एक मर्तबा फिर राहत भाई के गाने पसंद किये गये। अब तक राहत भाई ने अनु मलिक के साथ क़रीब डेढ़ दर्जन से ज़ियादा फ़िल्में लिखी हैं, जिनमें– 'हिमालय पुत्र', 'दरार', 'इश्क़' वग़ैरह बेहद कामयाब फ़िल्में थीं। इस बीच अनु मलिक के साथ जावेद अख़्तर फ़िल्म 'इश्क़' लिख रहे थे। उन दोनों के दरमियान कुछ नाइत्तिफ़ाक़ी हो गयी और जावेद अख़्तर ने वो फ़िल्म छोड़ दी। अनु मलिक ने इंद्र कुमार की उस बड़ी फ़िल्म में जावेद अख़्तर की जगह राहत भाई से रुजूअ किया, जिसमें बाक़ी के दो गीत जो फ़िल्म की जान थे, राहत भाई ने लिखे।

फ़िल्म 'इश्क़' ही की तरह मश्हूर हिदायतकार राजकुमार संतोषी की फ़िल्म, जिसके नग़्मा-निगार मज्रूह सुल्तानपुरी थे, फ़िल्म के म्यूज़िक डायरेक्टर राहुल देव बर्मन का इंतक़ाल हो चुका था। संतोषी एक ऐसा गाना चाहते थे जो फ़िल्म को हिट कर दे। उन्होंने अनु मलिक और राहत भाई का इंतख़ाब किया। ये फ़िल्म 'घातक' थी और राजकुमार संतोषी की निगाहे-इंतख़ाब को दाद दी जाये कि फ़िल्म 'घातक' का गाना जो ममता कुलकर्णी पर फ़िल्माया गया था– *'कोई जाये तो ले आये, मेरी लाख दुआएँ पाये, मैं तो पिया की गली जिया भूल*

आयी रे।' ज़बरदस्त हिट साबित हुआ। ये गाना फ़िल्म की जान था।

राजकुमार संतोषी ही की तरह मशहूर प्रोड्यूसर-डायरेक्टर एन. चंद्रा की फ़िल्म 'बेक़ाबू' में राहत साहब का दाख़िला इसी तरह हुआ। उनकी फ़िल्म के गाने निदा फ़ाज़ली ने लिखे थे, लेकिन दो गाने और शामिल किये गये। ये गाने भी फ़िल्म की मक़्बूलियत का सबब बने; ख़ासतौर पर राहत भाई का ये गाना–

उम्र तेरी सोलह नख़रे तेरे सत्रह।
सत्रह नख़रोंवाली तेरा हर नख़रा है ख़त्रा।

इसी ज़माने में इक़्बाल दुर्रानी की फ़िल्म 'ख़ुद्दार' के लिए काम चल रहा था। फ़िल्म रिलीज़ होते ही राहत भाई के गाने सारे मुल्क में गूँजने लगे– *'तुम सा कोई प्यारा कोई मासूम नहीं है'* और *'दिल लगाकर हम ये समझे ज़िंदगी कितनी ख़ूबसूरत है।'*

ग़रज़ ये कि राहत भाई फ़िल्मी दुनिया के रंगों में अब पूरी तरह रँग चुके थे। इस वक़्त के तमाम बड़े प्रोड्यूसर-डायरेक्टर के साथ वो काम कर रहे हैं। विनोद खन्ना, फ़िरोज ख़ान, डेविड धवन, अब्बास-मस्तान, राजकुमार संतोषी, एन. चंद्रा, जे. पी. सिप्पी, विधु विनोद चोपड़ा, इक़्बाल दुर्रानी, अज़ीज़ सजावल, मंसूर ख़ान, लॉरेंस डिसूजा वग़ैरह क़ाबिले-ज़िक्र हैं।

राहत भाई के फ़िल्मी कैरियर में एक अहम मोड़ फ़िल्म 'क़रीब' के साथ आया। विधु विनोद की इस फ़िल्म का बॉक्स-ऑफिस पर चाहे जो भी हश्र हुआ हो, लेकिन अनु मलिक और राहत भाई के नाम की चारों तरफ़ धूम मच गयी। काश कि फ़िल्म भी हिट हो जाती तो शायद अनु मलिक और राहत इंदौरी की जोड़ी फ़िल्मी तारीख़ को एक नया रुख़ दे

देती। ये फ़िल्म लिखते वक़्त राहत भाई पर रात-दिन 'क़रीब' ही की धुन सवार रहती थी। इतनी मेह्नत, लगन और जोश मैंने उनके यहाँ कम ही देखा है। ख़ुद उनका कहना है कि जो काम रिकार्ड नहीं हो सका वो बहुत ही आला दरजे का था; लेकिन फ़िल्मवालों की भी कुछ मज्बूरियाँ होती हैं। उनके सामने फ़िल्म की कहानी और सिचुएशन के साथ-साथ नाज़रीन की दिलचस्पियों को भी नज़र में रखना होता है।

बहरहाल, फ़िल्म 'क़रीब' के नग़्मात ने राहत भाई को एक अलग पहचान दी। उनके लिखे हुए गाने न सिर्फ़ अवाम, बल्कि ख़वास ने भी पसंद किये। 1998 के स्क्रीन वीडियोकॉन एवार्ड के लिए भी इस नग़्मे को चुना गया। ये नग़्मा था–

चोरी-चोरी जब नज़रें मिलीं,
चोरी-चोरी फिर नींदें उड़ीं
चोरी-चोरी फिर दिल ने कहा,
चोरी में भी है मज़ा

इसी फ़िल्म के दूसरे नग़्मे में भी भरपूर शायरी का मज़ा मिलता है, जिसे कुमार शानू ने बहुत ही ख़ूबसूरत अंदाज़ में गाया है–

ग़म का मौसम गुज़रता नहीं, ज़ख़्म यादों का भरता नहीं
रात परबत है कटती नहीं, दिन है दरिया उतरता नहीं
उम्र कैसे गुज़र पायेगी, एक पल जब गुज़रता नहीं

फ़िल्म 'क़रीब' के दौरान इस बात का ज़िक्र दिलचस्पी से ख़ाली नहीं होगा और इससे ये भी अंदाज़ा होगा कि राहत भाई को इस फ़िल्म में कितनी दिलचस्पी थी। विधु विनोद चोपड़ा इस फ़िल्म में एक ऐसा गाना भी चाहते थे, जिसमें पंजाबी के अल्फ़ाज़ हों। उन्होंने उस गाने के लिए अपने ज़ेह्न में गुलज़ार का नाम भी सोच रखा था। जब उस गाने को लिखने

का वक़्त आया तो चोपड़ा जी ने राहत भाई से कहा कि 'तुम चूँकि पंजाबी नहीं जानते इसलिए मैं एक गाना गुलज़ार से लिखवा रहा हूँ। राहत भाई के लिए ये बात ज़रा सुबकी की थी। उन्होंने दरयाफ़्त किया कि ये गाना आप कब रिकार्ड करने जा रहे हैं। पता चला कि अभी दो हफ़्ते का वक़्त है। राहत भाई ने ये कमाल किया कि उस क़लील वक़्त में पंजाबी की बहुत-सी किताबें जो वहाँ की शायरी, समाज, सक़ाफ़त और रस्मो-रिवाज से मुताल्लिक़ थीं, पढ़ डालीं और अपने आपको इस क़ाबिल बना लिया कि पंजाबी लिख सकें। एक माह के बाद विनोद चोपड़ा को वो चीज़ें सुनायीं जो उन्होंने लिखी थीं और आख़िकार ये मरहला भी तय हुआ। वो गाना जो पंजाबी ख़ुश्बू लिए हुए अपने आप में बड़ा गहरा तास्सुर रखता है।

फ़िल्म 'क़रीब' के बाद भी राहत भाई की कई फ़िल्में रिलीज़ हुई हैं, जिनमें 'हीरो हिंदुस्तानी' और 'प्रेम अगन' क़ाबिले-ज़िक्र हैं। दोनों फ़िल्में कुछ ज़ियादा नहीं चलीं लेकिन गाने बहुत मक़्बूल हुए। अब इसका इलाज तो राहत भाई के पास नहीं है कि फ़िल्में चलें भी। अलबत्ता उनके लिखे हुए गाने बेहद कामयाब होते हैं।

एक और फ़िल्म का ज़िक्र कर रहा हूँ। ये फ़िल्म ABCL की है, 'अमिताभ बच्चन कॉर्पोरेशन लिमिटेड'। इस फ़िल्म का नाम 'गायक' है। म्यूज़िक डायरेक्टर अनु मलिक और डायरेक्टर रवींद्र पीपट, जो राजकपूर के मुआविन (सहयोगी) रह चुके हैं। मुझे राहत भाई ने बताया कि इस फ़िल्म के पाँच बहुत ख़ूबसूरत गाने रिकार्ड हो चुके हैं। हर नशिस्त (बैठक) में ख़ुद अमिताभ बच्चन ने उन गानों के शायर राहत भाई की पीठ थपथपायी है, लेकिन ABCL कुछ माली बुहरान (आर्थिक तंगी) का शिकार हो गया और उस कम्पनी के कई प्रोजेक्ट बंद हो गये। ख़ुदा करे ये फ़िल्म मुकम्मल हो तो हमें

राहत भाई के कुछ और गाने सुनने को मिलें।

इन दिनों फ़िल्म नगरी में एल्बम बनाने का काम बड़े ज़ोरों पर है। हालाँकि राहत भाई के पास भी नये लोगों के बहुत-से ऑफ़र आये, लेकिन इन्होंने क़ुबूल नहीं किये। हाँ, पिछले दिनों Wings कम्पनी के लिए दो प्राइवेट एल्बल का काम शुरू किया है। जिसमें एक एल्बम की ख़ूबी ये है कि उसके कम्पोज़र कल्याण जी भाई (कल्याण जी-आनंद जी) हैं और उस एल्बम का music arrangement उनके बेटे, मशहूर नौजवान मूसीक़ार विजू शाह तैयार कर रहे हैं। वैसे भी इसके पहले प्राइवेट एल्बम में राहत भाई का कलाम जगजीत सिंह, विपिन सचदेवा, रूप कुमार राठौर-सोनाली राठौर, अनुराधा पौडवाल और दीगर गुलूकारों ने गाया है।

पिछले दिनों राहत भाई की चंद फ़िल्में और रिलीज़ हुईं। इनमें 'ख़ौफ़', 'अगर तुम न आये', 'दीवाना तेरे प्यार का', 'मिशन कश्मीर' वग़ैरह हैं। 'मिशन कश्मीर' ने मुल्क के कई शह्रों में गोल्डन जुब्ली की। इस फ़िल्म का एक नगमा 'बुम्बरो बुम्बरो' साल के बेहतरीन नग़्मात के लिए nominate हुआ। इन दिनों राहत भाई विधु विनोद चोपड़ा की फ़िल्म 'chess', मक़्बूल फ़िदा हुसैन की फ़िल्म 'मीनाक्षी' और राज बब्बर की फ़िल्म 'काश आप हमारे होते' के लिए नग़्मात लिख रहे हैं। इन फ़िल्मों के मूसीक़ार हस्बे-तर्तीब (क्रमानुसार) अदनान सामी, ए. आर. रहमान और आदेश श्रीवास्तव हैं।

राहत भाई ने कम वक़्त में जितना काम किया है वो रिकार्ड काम है, वर्ना यहाँ लोगों को जूतियाँ रगड़ते-रगड़ते उम्र गुज़र जाती है। राहत भाई पिछले पाँच बरस में कभी महीना भर भी मुस्तक़िल (स्थायी रूप से) बम्बई में नहीं रहे। कभी दस दिन, कभी पंद्रह दिन। फिर किसी मुशायरे के लिए चले गये। अगर वो मुस्तक़िल यहाँ रहते तो जितना काम उन्होंने किया है,

उससे दोगुना काम हो सकता था, लेकिन राहत भाई मुशायरा भी नहीं छोड़ सकते कि वो उनकी रूह की ग़िज़ा (आहार) है और मुशायरा उन्हें नहीं छोड़ सकता कि वो मुशायरों की ज़रूरत हैं। अल्लाह उन्हें दोनों मैदानों में मज़ीद तरक़्क़ियाँ अता फ़रमाये।''

यहाँ एन. एम. ग़ोरी के इस मज़्मून को पूरे का पूरा, ज्यों-का-त्यों लिया गया है। इसके दो ख़ास कारण हैं। पहला तो ये कि ग़ोरी साहब ख़ुद राहत साहब के फ़िल्मी दौर के चश्मदीद रहे। दूसरा कारण ये है कि ख़ुद ग़ोरी साहब फ़िल्मों से बतौर निर्माता जुड़े रहे हैं, इसलिए इन्हें सारी सूचनाएँ और उन सूचनाओं की प्रामाणिकता अपने स्तर पर पता है। जितने विस्तार से ग़ोरी साहब ने ये लेख लिया है उससे पता चलता है कि वे राहत साहब को कितना मानते और चाहते हैं। जितनी बातें उन्होंने यहाँ बतायी हैं, उनमें बेशतर बातों को राहत साहब ख़ुद भी भूल चुके हैं।

राहत साहब ने भी अपने फ़िल्मी दौर की तमाम बातें बतायीं, जिनमें बहुत-सी तो ऐसी हैं कि उनको लिखना-बताना गोपनीयता भंग करने जैसा होगा, या ये भी कह सकते हैं कि उन बातों के ज़िक्र में कई नामों के खुलासे भी होंगे जो कि बहुत मुनासिब नहीं। कुछ बातें लिखी जा सकती हैं।

अनु मलिक राहत साहब के इंदौर-प्रेम से कभी-कभी तंग भी हो जाते थे। ऐसा होता था कि लगातार कई-कई दिन स्टूडियो में अनु मलिक के साथ राहत साहब काम करते रहते और अचानक ये बताकर बाहर आते कि सिगरेट पीकर वापस आ रहा हूँ। दो-चार घंटे बाद पता चलता कि राहत साहब तो इंदौर निकल गये। बीच-बीच में राहत साहब के दिल में घर की याद आती और वे माया-नगरी के माया-जाल को तोड़कर इंदौर रवाना हो जाते। जब भी राहत साहब का कोई यार-दोस्त मिलता तो अनु मलिक यही कहते कि इन्हें समझाइए ऐसे छोड़कर न भागा करें।

एक रोज़ राहत साहब विधु विनोद चोपड़ा के ऑफ़िस में गीतों से सम्बंधित कुछ काम कर रहे थे कि एम. एफ़. हुसैन के सी. ए. (Chartered Accountant) का फोन आया और पूछा गया कि क्या राहत इंदौरी वहाँ काम कर रहे हैं? इस तरह हुसैन साहब के बुलावे पर राहत साहब उनके पास गये। वो बहुत ख़ुश हुए। इंदौर के प्रोग्राम की चर्चा हुई और इंदौर शहर के बारे में तमाम बातें हुईं। फिर हुसैन साहब ने उन्हें बुलाने का मक़्सद बताया। हुसैन साहब ने जो काम बताया वो भी बहुत टेढ़ा और अजीब क़िस्म का था। हुसैन साहब अपनी फ़िल्म 'गजगामिनी' बना चुके थे और चाहते थे कि उसका एक 'ऑपेरा वर्ज़न' तैयार हो जाये। इसके लिए वो सबसे पहले ये चाहते थे कि राहत साहब उस फ़िल्म की पूरी पटकथा (screen-play) को पद्यबद्ध (poetic form) कर दें। इस तरह का काम पहले भी 'हीर-राँझा' फ़िल्म के लिए कैफ़ी आज़मी कर चुके थे। हुसैन साहब की योजना ये थी कि जब पूरी कहानी काव्य के रूप में आ जायेगी तो इस फ़िल्म के सारे कलाकारों को साथ लेकर पूरी दुनिया में जितने भी बड़े थियेटर हैं उनमें इसे दिखाया जायेगा। इसके लिए संगीतकारों, गायकों और वादकों की एक बड़ी टीम से बात भी हो चुकी थी। कहानी का एक बड़ा हिस्सा राहत साहब ने शायरी में ढाल दिया, जो शायद आज भी हुसैन साहब के साहबज़ादे सँभालकर रखे हों। उस योजना में एक मुश्किल आ गयी जिसकी वज्ह से उसे बंद करना पड़ा। दिक़्क़त ये हो रही थी कि फ़िल्म के सारे कलाकारों– माधुरी दीक्षित, शबाना आज़मी, नसीरुद्दीन शाह और शाहरुख़ ख़ान वग़ैरह का एक साथ, एक शह्र में, एक वक़्त में इकट्ठा हो पाना मुम्किन नहीं हो पा रहा था। इसे बीच में ही छोड़ना पड़ा।

ये काम तो अंजाम तक नहीं पहुँचा, लेकिन दोनों फ़नकारों की दोस्ती हो गयी। हर चार-पाँच दिन पर मुलाक़ात हो जाती थी। हुसैन साहब फोन करके पूछते– "और बताओ राहत क्या कर रहे हो? चलो कोचीन घूम आते हैं।" बस दोनों लोग पहुँच गये एअरपोर्ट और निकल लिए कोचीन। मुम्बई और पूरे देश भर में ऐसा साथ-साथ घूमना अक्सर हो जाता था। कभी फोन किया– "कहाँ हो? आओ खाना साथ खाते हैं।" पहुँच गये जुहू क्लब। एक से बढ़कर एक कलाकार और कला-पारखी वहाँ बैठे हैं,

खाना-पीना चल रहा है और कला पर चर्चा हाम रही है। जब हुसैन साहब कोई नयी पेंटिंग बनाते तो राहत साहब को दिखाते और बताते इसे फ़लाँ जगह देना है, उसे फ़लाँ जगह देना है।

इन्हीं सब मुलाक़ातों के दौर में हुसैन साहब ने अपनी फ़िल्म 'मीनाक्षी' शुरू की। राहत साहब को बतौर गीतकार रखा और ए. आर. रहमान को संगीतकार चुना। इस फ़िल्म के गीत लिखने के लिए राहत साहब जब एक बार इंदौर से मुम्बई पहुँचे तो इन्हें अँधेरी ईस्ट के होटल Holiday Inn में ठहराया गया। दुबारा जब गये तो होटल Juhu Centaur में रुकने का इंतज़ाम था। राहत साहब ने जान लिया कि ये सब बहुत महँगे होटल हैं तो हुसैन साहब से कहा– "हुज़ूर जितना इन होटलों का चार दिन का किराया है, उतने में पूरे साल किसी फ़्लैट का किराया देकर मुम्बई में रहा जा सकता।" हुसैन साहब बोले कि ले लो कोई फ़्लैट, तो राहत साहब ने कहा कि इस शहर में मैं कहाँ फ़्लैट ढूँढ़ पाऊँगा। अगली बार जब राहत साहब जब मुम्बई पहुँचे तो हुसैन साहब ने अपने मैनेजर से कहकर पहले से ही एक शानदार फ़्लैट का इंतज़ाम करवा रखा था। नयी बनी एक बहुमंज़िला इमारत के सातवें तल पर बने उस फ़्लैट में एक-एक चीज़ से कला का नमूना झलकता था। दीवारों से लेकर बेड-शीट तक के रंगों में एक ख़ास रब्त देखा जा सकता था। बेह्तरीन डिज़ाइनर फ़र्नीचर और सभी ज़रूरी सामान वहाँ मौजूद था।

'मीनाक्षी' फ़िल्म का काम पूरा होने के कुछ बरस बाद हुसैन साहब के बेटे उवैस हुसैन ने भी राहत साहब से अपनी एक फ़िल्म के लिए गाने लिखवाये। उस वक़्त उवैस दुबई में और हुसैन साहब लंदन में रहते थे। हुसैन साहब सिर्फ़ उस फ़िल्म के पाँच गाने सुनने के लिए लंदन से दुबई आये और सुनकर फिर वापस चले गये। 'मीनाक्षी' फ़िल्म के गाने लिखवाने से पहले हुसैन साहब ने राहत साहब से उनका मेहनताना पूछा था तो जवाब में राहत साहब ने कहा– "मैं क्या बताऊँ कि मुझे क्या चाहिए, मुझे तो आपके हाथ से मिलेगा यही मेरे लिए सबसे बड़ी बात होगी।" इस तरह का जवाब हुसैन साहब सुन चुके थे, इसलिए दुबई की मुलाक़ात में उन्होंने कहा– "राहत! उवैस तुम्हें कुछ देना चाहते हैं, किस करेंसी में लेना

तुम्हारे लिए बेहतर रहेगा?'' राहत साहब ने जवाब दिया कि इंडियन करेंसी। राहत साहब बताते हैं कि वो ऐसा दौर था कि जब कोई गीतकार एक गाने का पच्चीस हज़ार भी माँग लेता था तो अच्छे-अच्छे निर्माता देने से इंकार कर देते थे। जब चेक मिला तो ज़िंदगी में पहली बार राहत साहब ने फोन करके अपनी वाइफ़ सीमा जी को बताया कि– ''तुम्हारे लिए पाँच लाख का चेक लेकर आ रहा हूँ।'' मेरे ख़याल में ये गीत का पेमेंट नहीं था, बल्कि ये गीतकार का सम्मान था, ये कलाकार की तरफ़ से दूसरे कलाकार को दिया गया तोह्फ़ा था, ये एक इंदौरी के प्रति दूसरे इंदौरी की मुहब्बत का इज़्हार था।

आज भी राहत साहब ने फ़िल्मी दुनिया से नाता नहीं तोड़ा है। तमाम निर्देशकों और संगीतकारों से उनके ताल्लुक़ आज भी बरक़रार हैं। कई लोग अब भी राहत साहब से गाने लिखवाने के लिए राब्ता क़ायम करते रहते हैं। आमिर ख़ान और नवाज़ुद्दीन सिद्दीक़ी जैसे कलाकार राहत साहब के प्रशंसक हैं। पिछले बरस अपनी एक निजी पार्टी में आमिर ख़ान ने राहत साहब को ख़ुसूसी तौर पर दावत दी थी, जिसमें वो गये भी थे। अपनी तबीअत ख़राब रहने की वज्ह से राहत साहब मुशायरों में ही चले जाते हैं यही बहुत है। इतना कम वक़्त लोगों में दे पाने के बावजूद राहत साहब की शोह्रत में नित नया इज़ाफ़ा होता रहता है। महाराष्ट्र प्रदेश सरकार ने राहत साहब की दो ग़ज़लें कक्षा ग्यारह में पढ़ायी जानेवाली हिंदी की पाठ्य पुस्तक में शामिल किया है। हिंदी-उर्दू की लोकप्रिय विधा ग़ज़ल के बारे में स्टूडेंट्स की रुचि पैदा करने और उन्हें इस विधा के बारे में जागरूक करने के मक़्सद से इन ग़ज़लों को शामिल किया गया है।

तुमको राहत की तबीअत का नहीं अन्दाज़ा

(यहाँ राहत साहब के बारे में कुछ शायरों के विचार और संस्मरण दिये जा रहे हैं। ये विचार और संस्मरण मूल लेखों के कुछ अंश हैं। कुछ लेख-अंश 'लम्हे-लम्हे' के राहत इंदौरी विशेषांक से लिये गये हैं, जबकि कुछ लेख मेरे निवेदन पर इस किताब 'राहत साहब' के लिए ही लिखे गये हैं। 'लम्हे-लम्हे' के अंक के बारे में विस्तृत जानकारी के लिए देखें परिशिष्ट-I; इस सामग्री के इस्तेमाल की इजाज़त के लिए 'लम्हे-लम्हे' के सम्पादकों का बहुत-बहुत आभार।)

वामिक़ जौनपुरी

राहत इंदौरी का तहतुललफ़्ज़ (तहत-उल-लफ़्ज़) हिस्सियाती है। उसकी आवाज़ और आज़ाए उसके अश्आर-ओ-ख़यालात की शक्ल अख़्तियार कर लेते हैं। उसमें शिकारी चीते का लोच और पहुँच है, उसमें कोबरा और कराइत की डस लेने की कोशिश का अमल और पेचोताब है जो कलाम की मसहूरकुन तस्वीर पेश करता है और सामईन की पूरी तवज्जो ज़ेह्ने-शायर की दबोच में आ जाती है। अल्फ़ाज़ के दरमियान बामौक़ा वक़्फ़े तहतुललफ़्ज़ में जान डाल देते हैं। ये वक़्फ़े मूसीक़ी में बहुत

अहम मक़ाम रखते हैं; राहत के यहाँ बदरजा-ए-उत्म पाये जाते हैं। राहत के पढ़ने में वो सब ख़ुसूसियात मिलती हैं जो बुलंद पाया उस्तादे-फ़ने-मूसीक़ी में मिलती हैं। मस्लन् तबला-नवाज़ कंठे महराज की रस्तख़ेज़ी, उस्ताद फ़ैयाज़ खाँ की गरज और खरज, रविशंकर के सितार की सदा-ए-तारे-बेमिज़्राब, कत्थक रक़्क़ासा जोशी का नृत्य-भाव और बैले डांसर का बेतकान हवा में तैर जाना।

राहत एक कामयाब तहतुललफ़्ज़ का शायर है। चंद मुबस्सिरीन उसको मुशायरों का 'सुल्ताना डाकू' कहते हैं। मुझको उन हज़रात से इत्तिफ़ाक़ नहीं और अगर है तो सिर्फ़ इस क़दर कि वो मुशायरों को लूट लेता है और उसके बदले में अपने ख़ास उस्लूब-ए-तहतुललफ़्ज़, अपने ताज़ा मिज़ाज सेहतमंद और तल्ख़-ओ-शीरीं कलाम को लुटा देता है। वो बहुत आसान ज़बान में शेर कहता है, जिसका ऐलान वो यूँ करता है–

हमने सीखी नहीं है क़िस्मत से
ऐसी उर्दू जो फ़ारसी भी लगे

ख़यालात इतने सीधे-सादे और ग़ैर-पेचीदा भी नहीं होते कि हर शख़्स उनको बाआसानी समझ ले और इसी का नाम अच्छी शायरी है। राहत अपने मुन्फ़रिद उस्लूबे-तहतुललफ़्ज़ में शेर की वो तस्वीर खींचता है कि उसका कलाम सामईन के ज़ेहन में नश्तर की तरह उतर जाता है। राहत इंदौरी जदीद उस्लूब-ओ-अंदाज़े-फ़िक्र का अच्छा शायर है। क़ागज़ पर भी उसके अश्आर उतने ही अच्छे लगते हैं जितना उसकी ज़बान से सुनने पर।

(मूल लेख- 'शायद कि तेरे दिल में उतर जाय मेरी बात', पृ. 45)

रिफ़्अत सरोश

यू. पी. के एक क़स्बे शाहगंज के मुशायरे में राहत इंदौरी से पहली बार मिलने का इत्तिफ़ाक़ हुआ। मैं मुशायरे की निज़ामत कर रहा था। एक नया नाम सामने आया– राहत इंदौरी। मैंने मुख़्तसर तआर्रुफ़ के बाद उन्हें दावते-कलाम दी। राहत माइक पर आये। एक-आध फ़िक़रा मेरी तरफ़ उछाला, कुछ अपने बारे में कहा और फिर ऐसा लगा जैसे किसी तेज़ शराब

की बोतल का काग उड़ गया हो और शराब उबलने लगी। सामईन उसके नशे में नहा गये। फिर कुछ अर्सा बाद ऐसा महसूस हुआ कि मुशायरों की फ़ज़ा पर राहत इंदौरी घटा की तरह छा गये हैं। मेरे इल्म-ओ-यक़ीन के मुताबिक़ ये घटा हिंदुस्तान के कोने-कोने में बरसी और जहाँ बरसी सामईन को शराबोर कर गयी। फिर समंदर पार हर उस मुल्क में पहुँची जहाँ-जहाँ उर्दू मुशायरों के शौक़ीन हैं।

उनका मज्मूआ-ए-कलाम 'पाँचवाँ दरवेश' मेरे सामने है। ये नाम– 'पाँचवाँ दरवेश' उनके मिज़ाज की अक्कासी करता है। वो क़लंदराना शान से जीते हैं। एक क़लंदर की तरह ही वो मुशायरों में जोशो-ख़रोश से शेर पढ़ते हैं। मिस्रों और लफ़्ज़ों का दरिया महफ़िल में बहा देते हैं। ग़ज़ल की पेशकश का ये तज्रबा इतना कामयाब है कि अब कई नौजवान इस तूफ़ानी अंदाज़ में ग़ज़ल पढ़ते हैं और दाद बटोरते हैं। बिला शुब्हा इस फ़न के मुवज्जिद राहत इंदौरी हैं, मगर ये तो उनकी शायरी का एक रुख़ है और अगरचे इस रुख़ ने ही उन्हें आलमे-उर्दू में मक़्बूल बनाया है, मगर उनकी शायरी में एक अलग अंदाज़ भी है। वो एक मुसव्विर हैं। मुसव्विरी उनके मिज़ाज का हिस्सा है और उन्होंने दानिस्ता या नादानिस्ता शायरी में तज्रीदी आर्ट के नमूने पेश किये हैं।

(मूल लेख- 'सूरज और परिंदों का शायर', पृ. 49)

मुज़फ़्फ़र हन्फ़ी

सफ़र और हज़र दोनों में मेरा उनका साथ रहा है और अपने चुलबुले मिज़ाज, बेतकल्लुफ़ अंदाज़े-गुफ़्तगू और जुर्रतमंदाना रविश के बावजूद गुज़िश्ता बीस-बाईस बरसों में इन्होंने मुझे हमेशा 'सर' कहकर ही मुख़ातिब किया। मख़्सूस नशिस्त हो या मुशायरे का पंडाल, हर जगह बहुत एहतराम से पेश आये। इंदौर के मुशायरों में इस तरह बढ़-चढ़कर दाद देते रहे, जैसे वो एक मश्हूर-ओ-मारूफ़ शायर नहीं, महज़ आम सामे हों। 'इस्लामिया करीमिया कॉलेज' में बहैसियत लेक्चरर अपने तक़र्रुर की इत्तिला उन्होंने देहली में मेरे ग़रीबख़ाने पर दी थी। तारिक़ शाहीन उनके साथ थे।

एक बार कलकत्ता से भोपाल तक उनके साथ सफ़र की नौबत आयी तो उन्होंने रास्ते भर इतनी मुहब्बत और उंसियत के साथ मेरी ख़िद्मत की कि मैं परेशान हो गया। गाड़ी भोपाल सुब्ह चार बजे पहुँची। उनको आगे इंदौर जाना था। ट्रेन छूट जाने का ख़त्रा मोल लेकर राहत बाहर आये और टैक्सी में बिठाने के बाद ही वापस हुए। ये सआदतें रीढ़ की हड्डी मज़्बूत रखनेवाले फ़नकारों के हिस्से में ही आती हैं।

कानपुर के हलीम कॉलेज में मुशायरा था। मैं सदारत की सूली पर लटका हुआ था। राहत ने माइक पर आकर कहा– ''सर, मैं आपके मेआर की चीज़ पढ़ूँगा तो सामईन मुझे हूट कर देंगे। प्लीज़ मुझे धंधा करने की इजाज़त दीजिए।'' मैं समझता था सामईन इतने बूदम भी नहीं हैं कि ऐसे डॉयलाग के बाद शायर को धंधा करने देंगे, लेकिन उस ज़ालिम ने पैंतरा बदलकर पढ़ना शुरू किया–

धूप और छाँव के मालिक मेरे बूढ़े सूरज
मेरे साये को मेरे क़द के बराबर कर दे

तो मुशायरा बारूद के ढेर की तरह उड़ गया। अवाम उन्हें मुशायरों का बेताज बादशाह यूँ ही तो नहीं कहती। माइक पर होते हैं तो लगता है पिस्तौल का घोड़ा चढ़ा हुआ है। एक ज़माने में मुशायरों के एक बहुत मक़्बूल शायर ने दून की ली ('दून की लेना' एक मुहाविरा है, जिसका अर्थ है– शेख़ी बघारना, आत्म-प्रशंसा करना।) तो मैंने उनसे कहा था कि भाई अगर मुशायरों की दाद ही मेआर ठहरी तो आप उसे भीख में हासिल करते हैं और राहत इंदौरी आपसे ज़ियादा दाद बतौर ख़िराज वसूल करते हैं। लिहाज़ा वो आपसे बड़े शायर हुए। मुझे यक़ीन है राहत इस बात से न ख़ुश होंगे, न मुत्मइन। वो जिस रिवायत और जिस क़बीले के शायर हैं, वहाँ ये चीज़ें सानवी हैसियत रखती हैं, अस्ल चीज़ है लहजा। वो शायरी में वही किरदार अदा करते हैं, जो कभी फ़िल्मों में अमिताभ बच्चन अदा करते थे– 'एंग्री यंग मैन' का किरदार।

(मूल लेख- 'हमारा नुमाइंदा', पृ. 70)

ज़ुबैर रिज़वी

राहत इंदौरी मुशायरे के खुले दरवाज़े से शेर सुनाते हुए मुशायरे के सामईन के सामने आये थे। उनकी शायरी की नश्तरियत और उनके शेर सुनाने में ड्रामाई अंदाज़ ने उन्हें मुशायरे का मक़्बूल शायर बना दिया। शुरू में उनके शेर सुनाने का गर्म लहजा मेरे जैसे शोरिश गुफ़्तारी से घबरानेवाले शायर को बड़ा गिराँ गुज़रता था। शायद राहत को भी ये एहसास था कि उन्हें अपने शेर सुनाने के अंदाज़ को अभी और तराशना है। इस एहसास के पसे-पर्दा संजीदा अदब से उनकी वाक़िफ़ीयत और उर्दू तद्रीस से उनका मुस्तहकम रिश्ता भी था। चुनांचे राहत ने अपनी मक़्बूलियत के बाद के बरसों में अपने शेर सुनाने के अंदाज़ में उस ड्रामाई तकनीक को ज़ियादा बरतना शुरू किया जो स्टेज के किसी भी मुज़ाहिरे के लिए अव्वलीन शर्त समझी जाती है। अब राहत के यहाँ आवाज़ का ज़ीरो-बम ज़ियादा ड्रामाई है। वो अपनी आवाज़ के ग्राफ़ पर ख़ासा कंट्रोल रखते हैं। अपनी आवाज़ के सौती तहर्रुक और उसकी तहदारी से पूरा-पूरा फ़ायदा उठाते हैं। इसीलिए पहले और दूसरे मिस्र्रे के निस्फ़ तक वो अपने सामे को पूरी तरह साकित-ओ-जामिद करके अपने शेर के हिसार में रखते हैं और फिर मुकम्मल होते हुए दूसरे मिस्र्रे को इस चाबुकदस्ती के साथ सामे की समाअत के हवाले करते हैं कि वो बेसाख़्ता रुकी हुई साँस को पूरे शोर के साथ हवा के हवाले कर देता है।

राहत ने कभी मुशायरे में हासिल होनेवाली मक़्बूलियत के सहारे 'अदबी दुनिया' में एतबार हासिल करने के लिए कोई दरवाज़ा नहीं खटखटाया और न ही इन्होंने अदब या अदबी रिसाइल और ख़ालिस अदबी महफ़िलों में दाख़िला न मिलने पर वसीम बरेलवी की तरह अदबी गिरोहबंदियों और क़िलासाज़ियों का मातम किया। राहत ने अगर एक तरफ़ मुशायरे के स्टेज के तक़ाज़ों और सुननेवालों के वक़्ती मौज़ूआत और मसाइल से दिलचस्पी को पैमाना बनाकर शेर कहे तो साथ ही उनकी ये कोशिश भी रही कि उनका शेर मुशायरे से बाहर भी साँस ले सके। अगर राहत इंदौरी के 'मुशायरा इमेज' से हटकर उनके शेरी मज्मूए 'पाँचवाँ दरवेश' को पढ़ा जाये तो उनकी शायरी ख़ालिस मुशायरे की शायरी नहीं

लगती। उनके कई शेर मज्मूए से सरसरी गुज़र जाने से रोक लेते हैं।

(मूल लेख- 'राहत इंदौरी और शोहरत का धुआँ', पृ. 77)

ज़फ़र गोरखपुरी

राहत मुशायरों के बेहद कामयाब और मक़्बूल शायर हैं। उनके तहत के आगे अच्छे-अच्छों के चराग़ मंद पड़ जाते हैं। क्यूँ न हो, उनसे ज़ियादा मुशायरों की नफ़्सियात कौन समझेगा कि मुशायरे के मौज़ूँ पर उन्होंने पीएच. डी. किया है। मैंने राहत की शायरी का मुताला मुशायरों के हवाले से नहीं किया है। राहत की शायरी ज़िंदगी के छोटे-बड़े मसाइल, अहदे-हाज़िर के सियासी और समाजी हालात और एक आम आदमी के दुःख-दर्द की तर्जुमान है। उनकी शायरी में किसी गहरे फ़ल्सफ़े या किसी पेचीदा रम्ज़ की उक़्दाकुशाई नहीं, लेकिन ये कम अहम बात नहीं कि हम उसमें ज़िंदगी की धड़कनें सुनते हैं। ये शायरी हमें अपने एतराफ़ फैली हुई वसीअतर दुनिया के शबो-रोज़ की सच्ची तस्वीरें दिखाती है। तख़्लीक़ी सत्ह पर सादा और मानूस लफ़्ज़ियात के इस्तेमाल और एक ग़ैरमुब्हम पैराया-ए-इज़्हार ने राहत की शायरी को ऐसा ज़ायक़ा अता कर दिया है जो अवाम और ख़वास दोनों को अपने दायरा-ए-असर से बाहर जाने नहीं देता।

राहत का लहजा तीखा है। उनके शेरी मिज़ाज में साफ़गोई, बेख़ौफ़ी और बेबाकी है जो मेरे नज़्दीक एक हक़ीक़ी फ़नकार का जौहर है। एक बात जिसकी तरफ़ मैं इशारा करना चाहूँगा वो ये है कि इनके यहाँ एहतजाज वाफ़िर है और एहतजाज का आहंग इतना crude, वाज़े और बयानिया है कि वो कभी-कभी फ़िक्री सत्ह पर सहाफ़त के हुदूद में दाख़िल होते हुए महसूस होते हैं।

मैंने राहत की जो किताबें दस्तयाब हो सकीं उनका बग़ौर मुताला किया। इनके यहाँ बहुत-से अश्आर मिल जायेंगे जिनसे सरसरी गुज़र जाना आसान नहीं होगा। उनमें फ़िक्र है, शुऊर है, फ़न है और वो रचाव और हुनरदारी है जो किसी शेर को अदबपारा बनाती है। मैं राहत को उसी

नौअ के अश्आर के हवाले से पहचानता हूँ।

(मूल लेख- 'आम आदमी के दुःख-दर्द का तर्जुमान', पृ. 93)

क़ैसर-उल-जाफ़री

मुशायरे की आलमी शोहरत से राहत इंदौरी का नाम इस तरह वाबस्ता हो गया है कि उसकी शख़्सीयत और फ़न पर लिखने का ख़याल आते ही उसके वजूद के साथ ही मुशायरे के स्टेज का दायरा नज़र में घूम जाता है। उसकी गरजदार आवाज़, करख़्त लहजा और ड्रामाई अंदाज़ का एक ख़ूबसूरत और रौशन हाला ज़ेह्न पर छा जाता है और आम तौर से उसके अश्आर की नश्तरियत और तेज़ाबियत का एहसास तो होता है, मगर दूसरे महासिन और शेरी अनासिर तक नज़र पहुँचने में देर लगती है। राहत की शायरी सिर्फ़ मुशायरे ही तक नहीं है। उसके कलाम के मुताला के बाद आसानी से अंदाज़ा हो जाता है कि मुशायरा उसकी ज़रूरत और शोह्रत का सिला है वरना उसकी शायरी उसके हस्सास दिल की एक चीख़ है। वो जो सोचता है और जो कहता है उसे इस गूँगी-बहरी दुनिया तक पहुँचाना चाहता है। अपनी इस शऊरी और लाशऊरी फ़हम की तर्सील के लिए उसने नर्म-ओ-मुतरन्नुम लहजा कारआमद नहीं समझा। उसे दूसरों के लिए छोड़ दिया। राहत ने अपनी ग़ज़ल के एक-एक शेर को चीख़ना सिखाया है। मर्दाना वक़ार और बुलंद आहंगी का लबादा पहनाया है। नर्म-ओ-नाज़ुक अलामतों का सहारा उसके उस्लूब-ए-निगारिश और मक़्सदीयत के इज़्हार के लिए मौज़ूँ न होता। यही वज्ह है कि सदियों के बरते हुए अल्फ़ाज़ भी उसकी शायरी में बहुत कम जगह पा सके हैं। उसने निहायत पुरशुऊर और सफ़्फ़ाक लफ़्ज़ियात की तलाश की है और इस बात का एहसास जगह-जगह होता है कि राहत ने जो शेर कहे हैं अपनी तन्हाइयों को बहलाने के लिए नहीं कहे हैं, बल्कि अपने सामे को सामने रखकर कहे हैं। ऐसा सामे जिसके पस-मंज़र में हमारे मुल्क का माज़ी और हाल अपनी तमामतर ताबनाकियों और हौलनाकियों के साथ बिखरा हुआ है। पुरानी नस्ल और नयी पौध के दरमियान का ये शायर लगता है कि अंदर से खौल रहा है। माज़ी के इक़्तिदार और अज़्मतों का आईना चूर-चूर होकर उसके

तसव्वुर में चुभता है। बहुत बुलंदियों से गिरकर टुकड़े-टुकड़े हो जानेवाला माज़ी जो उसके अस्लाफ़ का विरसा था और उसे नहीं मिल सका, इसलिए उस महरूमी का मर्सियागो भी है और शाकी भी। ये कर्ब उसकी रगों में रवाँ-दवाँ लहू का फ़ित्री नतीजा भी है और एहसासमंदी का सुबूत भी, वरना उस दर्दमंदी के बग़ैर हाल की ताबीर-ओ-तख़्रीब का तज्ज़िया बहुत दुश्वार हो जाता।

राहत इंदौरी को तक़्सीमे-मुल्क के बाद उभरनेवाले ग़ज़लगो शोअरा में एक मुन्फ़रिद मक़ाम हासिल है। वो तरक़्क़ीपसंद तहरीक का शायर नहीं है, मगर तरक़्क़ीपसंद है; जदीद शायर भी नहीं है मगर अपने मौज़ूआत और फ़िक्र के एतबार से जदीद है। उसकी शायरी की दो बुनियादें हैं– एक उसका एहसास और दूसरा सोच का इन्फ़िरादी रंग। ये दोनों चीज़ें उसके यहाँ इतनी शिद्दत से पायी जाती हैं कि उसे इस क़बील का पहला शायर कहा जा सकता है।

(मूल लेख- 'अहदे-हाज़िर का सफ़्फ़ाक शायर', पृ. 97)

बशीर बद्र

राहत की ग़ज़ल में ज़िंदगी की क़ूवत, अस्री हक़ीक़तों का इद्राक, अपनी तहज़ीबी याददाश्त और मज़हबी रूहानियत का ऐसा ख़ूबसूरत इम्तिज़ाज है कि मौज़ूआत के लिहाज़ से भी उनकी ग़ज़ल वसीअ कैनवस की ग़ज़ल है। ग़ज़ल का ख़ालिस रूमानी उस्लूब, ज़िंदगियों की बेरहम हक़ीक़तों और अस्री अक़्लीयत से हमआहंग होकर आज के इंसान का दाख़िली मंज़रनामा ही राहत की ग़ज़ल है।

उनकी ग़ज़ल की कामयाबी की दो बुनियादें हैं– पहली ख़ूबी ये है कि उनकी तर्बीयत ग़ज़ल की आला और ज़िंदा ख़यालों में हुई और दूसरी ख़ूबी ये है कि उनकी बला की इन्फ़िरादियत इज्तिमाई शुऊर से बेनियाज़ नहीं है। एक अच्छे शायर की तरह वो अपने लिए लिखते हैं, लेकिन अपने लिए वो ऐसा सच तलाश करते हैं जो आज के इंसान के दुःख-सुख, आरज़ूओं, ख़्वाबों, फ़िक्रों और अंदेशों का सच हो जाता है। यही वज्ह है कि राहत की

इन्फ़िरादी और अछूती शायरी मक़्बूले-आम और पसंदीदा-ए-ख़वास के मदारिज से बयक वक़्त कामयाबियों के साथ गुज़र जाती है।

तख़य्युल की नुद्रत और इज़्हार की जिद्दत का इम्तिज़ाज उनके बेशुमार अश्आर में है। वो अपने एहसासात को जिन अस्री मंज़रों से पेश करते हैं वो कभी गिर्दो-पेश की नयी ज़िंदगी का नमूना होते हैं और कभी हमारे माज़ी की तहज़ीबी यादों के ख़ज़ीने से बरआमद होते हैं। आला शायरी की ख़ूबी है कि उसमें मंज़र, पसमंज़र हो जाते हैं और हर मंज़र में इंसान अपने दुःख-सुख के साथ ज़ियादा रौशन हो जाता है। राहत इंदौरी ऐसे कामयाब और ख़ुशनसीब शायर हैं कि उनके मश्हूर शेर हमारी आला ग़ज़लगोई के तन्क़ीदी मेआर पर पूरे उतरते हैं। दरअस्ल ये इम्तियाज़ एक अच्छे शायर की पहचान है। मैं जानता हूँ कि मुशायरों में वक़्ती कामयाबी के लिए शेर से ज़ियादा stage performance की अहमियत है, लेकिन इस बात को नहीं भूलना चाहिए कि मुशायरों में की गयी अदाकारी या तरन्नुम की लालाकारी से मश्हूर होनेवाला शेर, शायर का बड़ा दुश्मन है। वही वक़्ती शोह्रत उसकी दायमी बदनामी का सुबूत होती है, लेकिन कैसी ही अदाकारी से, कितने ही ड्रामे से, कैसे ही तरन्नुम से अगर अच्छा शेर सामने आता है और लोग उसकी तरफ़ मुतवज्जेह होते हैं तो कोई हर्ज नहीं। तरन्नुम और अदाकारी सुब्ह रुख़्सत हो जायेंगे और शेर अपनी अस्लीयत पर सफ़र करेगा।

राहत इंदौरी ऐसे ख़ुशनसीब शायर हैं कि मज्मूई तौर पर उनके वो शेर अवाम में मुशायरों के वसीले से मश्हूर हुए हैं, जो सीने-सीने सफ़र करें या काग़ज़ पर आयें तो अपनी शायराना सदाक़त की वज्ह से आज की ग़ज़ल के सरमाया का हिस्सा हो जायें।

(मूल लेख- 'ग़ज़ल का नाक़ाबिले-फ़रामोश शायर', पृ. 107)

वसीम बरेलवी

उक़ाबी नज़र, मिज़ाइली (मिसाइली) लहजा और तेज़ाबी तेवर जिस

फ़नकार की पहचान बन चुकी हो, उसके दौर को पहचानने की कोशिश कीजिए तो वाज़े हुए बग़ैर नहीं रहता कि उसका ज़िंदा ज़मीर हर मस्लेहत को इन्कारने, हर बंदिश को ठुकराने और हर रियाकारी को बेनक़ाब करने ही में तमानियत महसूस करता है। जो ख़्वाब देखने की उम्र से ही हक़ीक़तशनासी के जहन्नुम से गुज़रना सीखा हो, उसके लफ़्ज़ अंगारे और मिस्रे शोला न बन जायें तो और क्या बनें। चारों तरफ़ फैले हुए बदउन्वान और बेएतबार समाज के खोखलेपन और उस खोखलेपन के ख़िलाफ़ शदीद रद्दे-अमल ने राहत इंदौरी की शायरी को कुछ ऐसे मौज़ूआत फ़राहम कर दिये है जिन्हें तख़्लीक़ी क़लम ने उससे पहले छूने या छेड़ने का तसव्वुर भी नहीं किया था। इसीलिए इसके इर्तिक़ा की नुकीली काट जहाँ उसे अवाम की आख़िरी बेसहारा सफ़ तक ले गयी वहीं ख़वास की त्यौरियों के बल भी ढीले पड़े और उसकी एहतजाजी लबो-लहजे की नुद्रत के क़ायल हुए बग़ैर न रह सके।

उर्दू मुशायरे की मक़्बूलियत के आज़्मूदा नुस्ख़ों को उसने अपनी शोलाबयानी से कुछ इस तरह हर्फ़े-बातिन साबित कर दिखाया कि तारीख़े-तहत का एक नया उन्वान बन गया। बज़ाहिर वक़्त के हर ज़ुल्म के ख़िलाफ़ सीनासिपर हो जानेवाला राहत इंदौरी अंदर से जिस दर्दमंदी का अमीन है, शायद उसी का ये एजाज़ है जो उसे ऐन आलमे-एहतजाज में भी शायरी से दूर नहीं होने देता। यहीं उसके तख़्लीक़ी रख-रखाव का हुस्न उभरता है, जो एक तरफ़ भीड़ को भीड़ की ज़ेह्नी सत्ह पर जाकर तो दूसरी तरफ़ अदब के मेआरे-नक़्दो-नज़र को भी अपनी तरफ़ मुतवज्जेह करता है। जब हज़ारों लोगों पर मुश्तमिल मुशायरों में अपनी तमामतर घन-गरज के साथ छा जानेवाला राहत इंदौरी सफ़हा-ए-क़िर्तास पर उभरता है तो ज़ाहिरी-ओ-मानवी ख़ुश्बू से मुज़य्यन उसके शेरी पैकर उर्दू की अदबी तन्क़ीद से आँखों में आँखें डालकर बात करने का हौसला करते दिखायी देते हैं और फिर ये मानना पड़ता है कि तुमतुराक़े-इक़्तिदार के गिरेबान पर हाथ डालने की हिम्मत रखनेवाले राहत इंदौरी की मुरब्बी ज़ेह्नीयत, सिरिश्ती ख़ाकसारीयत और तब्ई क़लंदरीयत उसके तख़्लीक़ी तहय्युर को एक ऐसा मुतवाज़ी अंदाज़ बख़्शती है जो अपने अहद में ऐसी वज़्अ का

अलग ही फ़नकार साबित करने को काफ़ी है।

(मूल लेख- 'मिसाइली लहजे और तेज़ाबी तेवर का फ़नकार', पृ. 116)

मुनव्वर राना

ज़िंदगी के मसाइल, घर की मुँहज़ोर ज़रूरतें, अहबाब की बेरुख़ी, रिश्तों की टूट-फूट, देहात की उजड़ी दोपहरें, शहर की कर्फ़्यूज़दा रातें, सियासी बेएतिदाली, फ़िरक़ापरस्ती की गर्म हवा, नुमाइश की तरह सजे हुए मज़हबी रहनुमा और उन मज़हबी रहनुमाओं के मुँह से निकलनेवाले भोंडे नारों पर शायरी के हवाले से ज़िंदा तन्क़ीद करने को अगर मुशायरे की शायरी कहा जाता है तो मैं इस शायरी को सलाम करता हूँ और मुबारकबाद देता हूँ कि यार! तू और तेरे जैसे और भी कई जाँनिसाराने-अदब शहीद और ग़ाज़ी भी कहलायेंगे, क्योंकि घुँघरू हमेशा पीतल के ही होते हैं, लेकिन बाज़ार में होते हैं तो तवायफ़ का मुजरा कहलाते हैं और महल में पहुँच जाते हैं तो नवाब वाजिद अली शाह की मुहब्बत कहलाते हैं।

आज राहत इंदौरी शोहरत और इज़्ज़त के उस मक़ाम पर खड़े हैं जहाँ से तन्क़ीद सर झुकाकर या बहुत तेज़-क़दम होकर गुज़र जाती है। राहत को जो कुछ भी हासिल है उसमें उनकी मेहनत और नेकियाँ शामिल हैं। उनके होंठों की मुस्कराहट से अभी तक लड़कपन की ख़ुश्बू आती है। उनकी गुफ़्तगू में अभी तक एक लाउबाली नौजवान ज़िंदा है। उनकी आँखों में अभी तक सच बोलते हुए बच्चे जैसी बेनियाज़ी शामिल है। उनके पसीने से अभी तक मशक़्क़त की कमाई की ख़ुश्बू आती है। उनके हाथों में अभी तक वो तमाम कच्चे-पक्के रंग लगे हुए हैं, जो लड़कपन में होर्डिंग पेंट करते वक़्त उनकी हथेलियों से मस (मस्स) हो गये थे। उनकी आँखों में अभी तक वो थकन है, जिसे ग़ुरबत और बेरोज़गारी की निशानी कहा जाता है। उनकी आँखों में उन कच्ची नींदों का रस अभी तक मौजूद है जो रोटी के लिए औरत को बाज़ार और शायर को मुशायरे में ले आता है। उनकी सियाह रंगत में उस धूल और इंजन के कोयले का धुआँ भी शामिल है, जो मुस्तक़्बिल की तलाश में भटकनेवाले चेहरों का नूर होता है। लेकिन मुझे

कहने दीजिए कि जिस तरह अय्याश आदमी को तवायफ़ के जिस्म की ख़राशें नहीं दिखायी देती हैं, उसी तरह अक्सर नक़्क़ादों को शायर की बरतरी का अंदाज़ा नहीं होता है। इजाज़त हो तो मुझे ये भी कह लेने दीजिए कि हमारे अहद में उर्दू तन्क़ीद नूराकुश्ती होकर रह गयी है।

राहत, आज़ादी के बाद की पैदाइश हैं। उन्होंने फ़सादात में राँझा को मरते हुए और हीर को बरहना होते हुए भी देखा होगा। उन्होंने नफ़रतों के वो शोले ज़रूर देखे होंगे, जिन शोलों ने हिंदुस्तानी तहज़ीब के गंदुमी रंग को मटमैला कर दिया। क्या ये मुम्किन है कि ऐसे ख़ूनी मनाज़िर देखने के बाद भी शायर की आँखों में ख़ून के आँसू न आयें, ग़ज़ल मर्सिये का रूप न धार ले, शेर टूटे हुए शीशे की किर्चियों की तरह दिल-ओ-दिमाग़ को ज़ख़्मी न करे?

राहत को पूरे होशो-हवास से ये बात समझ लेना चाहिए कि अब वो मुशायरों की ज़रूरत ही नहीं हैं, बल्कि मुशायरों का वक़ार हैं। लिहाज़ा जब तक उर्दू-ज़बान ज़िंदा रहेगी मुशायरे होते रहेंगे और जब तक दुनिया में मुशायरे होंगे तो मुशायरों को वक़ार की ज़रूरत पड़ेगी। इन्हें यूँ भी अब बहुत मुहतात हो जाना चाहिए कि अब उनकी हैसियत उस संगे-मील जैसी नहीं है जिसे तन्क़ीद की लड़खड़ाती हुई ठोकर जानबूझकर या हादसाती तौर पर उखाड़ फेंके। अब तो वो संगे-बुनियाद का रूप धार चुके हैं जिस पर तामीरें तो की जा सकती हैं, लेकिन उसे उखाड़कर फेंका नहीं जा सकता है।

(मूल लेख- 'सरे-दार भी बोलेंगे तो सच बोलेंगे', पृ. 169)

शायर जमाली

राहत इंदौरी उस क़बीले का एक फ़र्द है जिसने अपने क़लम को सीना-ए-बातिल के लिए नेज़े की तरह इस्तेमाल किया है। जसारत का ये आलम कि क़दआवर-से-क़दआवर बातिलपरस्त के गिरेबान पर हाथ डाल देता है। उसने हर फ़ैसला अपने ज़मीर की आवाज़ पर किया है। शायरी क्या है? चंद बेअमल शायरों की नाक़ाबिले-अमले-सई, या नाक़ाबिले-

तक़्लीद कोशिश, हिज्रो-विसाल के क़िस्सों का शेरी इज़्हार, अहदे-माज़ी के मरासी, हाल का बयानिया, वाक़िआनिगारी, समाजी इस्लाह (social reform) या फिर सपाटबयानी (flat statement), समाज और मआशरे पर बराहे-रास्त तंज़ या किसी तयशुदा निज़ाम के लिए कमिटमेंट, बाँयें बाज़ू या दाँये बाज़ू की जमात या अहदे-हाज़िर के जल्लाद-सिफ़त हुक्काम के क़सीदे, अय्याश लोगों की ख़ल्वतों की राज़दार, सदाए-दिल, नवाए-बुलबुल, इंसान के दायमी रिश्तों को क़ायम रखने की कोशिश, मज़ाहिर फ़ित्रत के हुस्न का बयान कि जिसके ज़रीअे ख़ालिक़े-कायनात की हम्दो-सना की जाये और बस या कुछ और?

मैंने जब से राहत को जाना है, आज तक एक ख़ास बात महसूस की है और वो है कि उसकी इस्तिक़ामत, लहजे की नुद्रत, झुँझलाहट, किसी से मुतास्सिर न होना, दर्दमंदी, शराफ़ते-नफ़स, दोस्तदारी और सबसे अहम पहलू ये कि इकहरा किरदार; कि उसके पास दूसरा चेहरा है ही नहीं। ये एक ऐसा क़लमकार है जो एक फ़ातेह और ग़ाज़ी सिपहसालार की तरह सरगर्मे-अमल है। हर चंद कि कोई 'हिरावल दस्ता' मौजूद नहीं फिर भी वो आगे ही बढ़ता जा रहा है। उसकी नज़र उस रौशनी की तरफ़ है जो लाज़वाल है... वो है सदाक़त की रौशनी। मुलम्मासाज़ी, बनावट या बदलते हुए वक़्त या बदलते हुए लम्हे या मंसबों के हुसूल के लिए समझौता उसके मिज़ाज में है ही नहीं। यही खरापन उसे भीड़ से अलग और मुन्फ़रिद बनाये हुए है।

(मूल लेख- 'जुर्रते-इन्कार का शायर', पृ. 210)

मेराज फ़ैज़ाबादी

अब से तक़रीबन चौथाई सदी पहले राहत से मेरा तआरुफ़ हुआ। वो दौर *'तुम तसल्ली न दो सिर्फ़ बैठे रहो....'* जैसी ग़ज़लों का दौर था। आज जदीदियत के 'अमीरुल मोमिनीन' होने का दावा करनेवाले भी 'आँसू भरी आँखों' और 'बोझल घनी पलकों' में 'झीलें' और 'नर्म साये' तलाश कर रहे थे। लिहाज़ा मैं चौंका कि ये कौन तल्ख़ सच्चाइयों का तर्जुमान ग़ज़ल

की पुरसुकून झील में पत्थर फेंककर अपनी इन्फ़िरादीयत का ऐलान कर रहा है। देखने में फ़ौलाद, बरतने में सोना और एहसास की नाज़ुक मंज़िलों में कभी-कभार छन से बिखर जानेवाला शीशा भी। यहीं मैं ये वज़ाहत करूँ कि राहत ने अपने वजूद के गिर्द इतनी बुलंद फ़सीलें खड़ी कर दी हैं कि उसके अंदर के आदमी तक पहुँचना बहुत मुश्किल है। मुझे ख़ुशफ़हमी है कि मैंने उस लक्ष्मण रेखा को पार किया है और जहाँ तक मुम्किन हो सका राहत को देखने और समझने की कोशिश की है। बहैसियत शायर भी और बहैसियत इंसान भी, राहत जो सोचता है वही बोलता है और वही लफ़्ज़ जीकर भी अपनी फ़न्नी दियानतदारी को क़ायम रखने की कोशिश करता है।

हमारे बुज़ुर्गों ने ग़ज़ल को आमतौर से अपनी महरूमियों, नाकामियों और मज्बूरियों के 'डस्टबिन' की तरह इस्तेमाल किया था– *'क.फ़न सरकाओ मेरी बेज़बानी देखते जाओ'*। ज़िंदगी का एक अजीब मन्.फ़ी रवैया ग़ज़ल में दिखायी देता है। शायर की जो तस्वीर इन ग़ज़लों से उभरकर सामने आती है वो एक इंतिहाई बेबस, मज्बूर, लाचार, लाग़र-से इंसानी ढाँचे की है, जो ज़िंदगी को एक नाक़ाबिले-इलाज बीमारी की तरह जीता हुआ मौत का इंतज़ार कर रहा है।

फिर जब एक पुरएतमाद आवाज़ मेरे कानों में गूँजी..... *'मुझे भरोसा है अपने लहू के क़तरों पर, मैं नेज़े-नेज़े को शाख़े-गुलाब कर दूँगा'*, तो उस आवाज़ से बहुत-सी उम्मीदें वाबस्ता हो गयीं। गुज़िश्ता बीस बरस में राहत ने बहुत सच्ची और अच्छी शायरी की है। हमारे इज्तिमाई मसाएल की, इज्तिमाई नफ़्सियात की इससे बेह्तर तर्जुमानी और क्या हो सकती है। उससे मैं पूरे अहद का आईना बनने की उम्मीद रखता हूँ। जितना मैंने राहत को देखा और समझा है, उसमें वो तमाम सलाहियतें मौजूद पाता हूँ, जो अज़ीम शायरी के लिए लाज़िम-ओ-मल्ज़ूम हैं, मगर शायद बेपनाह अवामी मक़्बूलियत, मसरूफ़ियत और उर्दू हल्क़ों का गिरता हुआ ज़ौक़े-समाअत उसे इस मशक़्क़त से बेनियाज़ कर रहे हैं।

(मूल लेख- 'बाँयें काँधे का फ़रिश्ता', पृ. 248)

अनवर जलालपुरी

बुज़ुर्गों ने फ़रमाया कि इश्क़ पहली नज़र के पहले लम्हे में हो जाता है; हवस के लिए सारी उम्र कम है। मुझे 14 अगस्त 1976 की वो शाम अब तक याद है, जब राहत इंदौरी से मेरी पहली मुलाक़ात हुई थी और शाम ढलने के बाद आनेवाली रात को शायद मैं सारी ज़िंदगी न भूल सकूँ जब राहत को मुशायरे के स्टेज पर मैंने पहली बार सुना था। महसूस किया था। वैसे तो राहत की शोह्रत की ख़ुश्बू चंद महीने पहले ही से उत्तर प्रदेश की फ़ज़ाओं में फैली हुई थी। मुशायरों में मिलनेवाले शोअरा उसकी तारीफ़ें करते थे, उसके क़सीदे पढ़ते थे और उसके गुन गाते थे। ख़्वाहिश पैदा हुई कि मुशायरों की दुनिया का ये नया मेह्मान कहीं मिल जाये।

उत्तर प्रदेश के सबसे बड़े सन्अती और तिजारती शह्र कानपुर के 'मर्चेंट्स चैम्बर हॉल' में मुशायरा था। क़यामगाह पर मैं पाँच बजे शाम में पहुँच गया। थोड़ी देर बाद अपने एक शायर दोस्त अख़्तर ग्वालियरी के साथ सड़क पर इसलिए निकल आया कि ठंडे पानी से नहाकर तो जिस्म की थकान दूर हुई है, अब चंद ख़ूबसूरत मनाज़िर देखकर आँखों की ख़ुश्की दूर कर लूँ। चंद क़दम चलने के बाद ही अख़्तर ग्वालियरी ने कहा– चलिए राहत इंदौरी से मिल आयें। फ़लाँ होटल में ठहरे हैं। अख़्तर के जुम्ले सुनकर मैं दिल-ही-दिल में ख़ुश हुआ। मेरी तबीअत में एक सुरूर-सी कैफ़ीयत पैदा हुई। ऐसा लगा जैसे मुझे कोई खोयी हुई चीज़ मिलनेवाली हो। अब मेरे क़दम तेज़ हो गये, मेरी निगाहें उस होटल का बोर्ड तलाश करने लगीं जहाँ राहत ठहरे थे। चंद मिनट बाद वो होटल और कमरा मिल ही गया जो राहत की क़यामगाह था। दस्तक के जवाब में कमरे से आवाज़ आयी– "तशरीफ़ ले आइए।" अख़्तर ग्वालियरी ने मेरा नाम बताया। वो शख़्स बहुत ख़ुलूस, तपाक और फ़राख़दिली से गले मिला। ये थी राहत से मेरी पहली मुलाक़ात।

पहली ही नज़र में वो आँखों में समा गया, दिल में उतर गया। ऐसा शायद इसलिए हुआ कि उसकी सूरत, उसकी हैयत और उसका पूरा वजूद आम शोअरा से मुख़्तलिफ़ था। उसकी आँखों से बग़ैर पिये नशा छलक रहा था। उसके बाल बहुत घने तो नहीं थे लेकिन उनमें सियाह रेशम की

चमक थी। दाँत इतने सफ़ेद और चमकीले जैसे पान-कत्था, चूना-डली और तम्बाकू से उसे कभी सरोकार ही न रहा हो। उसके माथे की लकीरों पर उसके रौशन मुस्तक़्बिल की तह्रीरें पढ़ी जा सकती थीं। क़द इतना मुनासिब कि हज़ारों के मज्मे में अपने इम्तियाज़ को क़ायम रख सके। रंग ऐसा जिसे देखकर अफ़्रीक़ा के दर्जनों मुल्कों के सरबराहों के चेह्रे नज़र में घूम जायें, लेकिन निगाहे-तसव्वुर जाकर ठहर गयी रज़िया सुल्तान के तारीख़ी आशिक़ याक़ूत पर। काश! ये शख़्स पहली मर्तबा किसी मज़हबी जल्से में मिला होता तो मैं ज़रूर इससे पूछने की जसारत करता कि आपका शजरा-नसब हज़रत बिलाल हब्शी से तो नहीं मिल रहा है?

थोड़ी देर तआरुफ़ी गुफ़्तगू हुई। मुशायरों के तज़्किरे रहे। शोअरा और उनके शबो-रोज़ पर तब्सरे हुए। तकल्लुफ़ात का दबीर पर्दा दरमियान से हट गया। शाम का वजूद भी रात की आग़ोश में समा गया। यकायक मस्जिद से अज़ान की आवाज़ आयी। अख़्तर नमाज़ के लिए उठने लगे। उनके माथे पर सज्दों का निशान हम लोगों की निदामत का गवाह बन गया। हम लोग कमरे से निकल पड़े। अख़्तर मस्जिद और मैं क़यामगाह की तरफ़ चल पड़ा।

देखते-ही-देखते रात के दस बज गये। अब 'मर्चेंट्स चैम्बर हॉल' का डाइस है, शोअरा कराम हैं और सामईन से खचाखच भरा हुआ एअरकंडीशंड हॉल। कुछ इब्तिदाई काररवाई के बाद मुशायरे के कन्वीनर ने निज़ामत के लिए माइक मेरे सुपुर्द कर दिया। मैंने अपनी रिवायत के मुताबिक़ एक मुख़्तसर अदबी तक़रीर की और किसी एक शायर को दावते-ग़ज़लसराई देकर मुशायरे का बाज़ाब्ता आग़ाज़ कर दिया।

अभी तक राहत की तारीफ़ों से कान आश्ना हुए थे। मुलाक़ात के वक़्त उसकी बेतर्तीब मगर पुरमग़्ज़ गुफ़्तगू सुनी थी, लेकिन उसकी शायरी के तेवर से नावाक़िफ़ था। उसके लहजे की शिद्दत और सलाहियत का अंदाज़ा नहीं था। उसके एक-एक मिस्रे में तेशा-ए-फ़रहाद की तेज़ी है, इस हक़ीक़त से मैं बिल्कुल बेख़बर था। मुझे क़तई नहीं मालूम था कि उसकी वुस्अते-निगाह में सारा दश्ते-इम्काँ बस मुसाफ़त यक क़दम है। मुझे ये भी नहीं एहसास कि राहत के यहाँ परबतों से लड़ने का हौसला है। वो

गीली ज़मीन खोदकर फ़रहाद बनने में अपनी तौहीन समझता है। यही वज्ह थी कि मैंने सिर्फ़ पाँच-छः शायरों के बाद राहत को दावते-सुख़न दे दी।

उलझे हुए बाल, शराबख़ानों को शर्मिंदा करती हुई नशीली आँखें, आवाज़ में गरज और खनक का एक अनोखा इम्तिज़ाज और सर से पाँव तक सँभलकर बहकने और बहककर सँभलने की एक अलबेली अदा। राहत माइक पर खड़े हुए। न जाने क्यूँ अपने दोनों हाथ अपनी नाफ़ (नाभि) के ऊपर बाँधे हुए थे। सामईन (श्रोता) में से किसी मनचले ने आवाज़ लगायी– "हाथ खोलो।" मुम्किन है ये पुरलुत्फ़ तंज़िया जुम्ला बोलकर वो मनचला अपने को फ़ातेह समझ रहा हो। राहत ने बड़ी बरजस्तगी से हाथ खोलते हुए जवाब दिया– "जी, शुक्रिया, आप जो-जो कहिए मैं खोलता जाऊँ।" राहत के इस बरजस्ता जुम्ले ने एक लम्हे में उस मनचले की फ़त्ह को शिकस्त में तब्दील कर दिया। सामईन ने ज़ोरदार क़हक़हा लगाया। क़हक़हे में तो शोअरा कराम भी शरीक हुए। राहत की ज़ेहानियत की ये पहली छाप थी जो मेरे ज़ेह्न पर पड़ी। राहत ने शेर सुनाना शुरू किये।

सामईन की दाद-ओ-तहसीन की आवाज़ों से सारा हॉल गूँज उठा। वाह-वाह, सुब्हान अल्लाह, मुकर्रर इरशाद। इस तरह के तारीफ़ी कलमात की बुलंद आवाज़ों में सामईन ने मर्चेंट्स हॉल की छत को अपने सरों पर उठा रखा था। चंद मिनट की अश्आर-नवाज़ी ने राहत को मुशायरे का हीरो बना दिया। स्टेज के शोअरा भी राहत को भरपूर दाद दे रहे थे, मगर उनके चेह्रों पर तारीफ़ी मसर्रत से ज़ियादा हैरत के नुक़ूश देखे जा सकते थे। मेरे ज़ाती तास्सुर का ये आलम था कि जब तक राहत शेर पढ़ते रहे, मैंने दाद बहुत कम दी, हैरत और इस्तेहजाब से उसके अश्आर सुनता रहा। उसकी अदा-ए-दिलबरी और उसके अंदाज़े-साहिरी को देखता रहा।

राहत अपने अश्आर सुनाकर स्टेज पर बैठ गये, मज्मे पर सुकूत तारी रहा, डाइस के शोअरा इशारों-इशारों में राहत को उसकी अहमियत के एतराफ़ का सलाम पेश करते रहे। ये लम्हात मेरे लिए बेइंतहा कश्मकश के बन गये। बहैसियत नाज़िमे-मुशायरा मुझे राहत की शख़्सीयत और उसकी शायरी पर तब्सिरा करना था। अगले शायर के लिए फ़ज़ा हमवार

करनी थी। मुझे इस वक़्त कुछ नहीं याद है कि माइक पर जाकर मुसल्सल पाँच मिनट तक राहत के सिल्सिले में मैं क्या कुछ बोलता रहा, मगर इतना ज़रूर याद है कि मुझे उसकी शख़्सीयत में 'अख़्तर शीरानी' की ज़िंदगी की रूमानपरवरी नज़र आयी थी, उसकी आँखों में 'मजाज़' की ज़िंदगी के टूटे और बिखरे हुए ख़्वाबों का अक्स दिखायी पड़ा था। वो एक शाइस्ता आवारा-मिज़ाजी का नुमाइंदा लग रहा था। उसके लहजे में लोगों को झिंझोड़कर जगाने का तेवर शामिल था। उसका हर अंदाज़ लोगों की रूह में उतर रहा था, उसकी हर अदा उसे देखने और सुननेवालों का दिल मोह रही थी। राहत के बाद कई शोअरा ने अपना कलाम सुनाया, मगर मुशायरा काफ़ी देर तक सामईन की बेतवज्जही का शिकार रहा। ख़ुदा-ख़ुदा करके मुशायरा ख़त्म हुआ। ऐसा लगा जैसे ये रात राहत के नाम मंसूब हो चुकी थी। सिनरसीदा लोग उसे दुआएँ देते रहे। संजीदा लोग उससे हाथ मिलाते रहे, मगर बहुत-से नौजवान उससे गले मिले बग़ैर न रह सके। बहुत-सी ख़वातीन और लड़कियाँ ऑटोग्राफ बुक लिये राहत की तरफ़ बढ़ीं।

सन् 1976 से 2001 तक पचीस बरस गुज़र गये। इस तवील अर्से में राहत से मेरे तअल्लुक़ात क़रीब-से-क़रीबतर होते रहे। लातादाद मुशायरों में उसका साथ रहा। मैंने उसे सफ़र में भी देखा। छोटे-बड़े होटलों में उसके साथ क़याम भी किया। उसके शह्र इंदौर में उसका मेह्मान भी रहा। अपने घर पर उसकी मेज़बानी के फ़राइज़ भी अंजाम दिये, मगर हर बार उसकी किसी-न-किसी ख़ूबी का एतराफ़ करना पड़ा। उसके ज़र्फ़ में कुशादगी है। उसके अख़्लाक़ में बुलंदी और उसके मिज़ाज में फ़राख़दिली है। वो सफ़र में भी अहबाब का मेज़बान बना रहता है।

राहत जब मुशायरों में आया तो उसके अंदाज़ और उसकी शायरी ने लोगों को चौंकाया था। उसमें आगे बढ़ने, तरक़्क़ी करने, अपनी पहचान बनाने और अपना नक़्श क़ायम करने की सलाहीयत थी। अहम और क़ाबिले-ग़ौर बात ये है कि ये सलाहीयत उसमें अब तक क़ायम है। उसके तख़्लीक़ी ज़ेह्न में अब तक थकन नहीं पैदा हुई। ग़ज़ल के मज़ामीन और मौज़ूआत उसके सामने हाथ बाँधे खड़े रहते हैं। उसको अपने मुताले से ज़ियादा मुशाहिदे पर भरोसा है। ख़ुदसाख़्ता नाक़िदीन के बक़राती और

फ़र्सूदा अक़वाल के मुक़ाबले में वो अपने तज्रबे को तर्जीह देता है। उसका मुकम्मल एक शेर नहीं, बल्कि पहला मिस्रा ही उसके लहजे की शिनाख़्त का ऐलान कर देता है। वो क़िला-ए-मुअल्ला के दीवाने-ख़ास का नहीं, बल्कि जामा मस्जिद की सीढ़ियों का शायर है। उसने अवाम के दिलों में घर बनाया है। उसके यहाँ 'मीर' से इश्क़ तो है लेकिन 'मीर' की पैरवी नहीं। उसे 'ग़ालिब' की अज़्मतों का एहसास तो है, मगर वो मुक़ल्लिदे-ग़ालिब नहीं। उसे अगर तलाश है तो सिर्फ़ अपनी। राहत बेयक़ीनी नहीं, ख़ुदएतमादी का शायर है। वो बेबसी नहीं बुलंद-हिम्मती का नक़ीब है। वो अपने ज़िंदा रहने की राह का तअय्युन ख़ुद करना चाहता है।

राहत का तअल्लुक़ दोस्तों से आशिक़ी की हद तक मज़्बूत है। उसे वफ़ादारी और बेवफ़ाई की हुदूद का इल्म है। वो मंज़िल आने से पहले रास्ते में किसी हमसफ़र के रवैये पर तब्सिरा करने को बेवक़्त की तन्क़ीद समझता है। वो दुश्मनी का रूप अख़्तियार कर लेनेवाली दोस्ती को हालात की सितमज़रीफ़ी से ताबीर करता है। मुनाफ़क़त, ग़ीबत और ऐबजोई से उसका मिज़ाज कोई समझौता नहीं कर पाता। उसने ज़िंदगी को खुली किताब बना रखा है। उसने अपने अस्ल चेह्रे पर कोई नक़्ली चेह्रा नहीं लगाया।

राहत की शख़्सीयत में फ़ुनूने-लतीफ़ा (ललित कलाओं) के माहिरीन की बहुत-सी कमज़ोरियाँ और ख़ूबियाँ यकजा हो गयी हैं। उसकी जमालियाती जस में लताफ़त भी है और शिद्दत भी, मगर उस शिद्दत के बावजूद भी अपनी ख़ुद्दारी की सत्ह को उसने कमतर नहीं किया। उसकी प्यास कभी चश्मा-ए-आब तक नहीं गयी, बल्कि उसने ऐसे हालात पैदा किये कि चश्मा-ए-आब ख़ुद उस तक आ गया। मैंने ऊपर लिखा है कि राहत के मिज़ाज में बहककर सँभलने और सँभलकर बहकने की एक अदा है।

राहत अपने अहद की तेज़ रफ़्तार ज़िंदगी की बेसिम्तों से अच्छी तरह वाक़िफ़ है। वो ज़माने और माहौल की तारीकियों की अय्यारी और उजालों के ख़ूबसूरत फ़रेब पर बाक़ायदा निगाह रखता है। अहदे-हाज़िर की सियासी इबादतगाहों और इबादतगाहों के नाम पर कारोबारी सियासतदानों

के रवैये ने उसका दिल भी तोड़ा है। वो माज़ी के फ़र्मांरवाइओं और ख़ुदसाख़्ता ज़िल्ले-सुब्हानियों की आक़िबत नाअंदेशियों का भी शाकी है और दौरे-हाज़िर के मुजाहिदीने-मिल्लत की बेवक़्त जज़्बातीयत ने भी उसे झुँझलाहट का शिकार बनाया है।

राहत शायर और शायरी के बुलंद मंसब से वाक़िफ़ है। उसे इस हक़ीकत का हरदम एहसास रहता है कि शायर अपने ज़माने का नाक़िद भी है और मुबस्सिर भी, साथ ही मुस्तक़्बिल का मुबश्शिर भी। वो वक़्त की आवाज़ होता है। उसे पैग़म्बरी के रुत्बे का इद्राक हो या न हो, मगर वो अपना पैग़ाम वक़्त और ज़माने के हवाले करके मुत्मइन हो जाता है।

राहत का तअल्लुक़ चूँकि इंदौर से है जो दिल्ली, हैदराबाद और लखनऊ के तहज़ीबी मराकिज़ से काफ़ी फ़ासले पर है। वहाँ के आम लोगों ने इन मरकज़ों का न तो तहज़ीबी उरूज देखा है न ज़वाल। यही वज्ह है कि राहत की शायरी में न तो क़सीदे का आहंग है न मर्सिये का रंग। उसके यहाँ न तो ख़ुशी के मौक़े की बेएतिदाली है न ग़म के मौक़े की मायूसी। वो बस के लुटने और लुट के बसने का चश्मदीद गवाह नहीं है। इसीलिए उसके कलाम में ग़मज़दगी नहीं, बल्कि हौसलामंदी है; नाउमीदी नहीं, बल्कि तामीरे-नौ की ख़्वाहिश है।

(मूल लेख- 'तआरुफ़ से तअल्लुक़ तक', पृ. 287)

मंसूर उस्मानी

राहत भाई की शायरी का तीखापन, लहजे की इन्फ़िरादीयत और तहतुललफ़्ज़ के बेमिसाल अंदाज़ की ख़बरें अहबाब से कई बार सुन चुका था, मगर पहली बार जब उन्हें रामपुर के नुमाइश के मुशायरे में सामने बैठकर सुनने का इत्तिफ़ाक़ हुआ तो वो हर लिहाज़ से सुनी-सुनायी से बहुत आगे की चीज़ निकले। रामपुर जैसी इल्मी, अदबी तहज़ीबी, नवाबी और आतिशी बस्ती में पहली बार में अपना सिक्का जमा लेना कितना मुश्किल है; इस हक़ीक़त को सिर्फ़ वही शोअरा जानते हैं जो इस आग के दरिया को पार कर चुके हैं। मुझे अच्छी तरह याद है कि उस मुशायरे में राहत भाई ने

अपने पहले शेर से लेकर आख़िरी शेर तक न सिर्फ़ मुशायरे की फ़ज़ा को मुतास्सिर किया था, बल्कि मुशायरे पर इस तरह छा गये थे जैसे तुलूअ होता हुआ सूरज सारी दुनिया को अपनी गिरफ़्त में ले लेता है। एक मैं ही क्या, सारा मज्मा *'वो ग़ज़ल का लहजा नया-नया, न कहा हुआ न सुना हुआ'* के नशे की ख़ुशगवार हैरतों में डूबकर रह गया। मैं इससे पहले भी दो बार ऐसी ही हैरतों से गुज़र चुका था। पहली बार 1970 में जब मैंने डॉ. मलिकज़ादा मंज़ूर अहमद को निज़ामत करते सुना था तो मुझे मालूम हुआ था कि बोलते हुए मोती कैसे रोले जाते हैं। दूसरी बार 1972 में डॉ. बशीर बद्र को सुनकर 'हमने पहली बार चाँद को बोलते देखा', मगर ये तीसरी बार जो हैरत राहत भाई को सुनकर हुई थी वो न सिर्फ़ अब भी क़ायम है, बल्कि उसमें दिन-ब-दिन इज़ाफ़ा ही होता जा रहा है। इस इज़ाफ़े के कई असबाब हैं। बुनियादी सबब तो राहत भाई की शायरी की धार है, जो उसी तरह बढ़ती जा रही है जिस तरह हमारी सियासत की बदचलनी, मआशरे की नाहमवारियाँ, इक़्तिदार की बेइमानियाँ, क़द्रों का ज़वाल और हस्सास इंसानों की ज़िंदगी में बढ़ती हुई तल्ख़ियाँ।

(मूल लेख- 'इन्फ़िरादियत से महबूबियत तक', पृ. 311)

वासिफ़ फ़ारूक़ी

'मैं जो चीख़ा हूँ तो सारा शह्र सन्नाटे में है', इफ़्तिख़ार आरिफ़ का ये मिस्रा उस आवाज़ की मुकम्मल तश्रीह और तर्जुमानी है, जो एक मख़्सूस घन-गरज, एतमाद, यक़ीनी, हौसला, सच्चाई और बेबाकी की मज़हर बनकर कमो-बेश चौथाई सदी से मुशायरों में न सिर्फ़ गूँज रही है, बल्कि बेशुमार समाअतों से गुज़रकर अनगिनत दिलों पर हुक्मरानी भी कर रही है।

पिछली सदी की सातवीं दहाई में सरशारी से गूँजी हुई आवाज़ में जब सामईने-मुशायरा ने ये सुना कि– *'मुझे गिलास के अंदर ही क़ैद रख वरना, मैं सारे शह्र का पानी शराब कर दूँगा'*, तो मुशायरे के पंडालों में ज़लज़ला आ गया। ये अहद वो था जब मुशायरे ग़ज़ल के नर्मो-नाज़ुक लहजे और ख़ुशगवार तरन्नुम के ज़रीअे सामईन के लिए ज़ेह्नी आसूदगी का सामान

फ़राहम कर रहे थे और तंज़ो-मिज़ाह के हल्के-फुल्के नश्तरों से इंसानी दिलो-दिमाग़ के ज़ख़्मों की जर्राही का काम कर रहे थे। तहतुललफ़्ज़ में पढ़नेवाले शोअरा में अक्सरियत नज़्मगो और तंज़ो-मिज़ाह के शोअरा की थी। फ़िराक़ साहब अपनी ज़िंदगी के आख़िरी मराहिल तय कर रहे थे और कृष्णबिहारी 'नूर' जैसे इक्का-दुक्का मोतबर नाम अपने नाज़ुक एहसासात को ग़ज़ल बनाकर सामईन के दिलों के क़रीब से गुज़र रहे थे कि राहत की आवाज़ ने माज़ी के नरेश कुमार 'शाद' के लहजे को ग़ज़ल जैसी नाज़ुकतरीन सिन्फ़े-सुख़न में समोकर अपने इंतिहाई जारहाना अंदाज़े-बयान और तर्ज़े-तकल्लुम से जिस साँचे में ढाल दिया वो ग़ज़ल के क्लासिकी और रिवायती मिज़ाज से मुन्हरिफ़ होते हुए भी ग़ज़ल के हुस्न को दाग़दार नहीं कर रहा था, बल्कि समाअतों को ये बावर कराने की सई कर रहा था कि ग़ज़ल को सिर्फ़ महबूब से बातें करने के लग़्वी मानी तक महदूद रखने से काम नहीं चलेगा।

(मूल लेख- 'कोई क्या दे राय....', पृ. 321)

शाहिद जमाल

ग़ालिबन् 1987 था, जब 'शबीना क्लब' रुदौली के एक मुशायरे के स्टेज पर मैं इस वज्ह से फूला नहीं समा रहा था कि मैं आज राहत भाई के बग़ल में बैठा हुआ हूँ। आख़िर इस बात पर फ़ख़्र भी क्यूँ न होता कि मैं जिस शायर को कई बरस से दूर बैठकर सुनता आ रहा हूँ, जिसके अश्आर कई बरस से मुझे पागल किये हुए हैं और जिसको सुनने के लिए मैं कितनी-कितनी दूर मुशायरे सुनने चला गया हूँ.... आज उसके साथ बैठा हूँ। मेरी ज़िंदगी का ये पहला बड़ा मुशायरा था जिसमें मुझे बहुत ही बड़े-बड़े शायरों के दरमियान अपना कलाम पढ़ना था। मेरी हालत क्या रही होगी इसका अंदाज़ा लगाया जा सकता है। हज़रते कमाल जायसी इस मुशायरे के नाज़िम थे, उन्होंने हस्बे-तवक़्क़ो दो-चार शायरों के बाद ही मेरा नाम पुकारा और मैंने माइक पर पहुँचकर कुछ शेर पढ़े और वापस अपनी जगह पर आकर बैठ गया। मुशायरे में 'मजाज़ रुदौलवी' की शख़्सियत पर मुन्हसिर एक सोविनियर तक़्सीम हुआ था जो मेरे हाथ में

था। राहत भाई ने उसे मेरे हाथ से ले लिया...... कुछ देर उसके औराक़ पलटते रहे.... किसी सफ़हे पर कुछ ख़ाली जगह दिखायी दी..... उन्होंने अपनी जेब से क़लम निकाला और कुछ लिखकर सोविनियर मेरे हवाले कर दिया। मैंने जब वो तह्रीर देखी तो मेरी आँखें हैरत से खुली-की-खुली रह गयीं। मैं राहत भाई को इस तरह देख रहा था जैसे दुनिया का आठवाँ अजूबा देख रहा हूँ। उन्होंने अपने बहुत ख़ूबसूरत दस्तख़त के साथ लिखा था कि– "दुआ है कि ख़ूब तरक़्क़ियाँ करो और नाम कमाओ– राहत इंदौरी"

मुझे आज भी इस बात का अफ़्सोस है कि मैं उस क़ीमती सोविनियर की हिफ़ाज़त न कर सका और आज राहत भाई का दिया हुआ वो गौहरे-नायाब मेरे पास नहीं है। 'शबीना क्लब' रुदौली के उस मुशायरे को अभी पंद्रह-बीस दिन भी नहीं गुज़रे थे कि किछौछा में एक मुशायरा था। मैं फ़ैज़ाबाद से आज़मगढ़ जानेवाली एक बस में सवार था। अकबरपुर में बस रुकी और मैं किसी ज़रूरत से नीचे उतरा तो देखता हूँ कि बस स्टेशन के मेन गेट से राहत भाई अंदर आ रहे हैं। मैं कुछ देर इस पसोपेश में रहा कि पता नहीं वो मुझे पहचानते भी हैं या नहीं, लेकिन तब तक उन्होंने मुझे मेरे नाम से आवाज़ देकर मुझको दुबारा हैरत और इस्तेजाब के गहरे समंदर में धकेल दिया। मैं दौड़ता हुआ जा के उनके सीने से लग गया और वो मुझे थामे हुए कैंटीन की तरफ़ बढ़ते चले गये। मेरी बस ज़ियादा देर तक रुकती नहीं थी, लिहाज़ा मैं राहत भाई से माज़रत करके, मुशायरे में मिलने का वादा करते हुए अपनी बस में आ गया।

रुदौली के मुशायरे में शायर की हैसियत से बहुत याद करने के बावजूद ऐसा कोई शेर नहीं याद आता जिससे अपना कोई मेआर तय किया जा सके, लेकिन दूसरी तरफ़ अपने लिए राहत भाई का रवैया सोचता हूँ तो क्या ही अज़ीम शख़्सियत सामने आती है। मुशायरे में नाज़िमे-मुशायरा अनवर जलालपुरी साहब ने जाने किस मस्लेहत के तहत फ़ेहरिस्त के आख़िरी शायर हज़रते शमीम जयपुरी साहब से पहले माइक पर आने की दावत दी। ये तो अच्छा था कि उस उम्र में मुझे इस बात की तमीज़ ही नहीं थी कि मुशायरे के इस हिस्से में किसी मुब्तदी शायर का क्या हश्र हो सकता

था। मैं ठाट से माइक पर गया और सीधे-सीधे अपने अश्आर पढ़ने शुरू कर दिये। सामईन की तरफ़ से तो कोई ख़ास तवज्जो नहीं दिखायी दी, लेकिन मैंने देखा कि राहत भाई मेरे एक-एक मिस्रे के साथ-साथ सफ़र ही नहीं कर रहे हैं, बल्कि अपनी मुहब्बतें और दुआएँ भी लुटा रहे हैं। मैं बड़े ही एतमाद के साथ पढ़ता चला जा रहा था.... थोड़ी देर बाद उन्होंने धीरे से कहा –"बेटा आ जा नहीं तो अब हूट हो जायेगा।" मैंने फ़ौरन माइक छोड़ा और आकर उनके पास बैठ गया।

आज जब ये वाक़िआ क़लमबंद कर रहा हूँ तो समझ में ही नहीं आ रहा है कि मैं डॉ. राहत इंदौरी के बारे में क्या लिखूँ। उनकी इंसानियत, उनकी अख़्लाक़ियात पर कैसा तब्सिरा करूँ। वो तो आज से बत्तीस बरस पहले ही मेरे जैसे बिल्कुल ही नौमौलूद शायर के साथ हुस्ने-सुलूक का वो रवैया अख़्तियार कर चुके हैं, जिसे मैं आज तक भुला नहीं सका हूँ। मैं आज भी जब अपनी शेरी ज़िंदगी का तज्ज़िया करता हूँ तो मुझे ये एतराफ़ करते हुए क़तई किसी तरह की झिझक नहीं होती कि मैं और मुशायरा कभी एक-दूसरे के लिए लाज़िम और मल्ज़ूम नहीं बन सके, लेकिन ख़ासे लम्बे वक़्फ़े के बाद ही सही, जब भी मेरी मुलाक़ात डॉ. राहत इंदौरी से हुई तो उन्होंने मुझे अपनी दुआओं से नवाज़ा ही नहीं, बल्कि बच्चों की तरह मेरी हौसलाअफ़्ज़ाई भी की। काश! कि दुनिया के सभी बड़े अदीबो-शायर राहत इंदौरी की तरह अपनी आइंदा नस्ल की तर्बीयत कर सकते।

एक वाक़िआ ये भी ज़िंदगी में आया। कई बरस पहले की बात है, एक बार राहत भाई ने फोन पर बताया कि मैं तुम्हारे शह्र के 'तिरुपति होटल' में ठहरा हूँ, शाम को आओ तो कुछ देर बातें होती हैं। मेरे लिए ये किसी सरप्राइज़ से कम नहीं था। मैं वक़्ते-मुक़र्रर पर होटल पहुँचा तो राहत भाई सो रहे थे। उनके कमरे में अल्ताफ़ ज़िया बैठे थे। उनसे कुछ रस्मी गुफ़्तगू शुरू ही हुई थी कि राहत भाई जाग गये। मुझे देखते ही ख़ुशी का इज़्हार किया, फ्रेश हुए और चाय वग़ैरह का ऑर्डर करके मेरे साथ बैठ गये। पिछली रात उन्होंने भदरसा (जो कि फ़ैज़ाबाद से लगभग बीस किमी. की दूरी पर वाक़े है) का मुशायरा पढ़ा था, लिहाज़ा गुफ़्तगू भी वहीं से शुरू हुई। कहने लगे – "भदरसा से एक शेर लेकर आया हूँ- *सफ़र कैसे कटा है*

ये न पूछो, मुसाफ़िर घर चला आया, बहुत है। (इक़्बाल फ़ैज़ी) क्या शायर है भाई इक़्बाल फ़ैज़ी.... क्या कमाल की शायरी करता है..... ऐसी उम्दा ग़ज़ल सुना दी कि इस सफ़र का हासिले-सफ़र कहूँ तो ज़ियादा अच्छा रहेगा।'' इसी तरह उन्होंने दूसरे कई शायरों के और भी बहुत-से अश्आर सुनाये, बल्कि एक शेर आज भी मेरे हाफ़िज़े में रह गया है– *कुचल-कुचल के न फ़ुटपाथ को चलो लोगो, यहीं पे रात को मज़्दूर ख़्वाब देखते हैं।* (अहमद सलमान)

ये सब चलता रहा, राहत भाई ने मुझसे भी कुछ अश्आर सुने और हस्बे-आदत एक-एक शेर पर अपनी दुआएँ भी दीं, लेकिन जो सबसे ख़ास बात रही वो ये कि एक शायर जो शोह्रतों की तक़्रीबन् तमाम हदें पार कर चुका हो, उसका दूसरे और वो भी ग़ैरमारूफ़ शायरों की अच्छी और मेआरी शायरी की हिफ़ाज़त करना, उनकी तारीफ़ें करना, एक-एक शेर पर हाथ उठा-उठा के ये कहना कि– ''अल्लाह, एक शेर ऐसा मुझसे कहलवा दे।'' अजीब नहीं लगता? क्या ये किसी आम इंसान के बस का है? ये डॉ. राहत इंदौरी जैसे बड़े लोग ही कर सकते हैं। वैसे भी मुशायरों के 'बड़े शायरों' में जितना बड़ा सामे (श्रोता) मैंने डॉ. राहत इंदौरी में पाया है, मुझे आज तक किसी में नहीं मिला। वो मुशायरों में जितनी देर बैठते हैं, शुरू से आख़िर तक एक-एक शायर को बहुत ही ग़ौर से सुनते हैं... और सिर्फ़ सुनते हीं नहीं, अगर किसी बच्चे ने भी एक अच्छा शेर पढ़ दिया तो उसे डॉ. राहत इंदौरी से अच्छी दाद किसी और को देते हुए नहीं देखा है। मैंने ये बात उन्हीं से सीखी है कि 'अच्छा कहने के लिए हमेशा अच्छा सुनने की आदत डालनी चाहिए'। सिर्फ़ यही नहीं, राहत भाई का एक रूप ये भी देखा है– एक मुशायरे में एक जूनियर शायर अपनी नज़्म पढ़ रहा था। इत्तिफ़ाक़ से उसकी नज़्म का एक मिस्रा राहत भाई के किसी मिस्रे से बहुत क़रीब हो गया था। राहत भाई ने बजाय ग़ुस्सा करने के उस शायर को बुलाकर बड़े प्यार से समझाते हुए कहा कि– ''ऐसे एक मिस्रे के इस्तेमाल से तुम्हारी सारी मेहनत रायगाँ हो जायेगी। लोग तुम्हारी नज़्म सुनते-सुनते मुझे याद करने लगेंगे, जो किसी भी शायर के लिए अच्छा नहीं होता।'' वाह राहत भाई! ज़िंदाबाद!

एक वाक़िआ ये भी कई बरसों से ज़ेह्न में है। एक बार बड़े भाई वासिफ़ फ़ारूक़ी, डॉ. राहत इंदौरी के साथ लखनऊ से बसखारी के एक मुशायरे के लिए अपनी कार से निकले। इनके हमराह लखनऊ के मारूफ़ शायर रामप्रकाश 'बेख़ुद' भी थे। मुझे भी इस मुशायरे में शिरकत करना था। वासिफ़ भाई ने मुझे फोन पर हुक्म दिया कि– "तुम बाइपास आ जाओ तो हम लोग साथ ही चलें, अकेले क्या जाओगे।" साथ ही उन्होंने राहत भाई के साथ होने की ख़बर भी सुनायी। मेरी ख़ुशी का ठिकाना नहीं था। मैंने वासिफ़ भाई से गुज़ारिश की कि आप राहत भाई से मेरी बात करवा दें। राहत भाई के पास फोन पहुँचा तो रस्मी सलाम दुआ के बाद उनसे कहा कि– "सर! मुझे बाइपास आने में कोई क़बाहत नहीं है, लेकिन अगर दस मिनट के लिए आप घर आ जाते तो मेरे बाल-बच्चे सारी ज़िंदगी लोगों को बतायेंगे कि डॉ. राहत इंदौरी साहब उनके घर आ चुके हैं।" वाह डॉ. राहत इंदौरी.... यक़ीनन् ऐसे ही लोगों को पैकरे-इख़्लासो-मुहब्बत के नाम से पुकारना चाहिए। उन्होंने बग़ैर किसी तवक़्क़ुफ़ के मुझसे कहा– "लेकिन शाहिद! तुम बिल्कुल तैयार रहो, खाना-पीना कुछ नहीं है, बस तुम्हें ले के निकल चलना है, वक़्त बहुत कम है।" ख़ैर वक़्ते-मुक़र्रर पर ये छोटी-सी, लेकिन बहुत ही अज़ीम अंजुमन मेरे घर आ गयी। बताता चलूँ कि बड़े भाई वासिफ़ फ़ारूक़ी कभी मेरे घर पर मेह्मान बनकर नहीं रहे, वो घर पहुँचते ही घर भर का खिलौना बन जाते हैं; हम लोगों ने बीस-बाईस बरसों से उनको ऐसा देखा है, लेकिन राहत भाई भी आये तो बिल्कुल लगा ही नहीं कि पहली बार आये हैं। आते ही मामूली से एक तख़्त पर लेट गये। मेरे बच्चों को यक़ीन नहीं हो रहा था कि उन्होंने आज तक जिसे सिर्फ़ टेलीविज़न पर देखा था, वो एक आम-से इंसान की तरह उनसे बातें कर रहा है। बच्चों ने राहत भाई के साथ तस्वीरें भी खिंचवायी; और तो और राहत भाई ने ख़िलाफ़े-तवक़्क़ो कुछ नाश्ते के साथ कॉफ़ी भी पी। इस तरह तमाम ज़िंदगी न भूलनेवाली ये ज़रा देर की मह्फ़िल बरख़ास्त हुई और हम लोग अपने सफ़र के लिए निकल पड़े। रास्ते में 'इल्म से लेकर फ़िल्म तक' की बहुत-सी बातें रहीं और हम लोग बसखारी पहुँच गये। मैं आज भी अक्सर सोचता रहता हूँ कि ऐसे बड़े लोग क्या इतनी आसानी से फ़राहम हो सकते हैं।

"बड़ा आदमी वो है जिसके सामने जा के कोई अपने आपको छोटा न महसूस कर सके।"– हज़रत अली के इस क़ौल की रौशनी में जब मैं राहत भाई की शख़्सीयत का तज्ज़िया करता हूँ तो मुझे ऐसी कोई मुलाक़ात याद नहीं आती जिसमें मैं कहीं किनारे डरा-सहमा जैसा चुपचाप बैठा हुआ हूँ और वो दूसरे लोगों से गुफ़्तगू या हँसी-मज़ाक़ में मसरूफ़ दिखायी दे रहे हों; या मैंने कभी ख़ुद को उनकी लातअल्लुक़ी का शिकार महसूस किया हो। जहाँ छोटों और ग़ैरमारूफ़ लोगों के साथ उनका रवैया ऐसा रहा है वहीं बारहा मैंने ये भी देखा है कि उन्होंने अपने से बड़ों का किस क़दर एहतराम भी किया है। बहुत-से मौक़ों पर अपने से बड़े के साथ भी उनका सुलूक मैंने ऐसा ही देखा है जिसकी हम सबको तक़्लीद और पैरवी करनी चाहिए। मैंने बारहा ख़ुमार साहब, कृष्णबिहारी 'नूर' या मलिकज़ादा मंज़ूर अहमद साहिबान के सामने बड़े ही एहतराम और ख़ंदापेशानी के साथ बातें करते हुए उन्हें देखा है। मैंने ये भी देखा है कि उन्होंने डॉ. बशीर बद्र और प्रो. वसीम बरेलवी जैसी शख़्सीयतों को हमेशा 'सर' कह के ही मुख़ातिब किया है। तलाश किये जायें तो ऐसे वाक़िआत से हज़ारों सफ़्हात मुरत्तब करके एहतराम और फ़र्मांबरदारी की तारीख़ रक़म की जा सकती है।

ऐसे तमाम वाक़िआत हमें बताते है कि जिन राहत इंदौरी को दुनिया ने एक ज़माने से अपने सर का ताज बना रखा है, वो ऐसे ही यहाँ तक नहीं पहुँचे होंगे, बल्कि इसके पीछे उनकी फ़क़ीराना रविश और उनकी बेपनाह अज़्मतों की जाने कितनी दास्तानें कारफ़र्मा होंगी। उन्होंने अपनी ज़िंदगी में मुझ जैसे जाने कितने बच्चों को सीने से लगाया होगा; जाने कितने ग़ैर-मारूफ़ शायरों के मेआरी अश्आर अपने दोस्तों को सुनाये होंगे; जाने कितने जूनियर्स के सरों पर दस्ते-शफ़क़त रक्खा होगा; जाने कितने बड़ों के चेह्रे चूमे होंगे; जाने कितने सीनियर्स को 'सर' कहा होगा और जाने कितने बुज़ुर्गों की जूतियाँ सीधी की होंगी। हालाँकि इस मौज़ूअ पर और भी बहुत-कुछ लिखा जाना चाहिए था। राहत भाई की शख़्सीयत की और भी परतें खुलनी चाहिए थीं, लेकिन मस्अला ये भी है कि मुझ जैसा मामूली-सा एक जुगनू किसी आफ़्ताब की कारफ़र्माइयाँ बयान भी कहाँ तक कर सकता है। लिहाज़ा ये सिल्सिला यहीं ख़त्म करते हुए अपनी इस टूटी-फूटी तह्रीर के

हवाले से मैं दुनिया-ए-शेरो-अदब की ग़ैरमामूली शख़्सीयत डॉ. राहत इंदौरी को अपनी तमामतर अक़ीदतों का ख़िराज पेश करता हूँ और अपना एक शेर उनके क़दमों में रखकर आपसे रुख़्सत होता हूँ–

है हमसे बड़ा कौन ये रखते हैं सदा याद
ये याद नहीं रखते कि हम किससे बड़े हैं

(मेरी गुज़ारिश पर शाहिद भाई, यानी शाहिद जमाल, फ़ैज़ाबाद ने ये मज़्मून– 'है हमसे बड़ा कौन ये रखते हैं सदा याद' लिखकर राहत साहब के बारे में अपना इज़्हारे-ख़याल किया। इसके लिए उनका बहुत-बहुत शुक्रिया।)

ख़ालिद हाशमी

डॉ. राहत इंदौरी का नाम आते ही ज़ेह्‌न में एक मज़्बूत, मुस्तहकम इन्क़िलाबी, ज़रीफ़ाना और बसा औक़ात बाग़ियाना तास्सुरात की आमेज़िश से तैयार एक ख़ाका वजूद में आ जाता है और राहत इंदौरी की हमागीर और हमाजेहत शख़्सीयत, जो हर ख़ास-ओ-आम की महबूब है, जिससे पढ़े-लिखे, कम पढ़े-लिखे और बेपढ़े-लिखे लोग बयकवक़्त मुतास्सिर हुए बग़ैर नहीं रह सकते। ज़ाहिर है कि राहत भाई की गूनागूनी शख़्सीयत में इतना तनव्वो और रंगारंगी है कि जिस पर तब्सिरा करने के लिए या राहत इंदौरी की शायरी में मआइब और महासिन बयान करने के लिए चंद सतरें या चंद सफ़्हात काफ़ी नहीं हैं, और वैसे भी राहत साहब की शायरी पर तब्सिरा करना न तो मेरा मक़्सद है और न ही मेरा मंसब।

राहत भाई से मेरी पहली मुलाक़ात तक़्रीबन् 18-20 बरस क़ब्ल किसी मुशायरे में हुई होगी और उसके बाद वक़्तन्-फ़-वक़्तन् हिंदुस्तान के कई मुशायरों में कभी मुख़्तसर तो कभी तवील वक़्फ़े पर होती रही, लेकिन ये मुलाक़ातें ज़ियादातर सलामो-दुआ या कुछ रस्मी जुम्लों तक ही महदूद रहीं। अलबत्ता तक़्रीबन् दो-तीन बरस क़ब्ल जिद्दा, सउदी अरबिया के एक मुशायरे में तवील मुलाक़ात का मौक़ा मयस्सर आया कि जब राहत भाई और मैं, जिद्दा और मदीना मुनव्वरा, दोनों जगह कमोबेश 8-10 रोज़ साथ रहे। राहत भाई के साथ उनकी अहलिया यानी मेरी भाभी जान भी

साथ थीं, जो उमरा करने की ग़रज़ से राहत भाई के साथ तश्रीफ़ लायी थीं। गो कि उनसे मेरी ये पहली ही मुलाक़ात थी, लेकिन वो इस क़दर ख़ुश-अख़्लाक़, मिलनसार, मुहब्बत और शफ़क़त रखनेवाली नेक-तबीअत ख़ातून हैं कि उनसे मिलकर मुझे यूँ लगा जैसे उनसे भी बरसों की शनासाई रही हो और उन्हें देखकर ये भी अंदाज़ा हुआ कि राहत भाई की मुकम्मल 'शायराना ज़िंदगी को इसी तरह संजीदा और मुतहम्मिल-मिज़ाज ख़ातून ही किसी हद तक क़ाबू में रख भी सकती थी। अल्लाह राहत भाई के साथ उन्हें भी ज़िंदगी की तमाम ख़ुशियों के साथ दराज़िए-उम्र अता फ़रमाये। आमीन।

होटल में क़याम के दौरान राहत भाई से मुख़्तलिफ़ मौज़ूआत पर और कभी-कभी बेमौज़ूअ गुफ़्तगू का सिल्सिला रहा, जिसमें किसी हद तक उनकी ज़ाती ज़िंदगी, समाजी ज़िंदगी, इल्मी-शायरी से लेकर फ़िल्मी-शायरी और दीगर मुआम्लात पर बातचीत करके होटल में वक़्त गुज़ारा गया। मैंने दौराने-गुफ़्तगू उनसे यूँ ही सवाल किया कि– "आपने फ़िल्मों में लिखना क्यों छोड़ दिया?" तो कहने लगे कि– "अब फ़िल्मवालों को यानी music director को लफ़्ज़ की ज़रूरत नहीं। इतना loud music तैयार किया जाता है कि जिसमें अल्फ़ाज़ का दम घुट जाये। पहले के ज़मानों की फ़िल्मों में नग़्मे कहानी का हिस्सा हुआ करते थे। अगर किसी फ़िल्म से कोई गाना निकाल दिया जाय तो कहानी में एक ख़लल पैदा हो जाता था, लेकिन अब ऐसा बिल्कुल नहीं है। Item number के इस दौर में किसी गाने का उस फ़िल्म की कहानी से अमूमन् कोई वास्ता नहीं होता। जब गाना शुरू होता है तो फ़िल्म की कहानी रुक जाती है और किसी एक फ़िल्म से गाना निकालकर किसी दूसरी फ़िल्म में अगर डाल दिया जाये तो फ़िल्म देखनेवालों पर कुछ भी फ़र्क़ नहीं पड़ेगा और न ही ख़ुद उस फ़िल्म पर।"

राहत भाई off the screen भी बहुत ही पुरमज़ाक़ और दिलचस्प शख़्सीयत के मालिक हैं। लतीफ़े ऐसे-ऐसे unique और बरमहल सुनाते हैं कि आदमी बहुत देर और बहुत दूर तक लुत्फ़अंदोज़ होता रहे। यही वज़्ह रही कि राहत भाई के साथ 8-10 रोज़ के क़याम में एक लम्हा भी

उकताहट या बोरियत का एहसास नहीं हुआ। जिद्दा में राहत भाई और भाभी जहाँ कहीं भी घूमने या अपने मुतअल्लिक़ीन से मिलने जाते तो शायद इस ख़याल से कि मैं अकेले होटल में बोर न हो जाऊँ, मुझे भी अपने साथ ज़रूर ले जाते।

एक वाक़िआ याद आया। जिद्दा में सैर-ओ-तफ़रीह के दौरान एक मंज़र दिखायी दिया कि एक over bridge के बराबर एक लोहे की बहुत ही बड़ी साइकिल, एंगल (लोहे की रॉड) के सहारे खड़ी हुई थी। कार में मैं, राहत भाई, भाभी और मसूद भाई, जो राहत भाई के इंदौर के अज़ीज़ हैं और फ़िलहाल जिद्दा में क़ईम हैं, कार drive कर रहे थे। साइकिल को देखकर भाभी जान ने बड़ी मासूमियत और तजस्सुस से पूछा– "यहाँ इतनी बड़ी साइकिल कैसे आ गयी?" अब राहत भाई का मौक़ा था। निहायत संजीदा और मतानत भरे लहजे में गोया हुए– "इसी साइकिल से तो आदम अलैहिस्सलाम जन्नत से रूए-ज़मीं पर उतरे थे।" ये सुनकर नेक तबीअत भाभी जान ने उचटती हुई निगाह से राहत भाई और फिर मेरी तरफ़ देखा। राहत भाई अब भी इंतिहाई संजीदा नज़र आ रहे थे, लेकिन मैं तमाम कोशिशों के बावजूद अपने क़हक़हे को क़ाबू में नहीं रख सका और मसूद भाई का भी कमोबेश यही हाल था।

राहत भाई के साथ बहुत ज़ियादा तो नहीं, लेकिन जितने भी मुशायरों में मुझे शिरकत का मौक़ा मिला, मैंने हमेशा ये महसूस किया कि राहत भाई जितने अच्छे शायर हैं उतने ही अच्छे सामे भी हैं। दूसरे शोअरा के न जाने कितने उम्दा और मज़ेदार अश्आर याद हैं, जिन्हें वो दूसरों तक पहुँचाने में गुरेज़ नहीं करते। मुशायरे में भी वो हर शायर को ग़ौर से सुनते हैं और अगर वो वाक़ई अच्छे शेर पढ़ रहा होता है तो दाद-ओ-तहसीन से नवाज़ने में भी बुख़्ल से काम नहीं लेते। हाँ, अगर शायरी की जगह सिर्फ़ मुशायरा ही पढ़ा जा रहा हो तो बात दूसरी है। इस अम्र पर भी उल्मा-ए-अदब और मुशायरा का इज्माअ है कि राहत इंदौरी के शेर पढ़ने के अंदाज़ और उनके मख़्सूस लहजे की नक़्ल करने की जिस क़दर कोशिशें की गयीं और की जाती हैं, उसकी कोई दूसरी नज़ीर आसानी से दस्तयाब नहीं होती, लेकिन दूसरी हक़ीक़त ये भी है कि राहत इंदौरी के style की नक़्ल करने की चाहे

जितनी भी कोशिशें की गयी हों, राहत इंदौरी को अपने अंदाज़ और लहजे के अस्ल होने के ऐलान करने की ज़रूरत कभी नहीं पड़ी। मैं अपनी गुफ़्तगू को उस्ताद मु. इब्राहीम 'ज़ौक़' के इस शेर के साथ ख़त्म करता हूँ कि–

न हुआ पर न हुआ 'मीर' का अंदाज़ नसीब
'ज़ौक़' यारों ने बहुत ज़ोर ग़ज़ल में मारा

(मेरे इल्तिमास पर ख़ालिद भाई, यानी ख़ालिद हाशमी, बहराइच ने अपने इस मज़्मून – 'राहत इंदौरी : अदब का पाँचवाँ दरवेश' के हवाले से अपनी यादों को हमसे साझा किया। इसके लिए उनका बहुत-बहुत शुक्रिया।)

तारिक़ क़मर

ज़माने की बेरहमियों, चीरादस्तियों की शिकार, थकी-हारी मातूब-ओ-मस्रूफ़ ग़ज़ल ने अपने लरज़ते-काँपते हाथ डॉ. राहत इंदौरी के हाथ में दे दिये और फिर तहफ़्फ़ुज़ के उस ऐवान में आ गयी जहाँ ग़ज़ल की आबरू की हिफ़ाज़त के साथ-साथ उसे वक़ार-ओ-मेआर भी अता किया गया। अदब के संजीदा और ज़िम्मेदार क़ारईन (पाठक) जानते हैं कि पए-हिफ़ाज़त और बनाम जिद्दत गलेबाज़ों, मुतशायरों और खुद़साख़्ता अज़्मतों में मुब्तिला शायरों ने ग़ज़ल के साथ जो सुलूक किया वो इब्रतअंगेज़ भी है और अफ़्सोसनाक भी। एक तरफ़ तो जदीदियत के नाम पर ग़ज़ल का मुक़द्दस पैरहन तार-तार किया जाता रहा; जदीद फ़िक्रो-ख़याल के नाम पर मुर्ग़े की बाँग, घोड़े की हिनहिनाहट और कुत्ते की भौं-भौं को हुस्ने-समाअत का हवाला बनाया गया। जमालियात के नाम पर ग़ज़ल को बरहना कर दिया गया। महबूब के जिस्म के राज़ अफ़्शा किये गये, नाज़ेबा अलामतों के ज़रीअे अपने जिंसी एहसास की तस्कीन की गयी, गर्म-सुर्ख़ सलाख़ तड़पती हुई मछली के अंदर उतार दी गयी, सुलगते जिस्म पर जिस्म से बारिश की गयी, बूँद-बूँद से तर्सील नवाज़िश करके बदन की खेतियाँ हरी की गयीं, गाय से गाय का बदन चटवाया गया, शब को बेलिबास करके शलवार और शर्ट को एक साथ खूँटी पर टाँग दिया गया।

एक तरफ़ तो ग़ज़ल की देरीना तहज़ीब-ओ-रिवायत की धज्जियाँ

उड़ायी जाती रहीं, दूसरी तरफ़ अपने-अपने अदबी कुन्बों और क़बीलों की परवरिश में मस्रूफ़ नाक़िदीन अपने कफ़्शबरदारों के गले में अज़्मतों के तौक़ डालते रहे। राहत इंदौरी का कमाल यही है कि जिस वक़्त फ़ुह्शनिगारी पर तन्क़ीद अज़्मतें तक़्सीम कर रही थी, उस वक़्त भी राहत इंदौरी ग़ज़ल की आँख में नेज़े से काजल लगाने और ग़ज़ल को सजाने के दुश्वार अमल में मस्रूफ़ थे। आसमानों को ज़मीन पर लाने की आरज़ू और चाँद-तारों को टूटे हुए दियों के बराबर सजाने की ज़ुस्तजू कर रहे थे। जब दूसरे शायर महबूब के बदन के राज़ फ़ाश कर रहे थे, उस वक़्त ये शायर मज़्लूम अवाम की करवटों का ज़ायक़ा लिखने में मस्रूफ़ था। जिस वक़्त गूँगे-बहरे शाहों की क़सीदाख़्वानी हो रही थी, उस वक़्त राहत इंदौरी की आवाज़ रिवायतों की सफ़ें तोड़ने की तगो-दौ और सियासी ऐवानों की दीवारों में शिगाफ़ डालने की आरज़ू कर रही थी–

हमें हक़ीर न जानो हम अपने नेज़े से
ग़ज़ल की आँख में काजल लगानेवाले हैं

(*मूल लेख- 'ग़ज़ल की आँख में नेज़े....', 'चहारसू', पृ. 28;*
'चहारसू' की पूरी जानकारी के लिए देखें परिशिष्ट- II)

मारूफ़ रायबरेलवी

उर्दू ज़बान-ओ-अदब की क़दआवर शख़्सीयत डॉ. राहत इंदौरी साहब की शायराना अज़्मतों के मुताल्लिक़ कुछ अर्ज़ करना मेरे जैसे लोगों के लिए बहुत मुश्किल काम है। मौसूफ़ ने उर्दू-शायरी के ख़ज़ाने में जिन बेशक़ीमती जवाहरात का इज़ाफ़ा किया है, उसके तअल्लुक़ से ख़ूब लिखा गया है और आइंदा भी लिखा जाता रहेगा। मैं सिर्फ़ इतना कहने पर इक्तिफ़ा करूँगा कि जदीद उर्दू-ग़ज़ल का कोई मंज़रनामा डॉ. राहत इंदौरी के ज़िक्र के बग़ैर मुकम्मल नहीं हो सकता। ये उन चंद शख़्सीयात में से हैं, जिन्हें अवामी मुशायरों में बेअंदाज़ा मक़्बूलियत के साथ ही असहाब-ए-इल्म-ओ-अदब की महफ़िलों में भी एहतराम और एतबार की नज़रों से देखा जाता रहा है। राहत साहब से देवा मुशायरे के डाइस पर हुई पहली मुलाक़ात और फ़िर मुतअद्दिद मुशायरों में हमराह सफ़र के दौरान की कई

मज़े-मज़े की बातें और लताएफ़ हैं जो बयान करने के लायक़ हैं, लेकिन यहाँ उसका मौक़ा नहीं है।

मक़्बूलियत और महबूबियत की मेराज पर फ़ाइज़ होने के बावजूद मुशायरों के दौरान नये शोअरा के अच्छे अश्आर पर जी खोलकर उनकी हौसलाअफ़्ज़ाई करना, बाज़ औक़ात अपनी नशिस्त से माइक तक आकर शायर को शाबाशी देना और वक़्तन्-फ़-वक़्तन् उन्हें क़ीमती मश्विरों से नवाज़ना जहाँ मौसूफ़ की अदबनवाज़ी और आला ज़र्फ़ी का सुबूत फ़राहम कराता है, वहीं हुकूमत की क़दआवर शख़्सीयात की मौजूदगी में हुकूमत की ग़लतकारियों की मुख़ालिफ़त में अपने मख़्सूस अंदाज़ में शेर पढ़ना आप की शायराना अज़्मतों का ग़म्माज़ है। मेरी ख़ुशबख़्ती है कि शायरी और मुशायरों की निज़ामत के तअल्लुक़ से डॉ. साहब ने मुझे कई बेशक़ीमती मश्विरे दिये जो मेरे लिए मिश्अले-राह हैं। दुआगो हूँ कि परवरदिगार राहत इंदौरी साहब को सेहत और आफ़ियत के साथ तवील उम्र अता फ़रमाये और उनका दस्ते-शफ़क़त हमारे सरों पर ता देर क़ायम रखे।

(इन ख़यालात के इज़्हार के लिए मारूफ़ भाई का बहुत-बहुत शुक्रिया)

रोज़ पत्थर की हिमायत में ग़ज़ल कहते हैं

अक्सर शायरों के सामने ग़ज़ल कहते वक़्त किसी-न-किसी सामे का चेह्रा ज़रूर होता है। कभी मुशायरे के सामईन के चेह्रे, कभी शायरों की महफ़िल और उनके चेहरे तो कभी किसी के न होने पर कम-से-कम अपने महबूब या माशूक़ का चेह्रा तो आँखों के सामने होता ही है; भले ही वो महबूब 'प्लेटोनिक' ही क्यों न हो। मेरे ख़याल में इन सबके अलावा कभी-कभी शायर ख़ुद-कलामी भी करता है, यानी अपने-आप से बातें करता है। उस वक़्त ख़ुद शायर ही मुतकल्लिम होता है और ख़ुद ही सामे भी होता है। राहत साहब की तमाम ग़ज़लें ऐसी हैं जिनमें वो ख़ुद से मुख़ातिब हैं, ख़ुद से हम-कलाम हैं।

यहाँ राहत साहब की कुछ ग़ज़लें पेश की जा रही हैं जो उनके किसी मज्मूआ-ए-कलाम में नहीं हैं। इन ग़ज़लों में से कुछ को मुशायरों में पढ़ा गया है और कुछ को अभी शायद ही किसी ने सुना हो। कुछ ग़ज़लें बतौर बानगी दी जा रही हैं। राहत साहब के पास इस तरह की अभी बहुत ग़ज़लें हैं कि जो कहीं शाए नहीं हुई हैं; जल्द ही उनको भी मंज़रे-आम पर लाने की कोशिश की जायेगी।

1

आसमाँ मुझसे ख़फ़ा है कि ज़मीं रखता हूँ
मैं ख़ुदा की तरह इंसाँ पे यक़ीं रखता हूँ

मेरे सर पर भी कभी छत हो ये मुश्किल है, कि मैं
घर कहीं बनना है बुनियाद कहीं रखता हूँ

मुझसे ख़ुश हैं मेरी धुँधलायी हुई ताबीरें
कम-से-कम ख़्वाब तो आँखों में हसीं रखता हूँ

मेरी इस ख़ूबी को क्यूँ ऐब कहा जाता है
चीज़ जिस ख़ाने की होती है वहीं रखता हूँ

तेरी धरती मेरे पैरों से सरकती क्यूँ है
ऐ वतन मैं तेरी मिट्टी पे जबीं रखता हूँ

इक तअल्लुक़ है वुज़ू से भी, सुबू से भी मुझे
मैं किसी काम को पर्दे में नहीं रखता हूँ

अपने रिश्तों की अभी साँस नहीं उखड़ी है
मैं अभी तेरी मुहब्बत पे यक़ीं रखता हूँ

2

वो दुनिया के लिए आँखों का पानी ख़र्च करता है
नयी पूँजी कमाता है पुरानी ख़र्च करता है

वो बंजर खेत हैं बोली लगायी जायेगी उनकी
चलो देखें कि बादल कितना पानी ख़र्च करता है

तलाशी लें अगर उसकी गिरह में कुछ न निकलेगा
ज़बानी जमअ करता है ज़बानी ख़र्च करता है

मैं ख़ुद को बेचकर भी उसके दिन रौशन न कर पाया
जो मेरे वास्ते हर शब सुहानी ख़र्च करता है

कभी गूँगों की मज्लिस में कभी बहरों की महफ़िल में
वो हातिमताई हर शब इक कहानी ख़र्च करता है

उसे कोई ख़बर कर दे कि सिक्के घिस भी जाते हैं
वो कितना बेख़बर होकर जवानी ख़र्च करता है

ग़ज़ल की उठ रही हैं धीरे-धीरे सारी दूकानें
न 'असग़र' कुछ कमाता है न 'फ़ानी' ख़र्च करता है

3

तजल्लियों का नया दायरा बनाने में
मेरे चराग़ लगे हैं हवा बनाने में

करोड़ों साल की उम्रें हैं चाँद-तारों की
नज़र ही बुझ गयी मंज़र नया बनाने में

अड़े थे ज़िद पे कि सूरज बना के छोड़ेंगे
पसीने छूट गये इक दिया बनाने में

अभी इन्हें न परीशाँ करो मसीहाओ!
मरीज़ उलझे हुए हैं दवा बनाने में

तमाम उम्र मुझे दर-ब-दर जो करते रहे
लगे हुए हैं मेरा मक़बरा बनाने में

ग़ज़ल का फ़न भी है पत्थर तराशने का हुनर
रदीफ़ टूट गयी क़ाफ़िया बनाने में

ये चंद लोग जो बस्ती में सबसे अच्छे हैं
इन्हीं का हाथ है मुझको बुरा बनाने में

हमारी राह में सौ बार मंज़िलें आयीं
मगर हम उलझे रहे रास्ता बनाने में

4

सबकी नींदों में चलें, ख़्वाबों में शामिल हो जायें
लोग सोये हैं चलो शहर में दाख़िल हो जायें

फ़र्ज़ तो अपना निभायेंगे ये हर हालत में
हादसे भी कोई हम-तुम हैं कि ग़ाफ़िल हो जायें

जो मेरा रास्ता रोके हुए कुछ पत्थर हैं
वो अगर कह दे कि हो जाओ, तो मंज़िल हो जायें

रवादारी है बुज़ुर्गों की रिवायत, वरना
जितने आसान हैं हम उतने ही मुश्किल हो जायें

बे-उजाला सा नज़र आने लगे हैं तारे
मुझसे मिल लें जो किसी रोज़ तो झिलमिल हो जायें

मौत से कहना कि कुछ दिन मुझे मोहलत दे दे
मेरी कोशिश है कि बच्चे किसी क़ाबिल हो जायें

क़ीमतें क्या हैं हमारी उसे अंदाजा नहीं
उसकी कोशिश है कि हम मुफ़्त में हासिल हो जायें

5

आज ग़म कम से कुछ ज़ियादा है
ये ख़ुशी, ग़म से कुछ ज़ियादा है

अपने दुश्मन हैं मोहतरम कि उन्हें
तज्रबा हम से कुछ ज़ियादा है

चारागर ये समझ नहीं पाये
ज़ख़्म मरहम से कुछ ज़ियादा है

हम भी कुछ कम नहीं हैं तल्ख़-मिज़ाज
वो मगर हम से कुछ ज़ियादा है

जाने इस बार क्यूँ ये बेचैनी
अगले मौसम से कुछ ज़ियादा है

ज़िंदगी यूँ भी है अज़ीम के ये
उम्र में हम से कुछ ज़ियादा है

ग़मे-दुनिया भी है अज़ीज़ मुझे
ये तेरे ग़म से कुछ ज़ियादा है

दोनों हस्सास तो बहुत हैं मगर
फूल, शबनम से कुछ ज़ियादा है

6

सख़्त दुश्वार था मगर चलकर
ख़ुद को पहुँचा हूँ आग पर चलकर

किसकी दिलचस्पियाँ है मंज़िल से
देख आयेंगे इक नज़र चलकर

कुछ मसाजिद हैं, कुछ हैं मयख़ाने
क्या करेंगे मियाँ उधर चलकर

हम उसी की तरफ़ सफ़र में थे
मौत को देंगे हम खब़र चलकर

पाँव मिट्टी ने बाँध रक्खे हैं
क्या लगा हाथ उम्र भर चलकर

शबे-महताब है शराब पियें
मिर्ज़ा ग़ालिब की क़ब्र पर चलकर

हम भी चल पड़ते हैं मुरव्वत में
हम तक आती है रहगुज़र चलकर

सुब्ह तक इंतज़ार रहता है
सूरज आता है रात भर चलकर

किस तरह अब ये घर चलाया जाये
आओ कुछ सोचते हैं घर चलकर

7

यही हर मकाँ का मुक़द्दर मिला
बनाया था जिसने वो बाहर मिला

कभी अपने अंदर न बाहर मिला
मैं अक्सर किसी और के घर मिला

किया अबके मायूस उस शह्र ने
वही मिल न पाया जो अक्सर मिला

नशा इस तरह होगा दो आतिशाँ
शराब और आँसू बराबर मिला

मनाते हैं ईदें जिसे देखकर
वो हर शाम मुझको ज़मीं पर मिला

सभी थक गये ढूँढ़ते-ढूँढ़ते
तुम्हारे पते पर मेरा घर मिला

पड़ी इस क़दर बर्फ़ एहसास की
मई-जून में भी दिसम्बर मिला

जज़ीरे कई सर उठाने लगे
बड़ी मुश्किलों में समंदर मिला

8

चेह्‌रों के लिए आइने क़ुर्बान किये हैं
इस शौक़ ने अपने बड़े नुक़सान किये हैं

महफ़िल में मुझे गालियाँ देकर है बहुत ख़ुश
जिस शख़्स पे मैंने बहुत एहसान किये हैं

गुलदस्ता मेरे नाम पे भिजवाते हैं हर दिन
कुछ रोज़ से दुश्मन मुझे हैरान किये हैं

रिश्तों के, मरासिम के, मुहब्बत के, वफ़ा के
कुछ शह्‌र तो ख़ुद हमने ही वीरान किये हैं

ख़्वाबों से निपटना है मुझे रतजगे करके
कमबख़्त कई दिन से परेशान किये हैं

ऐ धड़कनों अब और ठिकाना कोई ढूँढ़ो
हम दिल में तो इक शख़्स को मेहमान किये हैं

तू ख़ुद भी अगर आये तो ख़ुश्बू में नहा जाये
हम घर को तेरी याद से लोबान किये हैं

9

जाग जाये जो ये सरहद तो सहर जैसी है
ये जो बिखरी हुई दुनिया है, वो घर जैसी है

ज़ब्त का बाँध अगर टूटे तो सब कुछ बह जाये
एक नद्दी मेरी आँखों में भँवर जैसी है

नींद में भी तो कभी पाँव नहीं रुकते हैं
अपनी हालत तो हज़र में भी सफ़र जैसी है

इक ज़रा नम है इसी वास्ते ज़रखेज़ है ये
वरना मिट्टी तो इधर की भी उधर जैसी है

जाने किस बात का धड़का-सा लगा रहता है
ज़िंदगी भी किसी बेनाम-से डर जैसी है

आम इंसानों के दुःख-दर्द का हल निकलेगा
आज अख़बार में इक चीज़ ख़बर जैसी है

चार दिन पहले ही बुनियाद पड़ी थी इसकी
सामने एक इमारत जो खंडर जैसी है

देख! आते हैं नज़र ख़ून में लथ-पथ दोनों
तेरे पत्थर की भी हालत मेरे सर जैसी है

10

दिन परीशाँ हैं मेरे, रात है भारी उनकी
इन दिनों एक-सी हालत है हमारी उनकी

रात से कहना कि धड़कन की भी आवाज़ न हो
अभी ख़्वाबों के परों पर है सवारी उनकी

दोनों हम एक हैं, हम दोनों अलग थोड़ी हैं
हो जो तक़्सीम तो कैसे हो हमारी उनकी

लाख छुप जायें हम अपने परों में फिर भी
ढूँढ़ ही लेगी हमें, आँख शिकारी उनकी

अपने हिस्से में तो बस एक उमस आयी है
धूप भी उनके लिए छाँव भी सारी उनकी

ये क़सीदों का नशा तेज़ बहुत होता है
अब ज़रा देर से उतरेगी ख़ुमारी उनकी

चाहता हूँ किसी मौक़े से उन्हें पेश करूँ
एक तस्वीर जो है उनसे भी प्यारी उनकी

11

आख़िरी शाम हो सहर के बग़ैर
इक सफ़र अब है हमसफ़र के बग़ैर

है बुज़ुर्गों की सोहबतों का असर
शाख़ झुकने लगी समर के बग़ैर

सुब्हे-आमद से शामे-रुख़्सत तक
तय सफ़र हो गया, सफ़र के बग़ैर

काई जमने लगी है रस्तों पर
मंज़र उड़ने लगे नज़र के बग़ैर

सारी दुनिया को सर चढ़ाये रखो
सर का क्या मोल दर्दे-सर के बग़ैर

मस्जिदें हैं ख़ुदा का घर लेकिन
कितनी वीरान हैं बशर के बग़ैर

गुम कहीं हो गयी ख़लाओं में
दर-ब-दर है दुआ, असर के बग़ैर

12

आसमाँ भी नहीं, ज़मीं भी नहीं
मैं कई रोज़ से कहीं भी नहीं

वो मेरे हैं, तो क्या वो मेरे हैं?
हाँ यक़ीं है, मगर यक़ीं भी नहीं

ख़ाली-ख़ाली मकान है दिल का
कुछ दिनों से कोई मकीं भी नहीं

मैं भी ख़ुश हूँ कि उनके होठों पर
हाँ नहीं है मगर नहीं भी नहीं

आरज़ूएँ निकाली सारी उम्र
आरज़ूएँ ज़ियादा थीं भी नहीं

मेरे सर की क़सम भी खाते हैं
और मेरी बात पे यक़ीं भी नहीं

उसने पूछा कहाँ मिलेंगे हम
मैंने ये कह दिया कहीं भी नहीं

परिशिष्ट-1

(अ) राहत साहब की पीएच. डी. का विवरण :

राहत साहब ने एम. ए. (उर्दू) के बाद शोधकार्य करने का मन बनाया। जैसा कि पीछे ज़िक्र किया जा चुका है कि राहत साहब की रुचि पढ़ने-लिखने में बचपन से ही थी, बस मुशायरों की बढ़त ने उनके पास वक़्त की कमी कर दी थी। मुशायरों की मस्रूफ़ियत में भी अनवर जलालपुरी जैसे साथी मिल गये, जिन्होंने इन्हें हमेशा किताबों से जोड़े रखा, हरदम इन्हें पढ़ने-लिखने के काम से जुड़े रहने की प्रेरणा दी, हौसला बढ़ाया।

पीएच. डी. के काम की शुरूआत राहत साहब ने सन् 1985 में की। इनका रजिस्ट्रेशन प्रो. आफ़ाक़ अहमद के निर्देशन में हुआ, जो उस समय भोपाल विश्वविद्यालय के अंतर्गत सम्बद्ध एम. एल. बी. गर्ल्स पी.जी. कॉलेज, भोपाल में उर्दू-विभागाध्यक्ष थे। शोध का शीर्षक था– 'उर्दू में मुशायरा'। इस काम को करके इन्होंने मूल्यांकन के लिए 1987 में जमा भी कर दिया। पूरी थीसिस 458 पेज की है। मुझे जब ये देखने को मिली तो इसके शुरूआती दो-चार पेज ग़ायब थे। शुरू के कुछ पेज पर ख़त्ताती का उम्दा नमूना देखने को मिला। पहले मैं समझा कि ये सब कम्प्यूटर का कमाल है, लेकिन फिर ख़याल आया कि 1985-87 में कम्प्यूटर पर उर्दू टाइपिंग का ऐसा काम होना तो शायद मुम्किन ही न था। बाद में पता चला कि वकील बस्तवी साहब ने शुरू के ये पेज तैयार किये थे। वकील साहब जाने-माने ख़त्तात थे और मध्य प्रदेश उर्दू एकेडमी में सीखनेवालों को किताबत और ख़त्ताती की बारीकियाँ सिखाते थे। इन्होंने राहत साहब के दूसरे मज्मूआ-ए-कलाम 'पाँचवा दरवेश' में भी कुछ

ख़त्ताती की है। बीच-बीच में जहाँ से अध्यायों की शुरूआत हुई है, वहाँ के शीर्षक-पृष्ठ पर भी इनका हुनर देखा जा सकता है।

पूरी थीसिस हाथ से लिखी हुई है। इसको हाथ से लिखने का काम किया था महमूद नश्तरी साहब ने। इनकी राइटिंग बहुत अच्छी थी, जिस वज्ह से राहत साहब ने इनसे लिखवाया था। ये एक तरह से टाइपिंग कराने जैसा था। कभी राहत साहब मैटर लिखकर दे देते और कभी बोल-बोलकर लिखाते। जैसा कि मैं पहले भी ज़िक्र कर चुका हूँ कि इस थीसिस को जँचने के लिए हैदराबाद में मुग़्नी तबस्सुम साहब के पास भेजा गया था।

इसके अध्याय (बाब, बहुवचन- 'अब्वाब') इस प्रकार हैं–

तक़्सीमे-अब्वाब

बाबे-अव्वल : मुशायरे की तारीफ़, माहीयत और इफ़ादियत

बाबे-दोयम : उर्दू में मुशायरे की रवायत– इब्तिदाई दौर

बाबे-सोयम : मुशायरा का इर्तिक़ा, मुख़्तलिफ़ अद्वार में –

अलिफ़ : मुशायरा अठारवीं सदी में

बे : मुशायरा उन्नीसवीं सदी में

जीम : मुशायरा बीसवीं सदी में

बाबे-चहारम : मुशायरा आज़ादी के बाद –

अलिफ़ : बाज़ अहम मुशायरों की तफ़्सील

बे : मौजूदा मुशायरों के बाज़ मक़्बूल शोअरा का तज़्किरा

बाबे-पंजम : मुशायरा दीगर मुमालिक में।

बाबे-शशम : उर्दू की तर्वीज-ओ-अशाएत में मुशायरा का हिस्सा

बाबे-हफ़्तम : मुशायरों का इक़्तिसादी पहलू

बाबे-हश्तम : उमूमी जायज़ा

(ब) 'धूप-धूप' :

राहत साहब की पहली किताब फ़ारसी-लिपि में आयी, नाम था 'धूप-धूप'। इसके कवर पेज पर बतौर शायर नाम लिखा है– 'राहत क़ैसरी'। पहले पेज पर 'धूप-धूप' राहत क़ैसरी लिखा था और दूसरे पेज पर एक लफ़्ज़ के नीचे दूसरा लफ़्ज़ लिखते

हुए लिखा था- 'जुम्ला/ हुक़ूक़/ बहक़/ मुसन्निफ़/ महफ़ूज़।

तीसरे पेज पर सबसे ऊपर लिखा है 'मुरत्तब– कृष्ण बिहारी 'नूर' ' और उसके नीचे लिखा है–

प्रिंटर- ताज ऑफ़सेट प्रेस, इलाहाबाद।
किताबत- मीम. रे. हसन
एहतमाम- नूर इंदौरी
तादाद- एक हज़ार
अशाएत- पहली बार 1979
क़ीमत- पंद्रह रूपये
मुसन्निफ़- राहत क़ैसरी, 226, श्रीनगर एक्सटेंशन, इंदौर

चार नम्बर पेज पर ये सूचना दी गयी है :

मिलने का पता -

1) करीमी पब्लिकेशंस, 426 शाहगंज, इलाहाबाद- 211003
2) नज़्ज़ारा बुक डिपो, लखनऊ
3) राहत इंदौरी, 226 श्रीनगर एक्सटेंशन, इंदौर
4) दानिश महल, अमीनाबाद, लखनऊ
5) उर्दू अकादमी, बिलहरा हाउस, क़ैसरबाग़, लखनऊ
6) रूपायन, रामपुरावाला बिल्डिंग, इंदौर

पेज पाँच पर ये शेर लिखा है –

लोग पीपल के दरख़्तों को ख़ुदा कहने लगे

मैं ज़रा धूप से बचने को इधर आया था

पेज छह ख़ाली है और सात-आठ-नौ-दस पर 'मैं' उन्वान (शीर्षक) से राहत साहब द्वारा लिखा गया एक दीबाचा (भूमिका) है। पेज ग्यारह पर लिखा है – 'सीमा के नाम/ जिसके इंतज़ार ने शायर बना दिया'।

पेज बारह सादा, तेरह पर एक मिस्रा लिखा है– *'मैं तो ग़ज़ल सुना के अकेला खड़ा रहा'*। चौदह नम्बर पेज ख़ाली है और पंद्रहवें पेज से ग़ज़लें शुरू हैं–

1. आँख प्यासी है कोई मंज़र दे
2. चेह्रों की धूप आँखों की गहराई ले गया
3. हर एक चेह्रे को ज़ख़्मों का आइना न कहो
4. मस्जिदों के सेह्न तक जाना बहुत दुश्वार था
5. सफ़र की हद है वहाँ तक कि कुछ निशान रहे
6. पेशानियों पे लिक्खे मुक़द्दर नहीं मिले
7. शह्र में ढूँढ़ रहा हूँ कि सहारा दे दे
8. इंतज़ामात नये सिरे से सँभाले जायें
9. जब मैं दुनिया के लिए बेच के घर आया था
10. जिस्म के आर-पार होना था
11. समंदरों पे कोई शह्र बसनेवाला है
12. चाँद मेहमाँ मेरे मकान में था
13. मेरे अपने मुझे मिट्टी में मिलाने आये
14. तुम्हारे नाम पर मैंने हर आफ़त सर पे रक्खी थी
15. अब न मैं वो हूँ, न बाक़ी हैं ज़माने मेरे
16. तीरगी चाँद के ज़ीने से सह्र तक पहुँची
17. ख़ुद अपने आपको पहचान लो तो खोलो राज़
18. तू तो अपने मश्विरों के ज़ख़्म देकर छोड़ दे
19. एक दिन देखकर उदास बहुत
20. तेरी आँखों की हद से बढ़कर हूँ
21. ख़ानक़ाहों में, हरम में, न शिवालों में मिले
22. दोस्ती जब किसी से की जाये
23. चेह्रे को अपने फूल से कब तक बचायेगा
24. जो मेरा दोस्त भी है, मेरा हमनवा भी है
25. तुम्हीं कहो कि ठिकाना मेरा कहाँ है मियाँ
26. इस दुनिया ने मेरी वफ़ा का कितना ऊँचा मोल दिया

27. दूरियाँ पाँव की थकन जैसी
28. तू शब्दों का दास रे जोगी
29. आपके आते ही मौसम को सदा दी जायेगी
30. मेरी आँखों में क़ैद थी बारिश
31. दोस्त है तो मेरा कहा भी मान
32. फूल जैसे मख़मली तल्वों में छाले पड़ गये
33. मशहूर थे जो लोग समंदर के नाम से
34. चराग़ डसती हुई आँधियाँ भी आयेंगी
35. मेरी तक़्दीर में हैं मेरे हवाले होंगे
36. रास्ता भूल गया क्या इधर आनेवाला
37. मेरे अश्कों ने कई आँखों में जल-थल कर दिया
38. जिस्म में क़ैद हैं घरों की तरह
39. दिल बुरी तरह से धड़कता रहा
40. मुझ पर नहीं उठे हैं तो उठकर कहाँ गये
41. मुस्कराहट जवाब में रखना
42. बेवफ़ा होगा, बावफ़ा होगा
43. ख़ुशी से दूर अलम से क़रीब लगते हैं
44. चाँद तेशा है ज़ख़्म रंगत है
45. ग़म से आकर ख़ुशी गले भी लगे
46. वो सामने पहाड़ है हसरत निकाल ले
47. घर से ये सोच के निकले हैं कि मर जाना है
48. वो एक तीर है जिसका शिकार मैं भी हूँ
49. मैं जब चलूँ तो ये दौलत भी साथ रख देना

पेज न.- 113 पर एक मिस्रा बीचोबीच लिखा है–
'अधूरे ख़्वाबों से उकता के जिसको छोड़ दिया'

पेज 114 सादा है, पेज 115 से 124 तक 10 पेजों पर 40 मुतफ़र्रिक (फुटकर) शेर दिये गये हैं। पेज 125 पर एक मिस्रा लिखा है–

"इक ग़ज़ल उसके नाम और सही"

पेज 126 ख़ाली है, पेज 127-128 पर आख़िरी ग़ज़ल है–

जो किताबों ने लिखा, उससे जुदा लिखना था
लिख के शर्मिंदा हूँ कि तुझको सिवा लिखना था

(ब)'पाँचवा दरवेश' :

ये राहत साहब की फ़ारसी रस्मुलख़त में दूसरी किताब है । इस किताब के उन्वान पर भी राहत साहब से चर्चा हुई, जिसका ज़िक्र पीछे आ चुका है। इस किताब के प्रिंटलाइन पेज पर ढेर सारी जानकारियाँ दी गयी हैं। इस किताब का प्रथम प्रकाशन जनवरी 1993 ई. में हुआ था। जुमला-ए-हुक़ूक़ मु. आक़िल और आदिल क़ुरैशी महफ़ूज़। सर-वरक : राहत। ख़त्तात : वकील बस्तवी। तर्तीब और इंतख़ाब : प्रो. अज़ीज़ इंदौरी, याक़ूब साक़ी। क़ीमत : 15 डॉलर। इनके अलावा भी कई अन्य जानकारियाँ इस पेज पर हैं।

इंतसाब (समर्पण) के पेज पर लिखा है– "मशहूर मुसव्विर मक़्बूल फ़िदा हुसैन के नाम... अगर उनका एहतराम मेरे दिल में न होता तो ये किताब एक बरस पहले शाए हो चुकी होती"

इसके ठीक अगले पेज पर अरबी का एक कथन लिखा है, जो हज़रत अली का है। उसका उर्दू में मतलब भी लिखा है– *'आदमी अपनी ज़बान के नीचे पोशीद है'*।

इसके बाद के पेज पर एक शेर लिखा है–

हमारे सर की फटी टोपियों पे तंज़ न कर
हमारे ताज अजायबघरों में रक्खे हैं

इसके बाद सबसे पहले कलाम के तौर पर एक हम्द है– *'क्या तूने नहीं देखा, दरिया की रवानी में?'* इस नज़्म (जो कि हम्द है) के बाद ग़ज़लों का सिलसिला शुरू हुआ है (जो संस्करण मुझे मिला, इसमें कोई फ़ेहरिस्त नहीं है)–

1. दिलों में आग, लबों पर गुलाब रखते हैं
2. चेहरे से धूप आँख से गहराई ले गया
3. दिये जलाये तो अंजाम क्या हुआ मेरा
4. आँख प्यासी है कोई मंज़र दे

5. मेरे कारोबार में सबने बड़ी इम्दाद की
6. ये सानेहा तो किसी दिन गुज़रनेवाला था
7. सारी बस्ती क़दमों में है, ये भी इक फ़नकारी है
8. शह्रों-शह्रों गाँव का आँगन याद आया
9. अपने होने का हम इस तरह पता देते थे
10. किसी आहू के लिए दूर तलक मत जाना
11. काली रातों को भी रंगीन कहा है मैंने
12. झूठी बुलंदियों का धुआँ पार करके आ
13. धोखा मुझे दिये पे हुआ आफ़्ताब का
14. हँसते रहते हैं मुसल्सल हम-तुम
15. रिश्ता-रिश्ता साया-ए-दीवारो-दर में क़ैद हूँ
16. साथ मंज़िल थी, मगर ख़ौफ़ो-ख़तर ऐसा था
17. सारी फ़ित्रत तो नक़ाबों में छुपा रक्खी थी
18. मेरी तेज़ी मेरी रफ़्तार हो जा
19. ज़िंदगी भर दूर रहने की सज़ाएँ रह गयीं
20. अजनबी ख़्वाहिशें सीने में दबा भी न सकूँ
21. मुवाफ़िक़ जो फ़ज़ा तैयार की है
22. शह का नौकर न कहे, शह का मुसाहिब समझे
23. रोज़ तारों को नुमाइश में ख़लल पड़ता है
24. फूल जैसे मख़मलीं तल्वों में छाले कर दिये
25. झूठ को अपने मेरे सच के बराबर कर दे
26. जो शाख़ों पर उदासी के बरहना ख़त बनाते हैं
27. समंदरों में मुवाफ़िक़ हवा चलाता है
28. सुलगते सारे छप्पर लग रहे हैं
29. सब हुनर अपनी बुराई में दिखायी देंगे
30. पेशानियों पे लिक्खे मुक़द्दर नहीं मिले
31. जब मैं दुनिया के लिए बेच के घर आया था

32. धूप, समंदर चेह्‌रा है

33. मुहल्ला साँय-साँय कर रहा है

34. पुराने लोगों के क़िस्से निकालता क्यूँ है

35. शाम होती है तो पलकों पे सजाता है मुझे

36. शह्‌र क्या देखें कि हर मंज़र में जाले पड़ गये

37. रिश्तों की धूप-छाँव से आज़ाद हो गये

38. जो मंसबों के पुजारी पहन के आते हैं

39. ग़ज़ल फेरी लगाकर बेचता हूँ

40. आँख में जितने भी आँसू थे ठिकाने लग गये

41. तुम्हारे नाम पर मैंने हर आफ़त सर पे रक्खी थी

42. सबब वो पूछ रहे हैं उदास होने का

43. मेरा भी नाम ख़ाकनशीं रख के भूल जाये

44. न हमसफ़र, न किसी हमनशीं से निकलेगा

45. क़तरा-क़तरा ख़ूब उछालें गंगा जी

46. ये ज़िंदगी किसी गूँगे का ख़्वाब है बेटा

47. तू तो अपने मश्विरों के ज़ख़्म देकर छोड़ दे

48. लम्हा-लम्हा जंग है कुछ देर मोह्‌लत चाहिए

49. कोई मौसम हो, दुःख-सुख में गुज़ारा कौन करता है

50. पुराने दाँव पर हर दिन नये आँसू लगाता है

51. कभी दिमाग़, कभी दिल, कभी नज़र में रहो

52. मुझ पर नहीं उठे हैं तो उठकर कहाँ गये

53. हर नयी शै को पुरानी कर दूँ

54. बरछी लेकर चाँद निकलनेवाला है

55. चमकते लफ़्ज़ सितारों से छीन लाये हैं

56. अज़ाँ सुनता था, लेकिन नींद के दलदल में रहता था

57. जब कभी फूलों ने ख़ुश्बू की तिजारत की है

58. मस्जिद ख़ाली-ख़ाली है

59. बन के इक दिन हम ज़रूरतमंद गिनते रह गये

60. वो इक-इक बात पर रोने लगा था

61. समंदर पार होती जा रही है

62. सफ़र-सफ़र तेरी यादों का नूर जायेगा

63. इसे सामाने-सफ़र जान ये जुगनू रख ले

64. अभी तो सिर्फ़ परिंदे शुमार करना है

65. ज़िंदगी को ज़ख़्म की लज़्ज़त से मत महरूम कर

66. लोग हर मोड़ पे रुक-रुक के सँभलते क्यूँ हैं

67. सुलगते हर्फ़ का नश्शा उतारनेवाले

68. सुलगती प्यास का कुछ हल ज़रूर निकलेगा

69. मैं जब चलूँ तो ये दौलत भी साथ रख देना

70. तुम्हीं कहो कि ठिकाना मेरा कहाँ है मियाँ

71. वो एक तीर है जिसका शिकार मैं भी हूँ

72. कहाँ गुज़ार दी साँसें जवाब माँगेगा

73. मैं लाख कहूँ कि आकाश हूँ ज़मीं हूँ मैं

74. राह में ख़त्रे भी हैं लेकिन ठहरता कौन है

75. होंठों पे अपने प्यास का दोज़ख़ खँगाल ले

76. यूँ सदा देते हुए तेरे ख़याल आते हैं

77. दोस्त है तो मेरा कहा भी मान

78. मेरे ख़ुलूस की गहराई से नहीं मिलते

79. ये ख़ाकज़ादे जो रहते हैं बेज़बान पड़े

80. अब अपने लहजे में नर्मी बहुत ज़ियादा है

81. घर से ये सोच के निकला हूँ कि मर जाना है

82. कहाँ वो ख़्वाब महल ताजदारियोंवाले

83. आँसू-आँसू साज़िश होती रहती है

84. हों लाख ज़ुल्म मगर बद्दुआ नहीं देंगे

85. हर क़दम पर काम अपनी जाँनिसारी आयेगी

86. मेरे अहबाब को जिस वक़्त भी फ़ुर्सत होगी
87. कहीं लिबास की सूरत उतार दे मुझको
88. सुल्ह करने को भी जीने का हुनर जानते हैं
89. चाँद के माथे पे सूरज का नज़ारा पढ़ लिया
90. शाम ने जब पलकों पे आतिशदान लिया
91. जा के ये कह दे कोई शोलों से, चिंगारी से
92. सफ़र की हद से वहाँ तक कि कुछ निशान रहे
93. बुज़ुर्ग मिट्टी की अज़्मत के एतराफ़ में है
94. ख़्वाबों में जो बसी है वो दुनिया हसीन है
95. सिसकती रुत को महकता गुलाब कर दूँगा
96. शह्‌र के बिखरे हुए मंज़र उठा ले जायेंगे
97. सुलगते-चीख़ते मौसम की वापसी होगी
98. नामुवाफ़िक, मेरे अंदर की फ़ज़ा कैसी है
99. तू कहाँ गुम है तेरे रेशमी आँचल की क़सम
100. जिहालतों के अँधेरे मिटा के लौट आया
101. आँख प्यासी है कोई मंज़र दे
102. मस्जिदों के सेहन तक जाना बहुत दुश्वार था
103. जंग है तो जंग का मंज़र भी होना चाहिए
104. फ़ैसले लम्हात के नस्लों पे भारी हो गये

(ब) अन्य किताबें :

1. कलाम : 'कलाम' का प्रकाशन सन् 2012 में 'किताबदार' पब्लिकेशन मुम्बई से हुआ। ये फ़ारसी रस्मुलख़त में है। इसमें पिछली दो किताबों की ग़ज़लों के अलावा नयी ग़ज़लें भी हैं; कुल मिलाकर 238 ग़ज़लें हैं। ये किताब 'अम्मा बाबू जी के नाम' समर्पित है।

2. चाँद पागल है : ये वाणी प्रकाशन, नई दिल्ली से सन् 2010 में देवनागरी में प्रकाशित पहली किताब है। इसमें कुल 131 पेज हैं तथा 117 ग़ज़लें हैं। इसकी शुरूआत में *'किसी-किसी को ही मिलते हैं चाहनेवाले'* उन्वान से मुनव्वर राना द्वारा

दो पेज की भूमिका लिखी गयी है।

3. मौजूद : इसका पहला संस्करण 2015 में राधाकृष्ण प्रकाशन, नई दिल्ली से आया। इसकी शुरूआत में 5-6 पेज का एक दीबाचा बशीर बद्र द्वारा– 'परम्परा और आधुनिकता को साथ लेकर चलनेवाला शायर' उन्वान से लिखा गया है। इसमें कुल 82 ग़ज़लें हैं। इसका एक संस्करण 2017 में भी आ चुका है।

4. धूप बहुत है : ये किताब एक प्रकार का संकलन है। इसमें डॉ. प्रवीण शुक्ल ने राहत साहब की 86 लोकप्रिय ग़ज़लों को एक लम्बी भूमिका के साथ संकलित किया है। लगभग 8-9 पेज की भूमिका में डॉ. प्रवीण शुक्ल ने राहत साहब की शायरी और ज़िंदगी पर विस्तृत चर्चा की है। ये किताब सन् 2016 में प्रकाशित हुई थी।

5. नाराज़ : ये ग़ज़ल-मज्मूआ सन् 2016 में पहली बार आया था और सन् 2018 तक आते-आते इसकी पाँचवी आवृत्ति प्रकाशित हो गयी। मंजुल पब्लिशिंग हाउस, भोपाल से प्रकाशित इस किताब में कुल 90 ग़ज़लें हैं।

6. मेरे बाद : इसका पहला एडीशन सन् 2016 में राधाकृष्ण प्रकाशन से प्रकाशित हुआ। दूसरा 2018 में आया। ग़ज़लों से पहले सात पेज की एक भूमिका डॉ. कुँअर बेचैन द्वारा लिखी गयी है, जिसका शीर्षक है– 'डॉ. राहत इंदौरी की शायरी आस्मानों की बुलंदियों को छूती हुई ज़मीन की शायरी है।' इसमें नयी-पुरानी मिलाकर कुल 73 ग़ज़लें हैं।

7. रुत : 65 ग़ज़लों, 5 नज़्मों और 31 क़त्आत से भरी-पूरी ये किताब सन् 2017 में वाणी प्रकाशन, नई दिल्ली से प्रकाशित हुई। इसमें पहली किताब 'धूप-धूप' में राहत साहब ने जो इज़्हारे-ख़याल बतौर दीबाचा किया था, उसका देवनागरी में लिप्यंतरण भूमिका के रूप में रखा गया है। उस पुरानी भूमिका को राहत साहब की तरफ़ से थोड़ा-सा बढ़ाया भी गया है।

8. दो क़दम और सही : ये किताब राहत साहब की दीगर किताबों से इंतख़ाब करके उनकी 'नुमाइंदा शायरी' को पेश करती है। इसका संकलन एवं सम्पादन सचिन चौधरी ने सन् 2017 में किया। ये मंजुल पब्लिकेशन, भोपाल से प्रकाशित हुई है। 253 पृष्ठों की इस किताब में ग़ज़लों, शेरों के साथ-साथ कुछ फ़िल्मी नग़्मे भी दिये गये हैं। किताब की शुरूआत में प्रो. वसीम बरेलवी, डॉ. हरिओम पँवार और संकलनकर्ता सचिन चौधरी की तरफ़ से छोटी-छोटी टिप्पणियाँ दी गयी हैं।

परिशिष्ट-II

(यहाँ राहत साहब पर हुए तरह-तरह के कामों को पेश किया गया है, ताकि पाठक इन कामों से परिचित हो सकें। बहुत-से कामों की पूरी जानकारी नहीं मिल पायी, इसलिए उसे फ़िलहाल यहाँ नहीं दिया गया।)

(क) लम्हे-लम्हे :

'लम्हे-लम्हे' उर्दू की एक प्रतिष्ठित पत्रिका है। हसीब सोज़ इसका प्रकाशन-सम्पादन 14 अगस्त 1982 से करते आ रहे हैं। इस पत्रिका ने कई महत्त्वपूर्ण शायरों और अदीबों के ख़ुसूसी शुमारे (विशेषांक) निकाले हैं, जो कि अपनी दस्तावेज़ी हैसियत रखते हैं। राहत साहब पर केंद्रित 'लम्हे-लम्हे' के अंक में दो अतिथि सम्पादकों की मदद ली गयी– तारीक़ शाहीन और अज़ीज़ इरफ़ान। ये वही तारिक़ शाहीन हैं जो 'अदबी शाख़ें' का सम्पादन 1962 से करते आ रहे हैं। अज़ीज़ इरफ़ान ने राहत साहब पर शोध-कार्य (पीएच.डी.) किया है।

राहत इंदौरी अंक का प्रकाशन सन् 2002 में हुआ था। अतिथि सम्पादकों के इंदौर में रहने के कारण इस अंक का बेशतर काम इंदौर में ही हुआ था। कवर (आवरण) पर एम. एफ. हुसैन की पेंटिंग बनी हुई है और इसमें कुल 463 पेज हैं। इसमें प्रकाशित कुछ लेखों के अंश पीछे के अध्याय में दिये भी गये हैं।

पाठकों की जानकारी के लिए यहाँ 'लम्हे-लम्हे' के उस अंक की फ़ेहरिस्त दी जा रही है, ताकि उस विशेषांक के कलेवर को समझा जा सके और 'राहत-प्रेमियों' में उन लेखों को पढ़ने के लिए जिज्ञासा उत्पन्न हो सके।

फ़ेहरिस्त

(ख) चहार सू :

'चहार सू' रावलपिंडी, पाकिस्तान से निकलनेवाली उर्दू की एक प्रतिष्ठित पत्रिका है। ये द्विमासिक पत्रिका है। इसका जन.-फर. 2019 का अंक राहत साहब पर केंद्रित था।

इसकी एक सरसरी जानकारी यहाँ पेश की जा रही है–

अंक - जिल्द : 28, जन-फर : 2019, बानी मुदीरे-आली : सै. ज़मीर जाफ़री,

मुदीर मसऊल : गुलज़ार जावेद, मुदीराने-मुआविन : बीना जावेद, फ़ारीशा, मु. इन्आमुल हक़, उरूब शाहिद।

राब्ता : 537/0-1, गली न. 18, वेस्ट्रीज- III, रावलपिंडी -46000, पाकिस्तान

ई-मेल : chaharsu@gmail.com

बेबसाइट : chaharsu.wordpress.com

मता-ए-चहारसू (Index)

सरे-वरक़, पसे-वरक़ : शोएब हैदर ज़ैदी

तज़ईन : उज़्मा रशीद

कम्पोज़िंग : तनवीर-उल-हक़

क़िर्तासे-एज़ाज़

(इसके अलावा इस पत्रिका के स्थायी कॉलम भी दिये गये हैं।)

(ग) शोध-कार्य (Research Work) :

(i) राहत साहब पर किया गया पहला शोधकार्य 2011 में मुकम्मल होकर मूल्यांकन (evaluation) के लिए जमा किया गया। इसमें कुल 188 पेज हैं। इसे किया था श्री हरिप्रकाश श्रीवास्तव जी ने, जिन्हें हरि फ़ैज़ाबादी के नाम से भी जाना जाता है। इस पीएच. डी.के काम में डॉ. मु. नसीम ख़ान (उर्दू-विभागाध्यक्ष, बाबा बरुआ दास पोस्ट ग्रेजुएट कॉलेज, परुइया आश्रम, ज़िला- अम्बेडकर नगर, उ. प्र.) उनके निगराँ (supervisor) थे। ये वही कॉलेज है जहाँ से राहत साहब ने 1985 में उर्दू से एम. ए. किया था। इसकी सम्बद्धता डॉ. राममनोहर लोहिया अवध वि. वि. फ़ैज़ाबाद से है।

हरि भाई पहले जलालपुर के उसी कॉलेज (नरेंद्रदेव इंटर कॉलेज, जलालपुर, अम्बेडकरनगर, उ. प्र.) में अध्यापक थे, जिसमें अनवर जलालपुरी पढ़ाते थे। ये कॉमर्स के टीचर थे और उर्दू-अदब में इनके शौक़ ने इन्हें अनवर साहब के क़रीब किया। उर्दू लिखना-पढ़ना उन्हीं से सीखा और बाद में उन्हीं के मश्विरे, उन्हीं के हौसले से राहत साहब पर पीएच. डी. की। आजकल हरि भाई कालीचरण इंटर कॉलेज, चौक, लखनऊ में आ गये हैं।

शोध का शीर्षक (Title) था– **'शेख़ राहत उल्लाह क़ुरैशी 'राहत इंदौरी' : हयात और शायरी'**।

इसके अंदरूनी चैप्टर इस प्रकार हैं–

पेश लफ़्ज़

बाबे–अव्वल : सिल्सिला-ए-नसब और सवानेही हालात (ख़ानदानी पस मंज़र, तालीम-ओ-तर्तीब, अदबी सरगर्मियाँ, शायरी की इब्तिदा, मुशायरों में शिरकत, अहबाब, शादी, औलाद, आदात-ओ-अत्वार, मुलाज़मत वग़ैरह।

बाबे–दोयम : राहत इंदौरी का अहद और उसका अदबी पसमंज़र

बाबे–सोयम : राहत इंदौरी की शायरी

(अलिफ़) बहैसियत शायर

(बे) बहैसियत ग़ज़लगो

(रूमानी और इश्क़िया शायरी, तरक़्क़ीपसंदी और जदीदियत का अक्स)

बाबे–चहारम : दीगर अस्नाफ़े-सुख़न पर तब्अआज़माई और शायरी के मौज़ूआत

बाबे–पंजम : राहत इंदौरी की मज्मूई, इल्मी और अदबी ख़िद्मात का तन्क़ीदी जायज़ा

और क़द्रो-क़ीमत का तअय्युन

बाबे–शशम : फ़िल्मी दुनिया में शिरकत और उनकी कारगुज़ारियों से फ़िल्म इंडस्ट्री का उरूज

(अलिफ़) फ़िल्मी दुनिया में जाने का मतलब

(बे) फ़िल्मी अदाकारों की सोहबत और असरात

हर्फ़े–आख़िर

किताबियात

(ii) राहत साहब पर दूसरी पीएच. डी. अज़ीज़ मुहम्मद क़ुरैशी ने अंजाम दिया। सन् 2014 में इसे देवी अहिल्या यूनिवर्सिटी इंदौर में पेश किया गया। इसमें कुल 298 पेज हैं। अज़ीज़ मु. क़ुरैशी को अदबी हल्क़ों में अज़ीज़ इरफ़ान नाम से जाना जाता है। इस पीएच. डी. के सुपर वाइज़र थे डॉ. हदीस अंसारी। उस वक़्त डॉ. हदीस अंसारी एम. एल. एस. यूनिवर्सिटी, उदयुपर (राजस्थान) में उर्दू के एसोसिएट प्रोफ़ेसर थे।

सन् 1975 में अज़ीज़ इरफान ने अलीगढ़ मुस्लिम यूनिवर्सिटी से एम. ए. किया था। 1977 से 1998 तक ओमान में अँग्रेज़ी के टीचर थे। रिटायर होने के बाद इस वक़्त इंदौर में ही स्थायी रूप से रहते हैं।

शीर्षक : **राहत इंदौरी : शख़्सीयत और शायरी**

बाबे–अव्वल : उर्दू अदब की शेरी रवायत, उर्दू की अदबी और शेरी तारीख़ का जायज़ा।

बाबे–दोयम : अहदे-हाज़िर का शेरी मंज़रनामा

बाबे–सोयम : राहत इंदौरी की हयात माहो-साल के आइने में

बाबे चहारम : राहत की शायरी

(*i*) ग़ज़लगोई

(*ii*) फ़िल्मी नग़्मे

(*iii*) नज़रिया-ए-शायरी

बाबे–पंजम : मुशायरे की रिवायत, इफ़ादियत और राहत का शेरी मिज़ाह

माहसल

किताबियात

(iii) सन् 2015 में एम. फिल. (लघु शोध) के लिए एक रिसर्च वर्क किया गया। इस पर लिखा है– "ये मक़ाला एम. फिल. की जुज़्वी तक्मील के सिल्सिले में जी. सी. यूनिवर्सिटी, लाहौर को सनद अता किये जाने के लिए पेश किया गया।" इसे अंजाम दिया इरफ़ान अख़्तर ने और इसमें उनकी निगराँ थी डॉ. साइमा इरम, जो कि गवर्नमेंट कॉलेज यूनिवर्सिटी, लाहौर में उर्दू की प्रोफ़ेसर थीं।

इसके बाब इस तरह हैं–

बाबे–अव्वल : इंदौर

बाबे–दोयम : शख़्सीयत

बाबे–सोयम : शायरी का तज्ज़िया

बाबे–चहारम : राहत इंदौरी, फिल्म और गीतनिगारी

बाबे–पंजम : मुहाकमा

किताबियात

बर्क़ी माख़्ज़ात

रिसाइल और दीगर माख़्ज़ात

परिशिष्ट-III

(अ) सम्मान/पुरस्कार

राहत साहब को अब तक हज़ारों बार सम्मानित और पुरस्कृत किया जा चुका है। सबके बारे में जानकारी हो पाना भी बहुत मुश्किल है। राहत साहब की क़लंदराना तबीअत ने कभी कुछ भी जमा करना पसंद नहीं किया। सरसरी तौर पर मेरे हाथ जो भी जानकारी लगी सो यही है–

1. ऑनर फ्रॉम ह्यूस्टन सिटी काउंसिल, ह्यूस्टन, अमेरिका।
2. ऑनर फ्रॉम एम्बेसी ऑफ इंडिया, रियाद, सऊदी अरब।
3. ऑनर फ्रॉम 'जंग' न्यूज़पेपर, कराची, पाकिस्तान।
4. ऑनर फ्रॉम गहवारा-ए-अदब, अटलांटा, अमेरिका।
5. फ़रोग़े-उर्दू अदब एवार्ड, कुवैत।
6. शायरे-महफ़िल एवार्ड, अंजुमन फ़रोग़े-उर्दू अदब, कुवैत।
7. मो. अली ताज एवार्ड, म. प्र. उर्दू एकेडमी, भोपाल।
8. ऑनर फ्रॉम राजस्थान उर्दू अकादमी, जयपुर।
9. ऑनर फ्रॉम म. प्र. उर्दू अकादमी, भोपाल।
10. मौ. मो. अली जौहर एवार्ड, जामिआ ओल्ड ब्वाएज़ एसोसिएशन, नई दिल्ली।
11. अदीब इंटरनेशनल एवार्ड, साहिर कल्चरल अकादमी, लुधियाना।

12. हक़ बनारसी एवार्ड, अंजुमन नवा-ए-हक़, बनारस।

13. साहित्य सारस्वत, हिंदी साहित्य सम्मेलन, प्रयाग।

14. इंदिरा गाँधी एवार्ड, नेशनल फेडरेशन, हल्द्वानी।

15. प्रदेश रत्न, हिन्दी साहित्य परिषद्, भोपाल।

16. नेशनल इंटीग्रेशन अवार्ड, इंडियन कल्चरल सोसायटी, नई दिल्ली।

17. यू. पी. हिंदी-उर्दू साहित्य एवार्ड, उ. प्र. शासन, लखनऊ।

18. राजीव गाँधी साहित्य सम्मान, हम सब एक हैं, भोपाल।

19. एवार्ड ऑफ एक्सेलेंस इन उर्दू पोइट्री, सोशल एजूकेशनल एंड वेलफेयर एसोसिएशन (SEWA), मुम्बई।

20. सद्भावना एवार्ड, बज़्मे-गंगो-जमन, उज्जैन।

21. आफ़ाक़ हैदर एवार्ड, शमीम मेनन मेमोरियल फाउंडेशन, वाराणसी

22. फ़ानी-ओ-शकील एवार्ड, डॉ. उर्मिलेश जन-चेतना समिति, बदायूँ

23. नुशूर वाहिदी एवार्ड, नेशनल बुक फेयर ट्रस्ट, कानपुर।

24. नेताजी सुभाष अलंकरण, सुभाष मंच, इंदौर

25. डॉ ज़ाकिर हुसैन एवार्ड, नई दिल्ली।

26. निशाने-एजाज़, डॉ. शकील वेलफेयर एजूकेशनल सोसायटी, बरेली।

27. कैफ़ी आज़मी एवार्ड, भारतीय राष्ट्रीय एकता परिषद्, वाराणसी।

28. उर्दू एवार्ड, झाँसी

29. इश्रत एवार्ड, वाराणसी।

30. कबीर सम्मान- वादिज़ हिंदी शिक्षा समिति, जम्मू-कश्मीर।

31. जगजीत सिंह एवार्ड, निर्मला देवी फाउंडेशन।

32. इंदौर रत्न, दैनिक दबंग दुनिया, इंदौर।

33. राष्ट्रीय एकता व मानवता सम्मान, यंग इंडियन सोशल सोसायटी, अमरावती।

34. कमल मद्रासी मेमोरियल एवार्ड, पंजाब एसो. एंड कमल उर्दू एकेडमी, चेन्नई।

35. मिर्ज़ा ग़ालिब एवार्ड, झाँसी।

36. कैफ़ भोपाली एवार्ड, भोपाल।

37. फ़िराक़ इंटरनेशनल एवार्ड, आगरा।

38. उर्दू-साहित्य का शिखर सम्मान-2018, संस्कृति विभाग, म. प्र. शासन।

(ब) फ़िल्मी गीतों का विवरण

1. *फ़िल्म :* **सर** (9 जुलाई 1993) *निर्देशक :* महेश भट्ट, *संगीत :* अनु मलिक, *मुख्य कलाकार :* नसीरुद्दीन शाह, पूजा भट्ट, परेश रावल, *गीत :* आज हमने दिल का हर (कुमार शानू, अल्का याज्ञनिक)

2. *फ़िल्म :* **जानम** (26 नव. 1992) *निर्देशक :* विक्रम भट्ट, *संगीत :* अनु मलिक,

मुख्य कलाकार : पूजा भट्ट, राहुल रॉय, परेश रावल, *गीत :* दिल जिगर के जान अच्छा है (अमित कुमार, अनुराधा पौडवाल)।

3. *फ़िल्म :* **ख़ुद्दार** (25 मार्च 1994) *निर्देशक :* इक़्बाल दुर्रानी, *संगीत :* अनु मलिक, *मुख्य कलाकार :* गोविंदा, करिश्मा कपूर, क़ादर ख़ान,

गीत : 1. तुमसा कोई प्यारा कोई मासूम नहीं है (कुमार शानू, अल्का याज्ञनिक) 2. तुम मानो या ना मानो (कुमार शानू, अल्का याज्ञनिक) 3. ख़त लिखना हमें ख़त लिखना (सोनू निगम, अल्का याज्ञनिक), 4. रात क्या माँगे इक सितारा (अल्का याज्ञनिक)।

4. *फ़िल्म :* **नाराज़** (19 अगस्त 1994) *निर्देशक :* महेश भट्ट, *संगीत :* अनु मलिक, *मुख्य कलाकार :* मिथुन चक्रवर्ती, पूजा भट्ट, *गीत :* तेरे बिन मैं कुछ भी नहीं (कुमार शानू, उदित नारायण)

5. *फ़िल्म :* **नाजायज़** (17 मार्च 1995) *निर्देशक :* महेश भट्ट, *संगीत :* अनु मलिक, *मुख्य कलाकार :* नसीरुद्दीन शाह, अजय देवगन, जूही चावला, *गीत :* 1. तुझे प्यार करते-करते (सोनू निगम), 2. तुझे प्यार करते-करते (अल्का याज्ञनिक), 3. एक क़दम तेरा एक क़दम मेरा (कुमार शानू, अल्का याज्ञनिक)

6. *फ़िल्म :* **मैं खिलाड़ी तू अनाड़ी** (23 सित. 1994) *निर्देशक :* समीर मल्कान, *संगीत :* अनु मलिक, *मुख्य कलाकार :* अक्षय कुमार, सैफ़ अली ख़ान, शक्ति कपूर, *गीत :* 1. दिल का दरवाज़ा (अल्का याज्ञनिक), 2. पास वो आने लगे ज़रा-ज़रा (कुमार शानू , अल्का याज्ञनिक)।

7. *फ़िल्म :* **दि जेंटल मैन** (18 नव. 1994) *निर्देशक :* महेश भट्ट,

संगीत : अनु मलिक, *मुख्य कलाकार :* चिरंजीवी, जूही चावला, परेश रावल,

गीत : हम अपने ग़म को (विनोद राठौर, साधना सरगम)।

8. *फ़िल्म :* **रामशस्त्र** (10 नव. 1995) *निर्देशक :* संजय गुप्ता, *संगीत :* अनु मलिक, आदेश श्रीवास्तव, *मुख्य कलाकार :* जैकी श्राफ़, आदित्य पंचोली, मनीषा कोइराला, *गीत :* तुझे माँगा था (विनोद राठौर, अल्का याज्ञनिक)।

9. *फ़िल्म :* **प्रेम-अगन** (30 अक्टू. 1998) *निर्देशक :* फ़िरोज ख़ान, *संगीत :* अनु मलिक, नदीम-श्रवण, *मुख्य कलाकार :* फ़रदीन ख़ान, मेघना कोठारी, अनुपम खेर, *गीत :* हम तुमसे मुहब्बत करते हैं (उदित नारायण, कविता कृष्णमूर्ति)।

10. *फ़िल्म :* **हिमालय-पुत्र** (4 अप्रैल 1997) *निर्देशक :* पंकज पराशर, *संगीत :* अनु मलिक, *मुख्य कलाकार :* अक्षय खन्ना, विनोद खन्ना, हेमामालिनी, गीत : 1. तूने कैसा जादू किया (अल्का याज्ञनिक, उदित नारायण), 2. इश्क़ हुआ तुमसे जानम (अल्का याज्ञनिक, उदित नारायण)

11. *फ़िल्म :* **औज़ार** (28 फरवरी 1997) *निर्देशक :* सोहैल ख़ान *संगीत :* अनु मलिक, *मुख्य कलाकार :* सलमान ख़ान, संजय कपूर, शिल्पा शेट्टी,

गीत : 1. आई लव यू, आई लव यू (शंकर महादेवन), 2. ठहरा है ये समा (कुमार शानू, अल्का याज्ञनिक), 3. हम और तुम और ये समा (अनु मलिक, रेमो फ़र्नांडिस, अल्का याज्ञनिक)।

12. *फ़िल्म :* **आरज़ू** (19 मार्च 1999) *निर्देशक :* लारेंस डिसूज़ा, *संगीत :* अनु मलिक, *मुख्य कलाकार :* सैफ़ अली ख़ान, अक्षय कुमार, माधुरी दीक्षित,

गीत : अब तेरे दिल में हम आ गये (कुमार शानू, अल्का याज्ञनिक)

13. *फ़िल्म :* **गुंडाराज** (8 सितम्बर, 1995) *निर्देशक :* गुड्डू धनोवा, *संगीत :* अनु मलिक, *मुख्य कलाकार :* अजय देवगन, काजोल, अमरीश पुरी,

गीत : चमके धूप जुदाई की (कुमार शानू, अल्का याज्ञनिक)।

14. *फ़िल्म :* **घातक** (8 नवम्बर 1996) *निर्देशक :* राजकुमार संतोषी, *संगीत :* आर. डी. बर्मन, *मुख्य कलाकार :* सनी देयोल, मीनाक्षी शेषाद्रि, डैनी,

गीत : कोई जाये तो ले आये (अल्का याज्ञनिक, शंकर महादेवन)।

15. *फ़िल्म :* **दिल कितना नादाँ है** (8 मई 1997) *निर्देशक :* रवि राय,

संगीत : अनु मलिक, *मुख्य कलाकार :* राजा भिरवानी, रागेश्वरी, किरन कुमार, *गीत :* 1. आयेगी बरसात कहाँ जायेंगे (कुमार शानू, अनु मलिक), 2. मुहब्बत नाम है किसका (कुमार शानू, अनु मलिक)।

16. *फ़िल्म :* **हमेशा** (12 सितम्बर 1997) *निर्देशक :* जी. पी. सिप्पी, *संगीत :* अनु मलिक, *मुख्य कलाकार :* आदित्य पंचोली, सैफ़ अली ख़ान, काजोल,

गीत : 1. हमेशा हमेशा (कुमार शानू, साधना सरगम), 2. ऐ दिल हमें इतना बता (उदित नारायण, साधना सरगम)।

17. *फ़िल्म :* **टक्कर** (14 जुलाई 1995) *निर्देशक :* भरत रंगाचारी, *संगीत :* अनु मलिक, *मुख्य कलाकार :* नसीरुद्दीन शाह, सुनील शेट्टी, सोनाली बेंद्रे,

गीत : माय नेम इज़ लैला (सपना मुखर्जी)।

18. *फ़िल्म :* **बेक़ाबू** (28 दिस. 1995) *निर्देशक :* एन. चंद्रा, *संगीत :* अनु मलिक, *मुख्य कलाकार :* संजय कपूर, ममता कुलकर्णी,

गीत : 1. उम्र तेरी सोलह (अभिजीत), 2. लेंगा लेंगा (अलीशा चिनॉय), 3. तू वो तू है (अल्का याज्ञनिक, उदित नारायण)

19. *फ़िल्म :* **तमन्ना** (7 मार्च 1997) *निर्देशक :* महेश भट्ट, *संगीत :* अनु मलिक, *मुख्य कलाकार :* परेश रावल, पूजा भट्ट, मनोज बाजपेयी,

गीत : 1. ये क्या हुआ (कुमार शानू, अल्का याज्ञनिक), 2. आजकल मेरी (अल्का याज्ञनिक)।

20. *फ़िल्म :* **हीरो हिंदुस्तानी** (23 अक्टूबर 1998) *निर्देशक :* अज़ीज़ सेजवाल, *संगीत :* अनु मलिक, *मुख्य कलाकार :* अरशद वारसी, नम्रता शिरोडकर, क़ादर ख़ान, परेश रावल,

गीत : 1. ऐसी-वैसी बात नहीं (रूप कुमार राठौर, हेमा सरदेसाई, सपना अवस्थी),

2. हीरो हिंदुस्तानी (कुमार शानू, अल्का याज्ञनिक)।

21. *फ़िल्म :* **याराना** (20 अक्टू. 1995), *निर्देशक :* डेविड धवन, *संगीत :* अनु मलिक, *मुख्य कलाकार :* ऋषि कपूर, माधुरी दीक्षित, राजबब्बर,

गीत : 1. रब्बी रे रली (उचित नारायण, कविता कृष्णमूर्ति), 2. दिल लोये लोये (कविता कृष्णमूर्ति), 3. जाने वो कैसा चोर था (कविता कृष्णमूर्ति)।

22. *फ़िल्म :* **दरार** (5 जुलाई 1996) *निर्देशक :* अब्बास-मस्तान, *संगीत :* अनु मलिक, संदीप चौटा, *मुख्य कलाकार :* जूही चावला, अरबाज़ ख़ान, *गीत :* 1. दीवाना दीवाना (अभिजीत, साधना सरगम), 2. एक लड़की मेरा नाम (उदित नारायण, अल्का याज्ञनिक), 3. तुझे मेरी मंज़िल (कुमार शाूनू, अल्का याज्ञनिक), 4. ये प्यार-प्यार क्या है (अभिजीत, कविता कृष्णमूर्ति)।

23. *फ़िल्म :* **इश्क़** (28 नव. 1997), *निर्देशक :* इंद्र कुमार, संगीत : अनु मलिक, *मुख्य कलाकार :* अजय देवगन, आमिर ख़ान, जूही चावला, *गीत :* 1. नींद चुरायी मेरी (कुमार शानू, उदित नारायण, अल्का याज्ञनिक, कविता कृष्णमूर्ति), 2. देखो-

देखो जानम (उदित नारायण, अल्का याज्ञनिक)।

24. *फ़िल्म :* **क़रीब** (17 जुलाई 1998), *निर्देशक :* विधु विनोद चोपड़ा, *संगीत :* अनु मलिक, *मुख्य कलाकार :* बॉबी देयोल, शबाना रज़ा (नेहा बाजपेई), *गीत :* सभी आठों गीत। गायक : कुमार शानू, अनु मलिक, अभिजीत, जसपिंदर नरूला, रूप कुमार राठौर, संजीवनी भेलांडे।

25. *फ़िल्म :* **ख़ौफ़** (3 मार्च 2000) *निर्देशक :* संजय गुप्ता, संगीत : अनु मलिक, *मुख्य कलाकार* : संजय दत्त, मनीषा कोइराला, गीत : नतीजा हमारी मोहब्बत का (कुमार शानू, अल्का याज्ञनिक)

26. *फ़िल्म :* **मिशन कश्मीर** (27 अक्टू. 2000) *निर्देशक :* विधु विनोद चोपड़ा, *संगीत :* शंकर-एहसान-लॉय, *मुख्य कलाकार :* संजय दत्त, ऋतिक रोशन, प्रीति ज़िंटा,

गीत : 1. बुम्बरो बुम्बरो (शंकर महादेवन, जसपिंदर नरूला, सुनिधि चौहान), 2. धुआँ-धुआँ है धुआँ (शंकर महादेवन), 3. रिंद पोश माल (शंकर महादेवन), 4. माफ़ भी कर दो यार (अनुराधा पौडवाल, विनोद राठौर)। *लोरी :* 1. सो जा चंदा राजा सो जा (महालक्ष्मी अय्यर)

27. *फ़िल्म :* **इंतिहा** (24 अक्टू. 2003) *निर्देशक :* विक्रम भट्ट, संगीत : अनु मलिक, *मुख्य कलाकार :* अश्मित पटेल, विद्या मालवदे। *गीत :* 1. हमसफ़र चाहिए (उदित नारायण, अल्का याज्ञनिक), 2. यूँ ही दिल को अगर (शान, श्रेया घोषाल),

3. ढलने लगी है रात (सोनू निगम, श्रेया घोषाल)।

28. *फ़िल्म :* **sssshhh....** (24 अक्टू. 2003) *निर्देशक :* पवन एस. कौल, *संगीत :* अनु मलिक, *मुख्य कलाकार :* करन नाथ, डीनो मारियो, तनिशा मुखर्जी, *गीत :* कब मेरा हाले-दिल (सोनू निगम)।

29. *फ़िल्म :* **मुन्ना भाई एम. बी. बी. एस.** (19 दिस. 2003) *निर्देशक :* राजकुमार हिरानी, *संगीत :* अनु मलिक, *मुख्य कलाकार :* संजय दत्त, ग्रेसी सिंह, अरशद वारसी, *गीत :* 1. छन छन (विनोद राठौर, श्रेया घोषाल), 2. देख ले आँखों में आँखें डाल (सुनिधि चौहान, अनु मलिक), 3. एम बोले तो (संजय दत्त, विनोद राठौर एवं अन्य)

30. *फ़िल्म :* **मर्डर** (2 अप्रैल 2004), *निर्देशक :* अनुराग बसु, *संगीत :* अनु मलिक, *मुख्य कलाकार :* इमरान हाशमी, मल्लिका शेरावत, *गीत :* दिल को हज़ार बार (अलीशा चिनॉय)।

31. फ़िल्म : **मीनाक्षी** (2 अप्रैल 2004) *निर्देशक :* एम. एफ़. हुसैन, *संगीत :* ए. आर. रहमान, *मुख्य कलाकार :* तब्बू, कुणाल कपूर, रघुवीर यादव, *गीत :* 1. ये रिश्ता क्या कहलाता है (रीना भारद्वाज), 2. दो क़दम और सही (सोनू निगम), 3. बदन धुआँ-धुआँ (आशा भोंसले), 4. रंग है (अल्का याज्ञनिक)।

32. *फ़िल्म :* **जुर्म** (18 फर. 2005) *निर्देशक :* विक्रम भट्ट, संगीत : अनु मलिक, आनंद राज आनंद, *मुख्य कलाकार :* बॉबी देओल, लारा दत्ता, मिलिंद सोमण, *गीत :* 1. मेरी चाहतों का समंदर (अभिजीत, अल्का याज्ञनिक), 2. दिल-दिल (उदित नारायण, श्रेया घोषाल)।

33. *फ़िल्म :* **गली-गली चोर है** (2 फर. 2012) *निर्देशक :* रूमी जाफ़री, *संगीत :* अनु मलिक, *मुख्य कलाकार :* अक्षय खन्ना, श्रेया सरन, *गीत :* गली-गली चोर है (कैलाश खेर)।

34. *फ़िल्म :* **बेगम जान** (14 अप्रैल 2017) *निर्देशक :* सृजित मुखर्जी,

संगीत : अनु मलिक, *मुख्य कलाकार :* नसीरुद्दीन शाह, विद्या बालन, इला अरुण, *गीत :* मुर्शिदा-मुर्शिदा (अर्जित सिंह)

(स) म्यूज़िक एल्बम

फ़िल्मों के अलावा राहत साहब ने बहुत-से एल्बम के लिए लिखा और बहुत-से एल्बम में इनकी पहले की लिखी ग़ज़लों का इस्तेमाल गायकों ने किया। यहाँ सारे एल्बम का उल्लेख कर पाना सम्भव नहीं हो पा रहा; ऐसा इसलिए कि बम्बई-प्रवास के दौरान राहत साहब के पास बहुत-सारे लोग आते रहते थे या कहीं-न-कहीं मिलते रहते थे, जो कि अपने एल्बम या अन्य किसी कार्यक्रम के लिए ग़ज़ल-गीत लेते रहते थे। उन सबके बारे में राहत साहब को भी अब ठीक-ठीक याद नहीं। यहाँ उन्हीं एल्बम का ज़िक्र हो पा रहा है जिनकी जानकारी मिल सकी–

1. **बियांड टाइम** (Beyond Time) : ये सन् 1998 में 'सा रे गा मा' म्यूज़िक कम्पनी की तरफ़ से जारी किया गया था। इसमें जगजीत सिंह और चित्रा सिंह की मिली-जुली आवाज़ मे कई ग़ज़लें थीं, जिसमें राहत साहब की ग़ज़ल– *'लोग हर मोड़ पे रुक-रुक के सँभलते क्यूँ हैं, इतना डरते हैं तो फिर घर से निकलते क्यूँ हैं।'* को जगजीत सिंह ने आवाज़ दी।

2. **इन सर्च** (In Search) : ये वीनस म्यूज़िक कम्पनी द्वारा 1997 में जारी किया गया

एल्बम है। इसमें राहत साहब की ग़ज़ल– *'दोस्ती जब किसी से की जाये, दुश्मनों की भी राय ली जाये'* को जगजीत सिंह ने गाया है।

3. **सहर :** ये टी-सीरीज़ म्यूज़िक कम्पनी से सन् 2002 में रिलीज़ हुआ एल्बम है। इसमें जगजीत सिंह ने– *'कितनी पी, कैसे कटी रात मुझे होश नहीं, रात के साथ गयी बात मुझे होश नहीं'* ग़ज़ल को आवाज़ दी है।

4. **मितवा :** ये एल्बम वीनस म्यूज़िक कम्पनी द्वारा सन् 2001 में तैयार किया गया था। इसमें रूप कुमार राठौर और सोनाली राठौर ने गीत और ग़ज़लों को आवाज़ दिया है। राहत साहब के गीत को सोनाली राठौर ने आवाज़ दी है– *'ऐ नींद चल, ऐ ख़्वाब चल, ले चल मुझे उस गाँव रे'*।

5. **आशियाँ :** ये टी-सीरीज़ म्यूज़िक कम्पनी द्वारा 1992 में जारी किया गया पंकज उधास और अनुराधा पौडवाल का डुएट एल्बम है। इसमें राहत साहब की कई ग़ज़लें शामिल की गयी हैं– 1. प्यार का नग़्मा हूँ मैं तो धड़कनों का साज़ हूँ, 2. ज़िंदगी नाम को हमारी है, 3. टूटा हुआ दिल तेरे हवाले। इस एल्बम का संगीत ललित सेन और परवेज़ अख़्तर (तौसीफ़ अख़्तर) ने तैयार किया है।

6. **योर्स ट्रूअली** (Your's Truly) : ये 'टिप्स' म्यूज़िक कम्पनी द्वारा जून 2000 में जारी किया गया ग़ज़लों का एल्बम है। ग़ज़लों को संगीतबद्ध किया है कुलदीप सिंह ने और आवाज़ दी है जसविंदर सिंह ने। इसमें राहत साहब की ग़ज़ल– *'सख़्त राहों में भी आसान सफ़र लगता है, ये मेरी माँ की दुआओं का असर लगता है'*।

वैसे इस ग़ज़ल को डॉ. विनोद गंधर्व ने भी बहुत क्लासिकल अंदाज़ में गाया है। माँ से सम्बंधित होने की वज्ह से इस ग़ज़ल को कई स्कूल-कार्यक्रमों और 'मदर्स-डे' जैसे मौक़ों पर भी इस्तेमाल किया जाता रहता है।

7. **इश्क़ करो :** ये तौसीफ़ अख़्तर की गायी हुई ग़ज़लों का एल्बम है। इन्होंने राहत साहब की कई ग़ज़लें अलग-अलग एल्बम के लिए गायी हैं। स्टेज शो में भी राहत साहब की ग़ज़लें गाते रहते हैं, जिनमें 'ज़िंदगी नाम को हमारी है', 'मुश्किल से हाथों में ख़ज़ाना पड़ता है' जैसी ग़ज़लें ख़ासी चर्चित रही हैं।

मक़्बूल बी (राहत साहब की अम्मी)

राहत साहब के अब्बू रिफ़्अत उल्लाह क़ुरैशी

राहत मियाँ अपने पूरे शबाब पर

ये हैं हमारे राहत साहब

मक़्बूल बी (राहत साहब की अम्मी)

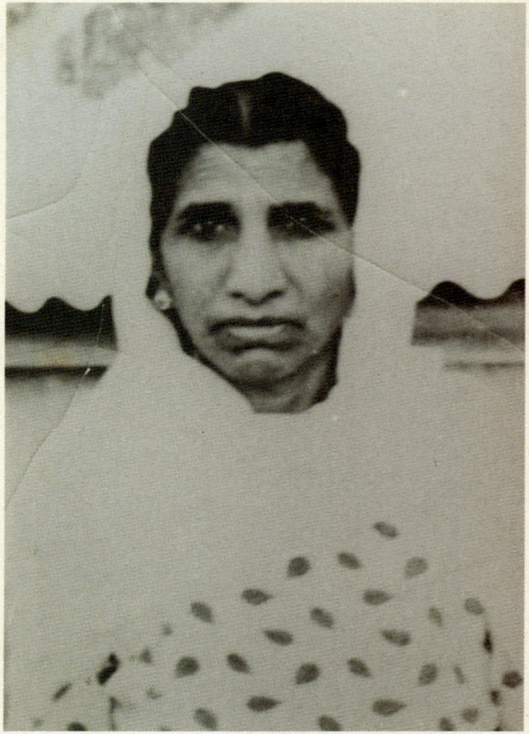

तमीज़ बरकत (राहत साहब की नानी जी)

राहत साहब मुशायरे में कलाम सुनाते हुए

राहत साहब अपने चिर-परिचित अंदाज़ में शेर पढ़ते हुए

राहत साहब अपने इब्तिदाई दौर में

राहत साहब के शुरूआती दौर के एक मुशायरे की तस्वीर

राहत साहब का अभिनन्दन करते हुए कुँवर महेंद्र सिंह बेदी 'सहर'

राहत साहब की जवानी की एक दुर्लभ तस्वीर

राहत साहब के शुरूआती दौर की एक नशिस्त

राहत साहब के इब्तिदाई दौर का मुशायरा

मोहम्मद आक़िल क़ुरैशी अपनी शरीके-हयात शाहिदा क़ुरैशी के साथ

आदिल क़ुरैशी अपनी शरीके-हयात स्वालेहा के साथ

मक़्बूल बी(राहत साहब की अम्मी), मुबीन फ़ातिमा (राहत साहब की ख़ाला)
और रिफ़्अत उल्लाह क़ुरैशी (राहत साहब के अब्बू)

तक़रीबुन्निसाँ, तहज़ीबुन्निसाँ (राहत साहब की बड़ी बहनें)

राहत साहब और उनकी शरीके-हयात सीमा राहत

राहत साहब और एम.एफ़. हुसैन साहब (आगरा)

राहत साहब और एम.एफ़. हुसैन साहब (भोपाल)

राहत साहब की बड़ी बेटी
शिबली इरफ़ान अपने पति इरफ़ान ख़ान के साथ

राहत साहब के बड़े बेटे
फ़ैसल राहत अपनी शरीके-हयात रुश्दा क़ुरैशी के साथ

राहत साहब के छोटे साहबज़ादे
सतलज राहत अपनी शरीके-हयात इशरत सतलज के साथ

घुटने घुटने चलने वाली, खड़ी नहीं हो जाना तुम,
ऐसी ही अच्छी लगती हो, बड़ी नहीं हो जाना तुम....

(राहत साहब के मोबाइल फोन पर वीडियो देखतीं..... बेटों की बेटियां, राहत साहब की पोतियाँ.....)

मीरा ज़रयाब और अकीरा इशरत

राहत साहब अपने नाती-नवासी, पोते-पोतियों के साथ.....
(वीरा, मीरा ज़रयाब, अकीरा इशरत, राहत कबीर और रावी)

अपने पूरे परिवार के साथ

राहत साहब